구남친이 내게 반했다

달

구남친이 내게 반했다 1

초판 1쇄 인쇄 2018년 5월 18일
초판 1쇄 발행 2018년 5월 25일

지은이 강하다
발행인 오영배
기획 박성인
책임편집 박주애
표지 디자인 모라에
제작 조하늬

펴낸곳 (주)삼양출판사 · 단글
주소 서울시 강북구 도봉로 173
대표 전화 02-980-2112 **팩스** / 02-983-0660
편집부 전화 02-980-2116 **팩스** / 02-983-8201
블로그 blog.naver.com/dan_gul
출판등록 1999년 3월 11일 제9-00046호

ISBN 979-11-283-9460-7 (04810) / 979-11-283-9459-1 (세트)

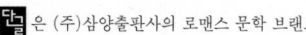 은 (주)삼양출판사의 로맨스 문학 브랜드입니다.

강하다
장편소설

구남친이 내게 반했다

vol.1

단글

차 례

· · · · · · · · · · · · · · · ·

01.
내가 널 못 알아보는 줄 알았어?

"늦어서 죄송합니다."

분홍빛 기류가 흐르던 회의실에 찬물처럼 차가운 목소리가 끼얹어졌다. 그 목소리를 용케 알아들은 나봄은 파르르 떨리는 시선을 회의실 문 쪽으로 옮겼다.

자동적으로 머릿속에 떠오른 얼굴은 절대 다시 마주쳐선 안 되는 존재였다.

그러니 제발 나의 예상이 틀리기를, 그저 목소리만 비슷한 사람이기를, 간절히 바라고 바랐건만.

"안녕하세요."

다시 듣고 싶지 않은 목소리로 첫 인사를 건넨 그는.

"우드레일 현장팀을 총괄하고 있는 단태오라고 합니다."

이윽고 무시무시한 이름 석 자를 입에 담았다.

"망했다……."

나봄의 입술 사이로 솔직하게 튀어나와 버린 한탄.

그 목소리를 놓치지 않고 들은 그가 살벌한 눈빛으로 나봄을 직시했다.

하지만 도망가지도 못할 처지에 놓여 버린 나봄은 그저 혀라도 깨물어 기절해 버리고 싶은 심정이었다.

＊　　　＊　　　＊

지옥 불에 떨어지기 10분 전.

'한봄 도어락 총괄팀장 한나봄.'

나봄은 목에 건 명찰을 소매로 문질러 닦았다. 뭐가 묻지는 않았지만 긴장감을 달래기 위해 몇 번째 반복하고 있는 행동이었다.

책상 위에 얹어 둔 협약 제안서는 하도 읽어서 너덜너덜해졌다. 이젠 꿈도 제안서를 발표하는 꿈만 꿀 정도로 연습은 완벽하게 마쳤다.

물론 선천적으로 긴장을 잘하는 성격이지만 오늘은 청심환도 두 개나 씹어 먹고 왔다.

아마 무슨 변수가 생기지 않는다면 10년 전 수능을 볼 때처럼 긴장감을 못 이기고 엉엉 울어 버리는 일도 없을 것이다.

"후우……."

명찰을 다시 손에서 내려놓은 나봄은 긴 한숨과 함께 정면으로 고개를 들었다.

지금 그녀가 있는 곳은 대한민국 수제 가구 회사계의 No.1, 우드
레일 본사의 한 회의실.

그녀는 극심한 재정난에 시달리는 한봄 도어락을 위해 엄청난
외주 프로젝트를 따러 온 참이다.

비록 우드레일은 한봄 도어락이 감히 손조차 뻗어 볼 수 없는 거
대 기업이긴 하지만, 그녀는 오늘 반드시 우드레일이 주최하는 대
형 프로젝트의 문고리 파트를 얻어 가고자 한다.

오늘 아침, 이 미팅을 앞두고 너무나도 긴장했던 한 사장은 결국
신경성 대장과민증후군으로 응급실에 실려 가고 말았다.

  *'나봄아, 아빠 몫까지 힘내거라. 가문의 영광이 너에게 달렸
  다!'*

구급차에 오르며 그가 남긴 마지막 한 마디는 나봄의 가슴 깊은
곳에 새겨졌다.

대기업을 혼자 상대해야 하는 위기에 처한 나봄이었지만 그녀는
최대한 씩씩하게 대답했다.

  *'아빠, 제 걱정은 마시고 병원으로 가세요. 돌아올 땐 제 손에
  계약서가 들려 있을 거예요!'*

그제야 안심하던 한 사장의 눈빛은 고스란히 나봄의 책임감이

되었다. 그녀는 이번 기회에 모든 것을 건 아버지를 위해서라도 반드시 외주 프로젝트를 따 가고 말 것이다.

우드레일에서 3년 만에 출시하는 새 라인, 'Lily'는 본부와 현장이 모두 달려들어서 진행하는 프로젝트였다.

그러니 오늘 첫 외주 미팅 때만 상대해야 하는 사람만 해도 본부장과 현장팀장, 이렇게 높은 사람들만 두 명.

미팅 때까진 신상 정보조차 공유되지 않는 우드레일의 영업 방침 탓에 본부장이 어떤 스타일인지는 알 수 없었으나, 이미 그를 겪어 본 외주 업체 사람들은 본부장이 묘하게 기 센 사람이라 했다.

나비처럼 살랑살랑 다가와서 벌처럼 뒤통수를 쏴 버린다나 어쩐다나.

때마침.

똑똑─

"서울 본사 본부장님 도착하셨습니다."

문밖에 서 있던 직원이 첫 번째 우두머리의 도착을 알렸다.

나봄은 하도 봐서 낡아 버린 제안서 대신 새로운 제안서 세 부를 꺼내며 대답했다.

"네, 네! 준비되었습니다!"

"본부장님, 이쪽입니다."

"고마워요, 미소 씨."

소문으로만 듣던 만만하지 않은 본부장의 목소리는 그저 상냥하고 부드러웠다. 심지어 그 안에서 느껴지는 온기는 어쩐지 오래된 기억 속 누군가를 떠올리게 만들었다.

'나봄아.'

하고 부르던 목소리가 참 가슴 설레게 만들었던…….

'아, 지금 첫사랑이나 추억하고 있을 때가 아니지.'

잠깐 딴 곳으로 향하려던 정신을 다잡은 나봄은 자리에서 일어나 본부장을 맞이할 준비를 했다.

뚜벅― 뚜벅― 뚜벅―

다가오는 구두 소리는 무척이나 정갈했다.

나봄은 와이셔츠에 달린 리본을 매만지며 회의실 문을 향해 시선을 고정시켰다.

머지않아 가장 먼저 눈에 들어오는 건 매끈하게 잘 닦인 남자의 구두 앞코, 길게 잘 뻗은 다리, 핏 좋은 정장이 멋스럽게 잘 어울리는 듬직한 가슴.

그리고…….

"한나봄?"

흰 눈처럼 깨끗한 피부, 붉은 핏기가 어린 입술, 보들보들한 옅은 갈색 머리카락, 오른쪽 눈 밑에 난 매력적인 눈물점.

다시는 만날 일 없을 줄 알았던, 그래서 추억 속에만 보석처럼 간직해 두었던 나의 첫사랑이자 유일한 사랑.

"차준 오빠……?"

"정말…… 나봄이야?"

눈앞에 두고도 믿을 수 없는 존재가 물었다.

나봄은 눈을 여러 차례 깜빡거리며 마주한 그 얼굴을 바라보았다. 10년 만에 나타난 그는 아무리 봐도 선우차준이었다.

'딸기향 립글로스는 딸기 맛이 나려나.'
'……먹어 봐도 돼?'

풋풋한 고등학교 시절, 17살 나봄에게 다가와 달콤한 설렘을 선물하고.

'한국을 떠나야 할 것 같아, 나봄아.'
'미안해…….'

19살 나봄에게는 쓰라린 이별의 맛을 보여 주었던, 태양보다 빛나고 다이아몬드보다 특별했던 사람. 처음으로 다가와서 진한 추억만을 남겨 준 천 년의 사랑.

"우리 10년 만인가? 이렇게 다시 보게 될 줄은 몰랐는데……."

"……."

"잘 지냈어?"

10년 전과 비교도 할 수 없을 만큼 성숙해진 차준이 물었다. 옛날부터 다디달았던 목소리는 세월을 맛있게 머금어 훨씬 더 농익어진 상태였다.

"어, 아, 어, 저기……."

그런 그의 앞에서 대책 없이 말을 더듬는 나봄은 그야말로 기절

할 지경이었다.

10년 동안 내리사랑 한 건 아니었는데, 갑작스러운 재회의 순간은 현실을 꿈결로 둔갑시킨다. 10년이나 케케묵은 감정이 예전과 같을 리 없는데, 심장은 금방이라도 튀어나올 듯이 요동친다.

워낙 아름다운 기억을 선물해 주었던 사람이라 남몰래 재회의 순간을 꿈꿔 보긴 했었다.

하지만 그게 오늘과 같은 자리일 줄은 몰랐다. 왜냐하면 그녀는 지금 열악하디열악한 문고리 공장의 팀장으로서 이 자리에 찾아왔고.

"한봄 도어락에서 일하는구나. 우리 비슷한 분야에 있었네."

"아버지가 운영하시는 회사라서…… 어, 어쨌든 귀한 시간 내 주셔서 감사합니다!"

그야말로 차준은 그녀가 계약을 따내기 위해 수천 번 머리를 조아려도 모자랄 대기업의 본부장으로서 이 자리에 친히 참석한 것이었으니까.

나봄은 대지진이 난 동공을 그에게서 거두고 회의실 책상 위를 바라보았다. 아버지의 혼이 담긴 도어락 시제품이 날아갈 뻔했던 그녀의 이성을 간신히 붙들어 주었다.

'그래! 나는 외주 계약을 따내기 위해 이 자리에 찾아왔어! 황금 같은 기회를 미련 때문에 날려 버릴 순 없지!'

각오를 다진 나봄은 다시 고개를 들어 올렸다. 그러고는 처음 만나는 사이처럼 딱딱한 인사를 건넸다.

"저, 정식으로 드리겠습니다! 안녕하세요, 선우차준 본부장님! 저는 한봄 도어락 총괄팀장 한나봄이라고 합니다!"

90도로 허리를 꺾어 인사하는 나봄은 몹시 경직되어 있었다. 그걸 본 차준은 싱그러운 웃음을 터트렸다.

"하하, 그 말투 어색해."

"그, 그런가요?"

"아직 우리 둘밖에 없으니까 편하게 대해도 되는데."

"아니요, 본부장님! 여기는 학교가 아니라 회사잖아요! 편하게 할 수는 없어요! 업체 대 업체로 만난 거니까요!"

나봄은 '업체 대 업체'라는 말을 특히 더 강조했다. 이곳은 공식적인 자리이니 더 이상 옛날과 같은 태도로 대하지 말아 달라는 일종의 부탁과도 같았다.

"흐음, 그런가?"

차준은 잠깐 고민하는 표정으로 나봄을 올려다보더니 곧 장난스러운 손을 배 위에 얹었다. 그러고는 허리를 숙여 공손한 인사를 건넸다.

"안녕하세요, 한나봄 팀장님. 우드레일 기획부 본부장 선우차준이라고 합니다."

"……."

"저야말로 잘 부탁드려요."

달콤하게 이어지는 존댓말. 눈웃음을 따라 살짝 움직이는 눈물점.

이건 이거대로 문제였다.

그는 분명 나를 공식적으로 대하고 있는데, 어째서 내 마음은 사적인 분위기일 때보다 더 설레는 것인가.

"예전엔 학교 뒤편에 한나봄 팀장님 집이 있었던 것 같은데……."

"네? 아, 기억하시는구나."

"지금은 어디 살아요? 여기까지 오는데 멀지는 않았어요?"

차준은 나봄에게 질문하며 회의실 책상 한편에 자리를 잡고 앉았다. 나봄은 그를 따라 은근슬쩍 엉덩이를 붙였고, 여전히 떨리는 목소리로 대답했다.

"예, 예전에 살던 거기 그대로예요."

"그래요? 하긴 동네가 조용해서 아이 키우기는 괜찮죠."

"아, 아이……?"

"그나저나 사장님은 어디 계신가요? 오랜만에 인사드리고 싶은데."

차준의 입에서 슬쩍 나온 단어는 뭔가 이상했다. 하지만 지금의 나봄은 아버지의 불참 소식부터 알리는 게 우선이었다.

"저희 회사 사장님은 오늘 아침 신경성 대장과민증후군 때문에 응급실로 실려 가셨습니다. 그래서 회의에는 참석하지 못하게 되셨어요. 죄송합니다."

그래서 붉어진 얼굴도 수습하지 못한 채 양해를 구하자, 보기 좋게 다듬어진 그의 눈썹이 아래로 귀엽게 휘어졌다.

"그래요? 그럼 아버님한테 가 보셔야 하지 않겠어요?"

"너무 긴장하셔서 그런 거라 심각한 상태는 아닙니다. 괜찮으실 거예요."

"심각하지 않다면 다행이지만……."

이 남자는 입에 향수라도 뿌리는 걸까. 어째 말할 때마다 꽃향기가 나는 것 같아.

"아, 한나봄 씨는 점심 드셨나요?"

"네, 저는 먹고 왔죠."

그의 질문에 곧잘 대답하고는 있지만 나봄의 정신은 애먼 곳에 가 있었다. 그녀는 차준과 이야기를 나누고 있는 지금이 마치 고등학교 시절 같다.

그래서 잔뜩 긴장해야 할 회의 시간은 10년 전 데이트 할 때처럼 두근두근.

"안타깝네요. 나봄 씨도 공복이었으면 회의 끝나고 점심 식사라도 같이하는 건데."

"점, 점심이요?"

"나봄 씨에 대해 묻고 싶은 게 많거든요. 어떻게 지냈는지, 그동안 무슨 일은 없었는지."

"……."

"그래서 지금 그 사람이랑은 많이 행복한지."

지금 그 사람?

인생에 남자란 선우차준밖에 없었던 나봄에게 영문 모를 존재가 스쳐 지나갔다.

아까부터 미묘한 낌새를 느끼고 있었던 나봄은 때를 놓치지 않고 되물었다.

"그 사람이라면 대체 어떤 사람인지……."

그러자 살짝 씁쓸한 미소를 머금은 차준이 꺼내 놓는 대답은 너무 뜬금없어서 당황스러울 지경이었다.

"결혼했잖아, 너."

결혼이라니. 평생을 선우차준밖에 못 담아 두고 산 내가 결혼이라니!

"아니에요! 그게 무슨……!"

놀란 나봄이 저도 모르게 언성을 높이자 차준의 눈동자가 휘둥그레졌다.

하지만 그녀의 해명이 다 끝나기도 전에.

"늦어서 죄송합니다."

유독 낮고 건방진 목소리 하나가 회의실 안으로 들어찼다. 커다래진 차준의 눈동자가 나봄을 벗어나 곧바로 인기척 쪽으로 향했다.

그러나 나봄은 섣불리 뒤를 돌아볼 수가 없었다.

난데없는 결혼설이 억울해서는 아니었다. 이 목소리 역시 나봄의 귀에 이상하리만큼 낯이 익었기 때문이었다.

차준이 설렘을 자아냈다면 지금 들려오는 건 뭘랄까.

'한나봄, 넌 인생 원래 그렇게 사냐?'
'다시는, 내 눈앞에 띄지 마.'

절대 마주치고 싶지 않은 원수 같은 놈을 떠올리게 하는…….

오랜 시간 묻어 뒀던 존재가 머릿속을 스치자, 나봄의 심장은 곧바로 쿵! 내려앉았다.

순간 나봄의 호흡은 몹시 가빠지는 듯했으나 그녀는 애써 이성적으로 생각하려 애썼다.

지금껏 나봄이 29년을 살아오는 동안 사귀었던 남자는 단 두 명.

그중 아련한 첫사랑이 갑자기 눈앞에 나타난 것도 기적인데, 악연과 다름없었던 그다음 인연마저도 연달아 등장할 리가 없었다.

특히 재수가 오질나게 없지 않은 이상, 극단적으로 다른 의미를 지닌 두 존재와 한자리에서 삼자대면할 일은 거의 불가능에 가까웠다.

'아닐 거야. 지금 들어오는 저 남자는 절대 그놈이 아닐 거야. 그래, 쓸데없는 걱정하지 말고 똑바로 인사하자!'

나봄은 남몰래 심호흡을 한 뒤 회의실 문을 향해 고개를 돌렸다. 그리고 살가운 미소를 띤 채 첫 인사를 건네려던 순간.

"안녕하세요. 우드레일 현장팀을 총괄하고 있는 단태오라고 합니다."

그가 먼저 자기소개를 시작했다. 그와 동시에 마주한 얼굴은 목소리보다도 익숙했다.

햇빛이 잘 그을려 놓은 아몬드색 피부, 핏기가 짙게 밴 검붉은 입술, 매서운 듯 유약한 듯 알 수 없는 눈매.

'한나봄, 남자 친구 있어?'

'아, 아니. 없는데……'

'그럼 나 시켜 줘.'

'뭐?'

'대신 이거 너 줄게.'

대학 시절, 맹수 같은 이목구비와 어울리지 않게 수줍어하며 건 넨 딸기 우유가 귀여워서 사귀었다가.

    '한나봄, 너는 왜 말을 똑바로 못 해? 계속 당하고 살 거야?'
    '어차피 말이 안 통하는 사람인데……'
    '말이 안 통하면 바락바락 짓기라도 해.'
    '……지금 너처럼?'
    '뭐?'

그의 불같은 성질머리와 나봄의 소심한 성격이 도무지 맞질 않 아서 2주 만에 최악의 배드엔딩을 맞이한 전남친.

그 이름도 대학에서 제일 유명했던 한국대 미친개, 단태오.

"망했다……"

그를 알아본 나봄은 저도 모르게 혼잣말을 내뱉었다. 그러자 사 나운 단태오의 눈동자가 똑바로 그녀에게 내리꽂혔다.

"앗."

나봄은 망발을 내뱉었던 입술을 닫고 마른침을 꿀꺽 삼켰다. 세 월은 커다란 바위도 깎아 놓는다는데, 왜 그에게 돋쳐 있는 가시는 5년이 지나도 무뎌지지 않았는지 모르겠다.

그렇게 긴장감 넘치는 정적을 견디고 있던 그 순간.

"한봄 도어락 총괄팀장 한나봄 씨 맞죠?"

단태오가 첫 질문을 던졌다. 마치 초면인 사람을 대하는 듯한 태 도였다.

"네?"

"처음 뵙겠습니다. 인사는 이쯤에서 마무리하고 자리에 앉죠."

"아…… 네."

단태오는 서먹한 인사를 마치고 회의실 책상 쪽으로 다가가 앉았다.

나봄은 혹시나 싶은 마음에 그를 뚫어져라 지켜보았지만 역시나 그녀를 알아보는 눈치는 아니었다.

'나를 보고 이렇게 침착할 리가 없는데…… 혹시 얼굴을 까먹은 건가?'

비록 연인이긴 했지만, 까먹었다고 해도 무리는 아니었다.

애초부터 별로 친한 사이도 아니었고, 연애 기간은 겨우 2주, 데이트는 단 두 번, 게다가 손끝도 스쳐 본 적 없었으니.

악연 중의 악연이 자신을 못 알아본다는 건 나봄에게 굉장히 잘된 일이었다. 아예 처음 만난 사람처럼 인연을 리셋시킬 수 있으니, 사업적인 측면에서도 훨씬 도움이 될 게 분명했다.

나봄은 혹시나 그가 뒤늦게라도 자신을 알아차릴까 싶어 최대한 담담한 목소리로 인사를 건넸다.

"저도 처음으로 이렇게 만나게 돼서 반갑습니다."

'처음으로'라는 수식어를 유독 강조하는 나봄은 최대한 자연스러운 연기를 하는 중이었다.

그러자 그 말을 들은 단태오는 입꼬리 끝에 비웃음을 피식.

"반가울 것까지야."

'반가울 것까지야'라니? 사실은 나를 알아본 건가?

"한봄 도어락의 모든 업무를 총괄하시는 분이라고 해서 나이가 제법 있으실 줄 알았는데…… 생각보다 젊으시네요."

아닌가? 역시 못 알아봤나?

이목구비 자체가 사납게 생긴 단태오는 악감정이 있는 건지 없는 건지 확신하지 못하게 만들었다. 헷갈리는 상황 속에서 혼란스러워하던 나봄은 일단 그들의 맞은편에 의자를 당겨 앉았다.

"자, 그럼 단 팀장님도 오셨으니 회의를 시작할까요?"

"그러시죠."

"아, 아…… 네."

고등학교 시절 첫사랑과 대학 시절 흑역사가 동시에 그녀를 바라보고 있다.

두 남자 모두 다른 의미로 나봄의 숨을 멎게 만드는 존재라서, 그녀는 이대로 기절을 해 버릴 것만 같다.

그러나 나봄은 그럴수록 정신줄을 단단히 붙잡고 시제품 제안서부터 나눠 주었다.

"저희 한봄 도어락에서 제안 드리는 시제품의 기획안과 협업 제안서입니다."

"고맙습니다."

고개를 꾸벅 숙여 인사하며 받는 차준은 그녀의 마음을 설레게 만들었다. 나봄은 그의 감사에 화답하기 위해 살짝 미소를 지어 보였다.

그 모습을 바라보고 있던 태오는 제안서를 몇 장을 휙휙 넘겨, 나봄의 이력이 적힌 부분을 찾더니.

"한국 대학교 가구 디자인학과 한나봄……."

하필 그 많은 사항들 중 그와 함께 졸업한 대학교 한 줄만 소리 내어 읽는다.

놀란 나봄의 눈동자가 차준에게서 떨어져 그에게로 득달같이 따라붙었다.

"……예?"

"좋은 학교 나오셨네요."

"아…… 감사합니다."

대체 나를 아는 거야! 모르는 거야! 사람 피 말리는 것도 아니고 미치겠네, 정말!

나봄은 욱하는 마음에 소리치고 싶은 걸 가까스로 참아 냈다. 그 대신 조심스러운 눈길로 태오의 눈치를 살피자, 그는 지극히 사무적인 눈빛으로 다음 장을 넘겼다.

그 반응에 다시금 안도하는 그녀는 꼭 롤러코스터를 타고 있는 기분이었다.

지이이잉— 지이이잉—

그때, 차준의 정장 재킷 안주머니에서 진동벨이 울렸다. 재빨리 수신자를 확인한 그는 미안한 기색을 띠며 자리에서 일어섰다.

"죄송한데 중요한 전화가 걸려와서요. 한나봄 팀장님, 딱 일 분만 기다려 주시겠어요?"

아니요. 일 분은커녕 단 일 초라도 단태오와 둘이 있고 싶지 않은데요.

나봄은 정말 하고 싶은 대답을 숨겨 두고 억지로 고개를 끄덕였다.

"아, 예…… 다녀오세요."

"정말 죄송해요. 금방 돌아올게요."

양해를 구한 차준은 무거운 향수 냄새와 함께 빠른 걸음으로 회의실을 나섰다.

문이 열렸다 닫히는 소리와 함께 그의 기척이 멀어지자, 회의실에는 소름 끼치도록 무거운 정적이 흘렀다.

나봄은 기획안을 살펴보는 척하며 흘끔흘끔 속내를 알 수 없는 단태오에게 눈길을 주었다. 단태오는 그때까지도 무심한 눈동자로 시제품 도안을 살펴보고 있었다.

'나를 알았다면 보자마자 인상부터 썼을 녀석이야. 이렇게 가만히 앉아 있는 걸 보면 역시 날 모르는 게 분명해.'

나봄은 둘이 남아도 별 반응을 보이질 않는 태오를 보며 조심스레 확신을 가졌다.

그 순간.

"사람 면전 앞에서 '망했다'라니……."

정적을 가리고 꺼내진 태오의 목소리는 소름 끼칠 만큼 오싹했다.

"……여전히 말이 심하네."

그러고 나서 곧바로 따라붙은 시선은 두려울 정도로 사나웠다.

"네……?"

토끼 눈이 된 나봄의 눈동자가 보다 또렷하게 태오를 마주했다. 이때껏 진정시켜 놓은 심장은 다시금 요동치기 시작했고, 겨우 정돈해 둔 생각들은 도로 복잡하게 헝클어졌다.

태오는 그런 그녀를 똑바로 직시하며 마저 입술을 움직였다.

"내가 널 못 알아보는 줄 알았어?"

지, 지금 뭐라고…….

"왜 그런 안일한 생각을 했어."

나봄의 두 번째 남자이자, 단 2주간의 연애 기간 동안 폭풍처럼 휘몰아쳤던 원수 같은 놈이 비꼬듯 말했다.

그 말을 들은 나봄은 터져 나오는 대답을 속으로 삼켰다.

그러게. 왜 나는 안일한 생각을 했을까.

오늘 아침 집에서 출발하면서, 내 인생의 꼴랑 두 명뿐인 전남친들과 재회할 상황쯤은 미리 염두에 뒀어야 했는데.

그것도! 한자리에서! 한꺼번에 말이야!

나봄은 당황한 만큼 눈빛을 떨다가, 괜히 입술을 깨물다가 이내 나름 소신 있는 대답을 내뱉었다.

"그, 그야…… 우리가 오래 사귄 건 아니었으니까."

그러자 단태오의 눈빛이 다시 잡아먹을 듯 사나워졌다.

"수많은 인연 중에 한 명이었다, 이거냐?"

"나야 인연이 별로 없지만 너는 그러지 않을까 해서……."

"어, 그래."

"으, 응?"

"이력에 대학 안 적혀 있었으면 끝까지 모를 뻔했어. 난 너 같은 인연이 셀 수 없을 만큼 많아서."

그럼 내 말이 맞는 거잖아. 그런데 왜 그렇게 화를 내면서 말해?

나봄은 바락바락 대들고 싶은 마음을 간신히 억눌렀다. 이 자리에선 그가 '갑'인 이상, 그의 심기를 거스르는 일은 해선 안 됐다.

애초부터 단태오라는 녀석은 나봄이 거스를 수 있는 상대가 아니기도 했지만.

"그래, 그럴 수 있지. 날 잊었어도 이해해."

나봄은 최대한 유한 목소리로 대답했다. 그러자 잠시 더 날카롭게 그녀를 노려보는가 싶던 태오는 이내 삐딱한 목소리를 꺼내 놓았다.

"이번 미팅 망해서 어떡하냐."

"응? 뭐가 망해?"

"하필 면접관이 나니까 상황이 좋진 않잖아."

그의 말은 본격적으로 시작되지도 않은 미팅의 부정적인 신호탄이었다. 그의 사적인 감정을 용납할 수 없었던 나봄은 서둘러 반박했다.

"그건 말도 안 된다고 생각해. 과거 인연이 어떻든 간에 지금은 업체 대 업체로 만난 거잖아. 난 아직 제대로 보여 준 것도 없는데 망했다고 하면……."

"니가 니 입으로 그랬어."

"뭐?"

"내 얼굴 보자마자 망했다며."

치사한 놈. 나도 모르게 내뱉은 말을 마음에 담아 뒀나 봐.

말문이 막힌 나봄은 잠시 일렁이는 시선으로 태오를 바라보았다. 그 눈동자 안엔 약간의 원망이 서려 있었지만.

"그건…… 미안."

결국 뱉어 내는 말은 사과뿐이었다. 고개를 숙여 가며 비위를 맞춰야 하는 건 비참해도 어쩔 수 없는 그녀의 현실이었다.

"그러게 여긴 왜 나타났냐."

뿔난 그녀를 무심하게 바라보던 태오가 물었다.

"……먹고살려고."

나봄은 지나치게 솔직하고 일차원적인 대답을 꺼내 놓았다.

그러자 태오의 입꼬리가 한쪽만 유독 들어 올려졌다. 저 재수 없는 비웃음 뒤에 따라올 말은 분명 독설일 게 뻔했다.

"나는……."

"죄송합니다. 많이 기다렸죠?"

하지만 그가 입술을 움직이던 순간, 나봄은 회의실로 돌아온 차준은 눈물이 날 만큼 반가웠다.

"아, 잘 오셨습니다! 본부장님!"

그래서 태오를 대할 때와는 정반대의 표정으로 밝게 인사하니, 차준은 나른한 미소를 지으며 대답했다.

"그렇게 반겨 주시니까 기분 좋네요, 한나봄 팀장님."

차준의 예쁜 입술 사이로 흘러나온 말은 태오가 몰고 온 먹구름을 모두 물러가게 만들었다.

우울하고 난처했던 감정이 두근대는 설렘으로 바뀌자, 어느새 나봄의 입가에도 부드러운 미소가 엱었다.

"……."

물론 그런 그녀를 싸늘하게 바라보는 단태오는 들뜬 기분도 망가트려 놓았지만.

돌아온 차준이 다시 제자리에 앉자, 나봄은 들고 온 시제품을 상자에서 꺼내들었다. 그러고는 짧은 심호흡과 함께 오랜 시간 연습해 온 첫 멘트를 내뱉었다.

"한봄 도어락에서 제안 드리는 도어락 제품 설명을 시작하겠습니다."

두 남자의 눈동자가 동시에 그녀의 손끝에 집중되었다.

시선에도 촉감이 있다면 분명 차준은 양털처럼 몽글몽글할 것이고, 단태오는 고슴도치 등짝처럼 뾰족뾰족할 것이다. 지금 나봄이 느끼는 바로는 그렇다.

"우드레일이 새롭게 기획하고 있는 수제 가구 'Lily' 라인은 기존의 모던한 가구 디자인과 달리 앤티크하고 동화적인 요소가 특징이라고 생각합니다."

"네, 네."

"그래서 저희 한봄 도어락은 최대한 자연스럽게 'Lily' 라인에 섞여 들어갈 수 있도록 백합꽃을 모티브로 하여 레버형 도어락을 디자인해 보았습니다."

"네, 네. 그렇군요."

나봄의 사소한 얘기에도 항상 '응, 응' 하며 두 번씩 대답해 주는 차준의 버릇은 여전했다. 그가 이런 식으로 반응해 줄 때마다 나봄은 더욱 신이 나서 종알대곤 했었다.

그때의 추억을 떠올린 나봄의 표정이 더욱더 편안해졌다.

"먼저 문이 열리고 잠기는 방식을 설명 드리자면……."

"그립감이 최악이겠는데요."

하지만 그녀가 행복한 꼴을 보지 못하는 태오가 흥을 깨트렸다.

"예?"

"디자인 하나 살리자고 그립감이고 안정성이고 다 포기한 겁니까?"

"아뇨, 그립감도 그리 나쁘지는……."

"꼭 완벽하지 않은 제품을 우드레일로 가져왔다고 들리는군요. 딱 잘라 얘기하죠. 내 작품엔 저렇게 그리 나쁘지도 좋지도 않은 문고리 달아 놓기 싫습니다."

딱 잘라 얘기하지 마. 이 텍사스 전기톱 살인마 같은 놈아.

나봄은 울컥하는 마음을 달랬다. 차준이 달궈 놓았던 그녀의 온도는 태오와 대화를 하자마자 얼음장처럼 차가워졌다.

"확실히 도어락 디자인이 특별하다 보니 그립감이 걱정되긴 하네요."

설상가상으로, 시제품을 자세히 들여다보던 차준이 태오의 못된 의견에 동의했다. 나봄의 얼굴에 곧바로 울적함이 드러났다.

"제가 시제품을 만져 봐도 될까요?"

차준은 진지한 눈빛에 다시 웃음기를 머금으며 물었다.

"아, 그럼요!"

시제품을 넙죽 내미는 나봄의 손은 초조함 때문에 덜덜덜 떨려 오고 있었다.

"흐음……."

조심스레 시제품을 넘겨받은 차준은 나른 숨을 내쉬었고, 머지 않아 진중한 목소리로 첫 평가를 내렸다.

"그립감은 확실히 기존 자사 제품보다 떨어지는 것 같아요."

그건 분명 부정적인 반응이었으나 이상하게도 나봄은 조금도 기분 상하지 않았다.

아마도 나봄이 공들여 제작한 제품을 정성스럽게 훑어보는 그의 성의 있는 눈빛 때문인 것 같다.

나봄은 짧은 시간 동안 깊은 생각을 한 그가 여러 가지 표현들 중에서도 가장 친절한 것만을 골라내는 걸 느낄 수 있었다.

제 심술대로 막 내뱉는 단태오랑 다르게.

"하지만 작은 부분들까지 세심하게 신경 쓴 게 느껴지네요. 특히 이 잠금장치는 정교하게 움직여서 살짝 놀라기까지 했어요."

"그, 그런가요?"

"그립감도 잡는 부분의 곡면만 조절하면 충분히 개선 가능하리라 봅니다."

아니나 다를까.

차준에게서 이어지는 평가는 내구성에 심혈을 기울이는 한 사장의 미학까지도 잘 꿰뚫어 보고 있었다. 나봄은 긍정적으로 전개되는 상황에 모든 기대를 싣고 뿌듯한 미소를 지었다.

"단 팀장님도 자세히 보시겠어요?"

차준은 뻐딱한 태오에게 시제품을 내밀었다.

그가 말하는 동안 나봄의 얼굴만 물끄러미 쳐다보고 있던 태오는 애먼 곳으로 시선을 돌렸다.

"……봤습니다. 본부장님이랑 같이."

거짓말. 내내 나만 노려보고 있었으면서.

"그렇다면 조금 더 사업적인 측면에서 얘기 나누고 싶네요. 한나봄 씨, 마저 설명 부탁드립니다."

단태오가 망쳐 놓으려 했던 상황을 깔끔하게 정리한 차준이 시제품을 돌려주며 말했다.

차준으로부터 힘을 얻은 나봄은 보다 당당하게 어깨를 펴고 끊어졌던 발표를 이어 나갔다.

"네, 그럼 다음으로 장점이라 여겨 주신 잠금장치를 소개해 드리겠습니다."

다시 터져 나온 그녀의 목소리는 이전보다 힘이 있었다.

나봄은 두꺼운 제안서를 막힘없이 설명하며, 지금 이 순간처럼 차준이 그녀 곁에 머물러 주었던 시간들을 떠올렸다.

'오빠! 나 진짜 자전거 못 타는데!'
'괜찮아, 괜찮아. 무서워하지 마.'
'절대 손 놓으면 안 돼! 알았지? 난 오빠가 안 밀어 주면 앞으로
도 못 간단 말이야!'

그 시절에도 작은 일에 겁부터 집어먹던 나봄은.

'아니, 넌 나 없이도 잘할 수 있어.'

차준의 주문 같은 말 한 마디에 모든 두려움을 잊어버렸고.

'와앗! 봤지! 봤구나! 어떡해!'

'어떡하긴 어떡해! 잘 가잖아!'

'나 지금 자전거 타는 거야?! 응?!'

결국엔 그의 손을 떠나 해냈던 것 같다.

"이상으로…… 품질을 최우선으로 생각하는 회사, 한봄 도어락의 협업 제안서 발표를 마치겠습니다."

바로 오늘처럼.

*　　　*　　　*

퇴근 시간이 다가온 우드레일 본사 옥상.

업무에 지친 회사원들이 잠깐이라도 숨통을 틔우려 찾아오는 그곳에 태오가 있었다.

난간에 비스듬히 기댄 채 흐린 담배 연기를 뿜어 대는 그는 그녀의 마지막 얼굴만을 떠올리고 있는 중이었다.

'그럼 긍정적인 방향으로 검토 부탁드립니다.'

한 시간 남짓한 미팅을 끝마치며 나봄이 남긴 말은 굉장히 사무적이었다.

선우차준 본부장을 향해 풋풋한 미소를 지어 보인 그녀는 이내 태오 쪽으로 작은 몸을 돌렸다.

'만나서 반가웠습니다.'

그녀가 건넨 멘트는 살가웠으나 태오를 마주한 표정에서 드러나는 진심은 전혀 그렇지 못했다. 딱딱하게 경직된 눈빛은 그를 경계하는 기색이 역력했다.

거짓말. 하나도 안 반가웠으면서.

마지막 순간에도 나한테 하고 싶었던 말은 맨 처음에 내뱉었던 '……망했다.'라는 그 나쁜 한마디면서.

사실 태오는 일주일 전부터 한봄 도어락에서 찾아올 팀장이 나봄이라는 걸 알고 있었다.

단순히 인지만 하고 있었던 게 아니라, 그때부터 지금까지 남몰래 디데이를 세고 있었을 정도로 온 맘을 다해 애타게 기다렸었다.

'저기요.'

'아, 뭐.'

'저, 저기요?'

'왜 자꾸 귀찮게 사람을…….'

매사에 거침없는 불도저 같은 남자 단태오에게 날아든.

'가방 문 열렸는데…….'

'…….'

'닫아드려도 될까요?'

한 마리 나비 같은 여자 한나봄과의 재회를.

스무 살 때부터 스물세 살 때까지 자그마치 4년이나 먼발치서 짝사랑만 했다.

그러다 겨우 마음이 닿았지만, 매사에 서툰 태오가 겁 많은 그녀를 놓쳐 버리는 데까지는 2주도 채 걸리지 않았다. 그에게 줄 마음조차 없었던 그녀는 4년이나 묵혀 왔던 태오의 사랑을 버거워했던 것 같다.

4년이나 유지해 온 짝사랑. 5년 동안 끝내지 못한 첫사랑.

나봄은 도합 9년 동안 단태오를 쥐고 흔들었고, 오늘이 되어서야 다시 그의 눈앞에 나타났다.

그건 태오가 포기하고 있던 꿈같은 상황이었으나.

'……망했다.'

그녀의 보인 첫 반응은 차라리 평생 안 마주치고 사는 게 나았을 만큼 최악이었다.

그 말을 듣는 순간 기다리고 기대했던 내가 바보처럼 느껴져서, 도저히 뻗쳐 나오는 성질머리를 참을 수가 없었다.

'사람 면전 앞에서 '망했다'라니…… 말이 심하네.'

그렇게 니가 박아 넣은 첫 마디가 너무 아프다고 있는 대로 징징

거렸더니, 결국 우린 돌이킬 수 없을 만큼 멀어져 있더라.

그건 아무리 생각해 봐도 너를 겁먹게 만든 내 잘못이더라. 예전과 조금도 다를 것 없이.

사실 태오는 그녀가 자신을 마주하자마자 내뱉었던 가시 같은 말을 어떻게 받아쳤어야 했을지 모르겠다. 기대감만큼 몰아친 좌절감을 어떻게 감춰야 했을지도 모르겠다.

아, 그냥 상처받은 것조차 티내지 말았어야 했나.

그는 잠시 후회해 보았으나 어쩐지 억울함이 밀려들었다.

아픈 걸 아프다고 하지, 그럼 뭐라고 해.

"하아……."

태오는 긴 한숨과 함께 담배 연기를 뿜었다. 매캐함이 목구멍을 타고 넘어가자 안 그래도 사나웠던 눈썹이 더욱 험악해졌다.

"그래, 니 말대로 오늘은 확실히 망한 거 같네."

태오는 아는 사이인 자신보다도 처음 보는 본부장에게 더욱 의지했던 나봄을 떠올리며 말했다.

"그래도 나는 너한테 악감정 없었어."

이내 꺼내 놓는 건 지레 겁먹은 그녀에게 꼭 해 주고 싶던 말이었다. 하필 그때 들이닥친 본부장 때문에 오해는 풀지 못했지만.

"나쁜 가시나. 반갑게 인사해 주는 게 그리도 어렵냐."

그 뒤를 따라 밀물처럼 밀려들어 오는 속마음은 본인이 생각해도 참 못났다.

"예쁘지라도 말던가……."

하지만 그녀는 온갖 섭섭한 말들을 꺼내 놓던 입술조차도 예뻤

다.

비록 시종일관 굳어 있긴 했어도, 순하게 내려앉은 눈꼬리는 여전히 더럽게도 귀엽더라.

'단 팀장님. 저는 한봄 도어락 시제품의 내구도가 좋아서 긍정적으로 검토해 볼 예정인데, 팀장님 생각은 어때요?'

나봄이 떠난 자리에서 차준은 태오에게 넌지시 의견을 물었다.

그의 평가엔 전반적으로 동의하는 바이지만, 문제는 태오 마음의 내구도였다.

협업을 하게 되는 순간부터 태오는 하루에도 몇 번씩 그녀의 굳은 눈동자를 견뎌 내야 할 텐데, 과연 그걸 버텨 낼 수 있을지 의문스럽다. 오늘만 해도 망했다는 한마디에 벌써 절반은 와장창 깨져 버렸으니.

태오는 다 타 버린 담배를 난간에 지져 끄고는 고집스럽게 몸을 돌렸다. 밀린 업무도 제쳐 두고 회의에 참석했으니, 이제는 쓰라린 가슴을 안고 현장으로 돌아가야 한다.

평소엔 그렇게나 싫어했던 잔업이지만 이 순간만큼은 산더미처럼 쌓여 있는 게 감사했다. 아무 생각도 없이 밤새도록 일이나 해야겠다.

오늘 그는 다시 마주한 그녀의 얼굴을 절대 떠올리지 않을 생각이다.

　화곡동에 위치한 단독주택, 아기자기한 인형들이 즐비한 나봄의 방.

　"나봄아, 치킨을 시켜 주거라."

　복통으로 응급실에 실려 갔다가 반나절 만에 기력을 찾고 퇴원한 한 사장이 얼토당토 없는 말을 내뱉었다.

　의사로부터 하루 동안의 금식을 권고받은 사실을 알고 있는 나봄은 좀처럼 보이지 않는 매정한 태도로 고개를 저었다.

　"아빠, 오늘 장염 때문에 고생하셨잖아요."

　"신경성이라서 너 미팅 끝나니까 싹 나았다."

　"안 돼요. 오늘은 이온 음료로 배 채우세요."

　한 사장은 단호하게 구는 딸을 너무하다는 듯 흘겨보았다. 그러다 이내 인상을 풀고, 아까 전부터 묻고 싶었던 질문을 조심스레 꺼내 물었다.

　"그래서, 오늘 미팅은 어떻게 됐냐?"

　"으음……."

　돌아온 나봄의 반응은 희비를 판단할 수가 없었다. 한 사장은 초조한 표정으로 그녀에게 다가서며 대답을 재촉했다.

　"왜. 어땠는데."

　"딱 뭐라고 말하기가……."

　"망했어?"

　"아니요, 그런 건 아니고……."

"아, 그럼 뭔데!"

성질이 급한 한 사장은 뜸을 들이는 나봄을 기다려 주지 못했다.

하지만 정말 결론을 내리지 못하고 있던 나봄은 조금 더 망설인 끝에 애매모호한 답변을 내뱉었다.

"운이 좋으면 승은을 입고, 운이 나쁘면 곤장을 맞고."

"그게 무슨 소리야? 쉽게 말해 봐."

"본부장이랑 팀장, 이렇게 두 사람이 왔는데 반응이 너무 극과 극이라서요."

나봄의 말을 들은 한 사장은 잠시 깊은 생각에 잠겼다. 그러다 잔뜩 긴장한 표정으로 넌지시 물었다.

"좋은 쪽이 본부장이냐, 팀장이냐?"

"본부장님이요."

"휴우, 그럼 되겠네."

"그, 그래요?"

"응! 당연하지! 회사에서 팀장보다 본부장 입김이 더 세잖아!"

한 사장은 확신했으나 나봄은 살짝 고개를 갸웃거렸다.

회사 내 입김은 본부장이 더 셀지 몰라도, 팀장이 성질 더러운 단태오인 이상 마음을 놓을 수 없었다.

대학 때도 어찌나 온갖 군데에 성질을 부려 대던지.

'교수님, 논문만 도와주면 레포트를 발로 쓰든 혀로 쓰든 무조건 A+인 겁니까?'

'니가 1년 재수해서 나보다 형인 걸 뭐 어쩌라고 운동장으로

집합하라 마라야.'

　'오늘은 술 마시기 싫다고 다섯 번째 말합니다. 귀먹은 선배 새
끼야.'

　교수님이건, 동기건, 선배님이건. 단태오의 심기를 건드렸다 하
면 쪽을 못 썼지, 쪽을.

　"일단은 두고 봐야 알 것 같아요. 좋은 소식이든, 나쁜 소식이든
금방 연락 오겠죠."

　나봄은 결과를 과신하고 있는 한 사장을 진정시켜 두었다. 단태
오라는 변수가 워낙 커서 그녀도 아직 마음을 놓지 못하고 있었다.

　그러나 벌써 한시름 놓은 한 사장은 어깨를 흔들며 그녀의 방을
빠져나갔다.

　"룰루랄라. 그럼 내일은 파티다, 파티."

　"파티는 무슨. 결과 아직 안 나왔어요."

　"출근하자마자 직원들한테도 알려야지."

　"우리 아직 우드레일이랑 손잡은 거 아니라니까!"

　그에게 큰 실망감을 안겨 주고 싶지 않았던 나봄은 멀어지는 그
의 뒤통수에 대고 연신 소리를 쳤다.

　♪ ♩ ♫ ♪ ♫

　그때, 그녀의 목소리만큼이나 요란한 벨소리가 방 안을 가득 메
웠다. 깜짝 놀란 나봄의 시선이 책상 위 휴대폰으로 향했다.

　"응? 모르는 번호인데……."

　나봄은 낯선 아홉 자리 숫자를 바라보다 조심히 통화 버튼을 눌

렀다.

"여보세요?"

다소 겁먹은 듯 나와 버린 목소리. 그리고 이어지는 짧은 침묵.

"여보세요. 전화 받았습니다."

—저……

어렵게 꺼내진 상대방의 음성은 살짝 긴장되어 있었다. 나봄은 휴대폰을 고쳐 쥐며 본능적으로 그 사람의 얼굴을 떠올렸다.

그래서 더 이상 아무런 말도 하지 않았더니, 발신인은 보다 또렷한 첫 마디를 건넨다.

—한나봄 씨, 안녕하세요?

"네?"

—저 지금 어쩌다 보니 나봄 씨 집 앞까지 와 버렸는데…… 어떡하죠?

설마, 설마, 설마!

나봄은 휴대폰을 든 채 창문으로 다가섰다. 그녀의 집 대문 앞에서 노란 가로등 빛을 받으며 서 있는 남자가 단번에 시선을 사로잡았다.

—어, 니 얼굴 보인다.

휴대폰에서 들려오는 목소리에 맞춰 배시시 미소 짓는 그 사람은 달빛 아래서도 아름다웠다.

"차준 오빠……?"

떨리는 나봄의 목소리가 그의 이름을 불렀다. 그러자 그녀를 따라 휴대폰을 내려놓은 차준은 장난스러운 인사를 꾸벅.

"한나봄 씨, 안녕하세요."

"아, 아…… 예."

"혹시 저녁 드셨어요?"

차준이 입가에 손을 모은 채 달콤한 질문을 던졌다.

같은 실수를 두 번이나 반복할 수 없었던 나봄은 숨도 쉬지 않고 소리쳤다.

"아니요! 안 먹었어요! 같이 먹을까요!"

*　　*　　*

믿기지 않는 일이 벌어졌다. 잊지 못한 첫사랑이 그녀 앞에 앉아 파스타를 먹는 기적이 나봄의 인생에 찾아왔다.

"예전에도 여기 와 봤던 것 같은데. 너 생일 때였나?"

차준은 생글생글 웃는 낯으로 물었지만 나봄은 쉽사리 대답할 수 없었다.

너무 급한 마음에 아무 티셔츠나 막 주워 입고 온 그녀는 차준의 시선이 닿는 곳마다 부끄럽기만 하다.

"그, 그랬나요……."

나봄은 제 앞에 놓인 파스타에 두 눈을 내려 박은 채 움츠러든 목소리로 대답했다.

그 모습을 본 차준의 입가에 더 깊은 미소가 배어들었다. 그녀를 지켜보는 그의 표정은 10년 전과 다름없이 장난기가 가득했다.

"나랑 같이 있는 거 어색하지?"

"예? 아, 아니요! 어색하지는……!"

"거짓말. 여긴 회사도 아닌데 아직까지도 존댓말 쓰잖아."

차준은 서운함을 드러냈지만 나봄으로서는 어쩔 수 없는 일이었다. 지금껏 머릿속에 새겨 두었던 그의 얼굴은 갓 스무 살짜리 앳된 얼굴인데, 지금 마주하고 있는 건 그때보다 몰라보게 성숙한 서른 살짜리 어른 남자였으니까.

게다가 벌써 한 회사의 본부장 자리에 올라서 있다니. 예전이나 지금이나 남들보다 월등히 앞서가는 건 여전하구나.

"저도 오빠라는 호칭이 익숙하긴 하지만…… 그래도 오늘은 업체 본부장님으로 만난 거라 조금 어려워요."

나봄은 여전히 조심스러운 목소리로 솔직한 심정을 드러냈다. 그러자 차준은 포크로 제 그릇을 휘휘 저으며 대꾸했다.

"본부장도 본부장 나름이야."

흘러나온 목소리는 가벼웠으나 나봄은 본능적으로 씁쓸한 기운을 느꼈다.

하지만 자세히 되물어 볼 새도 없이 그는 까만 올리브 여러 개를 포크에 꽂아 두고는 나봄에게 물었다.

"으흠, 나는 올리브 아직도 싫어하는데 너는 아직도 좋아해?"

"아, 네. 좋아해요."

"그럼 덜어 줄까? 예전처럼."

예전처럼.

차준은 지금 너무나도 쉽게 입에 담는 그날이 우리가 서로 사랑했던 날이라는 걸 인지하고 있을까.

나봄은 저도 모르게 붉어진 얼굴로 고개를 끄덕였다.

그러자 포크에 가득 꽂힌 올리브를 그녀에게 넘겨주는 차준은 10년 전 모습과 똑같은 눈웃음을 짓고 있었다. 그럴 때마다 귀염성 있게 움직이는 오른쪽 눈 밑 매력 점도 그대로였다.

"앗, 고맙습니다. 본부장님."

"앗, 아닙니다. 한나봄 팀장님."

나봄의 인사를 장난스러운 고갯짓과 함께 받아 든 차준은 다시 제 접시로 눈동자를 옮겨 두었다.

나봄은 길게 늘어진 그의 속눈썹을 저도 모르게 멍하니 바라보고 있다가, 애써 정신줄을 붙잡고 그에게서 받은 올리브 하나를 입에 넣었다.

원래는 올리브의 짭짤한 맛을 좋아하는 것이었으나, 차준의 그릇에 있던 거라 그런지 잘 익은 포도보다 달았다.

"저기…… 그런데요. 본부장님."

"응응."

"오늘 저희 집엔 왜 찾아오신 건지……."

나봄이 기어들어 가는 목소리로 넌지시 묻자, 막 스파게티 면을 입 안 한가득 집어넣은 차준이 고개를 들었다.

그는 나봄의 눈을 또렷하게 마주한 채 턱을 보다 빠르게 움직였고, 어느 정도 음식물이 삼켜지자 예상치 못한 말을 꺼내 놓았다.

"낮에 하다 말았던 얘기 다시 들려줘."

"예? 낮에 하던 얘기라면 어떤……."

"결혼. 한 거야, 안 한 거야?"

오늘 회의실에서 단태오가 등장하기 직전에 들려왔던 단어. 아직도 첫사랑을 잊지 못한 나봄에겐 불가능에 가까운 결혼.

낮에 당황스러움이 다시 떠오른 그녀는 부인하고 싶은 만큼 손을 휘저었다.

"그런 거 안 했습니다!"

"……."

"대체 누가 그런 얘길…… 혹시 채소라인가요? 소라가 그랬나요?"

그래, 범인이 있다면 술 취할 때마다 아무 소리나 지껄이는 고등학교 친구 채소라. 채소라가 분명해!

적극적으로 해명하는 나봄의 표정은 꽤나 진지했다. 차준은 그 모습을 물끄러미 바라보고 있다가 이내 둥근 호를 그리며 눈웃음을 지었다.

"그랬구나. 결혼 안 했구나……."

"네, 안 했……!"

"하아…… 다행이다, 정말."

그의 입술 새로 사랑스럽다 여겨질 만큼 예쁜 실웃음이 새어 나왔다.

안도의 한숨을 쉬는 차준의 모습은 꼭 그 사실을 바랐던 것처럼 느껴져서 나봄은 숨도 쉴 수 없을 만큼 가슴이 벅차올랐다.

"다, 당연하죠. 결혼이라니……."

"난 내 첫사랑 빼앗긴 줄 알고 속상할 뻔했어."

'내 첫사랑' 부분에서 나봄의 심장은 쿵!

순식간에 뜨거워지는 귀와 붉어지는 뺨은 수습할 수 없을 지경이었다. 나봄은 갑자기 나타나 그녀의 마음을 휘저어 놓는 차준에게 계속 동요하고 있다.

마치 첫 설렘을 느꼈던 10년 전 그때처럼.

"그나저나 소라라면 너랑 제일 친하던 채소라 맞지? 아직도 친하게 지내나 보네."

"네, 뭐…… 소라랑은 올해로 12년 지기죠. 생각해 보니까 벌써 시간이 이렇게나 흘렀네."

"좋겠다. 12년 동안 계속 보고 지내서."

"음, 좋은 것 같아요. 잘 통하는 친구가 있다는 건 소중한 거니까."

"아니, 너 말고 소라 말이야."

"네?"

아니야, 내가 휘둘리는 게 아니야. 이 남자가 자꾸 괜한 말로 날 휘두르고 있는 거야.

나봄은 남몰래 '그가 날 아직까지 좋아하는 걸까'라고 생각해 보았다. 하지만 제 스스로도 낯 뜨거워질 만큼 터무니없는 기대감이라 접어 두기로 했다.

소심하고 겁이 많아서 이성에게 다가가지도 못했던 나봄과 달리, 예전부터 인기를 몰고 다녔던 차준이라면 그녀보다 더 번듯한 여자들이 많을 게 분명했다.

그러니까 아무리 지금 이 상황이 10년 전과 똑같을지라도 훌쩍 흘러 버린 세월의 공백을 무시해선 안 되는 거다. 분명 그 사람의 진심은 10년의 세월만큼 변해 있을 것이다.

그렇게 혼자 설레발치는 마음을 정리하고 있던 그때.

"나 내일모레쯤 너희 회사 놀러 갈 거야."

차준이 생각지도 못한 일정을 꺼내 놓았다. 복잡함으로 인해 살짝 구겨졌던 나봄의 눈썹이 다시 동그랗게 펴졌다.

"네? 우리 회사요?"

"1차 통과했으니까 2차 심사 들어가야지."

기대한 적도 없었던 협업 통과 소식이었다.

오늘 면접장의 단태오가 그녀의 문고리를 얼마나 탐탁지 않게 여겼는지를 똑똑히 기억하고 있는 나봄은 의아함을 감출 수 없었다.

"반응이 안 좋지 않았나요?"

"내가 좋아했잖아."

"하지만 단태오가…… 아니, 단태오 팀장님이 저희 제품 달아 놓기 싫다고 하셨는데요?"

"그래도 내가 좋아했잖아."

비슷한 대답이었지만 두 번째로 꺼내진 쪽엔 더욱 힘이 실려 있었다. 그건 분명 문고리를 얘기한 것일 테지만, 나봄의 귀에는 자꾸만 다른 의미로 들려와서 큰일이었다.

"아…… 그렇죠. 좋아, 좋아하셨죠."

"응, 좋아했어."

"문고리를!"

"그래그래, 문고리."

차준의 입술 새로 피식, 하는 웃음소리가 새어 나왔다.

나봄은 그런 세세한 부분에서까지 의미를 찾고 싶지 않아서 굳이 반응하지도 않았다.

그 뒤에 이어지는 식사는 지극히도 평범하고 단조로웠다.

"그럼 그동안 뭐하고 지냈어? 연애도 안 하고, 결혼도 안 하고."

"그냥…… 별일 없이 잘 지냈어요."

"아버지 회사 일은 어떻게 도와드리게 된 거야?"

"글쎄요. 어쩌다 보니……."

이유는 순전히 이런저런 근황들을 묻는 차준에게 얼어붙은 반응밖에 내비치지 못한 나봄 때문이었다.

나봄은 편안하게 그를 대해 보려고 해도, 막상 눈이 마주치자마자 머릿속이 하얘지는 것 같아 미칠 지경이다.

'긴장하면 안 돼. 오래된 친구랑 밥 먹는다고 생각하고 편하게 대하자, 편하게.'

나봄은 경직되어 있던 자신을 추스르기 위해 물 한 모금을 마셨다. 생각해 보면 지금 이 순간은 그녀의 인생에 찾아온 기적과 다름없는데, 이렇게 허무하게 보낼 수는 없었다.

"저……."

하지만 의욕만 가득한 입술을 떼어 내기가 무섭게.

"다 먹었으면 일어날까?"

손목시계를 확인한 차준이 그녀에게 물었다.

순간 당황한 나봄은 제 그릇을 확인했다. 분명 다 먹은 기억은 없건만 그녀의 파스타는 깨끗하게 사라진 지 오래였다.

"그러게요. 다 먹었네요."

나봄은 흘려보낸 목소리에선 아쉬운 감정이 잔뜩 묻어 나왔다.

그걸 알아챈 차준의 얼굴에 부드러운 웃음기가 맺혔다.

"사실 오늘 회사 일 다 안 끝내고 온 거야."

"그, 그래요?"

"응응. 같이 저녁밥 먹을 사람이 없었거든."

거짓말. 예전부터 주변엔 온통 사람밖에 없었으면서.

"오늘은 전할 소식 다 전했으니까 이만 회사로 돌아가 봐야겠다."

그리 말하며 휴대폰을 챙겨드는 차준은 미련 따위 찾아볼 수도 없었다.

나봄은 괜히 긴장한 자신 탓에 분위기가 좋지 못했던 것 같아 후회스러워졌다. 차준이 자연스럽게 이끌고자 했던 대화도 지나치게 경직된 나봄 탓에 좀처럼 이어지지가 않았다.

"여기까지 와 주셨는데 재밌게 못 해드린 것 같아서 죄송해요……."

그래서 작은 목소리로 사과의 말을 내뱉었더니 차준은 곧바로 되물었다.

"난 재미있었는데. 넌 재미없었어?"

"아, 아니요! 그런 뜻은 아니고……!"

"아아, 지루했나 보구나. 나 상처받았어."

"아닙니다! 안 지루했어요! 그렇게 들렸다면 죄송합니다! 본부장님!"

"하하."

수습하려 하면 할수록 이상하게 꼬이는 대화의 끝은 차준의 나긋한 웃음소리였다.

당황한 나봄을 즐거운 눈빛으로 바라보던 그는 이내 예쁜 입술을 마저 움직였다.

"그럼 나 부탁 하나만 들어줘."

"부탁…… 이요?"

"다음부터 둘이 있는 자리에선 예전처럼 오빠라고 불러 줘."

온 마음을 다 바쳐 사랑했던 그 시절의 '오빠'.

그 말을 하던 순간, 눈웃음을 따라 씰룩 움직이는 눈물점은 나봄의 마음을 요동치게 만들었다.

"참고로 내일모레는 나 혼자 올 거야."

겨우 온도를 낮춰 놓았던 얼굴은 다시 뜨겁게 달아오르고 애써 진정시켰던 호흡은 금방이라도 넘어갈 듯 가빠진다.

"아…….."

대답이 나오질 않던 나봄은 일렁이는 눈빛으로 그를 마주했다.

차준은 그런 그녀보다 먼저 자리에서 일어섰고, 다정한 손길을 건네 그녀를 에스코트했다.

"집에 데려다줄게요. 같이 나가요, 팀장님."

그 손길을 따라 이끌리듯 자리에서 일어난 나봄은 온몸에 전기라도 오르는 듯 짜릿짜릿해졌다.

이미 다 지나간 줄 알았던 감정이 다시 되살아날 것 같아 큰일이다.

*　　　*　　　*

"지금…… 한봄 도어락이라고 하셨습니까?"

우드레일 회의실.

'Lily' 라인과 콜라보를 맺을 협력 업체를 선정하는 자리에서 태오가 차마 믿기지 않는다는 눈빛으로 물었다.

그러자 차준은 빙긋 미소를 띤 채 군더더기 없는 대답을 했다.

"네, 한봄 도어락에서 제시한 시제품이 마음에 들었거든요."

태오는 방금 제 귀로 들려온 말을 쉽사리 소화할 수 없었다. 객관적으로 생각해 보았을 때 한봄 도어락은 우드레일과 무언가를 할 수 있는 위치가 아니었다.

그래서 나봄과의 만남도 어제부로 끝인 줄 알았건만…… 지금 상황이 대체 어떻게 돌아가고 있는 건지.

"한봄 도어락 같은 작은 기업이랑 손을 잡았을 때, 저희가 얻는 이득이 뭡니까?"

그때, 회의에 참여하고 있던 사람 중 한 명이 이의를 제기했다. 기획 담당인 차준, 현장 담당인 태오와 함께 'Lily' 프로젝트를 지휘하고 있는 영업 담당 최태영 부장이었다.

그는 차준이 책상 위에 펼쳐 놓았던 한봄 도어락의 제안서를 치워 버렸다. 그러고 나서 꺼내 두는 건 다른 업체의 제안서였다.

"예전부터 우리 쪽 대형 프로젝트와 콜라보 해 왔던 케이 도어락도 한 번 더 고려해 주시길 부탁드립니다."

"그 업체와 계약했던 3년 동안 불량품 신고와 수리 요청이 많이 들어오지 않았나요?"

"그런 거야 판매율에 따라 상대적으로 높아지는 것 아니겠습니까."

"판매율을 감안해 봐도 그건 문제가 되죠. 소비자들이 공장 제품보다 두세 배는 비싼 수제 가구를 구매하는 이유가 무엇인데요."

최 부장은 어떻게든 결과를 바꿔 보려 했으나 대쪽 같은 차준은 좀처럼 마음을 바꿔 주지 않았다.

그래서 새 업체에게는 절대로 없는 신뢰감을 들먹이며 한 번 더 매달려 보려던 그때.

"어차피 신뢰 관계도 최 부장님하고만 쌓아 왔으니까, 저는 새로운 업체와 협약을 맺는 게 문제가 될 것 같진 않네요."

차준은 아직 꺼내지도 않은 말을 미리 간파하고 가로막았다. 날카로운 통찰력을 가지고 있는 그는 이미 최 부장이 기존 업체에게 리베이트를 받은 사실을 알고 있었다.

"그러니까 앞으로 멋대로 누구랑 약속 같은 거 하지 마세요."

차준은 여전히 싱글싱글 웃는 낯으로 뼈 있는 한 마디를 날렸다.

나이는 최 부장보다 한참 어렸으나 웃는 얼굴에도 묘한 한기가 도는 차준은 결코 무시하지 못할 상대였다.

"흐, 흠! 네. 일단은 뭐…… 알겠습니다."

결국 차준과 정통으로 맞닥뜨릴 자신이 없었던 최 부장은 한발 물러났고, 태오 쪽으로 시선을 돌렸다.

정보에 빠삭한 후임에게 전해 들은 바로는 한봄 도어락에 대한 단 팀장의 반응이 너무 좋지 않아서, 협약까지는 이뤄지지 않을 것 같다고 했다.

그러니 선우차준 본부장의 이상한 고집은 천상천하 유아독존으로 소문난 단 팀장이 꺾어 줬으면 좋겠는데…….

"최종 확정입니까?"

곧이어 터져 나온 태오의 반응은 예상대로 탐탁지 않았다.

"아니요, 내일 직접 업체를 방문해서 2차 심사에 들어갈 예정입니다."

"그럼 같이 갑시다. 내일 저도 스케줄 빼 둘 테니까."

하지만 이어지는 그의 대답은 의외로 적극적으로 수긍하는 분위기였다.

"네? 단 팀장님이요?"

"네. 현장팀으로써 확인할 게 있어서요."

업체 미팅까지 따라나서려는 그의 태도는 차준까지 놀랄 정도로 의외였다.

업계에 입문하자마자 천재적인 디자인과 완벽한 제작 능력을 자랑하며 무시무시한 기세로 승진했던 단태오 팀장.

일적으로는 완벽했던 그에게 단 한 가지 부족한 점이 있다면, 그것은 바로 협조성이었다. 오직 현장에 틀어박혀 가구 제작에만 몰두하는 그는 이때껏 본사 미팅이나 업체 방문에 참여해 본 역사가 없었다.

언제나 결과만을 간단하게 서면으로 통보받았을 뿐.

그렇게나 사람 상대하는 걸 싫어하면서 왜 이번 프로젝트는 이렇게까지 나서려는 건지.

"단 팀장님 업무량을 아는데 시간을 빼앗을 수는 없죠. 저 혼자 다녀와도 괜찮습니다."

이미 홀로 나봄과 점심 약속을 잡았던 차준은 넌지시 그를 저지시켰다. 그러나 이어지는 태오의 대답은 단호했다.

"아닙니다. 현장을 보러 가는데 현장팀장이 동행하는 건 당연하죠."

"하하, 이제까진 그러신 적 없으시면서."

"개과천선했습니다."

이 순간 태오에게서는 영문을 알 수 없는 의지까지 느껴졌다.

1차 면접 때 훼방을 놓던 것보다는 나았으나 곧이곧대로 받아들이기에는 어딘지 모르게 부자연스러운 구석이 있었다.

하지만 차준은 괜한 오해를 불러일으킬 수 있는 고집을 순순히 접어 두고 가장 먼저 몸을 일으켰다.

"뭐…… 알겠습니다. 내일 같이 가 보도록 하죠. 그럼, 저는 인사 회의가 잡혀 있어서 이만."

차준은 일방적으로 회의를 마무리하고 미련 없이 자리에서 일어섰다. 그는 여전히 웃고 있었으나 그 미소는 어딘지 모르게 불편해 보였다.

하지만 그러거나 말거나 태오는 멍하니 책상 위만 바라보고 있다가, 차준이 회의실 문을 닫고 사라지자 난데없는 한숨을 터트렸다.

"하아……."

그것이 불만 표현이라고 생각한 최 부장은 탐탁지 않은 심정을 있는 대로 드러냈다.

"단 팀장님도 마음에 안 드시죠? 우드레일보다 현저히 떨어지는

C급 업체랑 협업이라니요."

순간 최 부장에게로 휙 쏘아붙여진 태오의 눈빛엔 극악의 컨디션일 때만 내뿜는 성질머리가 한가득.

"현저히 떨어지다니요."

"네, 네?"

"1차 회의 불참하셨으면 평가 내리지도 마시죠."

평소보다도 날이 서 있는 태오는 지금 최 부장이 자신을 어떤 눈으로 보고 있든 전혀 상관하지 않는다.

지금 그가 신경 쓰고 있는 유일한 것은 내일 다시 재회할 그녀에게 건넬 첫 마디, 딱 그거 하나.

아직 어긋난 우리 관계를 되돌려 놓을 뾰족한 수는 없다. 나는 단 한 번도 너를 웃게 만들었던 적이 없어서, 무슨 말을 해야 너의 기분이 좋아질지 감도 안 잡힌다.

그러나 어제 미처 하지 못했던 말이 있었음은 분명하다.

'수고했어. 좋은 결과가 있길 바랄게.'

되새겨 보니 나쁘지는 않은 멘트였다. 잘하면 어제 퍼부었던 저주를 돌이킬 수도 있고.

태오는 한결 후련해진 표정으로 자리에서 일어섰다.

"시제품도 직접 만져 본 적 없으면서 급 운운하는 거 보기 안 좋습니다."

뒤끝 있는 핀잔을 내뱉은 뒤 회의실 밖으로 발걸음을 옮기는 그는 크나큰 기대감에 차 있었다.

　살벌한 기운을 풍기며 본사를 떠나던 어제의 모습은 기억도 나지 않을 만큼.

＊　　＊　　＊

　"차, 차준 오빠."

　한봄 도어락의 사무실.

　지난번보다 더욱 힘을 내서 차려입은 나봄은 거울을 들여다보며 설레는 호칭을 내뱉었다.

　살짝 떨리는 목소리에는 긴장감이 그대로 묻어 나오는 것 같아 별로 마음에 들지 않았다.

　"차준 오빠!"

　나봄은 목소리 톤을 한층 높여 해맑은 분위기를 내 보았다. 들리는 건 훨씬 편안해졌으나 이번엔 거울 속 그녀의 동공 지진이 문제였다.

　"하아…… 너무 오랜만이라서 어떻게 불렀었는지 생각도 안 나네."

　결국 한숨 섞인 혼잣말을 내뱉으며 벽시계를 확인하니 시간은 벌써 차준이 도착하기 십 분 전.

　오늘도 이렇게 어렵게 대했다간 좋던 사이도 어색해지고 말 텐데 아직까지도 추슬러지지 못한 마음은 몹시 걱정스러웠다.

　"긴장하지 말자. 오늘은 진짜 불편한 티 내면 안 돼!"

　나봄은 억지로 사기를 충전하며 습관적으로 움츠러드는 어깨를

폈다. 그리고 한 번 더 예전 호칭으로 차준을 불러 보려던 그때.

"아이고! 우드레일에서 오신 분이십니까?!"

"네."

"아직 시간이 한참 남았는데 벌써 오셨네요!"

"한나봄 팀장님이랑 개인적으로 할 얘기가 있어서…… 주차는 어디에 하면 됩니까?"

"아, 이쪽으로 오세요! 이쪽으로!"

소란스러운 나봄의 아버지, 한 사장의 목소리와 함께 낯선 차가 회사 부지 내로 들어왔다.

오늘 나봄을 찾아올 우드레일 사람은 단 한 명. 나봄의 심장을 자동적으로 두근거리게 만드는 그 사람뿐이었다.

"어떡해! 어떡해! 벌써 왔어!"

당황한 나봄은 재빨리 거울을 확인하고는 총총거리는 걸음으로 사무실을 빠져나갔다. 그리고 우렁차게 그 사람이 그렇게나 원하던 예전의 호칭을 입에 담았다.

"차준 오빠!"

목소리의 톤도, 반가움만 가득한 눈빛도 더할 나위 없이 살가웠다. 하늘에서 기분 좋게 내리쬐는 햇빛도 그녀를 더욱 빛나 보이게 도와주는 듯했다.

가히 모든 것은 완벽했다.

단지, 딱 하나.

"뭐? 누구 오빠……?"

그 검은 차 안에서 내리는 사람이 단태오라는 사실만 빼면.

"단태오 니가 왜……."

"너 지금 뭐라 그랬어."

'차준 오빠'라는 호칭을 들은 태오는 안 그래도 사나운 눈동자를 더욱 번쩍이며 되물었다. 그걸 마주하고 있어야 하는 나봄은 밝은 대낮임에도 불구하고 눈앞이 캄캄해지는 기분이었다.

"아, 아니!"

"뭐가 아니야. 내가 귓구멍으로 똑똑히 들었는데."

"그게 아니라……."

"너 나랑은 동갑인데도 말 놓기 힘들어하더니…… 본부장님은 곧바로 오빠, 오빠 잘도 부르네?"

그녀는 뒤늦게 손사래를 쳐 봤지만 모든 것은 무의미할 뿐이었다. 그래서 가만히 얼어붙어 있었더니 태오는 잔뜩 겁먹은 나봄을 몰아붙였다.

"나를 죽도록 불편하게 생각하는 거냐, 아니면 본부장님을 필요 이상으로 편하게 생각하는 거냐?"

죽도록 불편한 사람의 죽도록 난처한 질문.

당황감에 머릿속이 하얘진 나봄은 한동안 입술만 뻥끗거리다가 서둘러 해명을 늘어놓았다.

"그, 그게! 선우차준 본부장님이랑 원래부터 아는 사이였어!"

"어떻게 아는 사이인데."

"고등학교 선배라서……."

나봄은 차준이 첫사랑이라는 설명까지 덧붙일 뻔했지만 가까스로 참아 냈다.

그녀와 그녀의 회사를 탐탁지 않게 여기는 태오라면 좋은 결과
가 나왔을 때 차준과의 인연을 이용했을 거라며 초를 칠 게 뻔했다.

그래서 떨리는 눈동자를 애먼 곳으로 옮겨 두자.

"하, 선배라…… 회사에 아는 사람 많아서 좋겠다. 고등학교 선
배에, 대학교 동창에 아주 난리가 났네."

태오는 삐딱한 목소리로 대답했다. 까칠함이 가라앉은 건 아니
었지만 우선은 납득한 모양이었다.

"저…… 우리 나봄이와는 어떤 사이인지요."

그때, 두 사람을 바라보던 한 사장이 넌지시 대화에 끼어들었다.

순간 흥분해서 눈에 뵈는 게 없었던 태오는 뒤늦게 한 사장의 존
재감을 인지했다.

지금 못 볼꼴을 보여 버린 업체 사장은 다름 아닌 첫사랑 그녀의
아버지였다. 그녀를 못 잊은 이상, 백 번이고 천 번이고 좋은 모습
만 보여도 모자랄.

태오는 잔뜩 구겼던 미간을 풀고 90도로 허리를 꺾어 인사했다.

"아, 아…… 안녕하십니까. 아버님."

"아버님?"

너무 긴장한 탓에 튀어나온 밑도 끝도 없는 호칭은 들은 한 사장
도, 말한 태오도 당황스럽게 만들었다.

그럴수록 표정이 굳어 버리는 태오는 한 사장을 더욱 잡아먹을
듯 쳐다보며 서둘러 수습했다.

"아니, 한 사장."

"……."

"……님."

망했다. 이건 누가 봐도 망했다.

오해를 풀러 왔는데 그녀의 식구와 더 큰 오해의 만리장성을 쌓게 생겼다.

태오는 다시 고개를 숙이고 입술을 꽉 깨물었다. 그것이 더욱 큰 분노의 표현이라고 생각했던 한 사장은 작은 목소리로 나봄에게 물었다.

"이분이 그분이냐."

'우리 제품 마음에 안 들어 한다던 팀장.'

입 모양을 알아들은 나봄은 태오 몰래 고개를 끄덕였다.

그러자 한 사장은 꾸벅 고개를 숙여 공손한 인사를 건넸다.

"아이고, 팀장님. 어쨌든 먼 길 와 주셔서 감사합니다. 오늘 잘 부탁드리겠습니다."

"아, 아닙니다."

따라 허리를 숙이는 태오는 그저 참담한 심정이었다.

지금은 공적인 만남이라 그렇지, 사적인 자리였다면 제 딸에게 사납게 구는 태오를 호통치며 내쫓을 게 뻔했다.

"저, 저도 잘 부탁드립니다."

얼어 있던 나봄이 살짝 떨리는 목소리로 한 사장을 따라 인사했다. 어제와 조금도 다르지 않은 그 모습으로 보니 순간 본능적으로 그런 생각이 들었다.

'나, 오늘 수습은 절대 못 하겠구나.'

결국, 원래 예정되어 있던 시간보다 1시간이나 일찍 온 건 무의

미한 일이 되어 버렸다. 본의 아니게 화부터 내 버린 지금, 태오는 그녀를 붙잡고 어제 못되게 군 건 고의가 아니었다는 말을 꺼낼 자신이 없다.

그렇다면 문제는 선우차준이 올 때까지의 붕 떠 버린 공백.

"저…… 본부장님은 같이 안 오셨나요?"

"아, 네."

"하긴 원래 잡혀 있던 약속 시간은 오후 두 시니까."

"뭐…… 그렇죠."

괜히 일찍 온 태오 때문에 한 사장까지 난처해하던 그때.

부웅― 끼익!

고급 세단 한 대가 한 사장의 공장 앞에서 멈춰 섰다.

모두의 시선이 쏠린 운전석 문을 열고 내리는 사람은 다름 아닌 핏 좋은 정장을 빼입은 차준이었다.

"어, 나봄…… 단 팀장님?"

차준은 문을 닫기도 전에 나봄을 발견하고 반가워하다가 함께 서 있는 태오를 확인하고는 두 눈동자를 휘둥그레 떴다.

세상에서 가장 어색한 삼자대면이 또 한 번 펼쳐지자 나봄의 기분은 한순간에 착잡해졌다.

"단 팀장님이 벌써부터 여긴 어쩐 일이세요?"

그녀를 위해 근처 차이니스 레스토랑까지 예약해 놓은 차준은 예상치 못한 태오의 등장을 곤란해하는 기색으로 물었다.

그러자 만만찮게 머릿속이 복잡했던 태오는 경직된 얼굴로 대답했다.

"······시계를 잘못 봤습니다."

단태오 특유의 최악의 연기력 때문에 그 자리에 있던 사람들 중 어느 누구도 믿어 주지는 않았다.

하지만 솔직한 이유를 캐낼 생각은 없었던 차준은 순순히 넘어가기로 했다.

"잘됐네요. 점심이나 같이하죠."

"같이요?"

차준의 제안을 들은 나봄은 눈에 띄게 당황스러워했다.

그걸 깨닫기가 무섭게 그녀에게로 휙 고개를 트는 태오는 다시 처음처럼 날이 서 있었다.

여유로운 선우차준, 난처해하는 한나봄, 그리고 사나운 단태오. 한자리에 모인 세 사람은 어쩐지 조금도 어울리지 않았다.

형용하기 어려울 만큼 의미심장한 분위기에 한 사장의 예민한 대장이 다시 폭발의 신호탄을 울렸다.

"나, 나봄아! 나 화장실 좀!"

*   *   *

나봄의 공장 근처, 차이니스 레스토랑.

"한 사장님도 식사 못 하셨을 텐데 함께 오지 못해서 아쉽네요."

향기로운 국화차 한 잔으로 목을 축인 차준이 말했다. 눈에 띄게 어색한 표정으로 가만히 앉아 있던 나봄은 고개를 끄덕였다.

"그러게요. 신경성 대장과민증후군을 거의 지병처럼 앓고 계셔서……."

"괜찮은 메뉴는 주문해서 가져가요. 아버님 속 괜찮아지면 드시게."

"아니에요! 신경 쓰지 않아도 괜찮아요! 본부장님!"

"아버님도 아쉬워하시던데, 뭘."

태오는 딱 한 번 올리고도 당황스러워서 어쩔 줄 못했던 '아버님'이라는 호칭을 차준은 연달아 자연스레 입에 담았다.

그걸 들은 나봄은 조금도 난처해하지 않았다. 그저 살짝 붉어진 얼굴로 미소 지을 뿐.

그 둘을 바라보고 있는 태오는 뒤틀리는 속을 참을 수가 없었다. 고등학교 때부터 쌓아 왔을 둘만의 유대감이 그를 외롭게 만드는 기분이었다.

하지만 적나라하게 드러낼 자격은 없었기에, 그는 차가운 국화차만 들이켰다.

시원한 액체가 식도를 타고 내려가자 한결 숨통이 트였다. 이대로 태연하기 버티기만 하면 더 이상 어색해지는 일은 없을 것 같다.

"단 팀장님, 음식 주문하세요."

차준이 다정한 손길로 메뉴판을 내밀었다.

먼저 고르라고 하기 위해 손을 살짝 들어 올렸더니 차준은 묘한 경계심이 느껴지는 설명을 덧붙였다.

"단 팀장님이 계실 줄 몰라서 2인 코스 요리만 예약해 뒀거든요."

"……."

'2인'이라는 단어에 악센트를 실은 것 같은 건 기분 탓일까. 태오는 까칠한 눈동자를 차준에게로 두었다. 그가 내민 메뉴판은 어쩐지 받기 싫었다.

"그냥 짜장면 하나 추가해 주세요."

"다른 메뉴도 많은데 한번 보시죠."

"됐습니다. 그걸로 하겠습니다."

차준은 오기만 부리는 태오에게 싱긋 웃어 보이곤 호출벨을 눌렀다.

"네, 필요한 거 있으십니까?"

"여기 짜장면 한 그릇 추가할게요."

곧바로 다가온 종업원에게 주문을 넣는 차준은 여유가 넘쳤다. 계속 딱딱하게 굳어 있는 태오와 달리.

태오는 그에게서 고개를 돌리고 제 앞에 놓인 젓가락만 내려다보았다.

입을 꾹 다문 채 경직되어 있는 그 모습은 그거대로 불편해서 눈치를 살피던 나봄은 괜히 비어 있는 그의 물잔에 국화차를 채워 주었다.

"여기 너도 물."

"어, 고마워."

대화 자체는 굉장히 어색했지만 두 사람이 쓴 건 어디까지나 친근한 반말이었다.

그토록 원했던 나봄의 반말을 들은 차준은 태오에게 의아한 표정으로 물었다.

"둘이 아는 사이예요?"

순간 태오의 머릿속에 떠오르는 대답은.

'전에 사귀었다 헤어진 사이입니다.'

물론 그걸 곧이곧대로 밝힐 생각은 없었다. 그래서 형식적인 대답을 하려 입술을 떼어 내자 나봄은 황급히 그의 말을 가로챘다.

"대학 동기입니다!"

"……."

나도 그렇게 말하려고 했었다. 하지만 니가 먼저 해명하듯이 말하는 건 어쩐지 기분이 안 좋다.

태오는 저도 모르게 미간을 좁혔고, 차준은 그 모습을 그대로 눈에 담았다. 통찰력 좋은 차준의 눈엔 무언가가 얼핏 보였지만.

"아하, 그렇구나."

굳이 아는 체하지는 않기로 했다. 그의 앞에서 눈에 띄게 난처해하는 나봄이 더 이상의 질문을 원하지 않는 것 같으니.

"저는 한나봄 팀장님이랑 같은 고등학교 나왔어요."

차준은 부드러운 목소리로 자신과 나봄의 관계를 설명했다.

"압니다."

곧바로 이어진 태오의 대답은 뜻밖이었다.

칼처럼 단호한 단답에 차준이 살짝 놀라자, 나봄은 서둘러 상황을 수습했다.

"아, 제가 말했어요. 들켜 버린 것 같아서……."

"뭘 들켜?"

"공장에 차가 들어왔을 때 본부장님이 온 줄 알고 '차준 오빠!' 하고 불러 버렸거든요."

또 한 번 그녀의 목소리로 꺼내진 '오빠' 소리.

그 단어에 태오는 남몰래 숨을 멈췄고, 차준은 싱그러운 미소를 머금었다.

"오빠라고 했었구나."

"예? 아, 예……."

"약속 지켜 줘서 고마워."

서른이 넘었어도 수줍게 웃는 차준의 얼굴은 여전히 소년 같았다. 언제나 그 풋풋한 모습에 설레했던 나봄은 그를 따라 은은한 웃음기를 퍼트렸다.

"그런 약속은 또 언제 하셨습니까."

물론 대단한 존재감을 지닌 단태오가 한 마디를 꺼낸 순간 그녀의 얼굴은 다시 굳어 버렸지만.

"그저께 저녁에 잠깐 들렀어요. 너무 오랜만에 봤는데 나봄이랑 인사를 제대로 못 했거든요."

차준은 지나치게 예민한 태오가 불편할 만한데도 살갑게 대답했다.

"팀장님은 나봄이랑 계속 연락하고 지내셨나요?"

그리고 별 뜻 없이 가벼운 질문을 던졌다.

하나 계속 연락을 하지 않았을 뿐더러, 스스럼없이 '나봄'이라고 부를 수 있는 본부장과 달리 그녀와 어렵고 불편한 사이였던 태오는 대답하기 곤란해졌다.

그래서 입술을 꾹 다문 채 눈빛만 일그러트리고 있었더니, 이어지는 침묵을 감당하기 어려웠던 나봄이 나서서 대답했다.

"저희도 어제 오랜만에 만났어요."

"아, 그래? 반가웠겠네."

"어…… 하하, 네. 반가웠죠."

거짓말. 하나도 안 반가워했으면서.

태오는 불쑥 튀어나올 뻔했던 말을 가까스로 억눌렀다. 그리고 자신이 없는 것처럼 다정한 대화를 이어 나가는 두 사람을 물끄러미 바라보았다.

"한국대 나왔다고 했지? 거기 봄 되면 벚꽃이 정말 예쁘다고 하던데."

"네, 예뻐요. 향기도 정말 좋고."

"가장 날씨 좋을 때 보러 가고 싶어. 시간 되면 같이 가서 캠퍼스 구경시켜 줘."

"캠퍼스라…… 벚꽃 말고는 볼 게 없기는 한데."

"학교 근처에는 맛집도 많지 않아?"

"아, 있어요! 제가 제일 좋아하는 김치찌개집!"

"응응. 그럼 거기도 가자."

"그래요, 벚꽃 보고 점심 먹고 근처에 자주 가던 카페에 들러서 오랜만에 라떼도 마셔야겠다."

능숙하게 진행되는 데이트 약속은 태오의 속을 문드러지게 만들었다.

가로막고 싶은데 그럴 자격은 없고, 끼어들고 싶은데 그럴 용기도 없고.

게다가 나봄과 같은 대학을 다녔으면서도 함께 벚꽃을 구경하지도 못했고, 그녀가 제일 좋아하는 김치찌개집이 어딘지도 모르고, 그녀가 자주 가던 카페에서 함께 커피를 마신 적도 없다.

그래서 대화를 엿들으면 엿들을수록 덕지덕지 붙어 있던 미련만 떨어져 나가는 기분이다.

그래, 아무리 기적처럼 다시 나타난 너라도 여전히 우리 사이는 남남보다 못한 사이. 붙잡고 있을 추억도 없는, 과거는 품고 있는 사람만 이상해지는 쓸모없는 시간.

"주문하신 코스 요리와 짜장면 한 그릇 나왔습니다."

때마침 종업원이 요리가 담긴 트레이를 끌고 세 사람의 테이블로 다가왔다.

차준과 나봄의 앞에 하나씩 놓인 예쁜 접시와 태오 앞에 덜렁 놓인 투박한 짜장면 그릇.

동떨어질 대로 동떨어진 테이블 위를 두 눈으로 확인한 태오는 이 자리에서 아무도 신경 쓰지 않을 결심을 했다.

이제 진짜로, 나만 목매달았던 마음은 깔끔히 정리해야겠다고.

*　　*　　*

"잘 먹었습니다, 본부장님. 여기 사탕 드실래요?"

점심 식사를 마치고 차이니스 레스토랑을 나서는 길.

나봄은 결제 중인 차준에게 한결 편안해진 목소리로 인사하며 사탕을 건넸다.

"고맙습니다, 한 팀장님."

그리고 그가 웃으며 받아들자마자 그녀는 그대로 몸을 돌려 태오에게도 하나 내밀었다.

"자, 여기 너도 하나 먹어."

조심스레 내밀어진 손은 태오가 그토록 좋아하던 그녀의 작은 손이었다. 하지만 그걸 내려다보는 그의 눈빛은 몹시도 무심할 따름이었다.

"됐어."

이내 짧은 말로 그녀의 호의를 거절하는 태오는 아쉬운 마음도 없다. 원래 단 걸 싫어하니까 거절하는 게 맞지. 이걸로 한나봄이 섭섭해하든 말든.

태오는 예전부터 한 번 정리하겠다 마음먹은 인연은 단칼에 정리해 왔다. 그러니 그는 앞으로 좀 더 차가워질 생각이었다.

모든 사적인 감정을 배제하고 냉철한 이성으로만 그녀를 대한다면 더 이상 제 처지가 우스워질 일도 없을 터였다.

굳게 다짐한 그는 먼저 나가 담배 하나를 태울 생각으로 차이니스 레스토랑 문을 열었다.

"여기 라이터 있나요?"

"본부장님 담배 피우세요?"

"응. 담배 냄새 싫어해?"

"아…… 네, 하지만 뭐 그건 어디까지나 기호이니까 잠깐 피해 있으면 되죠."

때마침 들려온 두 사람의 대화는 그의 발길을 붙잡았다. 그녀가 담배 냄새를 싫어한다는 건 지금 처음으로 알게 된 사실이었다. 그래서 슬쩍 꺼내려던 담배를 다시 집어넣을까 했으나.

'신경 쓰면 안 돼. 그냥 피우자.'

그는 고집을 부려 보기로 했다. 그녀가 싫어하는 짓을 서슴지 않고 하는 일, 그것이 첫사랑 청산의 첫 발걸음이었다.

그런 태오와는 달리 나봄의 의견을 최우선으로 생각하는 차준은 부드러운 미소를 띠고 말했다.

"지금은 나한테서 좋은 냄새나?"

"네? 아, 네. 이런 향수 냄새 좋아해서."

"그럼 안 피울래. 이대로 좋은 냄새만 풀풀 풍기고 있어야지."

차준의 장난스러운 대답에 나봄은 배시시 실웃음을 흘렸다.

그러자 태오는 문을 열고 그대로 나서 버렸다. 누가 봐도 이 상황에서 벗어나려는 듯한 뒷모습이었다.

그보다 한 템포 느리게 레스토랑을 빠져나온 두 남녀는 나란히 계단을 내려갔다.

"조심히 내려가. 너 잘 넘어지잖아."

"이젠 안 넘어져요."

아직 끝나지 않은 둘만의 세계는 태오의 심기를 더욱 불편하게 만들었다.

이 울분을 모두 실어, 그는 내려가자마자 그녀가 보이는 자리에서 그녀가 제일 싫어하는 냄새를 풍기며 담배 하나를 통째로 태워 버릴 생각이었다.

그렇게 괜한 심술만 키워 가고 있던 그때.

"앗!"

태오의 뒤편에서 나봄의 외마디 비명이 들려왔다. 본능적으로 걸음을 멈춘 태오가 곧바로 몸을 돌려 뒤를 돌아보았다.

그러자 그의 눈에 보이는 건 미처 그녀에게 닿지 못한 차준의 손. 그리고 자신과 가장 가까운 거리까지 꿈결처럼 다가온 그녀의 얼굴.

"어······?"

"엄마야!"

그토록 원했지만 단 한 번도 닿지 못했던 온기가 그의 가슴에 와 닿았다. 늘 멀어지기만 했던 두 손이 그의 허리를 꽉 끌어안았다.

그를 가슴 뛰게 하는 향기가 코끝을 스치고, 먼발치서만 느껴야 했던 숨결이 그의 목덜미를 매만졌다.

기적과 다름없는 이 순간을 놓칠세라, 태오는 천사처럼 날아온 나봄을 두 팔로 있는 힘껏 옭아맸다.

쿵, 쿵, 쿵.

멈출듯 용케 멈추지 않던 심장은 이내 폭발할 것처럼 쿵쿵쿵쿵쿵!

"······나봄아."

맨정신으로도 잘 부르지 못했던 이름을 나도 모르게 불러 버렸다.

"아······."

그녀의 흐린 신음이 귓가에 스며들었다.

큰일 났다. 더 이상 반응하지 않기로 했던 가슴이 아프도록 조여 온다.

마치 그녀를 만나 처음으로 사랑에 빠졌을 때처럼.

"······나봄아."

이름은 왜 성도 빼고 불렀는지 모르겠다.

"아……."

왜 그녀 입에서 흐린 신음이 터질 만큼 꽉 안아 버렸는지 모르겠다. 나봄의 체온을 품안에 가득 담은 태오는 숨도 제대로 쉬지 못할 지경이었다.

이렇게 가까운 거리에서 그녀를 느껴 본 적은 2주간의 연인 기간 중에도 없었다. 일렁이는 태오의 눈빛이 제 아래쪽으로 향했다.

늘 먼발치에서 지켜보기만 했었던 그녀의 머리카락이 드디어 손 닿는 거리까지 들어와 있었다.

'조금 더 만지고 싶어.'

마음속에서 휘몰아치는 본능을 느낀 순간, 태오는 곧바로 입술을 깨물었다.

하고 싶은 일과 해서는 안 될 일. 이 두 개가 똑같다는 것은 곱씹으면 곱씹을수록 슬픈 일이었다.

"하아……."

태오는 그녀에게 맥없이 휘둘리는 이성을 가다듬기 위한 한숨을 뱉어냈다.

"뭐하냐, 너."

그리고 그녀를 감싸 안았던 두 손으로 매정히 어깨를 붙잡아 떼어 냈다. 똑바로 마주 본 나봄의 얼굴엔 당황감이 가득했다.

"아, 아……."

나봄은 곧바로 태오에게서 두 발자국 정도 뒷걸음질을 쳤다. 늘 어렵기만 했던 태오에게 폭 안긴 건 그녀도 이번이 처음이었다.

원래는 눈도 잘 마주치지 못하던 상대가 코앞으로 다가오자 그녀는 어떤 표정을 지어야 할지 혼란스러워졌다.

등을 옭아맸던 그의 감촉은 아직도 생생했다. 그리고 이름을 불러 주던 목소리는 아직 귓가에 묻어 있다.

'나봄아……'

날 그렇게 부를 줄도 아는구나. 저 입에서 나오던 내 이름은 매번 딱딱하고 사납기만 했는데.

"나봄아, 괜찮아? 발목 삔 거 아니야?"

순간 부드러운 차준의 손길이 그녀의 몸을 돌려세웠다. 뒤늦게 정신을 차린 나봄은 손사래를 치며 걱정하는 그를 달랬다.

"네? 아, 아니에요. 괜찮아요."

"한 발자국 걸어 봐. 혹시 아픈 데 있을지도 몰라."

"정말 괜찮아요. 다행히도 단태오가…… 아니, 단 팀장님이 붙잡아 주셔서."

그 말을 할 때쯤 나봄의 시선은 흘깃 태오에게로 향했다. 방금까지만 해도 그녀에게 향해 있던 눈동자는 애먼 곳으로 어긋난 채였다.

나봄은 사과를 할까 했지만 입을 닫아 두었다. 안 그래도 민망해진 상황이 더 어색해지면 곤란했다.

태오는 그런 나봄에게서 완전히 몸을 돌리고는 짧은 한 마디를 꺼내 놓았다.

"발밑 똑바로 보고 다녀라."

사납게 느껴지는 목소리에는 아까 전의 온기가 전혀 없었다. 역시 대하기 어려운 성격이네, 라고 생각하며 나봄은 아까보다 조심스러운 걸음을 움직였다.

건물 밖까지 향하는 동안 태오는 한 번도 돌아보지 않았다.

그리고 차준은 그녀의 어깨에서 손을 떼어 내지 않았다.

다가가기 어려운 뒷모습도, 그녀를 붙잡고 있는 손길도 모두 신경이 쓰여서 나봄은 오늘 먹은 음식들이 모두 얹히는 기분이었다. 피 말린다는 표현이 어떤 기분인지, 제대로 알 것만 같다.

*   *   *

차준의 차를 타고 돌아온 한 사장의 공장.

차를 주차시켜 놓은 차준이 가장 먼저 차문을 열고 내렸다. 그러고선 곧바로 나봄이 앉아 있던 조수석 문을 열어 주었다.

"내리시죠, 한 팀장님."

다정한 손길과 함께 건네지는 목소리는 오늘도 여전히 부드러웠다.

나봄은 저도 모르게 얼굴을 붉어진 얼굴을 살짝 내리며 그의 에스코트를 따라 몸을 빼냈다.

뒤이어 차에서 내린 태오는 밝게 내리쬐는 햇살에 인상부터 찡그렸다.

"눈 아파."

그 모습이 또 너무나 신경 쓰여서 흘깃 태오에게로 시선을 두었더니.

"아."

나봄의 겁먹은 시선 끝에 단추가 떨어진 남방 소매 끝이 보였다. 원래는 굳게 잠겨 있었던 걸 떠올려 보면 아까 그녀가 붙잡고 넘어졌을 때 떨어져 나간 모양이었다.

"저, 저기…… 태오, 아니. 단 팀장님."

"뭐."

나봄은 이 사실을 일러 주기 위해 그를 불렀으나 돌아오는 대답은 굉장히 뻬딱한 태도였다.

이해심 넓은 차준의 단추를 뜯어 먹었더라면 좋았을걸. 어쩌다 저런 맹수 같은 놈에게 민폐를 끼쳐 버린 건지.

나봄은 떨리는 마음으로 넌지시 그의 소매 끝을 가리켰다.

"그거 나 때문에 떨어진 것 같은데."

"……."

"거기, 소매 단추 말이야."

"아."

태오의 입술 새로 짧게 터진 외마디는 탄식인지 한숨인지 알 길이 없었다. 그래서 괜히 입술만 깨물고 있자, 태오는 나봄에게로 무심한 시선을 두었다.

"신경 꺼."

"어?"

"아니…… 신경 쓰지 말라고. 괜찮으니까."

다시 고쳐 말할 거면서 왜 항상 못된 말투부터 쓰는 건지. 나봄은 예전부터 태오에게 의아한 점이 참 많았다.

나를 좋아하는 건지 싫어하는 건지 모를 애매모호한 태도부터 살얼음판을 걷는 듯한 분위기까지.

그런 그를 멀뚱히 바라보고 있을 때면 왜 그렇게 불편하리만큼 경직되어 있는 거냐고 묻고 싶어졌다.

그래봤자 순순히 대답해 주거나 느슨해질 사람은 아니었지만.

"너그럽네요, 단 팀장님. 그럼 우리 이제 들어가서 내부 좀 살펴볼까요?"

언제나 여유로운 차준이 어색한 두 사람 사이에 끼어들어 제안했다.

덕분에 잠시 태오에게 어긋났던 나봄의 눈동자는 도로 차준에게로 옮겨붙었다.

"네, 제가 사장님 모셔 오도록 하겠습니다!"

"이젠 속 좀 괜찮아지셨을지 모르겠어요."

"괜찮으실 거예요. 조금만 안정을 취하면 금세 멀쩡해지시니까."

할 일이 생긴 나봄은 자리를 떠나 서둘러 사무실 쪽으로 걸음을 움직였다. 두 남자의 시선은 총총 사라지는 그녀의 뒷모습을 말없이 따라갔다.

"친한 사이는 아니었나 봐요."

그러다 먼저 입술을 연 건 차준 쪽이었다. 순간 태오의 눈빛에 예리한 날이 섰다.

"그런 건 왜 묻습니까."

"그냥, 뭐…… 분위기가 이상해서."

차준은 싱긋 웃는 낯으로 태오를 마주 보았다. 그가 워낙 촉이 좋은 사람이라는 걸 알고 있는 태오는 최대한 딱딱한 대답을 꺼내 놓았다.

"이상할 것도 없습니다. 얼굴만 아는 정도였으니까."

"아아, 난 또."

"……."

"단 팀장님 휘둘리는 모습을 너무 많이 봐서 예전에 짝사랑이라도 한 줄 알았어요."

차준이 가볍게 던진 한 마디는 언뜻 듣기엔 실없는 농담 같았다. 하지만 태오에게는 와 닿는 의미가 컸다.

다른 사람들 눈에도 그렇게 보이는구나. 나 혼자 맥없이 휘둘리는 것처럼.

혹시 그녀에게도 다 티가 나고 있는 걸까.

"그럼 안에 들어가 있을까요? 오늘 단 팀장님도 이곳이 마음에 들었으면 좋겠네요."

착잡해진 태오를 두고 차준은 가벼운 발걸음을 옮겼다. 멀어지는 그의 모습은 늘 그렇듯 유유자적하기만 했다.

그러나 태오는 그를 따르지 않고 한동안 가만히 서 있기만 했다.

"후우……."

마른세수를 하며 긴 한숨을 내쉬는 태오는 벌써부터 심신이 지치는 기분이었다.

이젠 진짜 그만할 때도 됐는데. 나도 저렇게 그녀 앞에서 아무렇지 않아야 하는데. 이런저런 쓸데없는 생각을 하며 마음을 추스르고 있던 그때.

"저기……."

착잡한 그의 귀에 가는 소리가 흘러들어 왔다.

일부러 그러는 건지, 존재감을 지워 내려 할 때마다 귀신같이 나타나 다가오는 나봄의 목소리였다.

태오는 버릇처럼 미간을 좁히고 그녀에게로 시선을 내려 두었다.

"왜."

감정을 숨기려다 보니 꺼내지는 말투는 유독 딱딱했다. 그때마다 흠칫하는 나봄의 반응을 보는 것도 참 착잡했다.

"니 거랑 비슷한 단추가 있어서 달아 주려고……."

"……."

"벗을 필요는 없고 잠깐만 손 줘 봐."

그의 앞에 나봄의 작은 손이 건네졌다. 뜻밖에 상황에 당황한 태오는 불안한 사람처럼 눈빛을 떨었다.

"손은 왜……."

"단추 달아 준다니까."

주고 싶지 않은데.

그녀가 재촉하듯 손을 흔들자 태오는 저도 모르게 단추가 떨어진 쪽 팔을 움찔했다.

그걸 허락이라고 생각한 나봄은 스스럼없이 그의 팔을 붙잡아 들었다.

"자, 원래 어디 붙어 있었나……."

나봄은 고개를 푹 숙이고 그의 소매를 유심히 들여다보았다. 시선은 분명 아무런 감촉이 없을 텐데 닿는 부분마다 간지러워 미칠 지경이었다.

그래서 최대한 머릿속을 비우고 있으려 했는데, 속도 모르는 나봄은 그 예쁜 목소리로 이런저런 말을 건넸다.

"본부장님은 어디 계셔?"

"……."

"아, 벌써 들어가셨나? 우리 아빠는 옷만 다시 갈아입고 오신다는데."

"……."

하나도 대답하지 못했다. 혹시나 그녀가 싫어하는 냄새가 스며 있을지 모를 숨을 참기 위해.

"됐다."

그사이 바느질을 끝낸 그녀는 만족스러운 표정으로 태오의 손을 놓아주었다. 다시 그에게로 향한 그녀의 얼굴엔 좀처럼 보여 주지 않던 살가운 미소가 어려 있었다.

"어때. 다른 단추인 거 하나도 모르겠지?"

"어…… 뭐."

더 이상 휘둘리지 않겠다고 다짐하고 다짐하던 태오는 그녀가 실을 끊어 내기 무섭게 손을 되가져 왔다. 반쯤 나간 이성은 아직 돌아오지 않은 채였다.

"아, 혹시 담배 피우려면 흡연실에서 피우고 와. 뒤쪽에 있어."

나봄은 홀로 가만히 서 있던 태오에게 넌지시 일러 주었다.

그러자 태오는 일렁이는 눈동자로 그녀를 내려다보다가, 이내 다른 곳으로 고개를 돌리고는.

"나 담배 안 피워."

본인조차 이해하지 못할 거짓말을 했다.

휘둘리지 않겠다고. 더 이상 그녀에게 잘 보이려 노력하지 않겠다고 그렇게 다짐했으면서.

나봄의 눈동자에 의아함이 맺혔다. 가까이 다가섰을 때 알싸한 향기를 맡았던 그녀는 태오가 분명 흡연자일 거라고 생각하던 차였다.

하지만 대충 '다른 사람한테서 담배 냄새가 배어들었나 보다'고 이해하며 그녀는 웃는 낯으로 대답했다.

"아, 그렇구나. 그럼 안으로 같이 들어가자."

나봄은 사무실 방향으로 몸을 틀었다. 태오는 아주 오랜만에 그녀의 곁에 섰다.

단 두 번의 데이트에서 그녀와 함께 걸을 수 있었던 시간은 얼마 되지 않았으나, 그보다 더 긴 시간 동안 나봄을 지켜봐 왔던 태오는 그녀의 보폭을 알고 있었다.

넌 나보다 한 뼘 반 정도 짧은 보폭으로 반 박자 느리게 걷는다. 실바람에 떨어지는 꽃잎처럼 조심스럽게.

"앗, 리본이 삐뚤어졌네."

이제 차준 앞에 서서 이것저것 안내해야 하는 나봄은 서둘러 옷 매무새를 고쳤다.

그런 그녀에게 온 신경을 쏟아붓고 있던 태오는 그녀의 시선이 닿는 쪽 머리를 쓱쓱 매만졌다.

아, 이제 정말로 아무것도 신경 쓰지 않고 싶었는데,

아무래도 난 다시 그녀에게 잡아먹힌 모양이다.

성큼성큼 내딛는 걸음걸이, 박자에 맞춰 움직이는 두 팔, 그리고 어색하게 흘러나오는 숨결에서까지.

감춰둔 마음이 수습하지 못할 만큼 삐져나오고 있다.

*　　　*　　　*

두 시간 가량에 거쳐 진행된 현장검증이 끝났을 때.

"아아아! 자네가 그놈인가! 대문 앞에서 우리 딸이랑 뽀뽀하다가 들켰던 놈!"

뒤늦게 10년 전 나봄의 남자 친구 차준을 알아본 한 사장이 화들짝 놀라 소리쳤다.

"아빠!"

차준을 스스럼없이 '그놈'이라 칭한 한 사장이 당황스러웠던 나봄은 버럭 성질을 내듯 그를 불렀으나, 정작 차준은 넉살 좋게 웃는 낯으로 대답했다.

"네, 잘 지내셨어요?"

"나야 잘 지냈지. 그때 맞은 등짝은 무사한가!"

"비 오는 날 가끔 욱신욱신해요."

"푸하핫, 그 넉살은 여전하구만."

비록 첫 만남이 좋은 편은 아니었으나, 한 사장은 그 뒤에도 스스럼없이 집 앞으로 찾아와 마주칠 때마다 인사를 건네던 차준이 제법 마음에 들었었다.

떠오르는 옛 추억을 잠시 회상하고 있었던 그는 나봄과 미묘하게 닮은 미소를 지으며 말했다.

"번듯하게 자라서 내 기분이 다 좋네."

"만족스럽게 여겨 주시니 다행입니다."

"아참, 아무리 내 딸 전 남자 친구라도 업체 본부장님인데 이렇게 편하게 대하는 건 실례지!"

"아빠, 쉿. 사적인 자리도 아닌데 그만 얘기해요."

나봄은 자꾸만 과거 관계를 들먹이는 한 사장의 입을 서둘러 막았다. 공장 내부 사진을 몇 장 찍고 돌아오는 태오 때문이었다.

그냥 선후배 사이었다고 해도 그렇게나 탐탁지 않아 했는데, 전에 사귀었다는 사실까지 알면 분명 연줄로 어떻게 해 보려 한다고 뭐라 그럴 거야.

"검증도 끝났으니 이만 돌아가 보겠습니다."

다행히 태오는 아무 말도 듣지 못했는지 돌아오자마자 딱딱하게 작별 인사부터 건넸다.

한 사장은 차준을 대할 때와 달리 한층 경직된 태도로 정중히 고갤 숙였다.

"네, 잘 부탁드립니다. 현장팀장님."

태오는 뭐라고 대답을 해야 이 어려운 분위기가 풀어질까 고민했다.

"그럼 저도 이만 가 보겠습니다. 나중에 또 뵈어요, 아버님."

하지만 그사이, 곁에 있던 차준이 인사를 하는 바람에 화답할 타이밍이 사라졌다. 결국엔 한 사장의 인사를 개무시한 꼴이 되자, 태오의 미간에 옅은 주름이 잡혔다.

아무래도 오늘은 일이 안 되려고 작정했나 보다. 뜻대로 되는 게 하나도 없네.

더 이상 일을 망치고 싶지 않았던 태오는 망설임 없이 자신의 차 쪽으로 발걸음을 옮겼다. 차준은 한 템포 늦게 몸을 돌려 손 인사를 하며 멀어졌다.

"안녕히 가세요, 본부장님."

그런 그에게 나봄이 공손히 인사하자 한 사장이 그녀의 어깨를 툭툭 밀었다.

"왜, 왜 그래요."

"가서 더 얘기 좀 나누다 와."

"예?"

"너 한동안 쟤 못 잊지 않았었냐? 이런 기회가 왔으면 붙잡아야지."

나봄은 딱히 그러고 싶은 생각이 없었으나 한 사장이 떠민 탓에 어정쩡하게 한 발이 나가 버리고 말았다.

이 어색한 자세로 서 있는 것도 이상했기에 그녀는 막 운전석 문이 닫힌 차준의 차로 다가갔다.

지이이잉—

운전석 창문 앞에 멈춰 서기가 무섭게 창문이 열렸다.

아까보다 살짝 풀어진 넥타이를 하고 그녀를 바라보는 차준의 얼굴은 오늘도 여전히 반짝반짝 빛이 났다.

그녀는 습관처럼 떨려 오는 심장을 잠재우기 위해 마른침을 삼켰다. 그리고 나중에 기회가 되면 또 보자는 한 마디를 꺼내려는데.

"귀 가까이 대 볼래요?"

차준이 손짓을 하며 속삭이듯 말했다. 자극적인 부탁에 당황한 나봄은 선뜻 고개를 들이밀지 못하고 얼어붙었다.

"네……?"

그러자 차창 밖으로 뻗어 나온 차준의 손은 그녀의 블라우스 리본 끈을 살짝 끌어당긴다. 가까워진 차준의 눈물점은 오늘도 세상의 모든 매력을 끌어모아 찍어 놓은 것처럼 보인다.

인력처럼 이끌려 간 차준의 입술 옆에선 숨결이 고스란히 느껴졌다.

덕분에 온몸이 아찔하게 달아오를 때쯤, 차준은 그녀의 귓가에 부드러운 음성을 흘려보냈다.

"주말에 다시 데이트하자."

"……."

"그땐 우리 둘이서만……."

다시…… 데이트?

우주를 둥둥 떠다니는 것처럼 정신이 멍해진다. 차준은 그 말을 끝으로 순순히 리본 끈을 놓아주었지만 나봄은 좀처럼 똑바로 서질 못했다.

그래서 그 상태 그대로 살짝 고개를 틀어 그를 정면으로 마주 보았더니, 아주 가까운 거리에서 차준의 옅은 살구빛 입술이 움직였다.

"또 볼 수 있어서 다행이다."

뭐라고 하는지는 하나도 안 들린다.

그저 눈앞에 차려진 이 남자의 입술을 확 머금고 싶다는 욕심만 그녀를 뒤흔들 뿐.

*　　*　　*

"미쳤어! 미쳤어! 내가 아는 그 선우차준 선배?!"

나봄의 집 근처 고깃집.

고등학교 때부터 쭉 인연을 이어 온 절친 채소라의 눈동자가 크게 휘둥그레졌다. 방금 전 나봄이 들려준 차준과의 드라마틱한 재회 소식 때문이었다.

그녀의 호들갑스러운 반응에 머쓱해진 나봄은 방금 전 올려놓은 고기를 괜히 뒤집으며 대답했다.

"그래, 니가 아는 그 차준 오빠."

"얼굴에서 자체 발광으로 빛이 뿜어져 나왔던 전설의 스포트라이트!"

"응, 맞아."

"너의 순정을 홀라당 훔쳐 가 버린 천년의 첫사랑!"

"후, 훔쳐 가 버리다니……."

"세상에나. 가끔씩 지금 뭐하고 사나 궁금했던 사람이었는데 본부장이 됐구나. 그것도 대기업 우드레일!"

소라는 오랜만에 들려온 차준의 소식을 심히 반가워했다. 그도 그럴 것이 그녀는 선우차준을 잊지 못해 끙끙 앓던 나봄의 처지를 누구보다 잘 알고 있었다.

두 눈동자에 호기심을 가득 채운 소라는 맥주잔을 들며 물었다.

"그 오빠가 너 알아는 봤어?"

"응. 알아보긴 하더라."

"너 보고 뭐래? 반갑다, 보고 싶었다, 언제 밥 한번 먹자, 그런 소린 안 해?"

"아, 뭐……."

그 질문에 굳이 대답하자면 '반가워했고, 보고 싶어 했고, 언제 밥 한번 먹고 싶어 했다'였다.

그러나 나봄은 곧이곧대로 털어놓진 않기로 했다. 자칫 괜한 기대를 하게 될까 봐서였다.

물론 차준이 데이트 신청을 하긴 했지만 그건 실없는 농담일지도 모른다고 생각한다. 나봄이 기억하고 있는 차준은 원래 별 뜻 없이도 가슴 설레는 말을 곧잘 꺼내 놓던 사람이었다.

언제나 곁에 있겠다는 말. 결혼은 꼭 나랑 하고 싶다는 말. 첫사랑이 이뤄지는 기적을 보여 주겠다는 말.

그 모든 말들을 전부 철석같이 믿어 버린 대가로 받은 건 미련밖에 없었다. 나봄은 과거의 일을 되풀이하고 싶지 않았다.

"그냥 어쩌다 보니 업체 대 업체로 다시 만난 것뿐이야. 의미 둘 건 없어."

나봄은 소라의 앞 접시에 고기 몇 점을 올려 주며 말했다. 그러자 소라는 맥주잔을 시원하게 비운 뒤 테이블 위해 탕! 내려놓고는 소리쳤다.

"의미 둘 게 없다니! 첫사랑이랑 재회하는 게 쉬운 일도 아닌데!"

"그래도……."

"게다가 완전 벤츠 돼서 나타났잖아! 이건 잡아야 하지 않냐?! 너 그동안 그 오빠 때문에 연애도 제대로 못 했으면서!"

소라는 쉽게 얘기했지만 나봄은 도저히 동조할 수가 없었다. 다시 만난 차준은 분명 10년 전보다 성숙한 매력을 띠고 있었으나, 오히려 예전의 앳된 모습이 사라져서 어딘가 낯설게 느껴졌다.

그래서 입술을 꾹 다물고 있으니 소라는 혀를 끌끌 차며 정곡을 찌르는 말을 했다.

"너 몇 달 전에도 술 취해서 그 선배 이름 불렀다."

"그 얘기는 왜 또……."

"그러니까 괜한 고집 부리지 말고, 혹시라도 여지가 보이거든 잘해 봐. 그렇게나 못 잊고 살던 선우차준이 눈앞에 나타났는데 뭐라도 해 봐야지."

그녀의 말을 들은 나봄은 잠시 무엇을 할 수 있을까 고민했다. 하지만 머릿속은 그저 새하얄 뿐, 아무런 생각도 떠오르지 않았다.

사실 꿈속에서도 차준을 찾아 헤매던 나봄은 정말로 눈앞에 나타난 그를 아직 현실로 받아들이지 못했다. 하도 그리워서 생겨나 버린 신기루는 아닐까 의심해 보기도 여러 차례였다.

"나는 못 잊었지만 그 사람은 아닐 수도 있잖아. 사람 인연이라는 게 나 혼자 어떻게 이어 본다고 해서 이어지는 것도 아니고……."

결국 나봄의 입에서 흘러나오는 말은 작아질 대로 작아진 자신 감만 여실히 드러내 주었다. 소라는 그런 나봄을 가만히 바라보다 가 이내 가벼운 헛웃음을 쳤다.

　　"하, 선우차준 마음은 니가 제일 잘 알지."

　　"나?"

　　"한때 죽도록 사랑받아 봤으니까 알아차릴 수 있을 거 아니야."

　　그러고서 툭 꺼내 놓은 한 마디는 나봄의 뇌리를 야무지게 치고 지나갔다. 휘둥그레진 나봄의 눈동자가 반짝 빛을 내며 소라에게 향했다.

　　"무슨 뜻이야?"

　　"내 말은 미련 없는 사람 붙들고 늘어지라는 얘기가 아니라 혹시 라도 여지가 보일 때 놓치지 말고 잘해 보라는 얘기야."

　　"아, 어……."

　　"그렇게 어버버거리지 말고 두 눈 똑바로 뜨고 잘 살펴봐!"

　　소라가 힘주어 건넨 신신당부는 요 며칠 동안의 차준을 떠올리 게 만들었다. 나봄만 보면 시종일관 햇살 같은 미소를 지어 보이던 그는 바로 어제도 설레는 말만 골라 했었다.

　　'주말에 다시 데이트하자.'

　　'그땐 우리 둘이서만…….'

　　'또 볼 수 있어서 다행이다.'

　　그 모습과 진심으로 그녀를 사랑해 주던 10년 전 모습을 비교해 보자면 솔직히 차이점을 찾지는 못하겠다.

그래서 그 사람이 건네는 눈빛 한 번, 목소리 한 번에 사정없이 휘둘렸던 나봄은 저도 모르게 들뜨고 만다. 꼭 첫사랑을 다시 시작할 수 있을 것처럼.

"볼 빨개지는 거 봐라. 하여간 못 말려."

소라는 잔뜩 동요한 나봄을 흘겨보면서도 피식 실웃음을 흘려보냈다.

그간 남자에게 벽을 쌓고 살아왔던 나봄만 지켜봐 왔던 소라는 얼굴까지 붉히며 수줍어하는 지금의 나봄이 신기하면서도 무척이나 반가웠다.

이쯤 되면 한나봄은 '선우차준'에게만 반응하는 여자라고 해도 과언이 아닐 터.

"내 첫사랑은 다시 만나면 콱 물어뜯어 버리고 싶은데…… 한나봄 넌 좋겠다. 그렇게 근사한 남자가 첫사랑이라서."

소라는 반쯤 진심이 섞인 농담을 흘려보내며 맥주잔을 들었다. 나봄은 더 이상 부인하지 않고 슬그머니 고개를 끄덕였다.

"그러니까 못 잊었지. 10년이 다 되도록."

그리 말하는 나봄의 눈빛엔 여전히 첫사랑에 대한 미련이 담겨져 있었으나, 적어도 예전처럼 슬퍼 보이진 않았다.

오랜만에 눈물 없이 차준 얘기를 실컷 꺼내 놓은 지금.

나봄은 꼭 10년 전 고등학생 시절로 돌아간 것만 같다. 앞으로 다가올 나날들이 너무도 기대돼서 가슴이 벅차 온다.

늦은 밤, 도곡동 타워펠리스.

현관문을 열고 들어서는 차준은 유독 지쳐 있었다. 오늘 점심시간 직후부터 해가 다 저물도록 진행되었던 회의 때문이었다.

최근 우드레일에서 집중 투자 중인 'Lily'라인은 모든 부서가 전력으로 매달리고 있다고 해도 과언이 아니었다.

그만큼 가구 시장에서의 주목도가 높아서 한 부분이라도 차지해 보려는 외주 업체들 간의 경쟁이 치열한데.

'저는 이번 프로젝트를 한봄 도어락과 작업해 볼까 합니다.'

오늘 회의 시간에 차준이 선전포고한 내용은 모두를 혼란스럽게 만들었다. 그야말로 한봄 도어락은 이 업계에서 한 번도 들어 본 적 없던 업체였기 때문이었다.

'본부장님, 검증되지 않은 업체와 협약을 맺는 건 위험합니다.'
'우리와 저번 프로젝트를 함께했던 케이 도어락과 계약을 이어 나가는 건 어떠십니까.'

모든 업체 사람들은 차준의 선택을 뜯어말렸으나 그는 완강했다.

'아니요, 한봄 도어락 제품이 가장 마음에 듭니다. 현장검증 결과, 함께 프로젝트를 진행할 정도의 규모가 된다는 것은 확인했고요.'

'그래도 본부장님의 결정은 위험성이······'

'게다가 저번에도 말씀드렸듯이 케이 도어락과 손잡은 뒤로 불량품 신고가 많이 들어오고 있어요. 그것만 봐도 그 업체를 고집할 이유는 없다고 생각하는데요.'

차준은 몇 시간 동안 쏟아진 반박들을 차분히 받아쳤다.

덕분에 낙하산이니 뭐니 하는 의혹들로 나빠진 이미지는 더욱더 나락으로 떨어졌으나 어차피 그에게 그딴 문제들은 별 상관도 없었다.

그 광경을 지켜보던 최태영 부장은 차준에게 예리한 질문을 던졌다.

'저로선 좀 의아하군요. 본부장님이 한봄 도어락에 집착하는 특별한 이유라도 있으신 겁니까?'

반드시 한봄 도어락이어야만 하는 이유.

가장 큰 이유는 대외적으로 말하기 힘든 사항이었다. 그래서 차준은 나머지 자잘한 이유들을 대며 사람들을 설득했다.

'디자인이 마음에 드네요. 내구도는 말할 것도 없고요.'

그렇게 아이처럼 고집을 부린 끝에 겨우 얻어 낸 한봄 도어락과의 협약 체결.

차준은 내일 그녀에게 기쁜 소식을 전할 생각에 마냥 기분이 들떴다. 한계까지 찬 스트레스도, 온몸을 짓누르는 피로감도 그녀가 내비칠 밝은 미소 한 번에 말끔히 날아가 버릴 것만 같았다.

시간은 10년이나 흘렀는데 어째서 너는 아직까지도 예전 그대로인지 모르겠다. 성숙해진 이목구비가 무색할 만큼 너는 여전히 탐스럽고 사랑스럽다.

"하아……."

차준은 그녀를 떠올릴 때마다 미소가 스며드는 입술 새로 긴 한숨을 내뱉었다. 그리고 지친 몸을 거실 소파에 몸을 앉혀 놓았다.

"……전화하고 싶다."

예전처럼 아무런 용건 없이 그냥 편하게.

"전화해서 뭐하고 있냐고 물어보고 싶다……."

남몰래 드러내 보는 욕심은 아직 그녀에게 내비칠 수 없는 것이었다. 그녀는 아직 차준의 앞에서 시종일관 딱딱하게 경직되어 있는 상태였다.

잃어버린 시간만큼 멀어진 것이 서럽기는 하지만 차준은 더 이상 아쉬워하지 않기로 했다.

기적적으로 우린 다시 만났으니 10년 전 그날들을 되찾는 건 어차피 시간문제일 뿐이라고 생각한다.

지이이잉— 지이이잉—

그때, 재킷 안주머니에 들어 있던 휴대폰이 무섭게 울렸다.

차준은 혹시 그녀일까 싶어 휴대폰을 꺼내 들었으나 이윽고 액정에 떠오른 이름을 보고 차갑게 눈빛을 식혔다. 그리고는 나봄을 회상할 때와 달리 딱딱히 굳은 얼굴로 느리게 통화 버튼을 눌렀다.

"네, 이 늦은 시간에 무슨 일이세요."

─한봄 도어락이 대체 어디니.

불편한 기색을 드러내도 아랑곳 않고 본론부터 꺼내 놓는 건, 그의 어머니 서미란 대표의 몹쓸 특징이었다. 차준은 계속 두 눈을 감은 채 싸늘한 목소리를 이어 나갔다.

"제가 하는 일에 대해선 아무 관심 없으신 줄 알았는데요."

─알아보니 한봄 도어락의 총괄 팀장이 한나봄이더구나. 혹시 내가 기억하고 있는 그 애니?

"멀쩡한 사람 멋대로 유부녀 만들어 놓고, 참 뻔뻔하게 그 이름을 입에 담으시네요."

그리 말하는 차준의 목소리는 유달리 매서웠다.

그도 그럴 것이, 귀국하자마자 미친 듯이 나봄부터 찾아 헤맸던 그는 어머니가 건넨 청첩장 하나에 모든 걸 포기해야만 했었다.

그 덕에 멀어져 버린 그녀와의 시간이 자그마치 5년.

차준은 지금부터라도 온 힘을 다해 수습하고 싶었다. 그러니 사사로운 것까지 간섭하려 드는 서 대표는 제 선에서 멀리 치워 둘 생각이다.

"대표님, 기쁜 소식과 나쁜 소식이 있어요."

─뭐?

"먼저 기쁜 소식은 저 이제 독신주의 아니에요. 대표님이 원하시던 대로 저도 결혼이라는 걸 해 보려구요."

차준은 여유로운 목소리로 뜻밖의 말을 꺼냈다.

그동안 결혼만큼은 절대 하지 않겠다고 버텨 오던 차준에게선 기대조차 하지 않았던 희소식이었다.

―드디어 너의 위치를 깨달은 모양이구나. 그래, 할아버지가 깨어나시면 널 정말 대견하게 여기실 거야.

차준의 결혼 문제로 골머리를 썩혀 왔던 서 대표는 그의 결심을 진심으로 반가워했다.

특히 이번 주에 억지로 끌고 가려고 했던 선 자리는 놓치기 아까울 만큼 좋은 자리였는데, 타이밍 한 번 기가 막혔다.

그녀는 드디어 제 뜻을 이해해 준 차준에게 들뜬 화답을 건네기 위해 입술을 떼어 냈다.

―그래서 말인데…….

"자, 그리고 이번엔 나쁜 소식."

그러나 본론을 꺼내기도 전에 이어진 차준의 불길한 뒷말은.

"결혼할 여자는 제가 정합니다. 그러니까 앞으로 주말에 쓸데없는 약속 잡아 놓지 마세요."

서 대표의 심기를 다시 한 번 건드리기에 충분했다.

오늘 회의에서 억지스럽게 한봄 도어락을 고집했다더니, 역시 이렇게 나올 줄 알았다.

서 대표는 차준이 쓸데없는 생각을 하지 못하도록 살벌한 협박을 내뱉었다.

─혹시 철없을 적 연애사를 이어 보고 싶은 생각이라면 관둬라. 할아버지가 깨어나시면 그 여자애부터 처리하려 드실 테니.

하지만 되돌아오는 건 차준의 비웃음뿐이었다.

"아하, 그럼 할아버지가 그렇게나 아끼시는 우드레일은 전혀 모르는 사람한테 넘기셔야겠네요."

─뭐, 뭐?

"또 한 번 헛된 일 벌이셨다간 다 때려치울 겁니다. 형 대타 역할 전부."

그리 받아치는 차준은 서 대표를 피 말리는 방법을 누구보다 잘 알고 있다.

서 대표는 기가 막히다는 듯 코웃음을 쳤으나, 곧바로 반박하지는 않았다.

"그럼 끊겠습니다. 좋은 밤 되세요."

차준은 일방적인 작별 인사를 마지막으로 망설임 없이 통화 종료 버튼을 눌렀다.

그리고 핸드폰을 저 멀리 던져두었다. 그녀를 상대할 때마다 뻐근해져 오는 관자놀이는 오늘도 어김없이 욱신거렸다.

이럴수록 간절해지는 사람은 처음이자 마지막으로 제 뜻에 따라 마음을 주었던 사람.

겨우 억눌러 놓은 욕심이 다시금 차올랐다. 차준은 지금 당장 그녀를 만나러 가고 싶었다.

하지만 아직 그를 받아들이지 못해 겁먹은 그 눈동자를 들여다보며, 10년 전 감정을 이어 나가고 싶다고 강요할 수는 없으니.

그녀 스스로 내게 다가올 때까지 등대처럼 버티고 서서 기다려 줄 생각이다. 두 번 다시는 서로가 서로를 잃어버리는 일이 없도록.

'단 팀장님이 벌써부터 여긴 어쩐 일이세요?'
'……시계를 잘못 봤습니다.'

갑자기 며칠 전, 서툰 거짓말을 하던 단태오 현장 팀장이 떠올랐다.

'팀장님은 나봄이랑 계속 연락하고 지내셨나요?'
'저희도 어제 오랜만에 만났어요.'
'아, 그래? 반가웠겠네.'
'어…… 하하, 네. 반가웠죠.'

딱딱하기 그지없던 나봄의 반응을 보면 신경 쓸 필요도 없는 사람인 듯한데, 어째서 머릿속에 남아 버렸는지 모르겠다.
얼핏 익숙한 감정이 내비쳐져서였을까.
묘하게 의식이 된다. 대놓고 경계할 필요까진 없겠지만.

02.
나는 여전히 니가 좋아

우드레일 본사 15층 대규모 회의실.

최종적으로 선정된 'Lily'라인 외주 업체에 대한 브리핑이 끝났다. '한봄 도어락'에 대한 논란은 아직 말끔히 해결된 게 아니었지만, 결국엔 차준이 원하는 대로 진행되는 수밖에 없었다.

대놓고 드러내지 못하는 불만을 눈빛으로 교환하는 직원들 사이에서, 태오는 단연 돋보일 만큼 인상을 쓰고 있었다.

다른 이들처럼 차준의 결정이 불만스러운 건 아니었다. 그는 앞으로 수개월간 나봄을 마주하고 지내야 한다는 사실이 무척이나 염려스러울 뿐이다.

"단 팀장님은 계속 회의실에 남아 계실 건가요?"

"아."

심란함에 빠져 있느라 맨 마지막까지 회의실 한구석을 지키고 있던 태오에게 차준이 다가왔다.

태오는 그에게 잠깐 시선을 두었다가 이내 다른 곳으로 돌리며 자리에서 일어났다.

"지금 나가려고 했습니다."

"아하, 현장으로 돌아가시나요?"

"네, 오늘까지 끝내야 할 작업이 있어서."

"본사 직원들 살짝 어색하죠?"

"별로요."

차준은 시종일관 건조하게 대답하는 태오를 물끄러미 바라보았다.

그 노골적인 눈빛이 거슬렸던 태오는 떼어 내려던 발걸음을 잠시 멈추고 차준을 마주했다.

"하실 말씀이라도 있으십니까."

"음…… 아니요, 딱히 할 말은 없고."

"그럼 이만……"

"물어보고 싶은 게 있어요."

차준은 형식적인 질문을 던지는 태오에게 기다렸다는 듯 말문을 열었다.

그때까지만 해도 일반적인 업무 관련 얘기라고 생각한 태오는 별생각이 없었으나.

"나봄이랑 어떤 사이였어요?"

그녀의 이름이 튀어나오자 급격히 눈빛을 일렁였다. 쿡 찌르면

바로 반응이 오는 속도는 거의 무조건 반사 수준이었다.

"갑자기 한나봄 얘기는 왜 꺼내시는 겁니까."

지나치게 날이 선 대꾸는 차준의 호기심을 자극하기에 충분했다. 하지만 그럴수록 차준은 장난스러운 미소와 함께 말을 이었다.

"그냥, 얼마나 친했나 궁금해서."

"……."

"앞으로 같이 일하게 됐잖아."

언뜻 듣기엔 별 뜻 없어 보이는 말이었지만 그건 차준이 태오에게 던져 놓은 미끼와 같았다.

어차피 단태오는 시시콜콜 제 얘기를 털어놓는 성격이 아니니 솔직한 대답을 들려주진 않겠지만, 적어도 찰나에 비치는 감정만큼은 숨기지 못할 터였다.

태오는 그런 차준의 눈앞에서 옅은 한숨을 흘러보냈고, 괜히 마른침을 삼켰다.

그렇게 잠깐의 시간을 벌어 목을 가다듬은 그는 최대한 담담한 목소리로 말을 하기 시작했다.

"둘도 없는 사이였습니다."

"아하……."

"죽고 못 살았어요."

어차피 나봄에게 물어보면 금방 들켜 버릴 거짓말이었다. 하지만 잠깐 동안이라도 믿게 하고 싶었다.

평소엔 타인에 대해 신경 쓰지도 않는 태오였으나, 이상하게 차준은 그의 신경을 꾹꾹 자극한다.

일단 눈 밑에 난 저 재수 없는 눈물점부터가 마음에 안 들어.

차준은 태오의 말에 잠시 당황하는가 싶었지만 이내 해맑게 웃어 보였다.

"두 사람, 정말 좋은 친구였구나."

'좋은 친구'라는 단어에 묘하게 힘이 들어간 것 같다면 기분 탓일까.

태오의 기분이 다시 한 번 바닥을 쳤다.

그의 저기압은 사납게 번뜩이는 눈빛에서도 여실히 드러났을 텐데, 차준은 전혀 상관없다는 듯 여유로운 목소리를 이어 나갔다.

"그럼 나봄이에 대해서 잘 알겠네요. 저는 나봄이랑 오랫동안 못 보고 지내서 그런가, 데이트를 하려고 해도 그 애 취향을 모르겠어서 어려워요."

"……."

"토요일 강남역은 어딜 가나 번잡할 것 같아서 되도록 예약해 두고 싶은데, 식사는 분위기 좋은 데로 잡아 두면 된다고 해도 영화는 뭘 골라야 할지……."

차준의 입꼬리에 부드러운 미소가 맺힌다.

"아, 미안해요. 단 팀장님 스케줄도 바쁜데 너무 잡담이 길었죠?"

수줍게 웃어 보이며 넉살을 부리는 모습조차 태오의 눈엔 그저 자신의 존재감을 자랑하는 것처럼 보인다.

그 꼴을 더는 봐 줄 수 없었던 태오는 서둘러 제 백팩을 한쪽 어깨에 멨다. 데이트하겠다는 얘기를 저리 빙빙 돌려 말하는 것도 어쩐지 재수 털린다.

"네, 바쁩니다. 그러니까 먼저 실례하겠습니다."

마음 같아선 뛰쳐나가고 싶지만 그랬다간 도망치는 것 같아 보일까 싶어 선택한 느린 걸음.

차준과의 거리가 점차 멀어졌다. 덕분에 코를 얼얼하게 만들었던 그의 향수 냄새도 함께 흐려졌다.

그러나 멀어지면 멀어질수록 이상하리만큼 선명해지는 게 있다.

'한국대 나왔다고 했지? 거기 봄 되면 벚꽃이 정말 예쁘다고 하던데.'

'네, 예뻐요. 향기도 정말 좋고.'

'가장 날씨 좋을 때 보러 가고 싶어. 시간 되면 같이 가서 캠퍼스 구경 시켜 줘.'

'캠퍼스라…… 벚꽃 말고는 볼 게 없기는 한데.'

'학교 근처에는 맛집도 많지 않아?'

'아, 있어요! 제가 제일 좋아하는 김치찌개집!'

'응응. 그럼 거기도 가자.'

'그래요, 벚꽃 보고, 점심 먹고 근처에 자주 가던 카페에 들러서 오랜만에 라떼도 마셔야겠다.'

바로 차준의 곁에 있을 때만 새어 나왔던 나봄의 밝은 미소.

회의실 문을 빠져나가려던 태오의 걸음이 우뚝 멈춰 섰다. 문고리를 잡은 채 가만히 굳어 있던 그는 천천히, 하지만 아주 처연하게 고개를 돌렸다.

다행히도 차준은 회의실 책상에 가볍게 걸터앉아 지그시 태오를 바라보고 있던 중이었다.

넌지시 태오는 끓어넘치는 울화통만큼이나 시원스러운 웃음기를 입가에 머금었고, 하고 싶은 많은 말 대신 완벽하게 짜여진 대사들을 읊어 나가기 시작했다.

"어제 개봉했다던 공포 영화로 예매하시는 건 어떠십니까. 평이 꽤 좋던데."

"공포 영화요?"

"네, 나봄이는 예전부터 공포 영화에 환장했거든요."

나봄과의 데이트는 태오도 두 번이나 겪어 본 적이 있었다. 그중 한 번은 단둘이 영화관에서 영화도 보았다.

물론 나봄에 대해 아무것도 몰랐던 태오는 인터넷에서 긁어 온 한 엉터리 연애 조언 글만 읽고.

"본부장님께 드리는 정말 좋은 친구의 팁입니다. 공포 영화 아니면 별 흥미 없어 하니까."

나봄이 가장 싫어하는 공포 영화로 예매했다가 분위기 다 망쳐 버렸지만.

* * *

"네? 그게 정말이에요?!"

퇴근 시간 무렵의 한봄 도어락.

사무실에서 전화 한 통을 받은 나봄의 표정에 화색이 돌았다. 그토록 온 직원이 매달려 기다리던 우드레일과의 외주 협약 체결 소식이 들려왔기 때문이었다.

나봄은 그동안의 노력을 떠올리며 감격 어린 목소리로 말했다.

"기대도 못 했는데 정말 다행이네요! 규모 차이가 너무 커서 최종 회의 때 떨어질 수도 있겠다 싶었는데."

그러자 수화기 너머의 우드레일 직원은 나봄과 상반되는 사무적인 목소리로 답했다.

—한봄 도어락이 소규모 업체이긴 하지만 여러 방면으로 검토해 본 결과, 함께 프로젝트를 진행하기에는 문제가 없다고 판단되었습니다.

"그, 그런가요?"

—네, 물론 내부에선 이런저런 이견들도 많았지만 본부장님이 밀어붙이셨어요.

그가 말한 본부장님은 다름 아닌 차준이었다. 첫 미팅 때부터 열심히 응원해 주더니, 이번에도 역시 그는 큰 힘이 되어 주었다.

항상 이렇게 받기만 해서 어쩌나 싶으면서도 나봄은 기쁨을 주체하지 못하고 웃음을 흘렸다.

"하하, 본부장님이 마음에 들어 하셨다니 다행이네요."

하나 그 뒤에 따라붙은 직원의 말은 다소 의외였다.

—네, 하지만 최종 선정된 건 현장팀장님의 선택 덕분이라고 해도 과언이 아닙니다.

"네?"

—그분이 디자인부터 제작까지 총괄하고 계셔서 가장 영향력이

크거든요. 그렇게나 까다로우신 분이 용케 반대를 안 하셨어요.

"아아……."

그건 꼭 회소식을 정하는 직원조차 한봄 도어락에 회의감을 갖고 있다는 뉘앙스 같았다.

그러나 나봄은 그런 사사로운 감정보단 단태오의 선택이 더 의아하게 느껴졌다.

첫 미팅 때부터 으르렁거리며 온갖 트집을 잡아 대던 걸 보면, 모두가 찬성해도 단태오만큼은 결사반대하고 나설 줄 알았는데.

어쩐 일로 내 편을 들어 줬지?

─아, 그리고 한 가지 확인할 게 있는데, 프로젝트 시작에 앞서 간단한 브리핑을 진행하고자 합니다. 내일 스케줄 괜찮으신가요?

나봄이 의문을 품을 때쯤 직원은 본론을 꺼내 놓았다. 나봄은 잠깐 딴 곳으로 틀어졌던 정신을 다잡고 또렷한 목소리로 대답했다.

"네, 내일 시간 괜찮습니다!"

─그럼 내일 오전 열한 시, 현장팀이 근무하는 우드레일 퍼니처 팩토리에서 뵙죠. 주소 보내드리겠습니다.

"현장…… 팀이요?"

─네, 말씀 드렸잖아요. 'Lily'라인은 현장 팀장님이 총괄하고 계시다고.

차라리 차준이었다면 좋았을 텐데, 내일 상대해야 할 사람이 태오라는 사실에 나봄의 마음이 착잡해졌다.

그와는 만나기만 하면 삐걱대는 사이이니 원활한 프로젝트 진행을 위해서라도 깊이 엮이는 건 삼가고 싶었다.

"그럼······ 내일 아니면 현장팀장님은 뵙기 힘들겠네요! 모든 걸 총괄하시는 분이면 눈코 뜰 새 없이 바쁠 테니까······."

그래서 노골적인 바람이 드러나지 않도록 조심스레 묻자 직원은 가차 없는 대답을 망설이지 않고 꺼내 놓았다.

─아니요, 얼굴은 매일 보게 될 겁니다.

"네?"

─한나봄 팀장님은 이제부터 단태오 팀장님과 모든 스케줄을 같이하실 예정이니까요.

이럴 수가.

순간 나봄은 뒤통수를 한 대 얻어맞은 느낌에 제대로 입도 다물지 못했다.

5년 전 이별하던 날, 단태오는 나봄을 잡아먹을 듯이 노려보며 다시는 눈에 띄지 말라 엄포를 놓았었건만.

어쩌다 보니 다시 눈에 띈 것도 모자라 매일같이 얼굴을 부대끼고 지낼 처지가 되어 버렸다.

"아이고······."

순간적으로 가슴이 체한 듯 답답해진 나봄은 깊은 한숨을 내쉬었다.

그러자 그녀의 속사정을 모르는 직원은 조언이랍시고 불가능한 얘기를 던져 놓았다.

─단 팀장님이 예민하고 까다로운 분이긴 하지만 최대한 좋은 관계를 유지하시는 게 좋을 겁니다.

좋은 관계라······.

할 수 있었으면 진작 했을 거다. 적어도 그에게 과거의 악감정만 없었더라도 지금 나봄의 걱정은 훨씬 적었을 거라고 본다.

—그럼 다른 중요 사항은 이메일로 발송해드리도록 하겠습니다. 이만 끊겠습니다.

뚝—

정 없는 마지막 인사와 함께 우드레일로부터 걸려 온 통화는 마무리되었다. 나봄은 오늘 그토록 기다렸던 협약 체결 소식을 들었지만 표정은 세상 다 끝난 듯 착잡하기만 했다.

그런 그녀를 사무실 밖에서 지켜보고 있던 한 사장은 조심스레 문을 열고 넌지시 물었다.

"나봄아, 우드레일이 뭐라더냐?"

"아, 프로젝트 'Lily'는 우리랑 진행하기로 했대요."

"뭐?!"

그녀의 안색과는 전혀 다른 성공적인 결과.

한 사장의 얼굴에 엄청난 기쁨이 번졌다. 곧바로 몸을 돌려 공장 직원들에게로 달려가는 그는 더할 나위 없이 행복해 보였다.

"우리의 한나봄 팀장님이 무려 우드레일과 외주 계약을 따 왔습니다! 여러분!"

"와아아아! 그게 정말입니까! 사장님!"

"세상에, 이게 무슨 일이래!"

나봄이 전해 준 기적 탓에 한봄 도어락은 삽시간에 축제 분위기가 되었다.

모두가 한마음이 되어 저리도 즐거워하는 모습은 제법 오랜만이라 참 보기 좋았으나…….

그녀는 앞으로 견뎌야 할 심술맞은 그 녀석이 걱정이다. 피난처가 있는 우드레일 본사와 우드레일 퍼니처팩토리가 얼마나 멀리 떨어져 있는지 지도로 확인해 봐야겠다.

＊　　　＊　　　＊

우드레일 퍼니처팩토리.

"어머, 저거 단 팀장님이야?"

"오늘 중요한 약속이라도 있으신가?"

모두의 시선을 한 몸에 받으며 단태오가 등장했다.

언제나 작업복 차림이었던 그는 머리부터 발끝까지 캐주얼하면서도 세련된 스타일로 잔뜩 멋을 내고 온 상태였다.

"요 앞 주차 금지 팻말은 왜 쓰러져 있습니까? 들어오면서 딱 보이던데 누가 치워야 하는 거 아닙니까?"

이런 과한 변화가 본인도 민망스러웠는지, 태오는 괜히 별거 아닌 일로 시비를 걸었다.

기분에 따라 불평불만이 늘었다 줄었다 하는 그를 잘 알고 있는 현장 팀원들은 그 말엔 대꾸도 않고, 저마다 본격적인 감탄사를 늘어놓았다.

"단 팀장님! 오늘 옷이 화려하네요! 소개팅이라도 나가십니까?"

"소개팅은 뭔…….."

"작업복 차림이 아니라 낯설어요! 못 알아볼 뻔했네!"

"쓸데없는 얘기 하지 마시고 누가 밟기 전에 주차 금지 팻말이나 제대로 세워 놓으세요."

태오는 호들갑을 떠는 팀원들에게 까칠한 반응을 내비치며 제 사무실로 향했다. 슬슬 귀가 뜨거워지기 시작하는 귀를 어느 누구에게도 들키고 싶지 않아서였다.

하지만 그때.

"어이, 단태오 씨. 오늘 쫙 빼입고 왔네?"

생산직장도 쉽게 건드리지 못하는 고슴도치 태오를 유독 편히 부르는 목소리가 뒤에서부터 따라붙었다.

총총거리는 걸음으로 태오의 곁에 바짝 다가서는 그녀는 오피스 가구 디자인 파트장 허유리였다.

태오보다 한 살 많은 그녀는 사교성이 워낙 좋아서 태오가 입사하던 첫날부터 유일하게 편히 다가와 주었다.

"오늘 외주 업체랑 브리핑 있어."

"그래서? 팀장 체면 좀 차려 보려고 예쁘게 꾸민 거야?"

"그냥 꾸민 거야. 짜증 나는 수식어 떼."

물론 사교성이 제로에 가까운 태오는 그녀에게 항상 딱딱하게 굴었으나, 그래도 내심 회사에서 가장 편하게 대하는 중인 것은 확실했다.

윗사람에게든 아랫사람에게든 정 없는 존댓말만 쓰는 태오가 유리에게만 친근한 반말을 사용한다는 것이 그 증거였다.

"외주 업체라면 한봄 도어락 말하는 거지? 본부장님 입김이 셌다고 들었는데…… 혹시 빽?"

유리는 최근 논란이 많았던 한봄 도어락에 대해 호기심 어린 눈빛으로 물었다.

데이트까지 준비할 만큼 나봄에게 호감을 가진 차준이니, 어찌 보면 빽일 수도 있겠지만.

"빽 아닌데."

태오는 미간까지 좁혀 가며 매섭게 대답했다.

딱히 나봄을 챙겨 주고 싶었다기보단, 우월감에 젖은 눈빛으로 태오에게 조언을 구하던 선우차준이 나봄의 썸남이라고 믿기 싫어서였다.

그냥 그 인간 혼자 눈 돌아서 발광하는 거면 모를까.

어느새 공장 한구석에 위치한 자신의 사무실에 도착한 태오는 유리문을 당겼다. 그러곤 발걸음을 돌리려는 유리에게 당부 아닌 당부를 남겼다.

"앞으로 한봄 도어락에 대해 괜한 헛소리 떠들고 다니는 놈들 있으면 입을 틀어막아 버려."

"에이, 뭘 그렇게까지 신경 써."

"협력 업체에 대해 나쁜 소문 돌아서 좋을 거 없잖아."

그리 말하는 그의 눈빛에서 전해지는 묘한 이질감.

그걸 느낀 유리는 두 눈을 깜빡이며 태오의 얼굴을 물끄러미 관찰했다. 그러나 태오는 이질감의 정체를 확인할 틈도 주지 않고 곧바로 고개를 틀어 버렸다.

콰앙!

"흐음……."

단태오 성격대로 매정하게 문이 닫혀 버리자 유리는 아쉬운 듯 옅은 한숨을 내쉬었다.

요즘 통 바빠서 점심 식사 한 번 제대로 못 했으니 함께 커피라도 마시고 싶었거늘, 태오는 오늘도 역시 도착하자마자 업무 태세였다.

분위기를 봐서 오늘도 점심을 거를 것 같으니 이따 도시락이라도 사서 넣어 줘야지.

유리는 자신이 태오의 유일한 직장 친구라는 것에 책임감을 느끼며 흐뭇한 마음으로 도시락 메뉴를 정했다.

그 순간.

와지끈!

우드레일 퍼니쳐팩토리 주차장에서 딱딱한 나무판자가 부서지는 소리가 들렸다.

놀란 유리가 커다란 창문 쪽으로 돌려 밖을 확인하자, 넘어져 있던 주차 금지 팻말을 그대로 밟아서 산산조각 내 버린 분홍 마티즈 한 대가 시선 끝에 걸려 왔다.

"뭐야! 뭐야!"

"엇! 우리 팻말!"

소란을 떨며 건물 밖으로 나간 직원들 때문에 이러지도 못하고 저러지도 못하던 분홍 마티즈.

머지않아 그 안에서 나온 사람은 한봄 도어락의 팀장 신분으로 찾아온 한껏 당황한 상태의 나봄이었다.

공작새처럼 한껏 꾸민 태오만큼이나 직원들의 이목을 사로잡은 그녀는 뒷바퀴 밑에 깔린 팻말을 보며 당황하더니, 이내 뛰쳐나온 직원들을 향해 인사 대신 사과부터 건넸다.

"죄, 죄송합니다……. 꼭 보상해드릴게요!"

토끼처럼 겁먹은 나봄을 확인한 유리는 놀란 기색을 정돈했다.

물론 그녀는 현장 팀장을 만나기 위해 찾아온 업체 사람이지만, 단태오 팀장은 늘 그렇듯 손님을 꿔다 놓은 보릿자루처럼 내버려 둘 게 뻔했다.

그래서 태오를 대신해 나봄을 접대하려 발걸음을 움직이니.

"뭐야. 한나봄 벌써 왔어?"

한 번 닫히면 좀처럼 다시 열리지 않았던 단태오의 사무실 문이 벌컥 열렸다.

머지않아 문 앞에 서 있던 유리를 지나쳐 성큼성큼 밖으로 걸어 나가는 그 남자는.

"아, 쟤 오자마자 사고야……."

싫은 소릴 하면서도 잘 세운 머리를 매만지며 접객에 나서는, 이 제껏 한 번도 본 적 없는 반짝반짝한 눈빛의 단태오였다.

*　　*　　*

"커피……."

한 잔 타 줄까?

라는 말을 아주 자연스럽게 꺼내고 싶었는데, 입술을 떼자마자 나봄과 눈이 마주쳐 버렸다.

그녀와 단둘만 남겨져 있는 사무실.

작은 입술 새로 새어 나오는 숨소리가 무척이나 심장 떨렸던 태오는 순간 해야 할 말을 까먹어 버렸다.

그래서 어중간한 위치에 선 채 멈춰 있자니.

"커피 타 달라고?"

나봄이 두 눈동자를 깜빡이며 물었다. 고개를 저어야겠다고 생각한 태오는 긴장감 때문에 그만, 그대로 끄덕여 버리고 말았다.

"오자마자 커피 심부름이네."

혼돈의 도가니인 태오의 속사정을 모르는 나봄은 뼈 있는 한 마디를 내뱉었다.

하지만 그러면서도 그녀는 사무실 한편에 놓인 커피 머신 앞으로 걸음을 옮겼다.

그건 무척 민망하고 미안한 일이었으나, 태오는 그녀의 시선이 떨어진 틈을 타 흐린 한숨을 내쉬었다.

긴장만 안 하면 참 좋을 텐데 그녀만 보면 자꾸 온 신경이 멈춰 버린다. 머릿속은 하얘지고 바보가 된 것처럼 멍해진다.

이럴 때 필요한 건, 없던 정신도 되돌아오게 만드는 일 얘기였다. 지금껏 태오는 마음이 복잡할 때마다 일에 몰두해 고민스러운 상황을 잊어 왔다.

"인사는 생략하고 바로 브리핑 시작하지."

그래서 이번에도 언제나처럼 업무 모드로 돌입하여 본론부터 꺼내 놓았더니.

"나 지금 커피 버튼 누르지도 않았어."

태오가 본의 아니게 시켜 놓은 커피 심부름을 하고 있던 나봄이 말을 끊었다.

태오에 대해선 정말 아무것도 모르는 나봄은 그의 이런 일방적인 행동들이 참 불만스럽게 느껴졌다.

사람 무시하는 것도 아니고 뭐야, 정말.

"아……."

하지만 이것조차 긴장감이 빚어낸 실수였던 태오는 짧은 탄식을 흘려보냈다.

"그럼 빨리빨리 눌러. 시간 없으니까."

그러나 뒤따라오는 말은 타박이었다.

이 순간 태오는 좋은 이미지를 심어 주는 것보다, 그녀에게 휘둘리는 자신을 들키지 않는 일이 더 중요했다.

하지만 그 사실을 알 리 없는 나봄은 그런 태오가 몹시도 얄미워 견딜 수가 없었다.

업체가 업체이다 보니 회사를 위해 참고는 있지만 마음 같아선 뜨거운 물이라도 끼얹고 싶은 심경이다.

그런 나봄의 심정을 아는지 모르는지, 태오는 사무실 책상 의자만 드륵 끌어당겨 앉았다.

그리고 입을 딱 닫아 버렸다. 그녀가 커피 머신 앞에 붙은 거울로 흘끔 살펴본 그의 얼굴은 온갖 인상을 쓴 상태였다.

'그래, 차라리 그렇게 가만히 있어라.'

태오와는 기분 좋은 대화를 나눌 수 없을 거라 확신하는 나봄은 커피 준비에나 집중하기로 했다. 그래서 쟁반 하나를 챙겨 들고 '밀크 커피' 버튼을 눌렀는데.

"응?"

위이이잉 소리와 함께 흘러나오는 건 뜨거운 물뿐이었다. 나봄은 커피 머신을 툭툭 두드려 보았지만 딱히 멀쩡해지진 않았다.

"여기 커피 믹스 다 떨어졌나 본데?"

나봄은 살짝 고개를 들어 태오에게 말했다. 그간 커피 머신 관리는 다른 조원에게 맡겨 놓았었던 태오는 자리에서 일어서며 대답했다.

"기다려. 사람 불러서 봐 달라고 할게."

"아니야, 내가 할 수 있어. 우리 회사에선 내가 커피 머신 담당이거든."

나봄은 커피 믹스를 꺼내기 위해 찬장 서랍 문을 열었다. 그 모습을 본 태오는 벌떡 일어나 그녀에게 말했다.

"거기 못 조심……!"

하지만 손을 집어넣자마자 날카로운 통증이 그녀의 손가락을 덮쳤다. 태오가 미처 다 예고해 주지 못한 못에 찔려 버린 모양이었다.

"앗!"

나봄은 외마디 비명을 질렀고, 깜짝 놀란 태오는 곧장 그녀 곁으로 내달렸다.

"아아……."

"어디 봐. 괜찮아?"

아파하는 나봄이 걱정돼서 덥석 붙잡아 버린 손.

그건 사귈 당시에도 못 잡아 봤던 애틋한 손이었으나 태오는 의식조차 하지 못했다. 그녀의 하얀 손가락 위에 빨갛게 맺히는 핏방울 때문에.

피가 난다. 어쩌지? 이 사태를 어찌하면 좋지?

맹렬하게 돌아가던 태오의 머리가 과부하를 일으켰다. 순간적으로 머릿속이 하얘진 그는 재빨리 그녀의 손을 입술로 가져갔다.

쪽―!

그렇게 입술로 가져와 버린 그녀의 손가락.

"아……."

당황감 섞인 그녀의 목소리와 혀끝에 닿는 비릿한 피맛을 느끼며 태오는 얼핏 생각했다.

이게 아닌데, 라고.

"아……."

조심스레 새어 나오는 그녀의 당황스러운 탄식.

그녀의 손가락 상처에 입을 맞춘 태오는 그대로 얼어붙은 채 긴 속눈썹만 파르르 떨었다.

차마 현실이라고 믿고 싶지 않을 만큼 엄청난 일이 일어나 버린 지금.

태오는 차라리 이 자리에서 혀를 깨물고 죽어 버릴까, 진심으로 심각하게 고민했다. 아마 그의 삶에 중대한 프로젝트 'Lily'가 없었더라면 기꺼이 그리했을 것이다.

"……뭐하는 거야?"

나봄은 일렁이는 눈빛을 띤 채 물었다.

태오는 그제야 입술 끝에 머금고 있던 그녀의 손을 살며시 떼어 냈고, 하얗게 비어 버린 머리를 굴려 얼토당토않는 대답을 내뱉었다.

"내가 뭐."

그런 뒤 꼭 쥐고 있던 그녀의 손을 팩 떨궈 버린다. 머지않아 삐걱거리는 로봇처럼 돌아서는 그는 뻔뻔하기 그지없는 모습이었다.

"내가 뭐냐니……."

태오의 이런 행동은 패닉의 연장선이었으나 그걸 알 리 없는 나봄의 표정은 삽시간에 굳어 버렸다. 아무래도 초장에 기를 잡기 위해 사람을 당황시키는 모양인데, 이건 소위 말하는 갑질이 분명했다.

나봄은 그럴수록 그에게 휘둘리고 싶지 않았다. 그래서 당혹감을 뒤로한 채 심호흡으로 정신줄을 다잡으려 하자.

"심하게 다친 거 아니면 자리에 앉지?"

태오의 딱딱한 목소리가 곧바로 훼방을 놓았다. 하여간 저 녀석은 평정심 하나 찾을 시간도 주지 않는다.

심통이 난 나봄은 뾰족한 시선으로 그를 훑었다. 그러고는 태오의 맞은편 자리로 걸어가 드륵! 거친 소리를 내며 의자를 뒤로 당겼다. 갑작스러운 소음에 놀란 태오의 시선이 곧장 나봄에게로 향했다.

잔뜩 얼어붙어 있는 그녀의 양 어깨는 어째 사무실에 들어서던 순간보다 더 경직되어 있었다. 아무래도 아까 전 사건으로 인해 그녀의 경계심은 극에 달한 모양이었다.

그걸 가만 두고 볼 수 없었던 태오는 변명하듯 말했다.

"잡동사니 집어넣을 용도로 대충 만들어 둔 거라 못이 튀어나와 있어."

"그래서?"

곧바로 되묻는 나봄의 표정은 그게 문제가 아니라고 따지는 듯했다.

하지만 태오는 수습할 수 없는 얘기를 두 번 다시 꺼내고 싶지 않아서 억지스러운 말을 이어 붙였다.

"말해 주려고 했는데 그새를 못 참고 손부터 넣냐."

의도는 그게 아니었으나 모양새는 명백한 시비였다.

나봄은 무언가를 얘기하려다 그냥 입술을 꾹 닫아 버렸다. 더 이상 대화를 이어 나가고 싶지도 않다는 표시였다.

이로써 그녀와의 관계는 애써 꾸미고 온 옷차림이 무색할 정도로 어색하고 멀어져 버렸다.

오늘 나의 목표는 반갑게 인사하기, 무례하게 굴었던 지난날에 대해 사과하기, 나를 다시 볼 만큼 완벽하게 브리핑하기. 마지막으로 이 모든 걸 성공한 뒤 훨씬 편해진 분위기에서 점심 식사를 하기인데.

왜 난 순식간에 앞에 두 목표를 말아먹어 버린 걸까.

태오는 자신의 주제를 누구보다 잘 알았다. 그래서 애초부터 나봄에게는 많은 것을 기대하지 않았다.

친하다고 부를 수 있는 관계까지 못 되어도 좋으니 적어도 다가갈 때마다 얼어붙지라도 않았으면 좋겠건만.

그렇게 바라는 이 순간조차도 태오를 바라보는 그녀의 온도는 쌀쌀하다. 그건 언제 느껴도 마음이 무너지는 광경이었다.

태오는 굳을 대로 굳어 버린 나봄에게서 시선을 떨어트렸다. 그러고는 책상 위 브리핑 자료를 내밀며 딱딱한 목소리를 내뱉었다.

"우린 업체 대 업체로 만난 거야. 둘이 있을 때는 몰라도 다른 사람들 앞에서까지 사적인 감정 티내진 마."

그의 입에서 툭 튀어나온 그 말은 나봄을 기가 차게 만들었다.

지금껏 업체 대 업체로 만났다는 사실을 잊은 것처럼 막 나갔던 건 단태오 본인이었는데, 뭘 모르는 것 같았다.

더는 억울함과 분함을 참을 수 없었던 나봄은 제법 단호한 말투로 받아쳤다.

"사적인 감정은 니가 조심해야 할 것 같은데?"

"……."

"다신 눈에 띄지 말라는 말 들어 놓고서도 이 자리에 나타나서 정말 미안한데, 악감정 너무 티내지는 말아 줬으면 좋겠어."

그 말을 하는 나봄은 지금껏 단태오에게 보여 왔던 모습들 중 가장 프로페셔널하고 멋진 모습이었다. 덕분에 속이 조금 후련해진 그녀는 끝까지 도도한 표정을 유지한 채 브리핑 자료를 펼쳐 들었다.

그 순간.

"그래, 난 너한테 사적인 감정밖에 없어."

여전히 자료에 시선을 고정시킨 태오가 나직이 말했다. 나봄의 말을 인정하는 사람의 말투치고는 딱딱하기 그지없는 톤이었다.

나봄은 그가 또 어떤 대꾸로 속을 뒤집어 놓으려나, 대기하며 두 눈을 태오에게 고정시켰다.

그러자 태오는 천천히 고개를 들어 나봄을 마주했고 의아한 한 마디를 꺼내 놓았다.

"하지만 그게 악감정은 아니야."

악감정이 아니면 뭔데?

나봄은 곧장 따져 물으려 했다. 하지만 입술을 움직이기도 전에 평소와는 조금 다른 그의 분위기를 읽어 버렸다.

단태오답지 않게 흐린 눈빛. 옅게 새어 나오는 숨소리.

이건 예전에 딱 한 번 본 적 있는 얼굴이었다.

연애라고 하지도 못할 짧은 관계를 끝내던 날, 그때도 태오는 이런 얼굴을 하고 나봄에게 말했다.

'다시는, 내 눈앞에 띄지 마.'

그러고 보면 지금의 이 표정은 폭발 직전에 내비치는 경고등 같은 건가.

어제 전화를 준 직원의 말대로 그와의 관계를 망치고 싶진 않았던 나봄은 이쯤에서 아무런 대꾸도 하지 않기로 했다.

그래서 태오를 향했던 시선을 자료 쪽으로 거둬 버리자, 아직 눈길을 돌리지 못한 태오는 이내 나봄을 향해 옅은 한숨을 내쉬었다.

내가 뭘 했다고 저리도 지쳐 보이는 건지 모르겠다. 온갖 사고는 단태오가 일으키고 있는데, 어쩐지 내가 문제인 것 같아서 기분이 찜찜해진다.

*　　*　　*

'완벽하게 브리핑하기.'

태오가 세워 둔 오늘의 목표들 중 그거 하나는 성공이었다.

비록 서먹한 분위기에서 진행된 오프닝은 최악이었으나 본론으로 들어가자마자 우드레일의 최연소 팀장다운 괴물 같은 업무 능력이 화려하게 펼쳐졌다.

"오늘 전달받은 내용 중에 질문 있어?"

태오는 마지막 장에 다다른 브리핑 자료를 똑바로 덮어 두며 물었다. 그러자 내용에 집중하느라 경계하는 일도 잊고 있었던 나봄은 고개를 살살 가로저었다.

"아니, 니가 워낙 설명을 잘해 줘서 전부 이해한 것 같아. 고마워."

진심이긴 하지만 특별한 의미는 없는 멘트.

그걸 들은 태오의 눈빛이 크게 흔들렸다. 그도 그럴 것이 방금 전의 말은 그녀에게서 처음으로 받아 보는 칭찬이었다.

'그럼 지금 같이 점심 먹을래?'

이 여세를 몰아 건넬 제안은 혀끝에 장전되었다.

이제 최대한 무심한 목소리로, 들뜬 마음이 전혀 티나지 않게 툭 내뱉기만 하면 된다.

태오는 짧게 숨을 들이쉬었고 천천히 입술을 움직였다.

"그럼……"

"그럼 난 가 볼게."

하지만 첫 마디가 새어 나오기도 전에 나봄은 군더더기 없는 인사를 건넸다. 책상 위에 늘어져 있던 자료들은 어느새 야무지게 챙겨 가방에 넣은 후였다.

바삐 떠나는 사람을 붙잡아 다시 한 번 식사를 제안하는 일은 그리 어렵지 않았다.

하지만 바삐 떠나는 사람이, 건드리기만 해도 미모사처럼 움츠러드는 한나봄이라면 난이도가 상당했다.

지금껏 나봄이 아닌 다른 사람에게는 미련을 가져 본 적도, 아쉬운 소리를 해 본 적도 없었던 태오는 머리를 열심히 굴려 적당한 멘트를 생각했다.

'시간 괜찮으면 점심 같이 먹을래?'

'곱창전골 좋아해? 이 앞에 잘하는 집 있는데.'

'점심 먹고 가. 내가 살게.'

그가 속으로 여러 가지 예시들을 나열하는 동안 나봄은 자리에서 일어서고 있었다.

시간이 안 괜찮거나 곱창전골을 안 좋아할지도 모르니 세 번째가 낫겠다, 라고 결론지을 때쯤 나봄은 벌써 태오의 오피스 문 앞에 다다른 상태였다.

"크흠."

태오가 헛기침을 할 때쯤 그녀는 문을 열었고.

"점심 먹고 가. 내가 살게."

무심한 듯 자상하게 한 마디 툭 내던졌을 때쯤에는.

"안녕히 계세요! 다음에 또 뵙겠습니다!"

"아, 한봄 도어락에서 온 팀장님이시구나. 우리 쪽 팀장님 상대하는 건 어떠셨어요? 성격 참 까다롭죠?"

"아니에요, 도움 많이 받았어요. 워낙 설명을 잘해 주셔서."

그녀는 아예 오피스를 빠져나가 유리와 인사를 나누고 있었다. 큰맘 먹고 내뱉은 권유는 듣지도 못한 모양이었다.

당황한 태오는 멀어지는 나봄의 뒷모습을 초조한 눈으로 바라보았다.

평소 직원들과도 식사를 잘 안 하는 태오는 그들이 모여 있는 작업장 한복판에서 나봄에게만 점심 식사를 요청하기가 민망했다.

이럴 줄 알았으면 둘만 있을 때 눈 딱 감고 말해 버릴걸. 그렇게 때늦은 후회만 거듭하며, 한 유명 노래의 가사처럼 이러지도 못하는데 저러지도 못하기를 몇 분.

"아까 팻말 부서트린 건 정말 죄송해요!"

"아아, 괜찮아요. 우리가 똑바로 안 세워 놔서 벌어진 일이니까 신경 쓰지 마요."

"정말 친절하신 분이네요! 그럼 다음에 또 뵙겠습니다!"

그사이 나봄은 유리에게마저도 씩씩한 작별 인사를 고했다.

그제야 정신줄을 붙잡은 태오는 자신이 또 한 번 기회를 놓쳐 버렸다는 걸 깨달았다.

그래서 미련 없이 멀어지는 나봄의 뒷모습을 보며 점심 식사 기회를 미뤄 놓던 그 순간.

"한나봄 씨!"

유리가 나봄의 이름을 불렀다. 앞으로 향하던 나봄의 두 발이 문득 멈춰 섰다.

"네?"

"시간 있으면 점심이나 먹고 가요. 이 앞에 괜찮은 곱창전골집 있는데, 아마 팀장님이 쏘실 거예요."

태오가 준비했던 멘트 세 개를 전부 합쳐 버린 유리는 이 순간 그의 흑기사였다.

나봄은 커다란 눈을 깜빡이며 그녀의 제안을 곱씹었다.

그동안 태오는 숨까지 멈춘 채 이어질 대답을 기다렸고.

"좋아요!"

짧은 기다림 끝에 원하던 반응이 떨어지고 나서야 안도의 한숨을 내쉬었다.

자랑스럽다, 허유리 파트장.

당신이 오늘 아주 큰일을 해냈다.

* * *

우드레일 퍼니처팩토리 근처 곱창전골 전문점.

단태오 팀장과 허유리 파트장이 인도해 온 이곳은 확실히 유명 맛집임이 분명했다. 한쪽 벽면에 붙은 연예인들의 사인만 봐도 얼마나 입소문을 탔는지 가늠할 수 있었다.

"와아, 여기 Hi-No도 왔었네요. 진짜 유명한 곳인가 보다."

나봄은 자신을 데리고 와 준 사람들을 위해 기대감을 드러냈다. 그러자 유리는 입꼬리를 시원하게 들어 올리며 말했다.

"중요한 업체분들 오시면 항상 대접하는 코스예요. 지금까지 한 번도 실패한 적이 없죠."

"중요한…… 업체분이요?"

"네, 한나봄 씨도 이제 우리한테 중요한 업체분이잖아요. 그러니까 맛있게 먹어요."

그리 말하며 생긋 웃는 유리는 중성적인 마스크가 무색할 만큼 사랑스러웠다. 아무래도 그녀는 선천적으로 사람을 편하게 만드는 재주가 있는 것 같다.

비록 초면이지만 그녀를 의지하게 되어 버린 나봄은 배시시 웃으며 고개를 끄덕였다.

"자리에 앉았으면 주문부터 해. 떠들고만 있지 말고."

그때 태오가 퉁명스러운 말과 함께 불쑥 메뉴판을 내밀었다.

그토록 노리던 나봄과의 점심 식사인데 지금껏 그는 유리 때문에 그녀에게 단 한 마디도 걸지 못했다.

그래서 초조해진 만큼 퉁명스레 메뉴판을 내밀자, 유리는 옆에 앉은 태오를 툭 치며 핀잔을 놓았다. 함께한 시간만큼 단태오의 아이 같은 면엔 이골이 난 그녀였다.

"왜 손님한테 무례하게 반말을 하고 그래."

"한나봄도 나한테 말 놔."

"나봄 씨가?"

태오와 나봄의 관계를 알지 못하는 유리는 의아한 눈빛을 나봄에게 건넸다.

나봄은 혹시나 무슨 오해가 생길까 싶어, 서둘러 설명을 덧붙였다.

"단태오 팀장님이랑 대학 동기거든요."

"아, 원래 알던 사이였어요?"

"네. 졸업하고 처음 보는 거긴 하지만……."

태오와의 관계를 말하는 나봄은 굉장히 어색해 보였다. 태오는 굳이 우리가 남보다 못한 사이라는 걸 티내는 그녀의 태도가 참 마음에 들지 않았다.

그래서 오늘 브리핑 전에 얘기했던 사적인 감정 문제를 한 번 더 언급하려던 그 순간.

"아! 그럼 단태오 첫사랑이 누군지 알겠다!"

주책맞은 허유리의 입이 괜한 소리를 꺼내 놓았다. 당황한 태오의 눈동자가 유리 쪽으로 홱 틀어졌다.

"단 팀장님 첫사랑이요?"

나봄은 순진무구한 얼굴로 유리에게 되물었다. 태오와는 겨우 2주밖에 사귀지 않았던 나봄은 그 첫사랑이 자신이라는 걸 상상조차 못하고 있었다.

그러나 그녀의 머릿속을 알 길이 없는 태오는 미치기 일보 직전이었다.

그 어느 날, 술을 엄청 많이 먹고 감성에 젖어 유리에게만 털어놓았던 미련이 이렇게 독이 되어 돌아올 줄은 몰랐다.

"그 얘기 하기만 해 봐."

태오는 서둘러 유리의 입을 막아 보려 했다. 하지만 유리는 사태의 심각성도 모르고 장난기 섞인 목소리를 기어이 이어 나갔다.

"단태오랑 저는 나름 오피스 절친이라서 이 얘기 저 얘기 다 하거든요. 그중에서 여자 얘기를 유독 안 하길래, 혹시 게이는 아닌가 의심했는데……."

"하지 말라니까 진짜…….'"

"대학교 때 첫사랑을 아직 못 잊었대요. 졸업한 지 벌써 4년이나 지났는데도 말이에요."

"아, 허유리!"

결국 당사자 앞에서 첫사랑 얘기를 다 털려 버린 태오는 버럭 언성을 높였다.

하지만 어색한 분위기를 푸는 것만 신경 쓰고 있던 유리는 '재밌는데 왜?'라는 뜻을 담아 어깨를 으쓱였다.

태오는 이 순간 그녀에게 진심을 다해 화내고 싶었지만.

"대학교 때 첫사랑이라…….'"

유리의 얘길 들은 나봄이 조용히 흘려보내는 혼잣말을 듣자마자 입술을 꾹 다물어 버렸다. 이 이상 격하게 반응했다가는 분위기만 이상해질 게 뻔했다.

'제발…… 제발 아무 대꾸도 하지 않았으면.'

태오는 간절한 마음을 담아 빌고 빌었다.

어차피 지병처럼 품고 가기로 결심한 첫사랑, 들키지 않는 쪽이 살기에는 더 편했다.

하나 그 마음 하나도 몰라주는 나봄은 태오가 가장 두려워하는 맑은 눈동자를 그에게로 고정시켰다.

"니가…… 그런 사람이 있었어?"

그리고 정말 진심으로 놀란 표정으로 물었다.

예상치 못한 결과를 맞이한 태오의 속눈썹이 파르르 떨려 왔다.

"뭐?"

"아니, 난 그냥……."

"……."

"너한테 그런 연애사가 있을 거라고는 상상도 못 해서……."

그건 언제나 태오의 딱딱한 면만 보아 왔던 나봄으로선 충분히 가질 법한 오해였다.

아주 짧은 시간 동안 만나긴 했어도, 그사이 겪은 단태오라는 남자는 연애와는 거리가 참 멀어 보이는 사람이었다.

함께 길을 걸어도 나봄보다 몇 발자국 빨리 가고, 무서운 영화를 못 보는 나봄에게 공포 영화를 보여 주면서도 딱히 챙겨 주지 않고.

심지어는 저녁 식사를 하는 동안 아무런 대화도 시도하지 않았다.

그래서 나봄은 그와 딱 한 번 데이트해 본 뒤, 다음번에 만나면 바로 이별을 고해야겠단 결심을 했었다. 차마 남자 친구로 받아들이지도 못할 만큼 그는 정이 없어도 너무 없었다.

'아, 그러면 혹시 그때도 첫사랑을 못 잊고 있어서 나한테 쌀쌀맞게 굴었나!'

나름대로 태오에 대한 생각을 정리한 나봄은 다시 유리에게로 고개를 틀었다. 빛나는 그녀의 두 눈엔 순수한 호기심이 묻어 있었다.

"단 팀장님 이미지랑 너무 딴판인 얘기라서 궁금하긴 하네요."

"그래요?"

"네, 연애랑 안 맞는 사람이라고 생각했거든요."

그건 나봄이 생각하는 태오가 결코 좋은 이미지가 아니라는 걸

뜻했다.

하지만 태오는 전혀 개의치 않았다.

지금은 그저 오랜 시간 감춰 온 마음이 그녀 앞에서 강제로 까발려지지 않은 걸 다행스러워 하고 있을 뿐.

유리는 나봄에게 공감한다는 듯 크게 소리 내어 웃었고, 손까지 휙휙 저어 가며 너스레를 떨었다.

"푸핫! 연애라고 할 수도 없죠! 꼴랑 2주 사귄 모양이던데!"

그리고 저주받은 주둥이를 또 한 번 거침없이 움직였다.

"네……?"

"그치? 2주 사귀면서 두 번째 데이트 때 대차게 차였던 거 맞지? 니 인생의 쌍년이라고 엄청 욕했었잖아."

안도의 한숨을 내쉴 만큼 무방비하게 풀어져 있던 태오의 가슴에 떨어진 지구 멸망급 핵폭탄.

이보다 더 절망스러울 수 없는 상황을 맞이한 태오가 숨까지 멈춘 채 나봄을 바라보았다.

'2주'라는 엄청난 기한은 물론, '쌍년'이라는 험악한 욕설까지 들어 버린 그녀는 그저 놀란 얼굴로 얼어붙어 있었다.

아, 정말 간절히 바라건대.

차라리 지구가 당장 멸망해 버렸으면 좋겠다. 진심으로.

*　　*　　*

안타깝게도 지구는 멸망하지 않았다.

삽시간에 표정을 굳힌 나봄이 서둘러 애꿎은 물컵 위로 시선을 내려 버리던 순간에도, 눈에 띄게 말수가 줄어든 채로 쓸데없이 맛만 좋은 곱창전골을 먹던 때에도.

시간은 단 1분, 1초도 멈추지 않고 부지런히 흘러갔다.

덕분에 정확히 40분간의 점심 식사가 끝나고 가게를 빠져나왔을 때쯤엔.

"잘, 잘 먹었습니다."

"덕분에 우리도 잘 먹었어요. 후식으로 커피라도 한잔하고 가실래요?"

"아니요! 아니요! 괜찮아요! 그냥 바로 갈게요!"

나봄의 상태는 태오와 함께 있어야 하는 상황 자체를 격렬하게 기피하는 지경에 이르러 버렸다.

태오의 얼굴에 드리운 어둠의 그림자가 더욱 짙어졌다.

가만히 서 있기만 해도 대하기 어려운 여자인데, 저리 피하려고 드니까 진짜 뭘 어째야 할지 모르겠다.

태오는 심란한 한숨을 내쉬며 애써 정돈한 머리를 흩트렸다.

유리는 그런 태오를 의아한 눈으로 살폈다.

"왜 그래? 속 안 좋아?"

바로 그때.

"회사가 저 건물 너머에 있었던가요?! 저는 급한 일이 있어서 먼저 출발해 보겠습니다!"

어느새 재빠른 걸음으로 큰 도로까지 진출한 나봄이 허둥지둥 횡단보도를 건너기 시작했다.

누가 봐도 도망치는 듯한 모습에, 유리와 태오의 시선이 다시 그녀에게로 따라붙었다.

어느 순간부터 달라져 버린 나봄의 분위기를 눈치채고 있던 유리는 멀어지는 뒷모습을 바라보며 물었다.

"갑자기 왜 저러지? 무슨 일 있나?"

그러자 태오의 눈빛이 날카로워졌다. 그는 원망 섞인 눈빛으로 유리를 노려보았고 으르렁거리듯 말했다.

"그걸 몰라서 물어?"

"뭐가?"

"넌 천천히 따라와. 난 한나봄 붙잡고 할 얘기 있으니까."

태오는 유리에게 자세한 정황도 설명해 주지 않고 먼저 성급한 걸음을 떼어 냈다. 흘깃 확인한 그의 얼굴은 불안이 가득 어려 있었다.

두 사람만의 세계에서 동 떨어져 버린 유리는 홀로 남아 고개를 갸웃거렸고, 이내 실마리 하나를 찾았는지 두 눈동자를 빛냈다.

"설마…… 한나봄이?"

확실한 심증을 잡아 버린 단태오의 첫사랑.

그녀의 정체를 어렴풋이 알아 버린 유리의 입꼬리가 순식간에 딱딱해졌다.

＊　　＊　　＊

거의 달리다시피 와서 도착한 우드레일 퍼니처팩토리 주차장.

"한나봄!"

나봄은 바로 뒤에서 들려오는 태오의 부름을 무시한 채, 분홍 마티즈에 몸을 실었다.

아직까지 얼굴에서 당혹감을 지우지 못하고 있는 그녀는 그저 예상치도 못한 마음을 지니고 있던 단태오에게서 도망칠 생각뿐이었다.

물론 그와는 분명 사귀었던 적이 있었으나 그가 나를 사랑했다고는 생각한 적 없었다.

얼굴만 겨우 아는 사이였던 그가 갑작스럽게 고백했을 때도, 이별의 말을 듣고 거칠게 분개했을 때도.

나봄은 얼핏 '이 남자가 나를 진심으로 좋아하나?'라는 의문을 품었지만, 오한이 들 정도로 싸늘한 그의 눈빛을 보며 곧바로 아닐 거라는 결론을 내렸다.

굳이 예전까지 찾아갈 필요도 없어. 최근에 나한테 한 행동들을 봐.

미운 7살 어린아이처럼 심술맞기 그지없었잖아.

'대학교 때 첫사랑을 아직 못 잊었대요. 졸업한 지 벌써 4년이나 지났는데도 말이에요.'
'2주 사귀면서 두 번째 데이트 때 대차게 차였던 거 맞지? 니 인생의 쌍년이라고 엄청 욕했었잖아.'

그런데 내가 첫사랑이라니. 심지어 아직까지 잊지 못한 단태오 인생의 쌍년이라니!

나봄은 고개를 설레설레 흔들며 안전벨트를 맸다.

그러고는 서둘러 차키를 꽂았다. 그녀는 어떻게든 단태오가 없는 곳으로 도망쳐서 혼란스러운 머릿속을 정리할 생각이었다.

하지만 시동을 걸기도 전에.

벌컥—!

"한나봄, 내 말 좀 들으라고!"

"엄마야! 깜짝이야!"

고집스럽게 그녀를 따라온 태오가 조수석으로 들이닥쳤다. 놀란 나봄은 금방이라도 울 것 같은 눈으로 차창에 딱 몸을 붙였다.

"왜, 왜 들어오는 거야! 나가 줘!"

버럭 소리를 지르는 나봄은 이때껏 그가 보아 온 모습 중 가장 격한 거부반응을 보이고 있었다.

그러나 태오는 아랑곳하지 않고 조수석 문을 닫았다.

허억, 허억. 가쁘게 내쉬는 숨소리는 그가 그녀를 쫓아 얼마나 열심히 달려온 건지 증명해 주고 있었다.

"나…… 나 그거 아니야."

"뭐, 뭐?"

"너한테 관심 가졌던 적 한 번도 없어."

그런 뒤 꺼내 놓는 얘기는 세상 둘도 없는 거짓이었다. 조금도 신뢰할 수 없다는 듯, 나봄의 눈썹이 노골적으로 구겨졌다.

"뭐?"

하지만 태오는 그걸 똑바로 보고 있으면서도. 그래서 가슴이 욱신거리는 걸 고스란히 느끼고 있으면서도.

"정말이야. 너랑 만나기 며칠 전에 딱 2주 사귀고 헤어진 사람이 있었어."

스스로에게만 잔인한 거짓말을 계속 이어 나갔다. 나봄에게 닿은 시선은 그 어느 때보다 필사적이었다.

"나랑도 2주 만났잖아."

"그래, 하필 똑같은 기간이었지."

"그리고 두 번째 데이트 때 헤어졌잖아."

"알고 있어. 그래서 내가 너한테 필요 이상으로 화냈던 거고."

차분히 꺼내지는 태오의 말은 나봄의 혼란을 가중시켰다. 분명 곧이곧대로 믿기엔 무리가 있는데, 의심을 품자니 그에게서 느껴지는 분위기가 너무나도 진지했다.

나봄은 여전히 경계심을 늦추지 않은 채, 그에게 물었다.

"그럼…… 허유리 씨가 얘기한 사람이 내가 아니라 다른 사람이란 소리야?"

"어. 생각을 해 봐. 진짜 좋아서 고백했을 리가 없잖아."

"……."

"너랑 난 모르는 사이나 다름없었는데."

그래, 너와 난 모르는 사이나 다름없었다.

그래서 나는 4년 동안 먼발치서 지켜만 봤을 뿐, 품고 있는 것도 버거운 마음을 너에게 털어놓을 수가 없었다.

처음 반했을 때부터 맴돌다, 맴돌다, 그저 하염없이 맴돌기만 하다.

'한나봄, 남자 친구 있어?'

'아, 아니. 없는데…….'

'그럼 나 시켜 줘.'

'뭐?'

'대신 이거 너 줄게.'

너에게 꺼내 놓은 고백은 용기 없던 내가 저지른 인생 최대의 도박이었다. 지금 생각해 봐도 4년 동안이나 가슴 속에 묵혀 뒀던 말이 자연스럽게 꺼내진 건 기적에 가까웠다.

물론 그 4년 동안 수천 번, 수만 번을 연습하긴 했었지만.

"그러니까 허튼 생각하느라 업무에 지장 주지 마."

태오는 평소처럼 무뚝뚝한 목소리로 나봄에게 말했다. 그 모습은 불친절했으나, 차라리 이 모습이 나봄에게는 더 익숙하고 편했다.

그는 점차 누그러지는 그녀의 눈빛을 보며 흐린 숨을 들이마셨고, 한번 박히면 절대 뽑히지 않을 단단한 쐐기를 박아 넣었다.

"전부 다…… 오해니까."

푹—

심장에 날카로운 고통이 일었다. 내가 뱉은 말인데도.

"아, 알았어. 오해는 안 할게……."

경직되어 있던 나봄의 어깨가 느슨해졌다. 그제야 안도한 태오는 흐린 한숨을 내쉬었다.

돌이킬 수 없을 만큼 번져 버리기 전에 겨우 꺼진 불.

그의 마음은 까맣게 그을려 형체조차 찾을 수 없었으나, 차라리 잘된 일이었다.

어차피 상처 하나 없이 지니고 있었다 해도 꺼내 놓지 못할 마음이니.

*　　　*　　　*

[한나봄 씨. 내일 저녁 4시에 저랑 데이트 안 할래요?]

야심한 시각, 차준의 개인 사무실.

전송 버튼을 누른 차준의 입가에 아이 같은 미소가 번졌다.

다시는 건넬 일 없을 줄 알았던 멘트를 그녀에게 보낸 지금, 그의 가슴엔 아주 오랜만에 행복감이 스며들었다.

나봄이는 뭘 할 때 가장 즐거워했더라. 뭘 먹을 때 가장 맛있어했더라. 또 가장 재미있어 하던 장소는 또 어디더라.

아직 그녀가 답신을 주기 전이지만, 차준은 열심히 10년도 더 된 기억들을 뒤졌다.

그때마다 실감나는 차준과 그녀 사이의 공백은 되새기면 되새길수록 길었다.

'예전엔 그 애에 대해서 모르는 게 없었는데…… 이젠 데이트조차 막막할 만큼 아는 게 하나도 없네.'

고의는 아니었지만 그렇다고 해서 그에게 잘못이 없는 것도 아니었다.

누가 끌고 갔든, 어디에 처박혔든. 떠나간 사람은 나였고, 버려지듯 남겨진 사람은 그 애였으니까.

차준은 자신이 만든 그녀와의 공백을 어떻게든 메꿔 볼 생각이었다.

그때를 위해 전망이 좋은 레스토랑을 예약했고, 그녀와의 추억이 많은 한강 공원의 지름길을 알아 놓았다. 그리고 시설 좋은 영화관의 심야 영화 예매까지 완벽하게 끝마쳤다.

그가 고심해서 고른 작품은 최근 무섭다고 소문이 난 공포 영화의 신작.

그건 태오의 조언을 적극 반영한 선택이었다.

'어제 개봉했다던 공포 영화로 예매하시는 건 어떠십니까. 평이 꽤 좋던데.'

'나봄이는 예전부터 공포 영화에 환장했거든요.'

'본부장님께 드리는 정말 좋은 친구의 팁입니다. 공포 영화 아니면 별 흥미 없어 하니까.'

비록 그 순간의 태오는 결코 호의적이지 않았지만, 차준은 원래 어떤 결정을 내릴 때 그런 사사로운 문제까지 신경 쓰는 편이 아니었다.

자, 이제 나봄이가 대답만 해 주면 되는데…….

지잉—

본격적인 기다림을 시작하기도 전에, 휴대폰이 짧게 진동했다. 귀신같은 선우차준의 촉이 확신하건대, 발신자는 그녀임이 분명했다.

그건 꼭 나봄도 그의 연락을 기다리고 있었다는 뜻 같아서 그의 심장이 버릇처럼 두근거렸다.

역시 날 기대하게 만드는 사람, 이라고 생각하며 차준은 스스럼없이 휴대폰을 들었다.

하지만 액정을 켜기도 전에.

똑똑―

누군가 사무실 문을 조심스레 두드렸다. 갑작스러운 기척에 놀란 차준은 휴대폰에서 시선을 떼고 고개를 들어 올렸다.

"누구?"

"김형우 비서실장입니다."

"아아⋯⋯."

김형우 비서실장. 차준과는 모자 관계임에도 불구하고 악연으로 묶여 있는 서 대표의 직속 비서.

차준의 얼굴이 삽시간에 굳었다.

얼마 전, 어머니 서미란 대표와 했던 불쾌한 통화를 아직도 기억하고 있는 차준으로서는 김 실장의 용건이 너무나도 뻔했다.

"들어오세요."

차준은 결코 달갑지 않은 목소리로 그에게 말했다.

끼익― 유달리 듣기 싫은 쇳소리를 내며 열리는 문은 차준의 신경을 거슬리게 만들었다.

"오랜만에 뵙는 것 같습니다, 선우차준 이사님. 통 병원에 들러 주시질 않으니 만날 기회가 없네요."

"할 말만 하고 나가시죠."

그래서 좀처럼 드러내지 않는 삐딱한 태도로 그의 인사를 받아치니, 역시나 그는 차준의 예상대로 달갑지 않은 용건을 꺼내 놓았다.

"내일 저녁 7시, 서영 건설 회장님의 손녀분과 저녁 약속이 잡혀 있습니다."

차준은 제 촉에 새삼스레 감탄하며 노골적인 비웃음을 흘렸다.

"하, 큰 착오가 있으시네. 나는 그딴 스케줄 잡은 적이 없는데."

"자리에 얼굴이라도 비치시는 편이 좋을 겁니다. 서 대표님 스타일은 누구보다 잘 아시지 않습니까."

"실장님, 지금 저를 협박하는 겁니까?"

차준의 눈빛이 전에 없이 싸늘해졌다.

웃을 땐 장난기 많은 여우와 닮아 있는 그의 눈초리는 정색하는 순간 더할 나위 없이 매서워 보였다.

"BK 백화점 외동딸, 맥심 호텔 장녀, 그리고 내일 만날 서영 건설 손녀까지……."

"……."

"형이라면 이해타산 봐서라도 만났을 텐데. 그렇지?"

날카롭게 던져진 질문은 딱히 대답을 바라는 것이 아니었다. 그래서 별다른 반응을 보이지 않는 김 실장에게 차준은 공격적인 뒷말을 이었다.

"난 그렇게 고분고분한 성격이 아니야. 꼭두각시를 찾으려면 다른 데서 알아봐."

"……."

"아니면, 집에서 반송장으로 사는 새끼 고쳐서 쓰든지."

차준이 내뱉는 한 마디 한 마디엔 거대한 적대감이 담겨 있었다.

올해로 딱 10년.

그동안 하루가 다르게 자라난 적의는 이제 감히 누구도 건드릴 수 없는 상태가 되었다.

김 실장은 그의 말을 받아치는 대신, 불안하게 흔들리는 차준의 눈동자만 지그시 바라보았다. 아무것도 모르던 10년 전과는 확실히 다른 새까만 어둠이 그의 밝은 눈동자에서 느껴지는 듯했다.

"안 나가고 뭐해요?"

순간 언제 굳었었냐는 듯, 차준의 입꼬리가 다시 매끄럽게 휘어 올라갔다. 그가 시시때때로 지어 보이는 미소는 망가진 그를 감출 수 있는 가장 얄팍한 가림막이었다.

여기서 더 그를 건드려 봤자 좋을 게 없다는 걸 알고 있는 김 실장은 곧바로 고개를 숙여 인사했다.

"그럼 일단 물러가 보겠습니다."

지금 그는 후퇴하는 중이지만 완전히 물러선 것은 아닐 것이다. 상식조차 허용되지 않을 만큼 지독한 그녀는 더러운 수작이라도 부려 차준의 마음을 움직이려 할 게 분명하다.

탁—

잔뜩 날을 세우고 있던 차준은 김형우 비서실장이 완전히 문을 닫고 자라지자마자 고개를 떨구었다.

"후우……."

그런 뒤 흘려보내는 한숨엔 짙은 그림자가 드리워져 있었다. 한 번씩 이렇게 신경이 곤두서는 일이 생길 때면, 차준은 요동치는 분노를 어찌해야 할지 모르겠다.

이런 순간마다 원망하게 되는 사람은 이 자리를 버리고 달아난 비겁한 그 새끼.

'차준아, 왔어?'

가끔 억지로 본가에 끌려갈 때마다 살가운 척 인사를 건네는 그 면상은 역겹기만 하다.

'자주 내려오지 그랬어.'

묵묵부답인 내 곁을 떠나지 못하고 맴돌다 겨우 건네는 말은 듣고 있기에 끔찍하다.

그중에서도 가장 소름 끼치게 혐오스러운 건.

끼릭― 끼릭―

귀에 거슬리도록 날카로운 그의 휠체어 소리.

'형, 차라리 죽지 그랬어. 그렇게 살 바엔.'

차라리 다가오지도 않았으면 싶어, 잔인한 소리를 한 것도 여러 번이었다. 그때마다 그는 잠깐 표정을 굳히다가 괜히 무릎을 덮은 담요 위로 시선을 떨어트렸고.

'나중엔 형이 찾아갈게, 우리 같이 저녁이라도 먹자.'

이내 쓸데없는 대답만 겨우 꺼내 놓았다. 어차피 그 다리로는 누가 데려다주지 않는 한 저택도 벗어날 수 없으면서.

떠올리고 싶지 않은 사람이 뇌리에 들어차자, 차준의 낯빛은 급격히 어두워졌다. 이곳에서 살아남기 위해선 제정신을 단단히 붙잡고 있는 게 중요한데, 이대로라면 미쳐 버리고도 남겠다.

차준은 멍에와 같은 그를 덮어 두기 위해 다른 사람 생각을 하기로 했다. 그가 가장 행복했을 때, 그 행복을 함께 누려 준 사람.

'맞다, 나봄이가 답장 보냈었는데.'

반가운 사실 하나를 깨달은 차준은 감정을 추스르고 휴대폰을 들었다. 액정을 켜자마자 떠오른 메시지는 역시나 기분 좋은 소식을 담고 있었다.

[그래요! 내일 봐요!]

아주 짧은 한 마디일 뿐인데, 칠흑같이 어둡던 차준의 마음에 밝은 빛이 찾아든다. 그녀는 아직도 그에게 동아줄 같은 사람이라, 온 힘을 다해 단단히 붙잡고 매달릴 수밖에 없다.

차준은 당장이라도 그녀에게 달려가고 싶은 욕심을 겨우 잠재워 두고 답장을 보냈다.

[그래♡]

전송 버튼을 누르고 나니 끝에 붙은 하트가 살짝 부담스러울지도 모른다는 생각이 들었다.

하지만 뭐, 저걸 말로 풀어 내지 않은 게 어디야.

나는 사실 널 다시 본 그날부터 와락 끌어안아 버리고 싶은 걸 꾹꾹 참고 있었는걸.

*　　　*　　　*

우드레일 본사, 이사장실 앞 복도.

엘리베이터 버튼을 누른 김 실장은 누군가에게 전화를 걸었다. 수신인은 김 실장이 전담하여 모시는 서미란 대표였다.

차준에 관한 모든 일을 보고받는 그녀는 이번에도 역시 신호음이 몇 번 울리기도 전에 기다렸다는 듯 전화를 받았다.

─그래, 어떻게 됐어.

그리고 곧바로 본론부터 꺼내 물었다. 좋지 않은 결과를 전달해야 하는 김 실장의 얼굴에 착잡함이 드리워졌다.

"예상대로 격렬하게 거부하셨습니다. 순순히 따르실 기세는 절대 아니더군요."

—그래?

이런 얘기를 들을 때마다 잘 구슬려 보지 그랬냐고 핀잔을 주던 서 대표였지만 오늘은 달랐다. 되묻는 목소리엔 딱히 화난 기색도 없었다.

그게 더 불안하게 느껴졌던 김 실장은 휴대폰을 이사장실 쪽으로 고개를 틀며 물었다.

"다시 가서 설득해 볼까요?"

—됐어. 그런다고 해서 들을 애도 아니잖아.

"그럼 내일 서영 건설 외손녀분과의 저녁 약속은 일단 미뤄 두는 게……."

—아니, 취소하지 마. 그럴 필요 없어.

이도 저도 아닌 대답을 하는 그녀는 다른 계획이 있는 게 분명했다. 눈치 빠른 김 실장은 그 뒤에 떨어질 명령을 잠자코 기다렸다.

—내일 선우차준 위치만 파악해서 알려 줘. 나머지는 내가 다 알아서 처리할게.

그 말은 즉, 이번에도 어떻게든 밀어붙여 차준을 제 뜻대로 움직이게 만들겠다는 뜻.

—아무리 발광을 해도 갠 내 손바닥 안이야. 어차피 내 아들이잖아.

이어지는 말은 차준이 들었다면 이성을 잃고 날뛰었을 말이었다.

내일이 지나면 한동안은 선우차준을 피해 다녀야겠다고 생각하며, 김 실장은 무미건조한 목소리로 대답했다.

"네, 알겠습니다. 이사님 위치는 주기적으로 보고 드리도록 하죠."

이럴 줄 알고 순순히 말을 듣는 것이 좋을 거라 귀띔했거늘…….

선우차준은 제 형과 달리 지나치게 감정적이다.

제 엄마를 닮아 고집만 세서, 효과적으로 싸움에서 이길 수 있는 방법을 전혀 알지 못한다.

그러니 결국 철없는 아이처럼 악만 쓰다 끝날 것이다.

날개를 활짝 펼쳐 태양 근처까지 날아갔다가, 모두의 박수가 터져 나오는 순간 스스로 날개를 잘라 버렸던 선우태준과 달리.

*　　*　　*

"아, 뭔가 이상한데……."

거울 앞에 선 나봄의 표정에 찜찜함이 묻어 나왔다.

현재 그녀는 완벽하게 세팅된 헤어부터 잔뜩 신경 쓴 메이크업, 그리고 사랑스러운 원피스까지 혼신의 힘을 다해 꾸민 상태였지만 어쩐지 묘하게 마음에 들지는 않았다.

그래서 머리를 다시 하고, 몇 번이나 귀걸이를 바꿔 끼워 봤으나 딱히 나아지는 건 없었다. 안 그래도 부족한 시간만 하염없이 줄어들 뿐.

"화장이 문제인가?"

나봄은 거울 속 제 얼굴을 보다 유심히 들여다보았다.

그러다 거울을 통해 흘끗 확인한 뒤편의 시계는 벌써 4시를 가리키고 있었다.

"앗! 차준 오빠 도착할 때 됐는데!"

놀란 나봄은 상태 점검을 그만두고 서둘러 가방을 챙겨 들었다. 귀여운 리본이 포인트인 숄더백은 아주 중요한 날에만 드는 행운의 아이템이었다.

오늘 그녀는 그 어떤 날들보다 간절하게 행운을 바라는 중이었다.

비록 긴장할 때마다 실수하는 성격이지만, 그래도 오늘은 아무 사고 없이 잘 지나갔으면 좋겠다. 내가 가진 단점들은 흔적도 없이 잘 가려지고 좋아할 만한 장점들이 더 많이 드러났으면 좋겠다.

그도 그럴 것이 오늘은 무려 10년 만에 찾아온 그 사람과의 데이트 날이잖아.

"후우……."

긴 한숨을 내쉬며 두근대는 가슴을 정리한 나봄은 비장한 걸음으로 제 방을 나섰다.

때마침 거실에 축 늘어져 있던 한 사장이 달라진 그녀를 발견하곤 놀란 기색을 감추지 못했다.

"너 어디 선 보러 가냐?"

"아뇨, 하지만 그만큼 중요한 날이에요."

"데이트?"

눈치 빠른 한 사장은 단번에 정답을 맞췄으나 나봄은 딱히 고개를 끄덕이지 않았다.

머릿속으로 떠올리기만 해도 떨리는 '데이트'라는 단어는 제삼자의 입에서 들려오니 괜히 더 사람을 긴장하게 만들었다.

"다, 다녀오겠습니다."

나봄은 서둘러 구두를 신고, 떨리는 목소리로 한 사장에게 인사했다. 그러자 한 사장은 노골적인 웃음을 흘려보내며 말했다.

"숨기긴 뭘 숨겨. 이미 니 남자 친구 차 골목에서 대기하고 있구만."

"네?!"

"그때 그 흰색 외제 차 아니야?"

"그 차는 맞는데……."

세상에, 벌써 도착했단 말이야?!

"아, 아직 남자 친구는 아니에요! 그럼 가 볼게요!"

나봄은 한층 더 바빠진 걸음으로 현관문을 열었다.

좁은 마당과 이어진 3층짜리 계단을 한 번에 폴짝 뛰어내려, 대문 앞까지 성큼성큼 걸어 나가는 그녀의 걸음은 높은 구두굽이 무색할 정도로 재빨랐다.

나봄은 대문 잠금 걸쇠를 순식간에 풀었고, 온 힘을 다해 벌컥! 문을 열어젖혔다.

"아, 깜짝이야."

마침 대문 바로 앞에 서서 그녀를 기다리고 있던 차준이 짠하고 등장했다. 갑자기 열린 대문에 놀란 듯, 그의 눈동자는 평소보다 동그래져 있는 상태였다.

"오, 오빠……."

"집에 불이라도 난 줄 알겠다."

하지만 이내 사르르 휘어지는 그의 눈꼬리는 오늘도 어김없이 아름다웠다. 우리가 조금만 더 가까운 사이였다면 웃을 때마다 실룩이는 눈물점을 손끝으로 톡 건드려 보았을 것이다.

나봄은 버릇처럼 흐려지는 이성을 애써 붙잡고, 수줍음 가득한 목소리로 말했다.

"늦어서 죄송해요. 이것저것 준비하다 보니……."

"아니야, 안 늦었어. 내가 빨리 온 거야."

그는 그 다정한 말과 함께 흐트러진 그녀의 머리카락을 쓰윽쓰윽 정돈해 주었다.

이럴 때마다 나봄은 일렁거리는 눈동자를 어디에 둬야 할지 모르겠다. 분명 우리는 10년 전 그 달콤했던 사이가 아닌데, 그것도 잊은 채 나 혼자서만 사랑의 만리장성을 쌓고 있는 것 같다.

터질 듯한 심장 때문에 그의 손길을 더는 감당하기 힘들었던 나봄은 차준의 팔목을 붙잡았다.

"응?"

"빨리……."

"…….."

"빨리 데이트하러 가요!"

지금의 감정을 숨기고 싶어 꺼낸 말인데, 모양새는 어쩐지 보채는 꼴이 되어 버렸다.

그래서 더욱 붉어져 버린 나봄의 얼굴을 보며 차준은 싱긋 입꼬리를 들어 올렸다. 움푹 팬 보조개엔 세상의 섹시함을 한데 모아 얹어 놓은 듯했다.

"그래, 데이트하러 가자."

차준은 달콤하게 대답하며 자신에게 다가온 나봄의 손을 살며시 맞잡았다.

10년 만에 다시 느껴 보는 차준의 온도는 아직도 변함없이 따뜻했다. 마치 그녀에게는 길고 길었던 시간이 그에게는 찾아가지 않았었던 것처럼.

*　　*　　*

똑딱똑딱.

태오는 신경질적인 표정으로 시계를 바라보고 있었다. 오늘 아침 일어나서부터 지금까지 하고 있던 행동이었다.

딱히 의미가 있어서는 아니었다. 그는 그저 어젯밤부터 차준의 그 한 마디를 고문처럼 되새기고 있었다.

　　저는 나봄이랑 오랫동안 못 보고 지내서 그런가, 데이트를 하려고 해도 그 애 취향을 모르겠어서 어려워요.
　　토요일 강남 쪽은 어딜 가나 번잡할 것 같아서 되도록 예약해 두고 싶은데, 식사는 분위기 좋은 데로 잡아 두면 된다고 해도 영화는 뭘 골라야 할지…….

그 재수 없는 선우차준의 선전포고대로라면 나봄은 오늘 서울 어딘가에서 그를 만나고 있을 텐데.

그게 어딜까. 이놈들은 대체 어디서 무슨 짓거리들을 하고 있을까.

물론 혼자 분노할 상황이 아니라는 것은 잘 알고 있었다. 나봄에게 어떤 의미도 되지 못한 태오는 서로 좋아서 만나는 두 사람을 질투할 명목도, 그럴 처지도 못 되었다.

게다가 어제는 그녀에게 한 번도 마음을 준 적이 없다고까지 말해 버렸으니, 나는 이 들끓어 오르는 감정을 표시할 수도 없는 상태.

나봄은 모르겠지만 그가 이런 적은 한두 번이 아니었다.

대학 시절 혼자 짝사랑을 할 때도, 그녀 곁에 낯선 남자가 딱 달라붙어 살갑게 굴고 있으면 남몰래 폭발하곤 했다. 그럴 때마다 난 어떻게 이 거대한 질투심을 삭였더라.

'나, 나봄아. 너 혹시 단태오랑 친해?'

'아니. 왜?'

'우리 회의하는 데마다 따라와서 저렇게 쳐다보고 있길래…….'

쫓아다녔구나. 그 남자애가 겁에 질려 떨어져 나갈 때까지 쫓아다니면서 눈치를 줬어.

하지만 지금의 태오는 그 어린 시절의 철부지와는 달랐다. 이성도, 마음도 지나간 세월만큼 자라났으니 좀 더 처연하게 대처할 것이다.

태오는 시계에서 억지로 시선을 떼어 냈고 텔레비전 리모컨을 들었다. 헛된 망상으로 가득 찬 머리를 예능 프로나 보며 풀 생각이었다.

삐익—

태오는 감흥 없는 표정으로 전원 버튼을 눌렀다. 그러자 마침 방영되고 있던 영화 소개 프로그램이 그의 이목을 끌었다.

—즐거운 토요일! 혹시 지루하게 보내고 계시진 않나요?

"……."

—그런 여러분들을 위해 준비했습니다! 오늘의 추천작 시리즈는 등골을 오싹하게 만드는 레전드급 공포 영화들입니다!

아아, 공포 영화라면 나도 질색이지.

한나봄이랑 처음으로 데이트할 때, 내가 물어보지도 않고 공포 영화를 예매하는 바람에 데이트 다 망쳤었잖아.

무얼 보든 그녀부터 떠올리는 태오는 그런 자신을 향해 깊은 한숨을 내쉬었다. 말이 좋아 짝사랑이지, 솔직히 이 정도면 상사병과 다름이 없었다.

순간 짜증이 솟구친 태오는 인상을 잔뜩 쓴 채 채널을 돌리려 했다.

하지만 그때.

—다음으로 일본 현지에서 사상 초유의 관객 기절 사태까지 일으킨 '죽음의 병원'입니다. 무려 오늘 국내 첫 개봉을 한 따끈따끈한 신작이죠!

혼자서만 신이 난 내레이터의 목소리가 잠자고 있던 그의 기억 한 조각을 꺼내 주었다.

며칠 전. 직원들이 모두 떠난 회의실에서 차준이 나봄과의 데이트 일정을 자랑했을 때, 태오는 참을 수 없는 질투심에 휩싸였고.

'딱 그날 개봉했다던 공포 영화로 예매하시는 건 어떠십니까. 평이 꽤 좋던데.'

'네, 나봄이는 예전부터 공포 영화에 환장했거든요.'

그래서 아예 그 데이트를 망쳐 버릴 작정으로 얼토당토않은 조언을 건넸다. 그리고 고개를 끄덕이는 차준을 바라보며 남몰래 비웃음을 흘렸던 것 같다.

"영화관…… 영화관에 있겠네."

두 사람의 행방에 대한 단서를 찾은 태오의 눈동자가 다시 번쩍였다. 강남 쪽 영화관이라면 오늘 안에 충분히 돌아볼 수 있을 터였다.

지루한 오후, 갑자기 하고 싶은 스케줄이 생겨난 태오는 늘어져 있던 소파에서 벌떡 몸을 일으켰다.

한순간에 의욕을 찾은 그의 불타는 눈빛.

한나봄이 날 어찌 생각하든 그건 상관없다. 하지만 적어도 선우 차준만큼은 내 존재를 의식하고 살았으면 좋겠다.

그것도 심기가 엄청 불편해져서 한나봄보다 내가 먼저 눈에 거슬릴 정도로.

*　　*　　*

강남 삼성동에 위치한 대형 영화관.

"뭐 먹고 싶은 거 있어?"

매점 앞에 선 차준이 나봄에게 물었다.

이 순간 그가 당연하다는 듯 잡고 있는 손 때문에 정신이 혼미해진 나봄은 새빨개진 얼굴을 도리도리 저었다.

"괘, 괜찮아요."

"왜? 팝콘 안 좋아해?"

"아, 좋아는 하는데……."

좋은 모습만 보이려면 어떤 상황에서든 침착하게 굴어야 하거늘, 피부로 느껴지는 차준의 온도는 멀쩡하던 심장도 격해지게 만든다.

"그럼 같이 먹자. 나도 좋아하거든."

게다가 웃으며 건네는 말들은 왜 별 뜻이 없는데도 설레는지. 그가 꺼내 놓는 한 마디 한 마디에 두 귀가 녹아 버릴 것만 같다.

이럴 걸 대비해서 나봄은 데이트 신청을 받았던 날부터 마음의 준비를 단단히 해 두었다.

하지만 전부 쓸모없는 짓이었나 보다. 선우차준이라는 남자는 존재 자체만으로 그녀에게 영광이라서, 나봄은 그가 내쉬는 숨소리에도 온 신경이 예민하게 달아오르는 듯하다.

"이리 와, 나봄아. 음료수 골라."

그 마음을 아는지 모르는지.

신이 난 차준은 나봄의 몸을 조심스레 제 쪽으로 살짝 끌어당겼다. 가까워진 향기에 보다 경직된 나봄은 커다란 메뉴판에서 가장 먼저 눈에 띄는 음료를 불렀다.

"아…… 저는 콜라요."

"그래? 옛날엔 너 사이다만 마셨던 걸로 기억하는데."

"네?"

"하긴 그때는 너무 오래전이긴 하지."

그랬었던가?

그때의 취향은 그녀는 기억도 하지 못하는 것이었다. 그걸 잊지 않은 차준은 어쩐지 나봄의 마음에 기대감이 자라게 만들었다.

꼭 10년 동안 나를 추억하며 살아온 것 같잖아.

"여기 콜라 두 잔, 그리고 팝콘 큰 사이즈 하나 주세요. 물티슈도 챙겨 주시고요."

차준이 매점 직원에게 상냥한 목소리로 주문하는 동안, 나봄은 그의 매끄러운 턱선과 오뚝한 콧날에 시선을 빼앗겼다.

특유의 장난스러운 눈웃음이 그대로라서 10년 동안 조금도 변하지 않은 줄 알았더니, 자세히 들여다본 차준의 얼굴은 기억에 남아 있던 것보다 성숙한 느낌이었다.

눈빛이 좀 더 차분해져서 그런가. 아니면 그가 하는 제스처들이 어른스러워서 그런가.

"갈까?"

이런저런 생각을 하는 사이, 점원으로부터 주문한 간식을 넘겨받은 차준이 빙글 몸을 돌렸다.

나봄은 그가 힘겹게 안고 있는 팝콘 통을 서둘러 넘겨받았고, 상영관을 안내해 주는 전광판을 바라보며 물었다.

"우리 무슨 영화 보는데요?"

그러자 차준이 시원한 웃음과 함께 꺼내 놓는 대답은 그야말로 청천벽력이었다.

"죽음의 병원!"

"……예?"

설렘으로 일렁이던 나봄의 눈동자가 순식간에 딱딱해졌다. 귀신 그림도 제대로 못 쳐다볼 만큼 겁이 많은 나봄은 공포 영화라면 딱 질색이었다.

그걸 몰랐던 단태오는 나봄에게 공포 영화를 보여 줬다가 상영 시간 내내 그녀를 겁에 질려 울게 만들고 말았다.

다시 떠올려 봐도 그때 분위기는 정말 최악이었다. 아마 그와의 첫 데이트를 완전히 망쳐 버린 데에는 그 공포 영화가 큰 몫을 차지했을 거다.

눈치가 빠른 차준은 일순 달라진 나봄의 분위기를 읽어 냈다.

"왜 그래? 혹시 무서운 거 못 봐?"

그래서 조심스러운 목소리로 묻자, 나봄은 서둘러 고개를 끄덕였다.

"아…… 네, 좋아하지는 않아요."

그 대답을 들은 차준의 머릿속엔 지금 뻔뻔하게 거짓말을 쳤던 단태오의 얼굴이 스쳐 지나갔다. 그때 지었던 웃음이 의미심장하기는 했지만 그에게 차준의 데이트를 망칠 의도가 있는 줄은 몰랐다.

'단태오 팀장이 왜…….'

라는 의문이 자연스레 들긴 했으나 지금은 그런 것에 신경 쓸 때가 아니었다.

차준은 벌써부터 공포에 질린 나봄을 부드러운 시선으로 바라보았다. 그리고 그녀에게 부담감을 주지 않도록, 다정한 미소를 띤 채말했다.

"미안해. 요즘 가장 인기 있다고 해서 예매했는데, 니가 싫어할 줄은 몰랐어."

"아니에요! 제가 미리 말씀 안 드린 게 잘못이죠!"

"잘못은 무슨. 그럼 나가서 다른 거 예매할까?"

그건 나봄에게 아주 반가운 질문이었다. 나봄은 당장에 고개를 끄덕이려 했다.

하지만 미처 그러기도 전에.

"아니면 영화 보는 내내, 내 손 꼭 잡고 있어도 되고."

거절하기엔 너무나도 달콤한 유혹이 건네졌다.

최악의 상황을 앞두고 찾아온 엄청난 기회. 그를 바라보는 나봄의 눈동자가 파르르 떨렸다.

*　　　*　　　*

절대 하지 말아야 할 선택을 하던 순간, 분명 후회할 거라 생각했는데.

"어떡해. 어떡해. 어떡해. 어떡해."

이렇게까지 후회할 줄은 몰랐다.

차준과 달콤한 시간을 보낼 욕심으로 공포 영화를 보게 된 나봄은 한 시간 전, 웃는 낯으로 이 상영관에 들어왔던 자신을 진심으로 원망하는 중이다.

"나봄아, 많이 무서워?"

차준은 약속대로 그녀의 손을 꼭 붙잡고 있었지만 나봄의 공포는 쉽사리 가시지 않았다. 물론 초반엔 어두컴컴한 공간에서 느껴지는 그의 온도가 온 신경을 빼앗아 가는 듯 했으나.

─내가 진짜 의사로 보이니……?

─끼야아아악!

"으아, 엄마야……."

본격적으로 무서운 장면이 등장하기 시작하자 공포심이 모든 설렘을 잡아먹어 버렸다.

차준의 피부도, 귓가에 들려오는 걱정스러운 목소리도 겁에 질린 나봄의 심장을 잠재우지는 못했다.

그런 그녀를 불안한 시선으로 지켜보던 차준은 아무래도 안 되겠는지, 서둘러 앞 좌석에 걸려 있던 그녀의 가방을 챙겨 들었다.

"나봄아, 우리 나가자. 이런 거 말고 재밌는 걸로 다시 보자."

그건 나봄에게도 굉장히 절실한 해결책이었다.

하지만 잔뜩 경직되어 있는 다리가 만석의 영화관을 재빨리 빠져나갈 수 있을 리 만무했다.

대형 스크린 속 끔찍한 귀신이 영원히 사라지지 않는 이상, 이 자리에서 꼼짝을 못 할 것 같다.

"저…… 지금은 도저히 못 일어날 것 같아요."

나봄은 울먹이는 목소리로 차준에게 대답했다.

생각보다 심각한 그녀의 상태는 차준을 혼란스럽게 만들었다. 이럴수록 분노하게 되는 상대는 나봄이 공포 영화를 좋아한다는 거짓말을 한 단태오 팀장이었다.

의도가 무엇인지는 이제 궁금하지도 않다.

질투심 때문인지 다른 무엇 때문인지는 몰라도, 그 알량한 감정으로 인해 가장 많은 피해를 입은 사람은 공포에 떠는 나봄이다.

그래서 당장이라도 단태오에게 연락해 생각이 있는 거냐며 따져 묻고 싶지만, 두뇌 싸움이 특기인 선우차준은 알고 있다.

분노보다 효과적인 복수는 그 녀석이 원치 않는 상황으로 위기를 극복해 나가는 것이라는 사실을.

"잠깐만 기다려. 내가 무섭지 않게 해 줄게."

차준은 다정한 목소리와 함께 그녀와 자신 사이에 놓여 있던 팔걸이를 들어 올렸다. 그리고 떨어져 있던 그녀의 몸을 제 쪽으로 끌어당겼다.

그 손길에 이끌려 나봄의 얼굴이 다다른 곳은 넓고 따뜻한 차준의 가슴이었다.

"오, 오빠……."

뜻밖의 포옹에 놀란 나봄은 떨리는 음성으로 차준을 불렀다.

"응, 나봄아."

그러자 달콤한 대답을 건네며 두 팔로 나봄을 끌어안는 차준은 이 순간 그녀의 말초신경을 제대로 자극한다.

무서운 장면을 피해 다니기 바쁘던 시야는 그가 만들어 준 어둠에 가려지고, 소름 끼치는 비명만 들려왔던 귀는 쿵쿵대는 그의 심장박동을 가장 또렷이 담아낸다.

10년 만에 다시 느껴 보는 그의 품은 여전히도 눈물 날 만큼 따듯했다. 그로 인해 또다시 가슴 설레기 시작한 나봄은 저도 모르게 입술을 꾹 깨물었다.

그 버릇이 나올 때가 되었다고 직감한 차준은 웃음기 어린 목소리로 나직이 속삭였다.

"너 또 입술 깨물고 있지."

"네, 네?"

"그러지 마. 예쁜 입술 고생하잖아."

사르르 녹는다는 느낌이란 이런 것일까.

아무래도 그의 음성엔 사람의 마음을 사로잡는 마법이 걸려 있나 보다. 그렇지 않고서야 한순간에 모든 공포심을 지워 내고, 선우 차준의 존재감만으로 온 세상을 가득 차게 만들 수 없다.

이젠 다른 의미로 미칠 지경이 되어 버린 나봄은 붉어진 얼굴이 들키지 않도록 더욱 고개를 숙였다.

그걸 겁에 질려 파고드는 거라 생각한 차준은 그녀의 어깨를 쓰다듬으며 물었다.

"아직도 많이 무서워?"

"……."

"재미있는 얘기라도 해 줄까?"

"……."

이때 나봄이 대답을 하지 못한 건 순전히 목소리가 떨려 올까 봐서였다.

하지만 그 사실을 알 리 없는 차준은 조금 더 그녀의 이성을 뒤흔들 수 있는 말을 찾아 헤맸다.

"음, 어디 보자…… 무슨 얘길 해야 니가 좋아할까."

귀신이 아니라 귀신 할아버지가 나타난다고 해도 신경 쓸 겨를 없는 한 마디. 대신 뻔뻔하기 짝이 없는 단태오는 그 어떤 귀신보다도 두려워할 한 마디.

"아, 있잖아. 나봄아."

고민을 마친 차준은 입술을 열었고, 나봄은 대꾸하는 대신 귀를 쫑긋 기울였다.

"내 마음은 아직도 그대로야."

그 틈을 비집고 들어온 차준의 갑작스러운 고백.

"네……?"

꿈결 같은 이야기를 한 번에 받아들이지 못한 나봄은 서둘러 그의 품 안에서 벗어나 차준의 눈을 마주했다.

어두운 빛 속에서도 그의 눈동자는 평소의 장난기조차 없이 진지했다.

"나는 여전히 니가 좋아."

한 번 더 확실히 꺼내지는 고백은 오늘 들을 거라고는 상상도 못했던 내용이었다.

이럴 때 난 어떤 반응을 보여야 하나. 무슨 대답을 해 줘야 하나. 순식간에 머릿속이 복잡해진 나봄은 오히려 아무 대꾸도 하지 못했다.

그래서 괜히 입술만 뻥끗거리다 살며시 닫아 버리자.

"응, 확실히 좋아하고 있어."

차준은 제 마음에 쐐기를 박듯 한 번 더 읊조리며 그녀에게로 얼굴을 가까이 가져오기 시작했다.

점점 다가오는 그의 입술은 먹음직스러운 붉은빛을 띠고 있었다.

'호, 혹시 이거 키스?'

낯부끄러운 그 단어가 뇌리를 스치자마자 나봄은 떨리던 숨을 멈췄다. 휘둥그레진 그녀의 눈동자는 어느새 닿을 거리까지 가까워진 차준의 눈물점만 뚫어지게 응시하는 중이었다.

어쩌지. 어떡하면 좋지. 나는 지금 10년 만에 처음으로 하는 키스인데 너무 서툴게 해 버리면 어떡하지.

그렇게 온갖 걱정과 함께 옅은 호흡까지 멈추어 버린 그 순간.

"이젠 복숭아 향이 아니네."

"……네?"

"이것도 좋다. 지금은 니 입술에서 꽃향기가 나."

진지하던 차준의 눈엔 다시 평소의 장난기가 어리고, 맞부딪힐 뻔했던 입술은 도로 멀어진다.

애써 끝내 놓은 마음의 준비가 무색할 만큼 그의 표정엔 조금의 흑심도 없다.

민망해진 나봄은 설레발친 마음이 들킬까 싶어 서둘러 정면으로 고개를 들었다.

그러자 차준은 싱긋 눈웃음을 건네며 그녀의 손을 맞잡았다. 아까 잡아 주었던 것보다 힘을 실어 꽈악.

　─난 널 용서하지 못해…… 죽여 버릴 거야!

　참 이상하다.

　스크린으로 향한 시선 끝엔 이 공포 영화의 클라이맥스라고 할 수 있는 잔혹한 장면이 펼쳐지고 있는데, 이상하게 하나도 무섭지가 않다.

　─으아아악! 제발 살려 줘!

　찢어질 듯한 비명엔 고통이 그대로 전해지는데, 이상하게도 전혀 동요되지 않는다.

　지금 나봄의 이성을 사로잡고 있는 건 오직 옆자리에 앉은 차준의 숨결뿐.

　　'내 마음은 아직도 그대로야.'

　　'나는 여전히 니가 좋아.'

　　'응, 확실히 좋아하고 있어.'

　꿈에서도 마음 아파 바라지 못했던 그의 고백을 받았다.

　그는 딱히 나봄의 대답을 바라는 것 같지 않지만, 그녀는 지금이라도 벌떡 일어나서 대답해 줄 수 있다.

　내 마음은 당신이 떠날 때부터 항상 그대로였다고. 미련하도록 그 시간을 떠나지 못해서 변하고 싶어도 변하지를 못했다고.

　그러니 다음번에 마음을 고백할 땐 나에게도 물어봐 줬으면 좋겠어요.

지치지도 않고 오랜 시간 품어 온 내 마음을 당신이 알아줬으면 정말 좋겠어요.

*　　*　　*

쭈우우욱—

질투의 화신 단태오는 지금 얼음이 다 녹은 콜라를 들이켜고 있다.

딱히 이렇다 할 계획도 없으면서 오붓한 두 남녀를 찾아 강남 쪽 영화관을 누빈 지 벌써 두 시간째.

첫 번째 영화관에 도착했을 땐 그냥 두 사람을 찾아내야 직성이 풀릴 것 같다는 생각뿐이었다.

두 번째 영화관에 도착했을 땐 슬슬 막상 마주치면 뭐하지, 라는 생각이 뇌리를 스쳤다.

그리고 여기. 세 번째 영화관에 도착했을 때쯤엔.

"다 부질없다……."

이 모든 짓들이 전부 쓸데없는 삽질에 불과하다는 사실을 깨달아 버렸다.

찾아낸다 한들, 차준이 자신을 신경 쓴다 한들, 나봄의 마음이 그에게 향하지 않은 이상 전부 혼자만의 고집일 뿐이었다.

"아, 여기 콜라 더럽게 맹맹하네."

자신의 처지가 짜증스러워진 태오는 반도 비우지 않은 콜라를 신경질적으로 쓰레기통에 던져 넣었다.

그리고 날카로운 시선으로 주변을 훑어보았다.

이젠 그들을 찾고 있는 게 아니었다. 지금의 태오는 혹시라도 이곳에서 그들과 마주치진 않을까, 그래서 이 미련스러운 모습을 들키지는 않을까, 잔뜩 경계하는 중이었다.

머지않아 이 안엔 나봄과 닮은 사람조차 없다는 걸 깨달은 태오는 상영 시간표 쪽으로 눈길을 돌렸다.

그의 눈에 가장 먼저 들어온 제목은 오늘 나봄이 보았을지도 모를 '죽음의 병원'이었다.

마침 이번 타임이 막 끝난 그 영화는 다음 타임을 20분 앞두고 있었다.

"저거 많이 무서웠으려나……."

다 늦어 버린 걱정이지만 태오는 뒤늦게 공포 영화를 못 보는 나봄이 신경 쓰이기 시작했다.

5년 전 첫 데이트 때 봤던 영화는 별로 무섭지 않았어도 기절하려고 하던데, 저거 보면서 놀라 죽은 건 아닐까 몰라.

인상을 쓴 채 상영 시간표를 노려보던 태오는 굳은 결심을 한 듯 걸음을 옮겼다. 그가 범상치 않은 포스를 풍기며 다다른 곳은 다름 아닌 매표소 앞이었다.

"죽음의 병원 20분 뒤에 시작하는 걸로 주세요. 가장 뒷자리로."

태오는 영화의 공포 레벨을 직접 확인해 보기 위해 별로 즐겨 보지도 않는 공포 영화를 예매했다.

이런 것도 혼자 삽질하는 짓의 일종이지만, 씩씩거리며 들어온 영화관을 10분 만에 힘없이 털레털레 빠져나가고 싶진 않았다.

그냥 내가 홧김에 추천해 버린 이 삼류 고어물이나 보면서, 두 사람의 데이트가 얼마나 최악이었을지나 짐작해 봐야겠다.

"네, 여섯 시 죽음의 병원 J열 11번 좌석입니다. 상영관은 3관입니다. 10분 뒤부터 입장 가능하세요."

"감사합니다."

표를 받아 든 태오는 여전히 심기 불편한 표정으로 몸을 돌렸다. 갑자기 잡힌 영화 스케줄에서 미련이 남는 건 아까 성질에 못 이겨서 버려 버린 콜라였다.

"아…… 또 사야 되잖아."

짜증스레 머리를 흩뜨린 태오는 10분 전 들렀던 매점을 향해 다시 발걸음을 움직였다.

끔찍한 장면이 나올 때마다 눈을 가릴 용도로 영화 포스터 몇 장을 챙겨 드는 것도 잊지 않았다.

그렇게 그가 드넓은 영화관 한편으로 자리를 옮긴 순간.

"와, 겨우 끝났네. 결말이 찝찝해서 기분 나빠."

"그러게요. 베드 엔딩이었네요."

영화관 반대쪽 구석에서부터 막 '죽음의 병원'을 보고 나온 차준과 나봄이 등장했다.

입장할 때처럼 서로의 손을 꼭 잡고 나온 그들의 얼굴은 유달리 붉어진 채였다.

"나봄아. 영화 많이 무서웠지? 물어보지도 않고 예매해서 미안해."

차준은 러닝타임 대부분을 패닉 상태로 보냈던 나봄에게 사과부터 건넸다.

비록 영화가 잔인하기는 했지만 차준 덕분에 그 시간조차 달콤하기만 했던 나봄은 진심을 담아 고개를 저었다.

"아니에요! 재미있었어요! 중간부터는 별로 무서운 것도 없고……."

"응? 중간부터가 잔인한 장면 시작이었는데?"

"네?"

"혹시 내가 재미있는 얘기 해 줘서 그런 거 아니야?"

대답을 해 놓고 생각해 보니, 나봄의 말은 차준이 해석한 대로였다. 차준의 고백 이후로 영화에 집중을 못했던 나봄은 중간 부분부터는 아예 기억나지도 않았다.

새삼 부끄러워진 나봄은 일렁이는 눈동자를 애먼 곳으로 돌렸다.

"이, 이제 우리 어디로 가나요? 배고픈데 저녁을 먹을까……."

그 모습을 본 차준의 입가에 장난스러운 미소가 맺혔다. 감정이 다 드러나는 그녀의 모습은 항상 놀리고 싶을 만큼 귀여웠다.

"나봄이 왜 갑자기 나 안 봐?"

"아, 그게……."

"오빠가 고백해서 싫어졌어?"

"예? 아니요! 아니요! 그건 아니고……."

아아, 이 사랑스러운 여자를 어쩌면 좋아.

차준은 무방비한 미소를 입가에 퍼트린 채 나봄을 끌어안기 위해 팔을 뻗었다. 10년 전, 나봄이 사랑스러워 보일 때마다 포옹을 하던 버릇이 그대로 나와 버리려는 순간이었다.

그러나 미처 손이 닿기도 전에.

지이이잉― 지이이잉―

주머니에 있던 휴대폰이 울기 시작했다.

주말에 오는 전화라면 그리 달갑지 않은 사람일 게 뻔했던 터라 봄바람처럼 마냥 살랑이던 차준의 눈빛이 순식간에 차가워졌다.

"나봄아, 미안. 통화 좀 할게."

나봄에게 양해를 구한 차준은 주머니에서 휴대폰을 꺼내 들고 그녀와 제법 멀리 떨어진 곳으로 향했다.

걸어가며 흘끗 확인한 발신인은 역시 서 대표였다.

이럴 줄 알았다는 듯, 차준의 입술 새로 짙은 한숨이 새어 나왔다.

마음 같아선 회피하고 싶었으나, 싫은 일일수록 빨리 끝내는 것이 상책이라 생각한 그는 미루지 않고 통화 버튼을 눌렀다.

"무슨 일이십니까."

나봄이라면 상상도 하지 못할 건조한 목소리.

하지만 그런 태도가 익숙했던 서 대표는 충분히 예상했던 본론부터 꺼냈다.

―오늘 저녁 약속 잊은 건 아니지? 여섯 시 약속인데 지금부터 와서 안 기다리고 뭐해?

"저는 저녁 약속 같은 거 잡은 적 없습니다만."

―너랑 실랑이할 시간 없어. 혹시 아직까지도 집에서 버티고 있는 거라면 내가 시간 좀 끌어 볼 테니까 지금부터 서둘러 준비하고

나와.

막무가내로 밀어붙이는 서 대표의 방식은 차준이 가장 질색하는 부분이었다. 이럴 때 실랑이는 아무 소용없다는 걸 잘 알고 있는 차준은 단칼에 그녀의 명령을 끊어 냈다.

"나갈 생각 없습니다. 그럼 저는 바빠서 이만."

그리고 곧바로 종료 버튼을 누르기 위해 휴대폰을 귓가에서 떼어 내려고 하는데.

─감당할 수 있겠어? 너의 선택이 고작 너의 인생만 판가름하는 게 아닐 텐데…….

의미심장한 서 대표의 말이 차준의 신경을 건드렸다.

고집대로 되지 않았을 경우 협박을 하는 것 역시, 차준이 경멸하는 서 대표의 안하무인 방식이었다.

차준은 그 어떤 대답도 하지 않고 휴대폰만 들고 있었다. 하지만 애초부터 대구 따윈 바라지도 않았던 그녀는 비웃음 가득한 목소리를 이어 나갔다.

─최태영 부장한테 보고를 받았는데, 우리 회사 'Lily 프로젝트'에서 한낱 삼류 공장이 도어락 파트를 맡았다 그러더구나.

"……."

─니가 잘해 낼 거라고 생각해서 믿고 전부 일임해 놨더니, 이런 식으로 격을 떨어트려 놓으면 안 되지.

얼핏 보이는 그녀의 검은 속내에 온화하던 차준의 미간에 깊은 주름이 팼다. 더 이상 그녀 입에서 나봄이 거론되는 꼴이 보기 싫었던 차준은 사나운 음성으로 본론을 물었다.

"그래서, 하시고 싶은 말씀이 무엇입니까."

이 질문을 기다리고 있었던 서 대표는 보다 자신만만한 목소리로 대답했다.

―회장님 깨어나시면 당장 그 네임벨류 떨어지는 회사부터 처리하려 하실 거야. 그동안 한봄 도어락에서 우리 물량 맞춰 준답시고 얼마나 투자를 했든지 간에 본전도 못 찾고 내버려지겠지.

"……."

―하지만 오늘 니가 와서 어떻게 행동하느냐에 따라서 내가 나서서 도와줄 수도 있을 것 같구나.

"하아……."

―그렇게 한숨 쉬지 마. 딱 하루야. 한두 시간 정도만 밥 먹고 차 마시면 되는 건데, 그거 치고는 좋은 딜이잖아?

생색을 내며 건네는 제안조차 차준을 마음껏 주무르려는 서미란 대표의 계략일 게 분명했다. 그걸 누구보다 잘 꿰뚫고 있는 차준은 그 장단에 맞춰 주고 싶지도 않았다.

하지만 그가 도저히 외면할 수 없는 상황이 있었다.

현재는 갑작스럽게 높아진 혈압으로 인해 병원 신세를 지고 있는 서 회장이 다시 복귀하는 순간.

그녀가 우려하는 일들은 차례차례 현실이 되어 버릴 게 분명했다.

"딱…… 한 시간만입니다."

그때가 되면 서 회장이 유일하게 신뢰하는 친딸 서미란 대표의 입김이 절실할 것이었다.

차준은 오직 그날을 위해 서미란 대표의 시꺼먼 속내를 순순히 응해 주기로 결심했다.

어차피 그녀가 내건 조건은 낯선 여자와 단 한 시간 동안만 식사를 같이하고 차 한잔 비워 내는 것뿐이니, 귀찮은 업무 처리하고 온다고 생각하면 간단한 일이었다.

―옳지, 그래야 내 아들이지.

서 대표는 그제야 만족스럽다는 듯 웃음 섞인 반응을 내비쳤다.

그녀가 자신을 부르는 많은 호칭들 중에서 '아들'이라는 소리가 가장 듣기 싫었던 차준은 지극히 차가운 목소리로 말했다.

"마음에도 없는 단어 갖다 붙이지 마세요. 외아들만 있는 것처럼 구실 땐 언제고, 이제 와서 저한테 모자 관계를 바라십니까?"

그 말에 후후 웃기만 하는 서 대표는 오늘도 토기가 올라올 만큼 역겨웠다.

어쩜 저리도 욕망을 숨기지 않고 드러낼 수 있는지.

낯짝을 두껍게 뒤덮은 가식과 계산을 전부 벗겨 내리고 싶다. 그래서 그녀 스스로도 자신이 얼마나 추악한 사람인지를 알게 되길 바란다.

그녀가 가진 뻔뻔함이라면 그래 봤자 달라지는 건 없을 테지만.

* * *

짧은 통화를 마친 차준이 다시 나봄의 곁으로 다가왔다.

영화관 한복판에 서서 그를 멍하니 기다리고 있던 나봄은 밝은 미소로 그를 맞이했다.

"오빠!"

하지만 점점 가까워져 오는 그의 얼굴은 떠나던 때와 온도가 달랐다. 웃고 있어도 씁쓸함이 느껴지는 것이, 어딘지 모르게 불안함을 불러일으켰다.

"나봄아."

"무슨 전화였는데 표정이 그렇게 안 좋아요?"

"어? 아, 미안한데…… 회사에 급한 일이 생겨서."

그럼 그렇지.

통화 끝에 차준이 전한 소식은 작별 인사와 다름없었다.

오늘의 데이트를 며칠째 잠도 못 자고 기대했던 나봄으로선 너무나도 아쉬운 소식이었다.

하지만 그에게 부담을 주고 싶지 않았던 나봄은 내색하지 않고 고개를 저었다.

"아니에요, 회사 일이라면 얼른 가 보셔야죠!"

그 말을 들은 차준의 두 손이 나봄의 어깨를 꽉 붙잡았다.

나봄이 느끼기에 이건 떠나보내는 사람의 손길이 아닌, 그녀가 이 자리에 머물기를 바라는 간절한 붙잡음이었다.

나봄은 그런 차준을 물끄러미 바라보았고, 더 하고 싶은 얘기가 있는지 눈짓으로 물었다.

"여기서 한 시간만 기다려 줄 수 있어?"

그러자 이내 조심스럽게 입술을 움직이는 그는 어딘지 모르게 불안한 기색을 띠고 있었다.

"다시 돌아올게. 그때까지만 기다려 줘. 부탁이야."

한 시간의 기다림이라면 그리 길지도 않거늘, 왜 이리도 힘겹게 꺼내 놓는 건지.

지금 그가 짓는 표정은 10년 전 이별을 선고받을 때와 얼핏 비슷하게 느껴졌다. 그래서 나봄은 오기를 섞어서라도 고개를 끄덕일 수밖에 없었다.

"네, 기다릴게요. 다녀오세요."

*　　　*　　　*

입소문과 달리 무섭지도 않고 기분만 더러운 영화였다. 쓸모없는 피 칠갑에 과장된 칼부림으로 얼룩진 B급 영화 중에 B급 공포 영화였다.

그래서 상영관을 빠져나왔을 때의 태오의 표정은 전보다 더 살벌해져 있었다.

역시 공포 영화는 찝찝해서 마음에 들지 않는다.

나는 절대 앞자리 커플이 무서운 장면이 나올 때마다 시도 때도 없이 '자기야'를 외치며 껴안아서 화가 난 것이 아니다. 태오는 하나도 먹지 않은 팝콘을 쓰레기통에 던지듯 내버리고 영화관 로비로 빠져나왔다.

들어올 때도 북적이던 영화관은 저녁 식사를 마치고 온 사람들로 더욱 문전성시를 이루고 있었다.

태오는 오직 영화관 입구에만 시선을 고정시킨 채 느린 발걸음을 움직였다.

하지만 온 신경이 예민해져 있어서 그런지, 별 게 다 거슬리기 시작했다.

방금 최악의 경험을 선물해 준 영화 '죽음의 병원' 포스터, 기름진 팝콘 냄새, 눈치도 없이 하하호호 웃는 커플들.

그리고……

"하아, 두 시간도 더 지났는데 왜 안 오지……."

거짓말처럼 눈앞에 나타난 한나봄.

제법 가까운 거리에 멍하니 앉아서 휴대폰만 들여다보고 있는, 단태오의 닿지 못할 그녀.

태오의 걸음이 한순간에 멈추었다. 그와 동시에 쿵쿵 잘만 뛰던 심장도 단번에 내려앉아 버렸다.

"한나봄……."

오늘도 여전히 내 목소리에는 반응을 하지 않지만.

"한나봄이 왜 여기……."

너는 오늘도 여전히 내 시선 끝에 걸려 있구나. 애써 떨어트려 놓은 관심이 무색하게끔.

그녀를 발견한 태오는 자동적으로 주변을 훑어보았다. 이곳은 그들의 데이트 장소이니만큼 나봄이 여기 있다는 건 차준도 근처에 있을 거라는 걸 뜻했다.

태오는 나봄이 앉아 있는 영화관 카페테리아로 슬금슬금 다가갔다. 다행히 휴대폰에 집중하고 있던 나봄은 카운터 앞에 선 태오를 발견하지 못했다.

"무엇을 주문하시겠습니까."

"아무 거나 바로 나올 수 있는 거 주세요."

"바로 나올 수 있는 음료라면 콜라, 아이스티……"

"콜라요, 콜라."

오늘 대체 몇 잔째인 콜라인지.

그런 건 생각할 겨를도 없었다. 성질이 급한 태오는 지갑에서 만 원짜리 한 장을 건넨 뒤, 점원이 내미는 콜라를 그대로 낚아채 들고 왔다.

"손님, 여기 거스름돈이요!"

"쉬잇, 괜찮습니다."

태오는 첩보 영화를 방불케 하는 조심스러운 걸음으로 은밀하게 구석 자리까지 도달했다.

그리고 은밀한 시선으로 나봄을 살펴보았다.

누구에게 잘 보이고 싶어서 입었는지 뻔히 알 것 같은 귀여운 원피스, 오늘따라 너무 예뻐서 더욱 질투 나는 화장, 그리고 가만히 앉아 있기가 지루한지 까딱까딱 흔들리는 발끝까지.

그녀는 오늘도 참 사랑스러웠다. 그래서 태오는 그 앞에 자신이 없다는 사실이 몹시 부아가 치밀었다.

태오는 재수 없는 선우차준 본부장이 앉았었을 그녀의 맞은편 자리로 시선을 돌렸다. 하지만 의자는 한 번도 빼진 적 없던 것처럼 잘 정리되어 있었고, 그의 흔적은 찾아볼 수도 없었다.

그리고 보니 나봄의 테이블에 있는 음료수도 그녀가 홀짝이는 라떼 한 잔이 전부였다.

"그놈은 쟤 혼자 놔두고 어딜 간 거야……."

태오는 의아한 눈빛으로 카페테리아 바깥쪽을 살폈다.

영화관을 빽빽이 메운 사람들 중 선우차준과는 닮은 사람조차 보이지 않았다.

나봄도 밖을 살피는 것이 아니라 넋 놓고 휴대폰만 바라보고 있는 걸 보면, 아무래도 그는 화장실이나 흡연실 같은 가까운 곳으로 간 게 아닌 모양이었다.

상황이 거기까지 파악된 이상 계속 이렇게 두고 볼 수는 없는 노릇이었다.

이성보다 본능이 앞서는 태오는 멀찍이 떨어져 있던 자리에서 일어나 저벅저벅 나봄에게로 다가갔다.

오직 차준의 연락을 기다리는 데 온 신경을 쏟아붓고 있던 나봄은 태오가 제법 가까운 거리까지 다가왔을 때도 눈치를 못 채고 있다가.

"너 여기서 뭐하냐?"

까칠한 목소리와 함께 테이블 위로 까만 그림자가 드리워지고 나서야 화들짝 놀라 고개를 들었다.

"엄마야!"

"아, 놀래라. 왜 사람을 보자마자 소리를 지르고 그래."

"단태오 니가 여긴 어쩐 일이야?"

나봄은 예상치 못한 태오의 등장이 당황스러웠는지, 살짝 미간을 구긴 채 물었다. 그 반응은 결코 환영하는 기색이 아니었으나, 그녀의 이런 대접은 익숙해질 대로 익숙해진 태오는 그녀의 맞은편

의자를 당겨 앉으며 대답했다.

"영화관에 영화 보러 왔지, 뭐하러 왔겠어."

"너희 집 여기 근처야?"

"그것까진 알려 주기 싫고. 너는 여기서 혼자 뭐하는데."

어느새 품고 있던 마음은 흔적도 없이 감춰 버린 태오가 무심한 표정으로 물었다.

나봄은 그런 그를 흘끗흘끗 바라보며 기어 들어가는 목소리로 대답했다.

"나, 나는…… 선우차준 본부장님 기다려."

"데이트?"

"나도 그것까진 알려 주기 싫거든?"

일단 발뺌부터 하고 보는 나봄은 누가 봐도 정곡을 찔린 표정이었다. 태오는 그런 그녀를 향해 픽, 비웃음을 흘렸다.

"꼴을 보니까 바람맞았네."

차준을 기다린 지 어언 두 시간 째.

나봄도 그런 생각을 안 한 건 아니었으나 저 막돼먹은 단태오에게 그 말을 듣고 싶지는 않았다.

"넌 왜 내 자리에 앉아? 곧 차준 오빠 올 거니까 다른 데로 가."

그래서 뾰족한 날을 세운 채 태오에게 말하니, 태오는 일어서긴 커녕 캔 콜라를 따며 느긋이 대답했다.

"남의 영업장에 니 자리 내 자리가 어디 있어. 시간도 많은데 선우차준 오나 안 오나 확인하고 갈게."

"뭐? 니가 왜?"

"그냥. 진짜 소박맞은 거면 혼자서 여기 나가기 창피할 거 아니냐."

아, 정말. 단태오 진짜 짜증 나.

순간적으로 울컥한 나봄은 입술을 꽉 깨물었다. 그 반응에 태오는 심히 머쓱해졌으나 애먼 곳으로 고개를 돌리며 애써 외면했다.

나봄은 그런 그를 한동안 째려보다가 이내 화내기에도 지쳤는지 한숨을 푹 내쉬었다.

"오빠 금방 온다고 했어. 그러니까 빨리 그거 마시고 돌아가."

이어지는 그녀의 대답엔 오기가 더 많이 섞여 있었다. 그건 오기만으로 이 자리에 붙어 있는 태오가 가장 잘 알았다.

태오는 별 대답을 하지 않고 손목시계를 확인했다.

시간은 벌써 여덟시 반. 카페가 문을 닫을 때까진 한 시간 반밖에 남지 않았다.

"여기 열 시에 문 닫는다."

태오는 여기 앉아 있을 수 있는 시간이 얼마 남지 않았다는 걸 알려 주기 위해 별 악의 없이 말했다.

하지만 그 얘기가 곱게 들릴 리 없는 나봄의 눈빛은 다시 까칠해졌다.

역시나 단태오와는 전생에 철천지원수 사이라도 됐었나 보다. 그러지 않고서야 이렇게 쉬는 날까지 찾아와서 내 심기를 들쑤셔 놓을 리가 없잖아.

*　　　*　　　*

"사업에는 별 흥미 없어요. 저는 자유로운 삶이 좋거든요."

"……."

"하지만 가끔 새로운 분야에 도전해 보고 싶기도 해요. 특히 전 학구열이 높은 편인데……."

차준은 벌써 두 시간째 맞선녀의 수다를 들어 주고 있었다.

한 시간이나 늦게 도착한 그녀 때문에 금방 돌아가겠다고 했던 나봄과의 약속을 본의 아니게 어겨 버린 지금.

차준은 한도 끝도 없이 늘어지는 그녀의 말을 더 이상 견딜 수가 없다. 매너 있는 마무리고 뭐고, 나는 당장 내 사람에게로 돌아가야겠다.

"아, 그리고 저는……."

"그만."

"네?"

"그만하고 일어나죠. 우리."

차준은 또 다른 화젯거리를 꺼내려던 그녀의 말을 멈춰 두고 지갑을 챙겨 들었다.

갑작스러운 마무리에 당황한 여자는 어이없다는 듯 물었다.

"이렇게 밑도 끝도 없이 가시는 건가요?"

"네, 문제 있나요?"

"별로 기분 좋지 않은 마무리네요. 아직 한창 대화 중이었는데."

빈정이 상한 여자는 불쾌한 기색을 표했다. 그러나 차준은 매정하리만큼 솔직한 대답을 했다.

"대화가 아니라 일방적인 연설이었죠. 저는 여기 앉은 이래로 계속 듣고만 있었으니까요."

"그래도 사람이 말하는 중이었잖아요."

"네, 하지만 아무리 기다려도 말씀을 끝내실 기미가 안 보이길래."

그 말끝에 싱긋, 따라오는 눈웃음은 상대방의 심기를 긁기에 충분했다.

방금 전까지만 해도 온화했던 맞선녀의 미간에 깊은 주름이 파였다.

하지만 차준은 그걸 보고서도 못 본 척, 자리에서 일어났다.

"그럼 저는 먼저 일어나 보겠습니다. 중요한 약속이 있어서."

저벅저벅 멀어지는 그의 발걸음엔 일말의 미련조차 없었다. 그 뒷모습을 허망하게 바라봐야 하는 여자는 황당하다 못해 분노가 치밀 지경이었다.

나봄이 보았다면 깜짝 놀랄 정도로 냉정한 태도였으나, 이것이 선우차준의 본성이었다.

한때는 그에게도 사람들 사이에서 즐겁게 웃고 떠들 만큼 여유로운 시기가 있었지만, 형을 대신해 우드레일 후계자로 지명된 이후로 삭막한 삶에 길들여져 버렸다.

그래서 쓸데없는 사람은 단칼에 쳐 내고, 구미가 당기지 않는 제안은 들은 적도 없던 것처럼 무시해 버리고.

그렇게 10년을 지내다 보니 인간미는 온데간데없이 사라져 있더라. 이제 어지간한 사람에게는 정을 주지도, 주는 정을 받지도 못하겠더라.

그런 차준이 제 품을 허락해 줄 수 있는 사람은 한나봄이 유일했다. 그녀를 보면 예전 자신의 모습이 떠올라서 없던 여유도 생겨나는 듯했고, 잊고 지냈던 감정들도 새록새록 떠오르는 기분이었다.

차준은 메마른 세계에 떨어진 동아줄 같은 그녀에게 향하기 위해 발걸음을 더욱 재촉했다.

어차피 서 대표와 약속한 시간은 채우고도 남았으니 이렇게 사라진다고 해서 문제는 되지 않을 터였다.

"하, 뭐 저런 새끼가……."

하지만 홀로 남은 맞선녀는 수치스러움을 참을 수 없었다. 원래 선 자리라는 게 형식적이고 딱딱한 자리이긴 하지만 그녀 생에 저렇게 무례한 남자는 처음이었다.

여자는 인상을 잔뜩 쓴 채 무릎 위에 놓여 있던 토트백을 챙겨 들었다. 그리고 냉수나 한 잔 마시고 자리에서 일어나려는데.

"어머, 저런 버릇없는 녀석을 봤나."

뒤편에서부터 익숙한 중년 여성의 목소리가 들려왔다. 그들의 시선이 닿지 않은 곳에서 상황을 지켜보고 있던 서미란 대표였다.

사실 그녀가 이곳에 대기하고 있다는 사실을 알고 있던 맞선녀는 짜증 가득한 목소리로 대꾸했다.

"서 대표님, 아무리 원치 않았던 자리라고 해도 태도가 너무 불쾌하네요. 내가 어디에서 이런 대접 받을 위치는 아닌데."

그러자 서 대표는 가식적인 미소를 띤 채 그녀를 달랬다.

"인정해요. 아무리 제 아들이라지만 시종일관 딱딱한 표정으로 앉아 있는 게 정말 무례하더군요."

그녀가 직접 편을 들어 준다고 해도 이미 다 늦어 버린 일이었다. 더 이상 차준과는 상종할 일이 없을 거라 생각한 여자는 긴 말 않고 자리를 떠나려 했다.

하지만 짜증 섞인 표정으로 의자에서 일어나던 순간.

"이왕 이렇게 된 거 조금 난처하게 만들어 볼래요?"

서 대표가 웃으며 꺼내 놓은 제안은 뜻밖이었다. 출구 쪽으로 틀어졌던 여자의 눈동자가 다시 서 대표에게로 향했다.

"난처하게 만들다니요?"

"내가 그렇게나 부탁을 했는데, 어렵게 만든 자리를 이런 식으로 깽판 쳐 놓은 게 괘씸해서 말이에요."

"……."

"저 녀석이 지금 어디 가는지 알고 있어요. 가서 제대로 된 작별 인사를 해 주지 않겠어요?"

서 대표의 눈빛에 서린 독한 기운은 이 제안이 단순한 홧내기용은 아니라는 걸 알려 주고 있었다.

고작 집안에서 만들어 놓은 맞선 자리에 나온 것뿐인 여자는 딱히 서 대표의 꿍꿍이에 장단 맞춰 줄 필요가 없었으나.

'대화가 아니라 일방적인 연설이었죠.'
'아무리 기다려도 말씀을 끝내실 기미가 안 보이길래.'
'그럼 저는 먼저 일어나 보겠습니다. 중요한 약속이 있어서.'

우월함 가득한 미소를 띤 선우차준이 표정을 일그러트리는 모습이 너무나도 보고 싶었다.

눈에는 눈, 이에는 이.

이것이 그녀가 대단한 집안에서 세뇌당하다시피 교육받아 온 삶의 방식이었다.

"그럴 기회를 준다면야 거절할 이유가 없죠."

여자의 긍정적인 대답을 들은 서 대표는 빨간 립스틱이 선명한 입꼬리를 좀 더 비틀어 올렸다. 그리고 입고 있던 재킷 안주머니에서 휴대폰을 꺼내 누군가에게 전화를 걸었다.

"김 실장, 한나봄 위치 보고해."

혹시나 차준이 그녀의 계획에서 벗어날 때를 대비에 심어 둔 덫.

―현재 오후에 갔던 영화관 카페테리아에 그대로 앉아 있습니다. 누군가와 함께 있는데 얼굴은 잘 보이지 않는군요.

원하는 정보를 얻은 순간, 곧 덫에 걸려 옴짝달싹하지 못할 처지가 될 차준의 모습이 떠올랐다.

이러니 평소에 엄마 말 잘 들으라고 했거늘.

언제나 괜한 반항은 더 큰 시련을 불러오기 마련이었다.

*　　　*　　　*

영화관 카페테리아 마감 30분 전.

[나봄아, 늦어서 미안해. 지금 그쪽으로 가고 있으니까 5분만 기다려.]

드디어 기다리고 기다리던 메시지가 도착했다. 자그마치 세 시간 반 만에 온 그의 연락이었다. 휴대폰을 확인한 나봄은 반짝이는 눈빛으로 답장을 보냈다.

[제가 나갈게요! 건물 앞에서 만나요!]

그러고 나선 재빠른 손놀림으로 가방을 챙겨 들었다.

그녀의 얼굴엔 순식간에 화색이 감돌았으나, 맞은편에 앉은 태오의 얼굴엔 순식간에 먹구름이 드리웠다.

"왔냐?"

"왔냐, 라니. 회사 상사한테."

"위대하신 선우차준 본부장님이 드디어 이쪽으로 행차하셨습니까."

"그래, 왔어. 그러니까 비꼬지 말고 이제 얼른 가."

나봄은 일그러진 태오의 시선을 보고도 미련 없이 자리에서 일어섰다.

그건 태오 속을 제대로 뒤집어 놓는 태도였으나, 대놓고 불만을 드러낼 자격은 없었다. 사실 이 자리에 계속 앉아 있던 것도 태오로서는 주제 넘는 행동이었다.

"그래. 가지 마라고 해도 간다."

태오는 불쑥 튀어나오려는 짜증을 애써 묻어 둔 채 나봄을 따라 자리에서 일어섰다.

몇 발자국 뒤에서 조용히 걸음을 옮기며 바라본 그녀의 모습은 지금까지 중에서도 가장 들떠 보였다.

속도 없는 가시나. 하염없이 휴대폰만 쳐다보고 있던 시간이 화나지도 않나.

그 불만스러운 마음을 알 리 없는 나봄은 엘리베이터 앞에서 가뿐히 몸을 돌렸다.

"그럼 우리 월요일 날 회사에서……"

"나도 엘리베이터 타고 내려가거든."

하지만 태오는 그녀가 인사를 끝마치기도 전에 삐딱하게 대꾸했다.

갑자기 뾰족해진 그의 가시는 나봄이 느끼기엔 어리둥절하기만 했다.

"그, 그래?"

"나가자마자 나는 내 갈 길 갈 거니까 지레 겁먹지 마."

"아, 뭐…… 알았어."

딱히 겁을 먹은 건 아니었지만, 단태오가 계속 따라다닐까 봐 걱정하긴 했던 나봄은 고개까지 끄덕이며 대답했다.

띵—

때마침 종소리와 함께 엘리베이터가 도착했다.

무거운 문이 양 옆으로 열리며 내부를 드러내자 태오는 옅은 한숨을 내쉬며 느리게 몸을 실었다.

나봄은 그런 태오를 따라 조심스럽게 안으로 들어섰고, 태오와 가장 멀리 떨어진 구석에 자리를 잡고 멈춰 섰다.

오늘도 좁혀지지 못한 그녀와의 거리감.

그걸 육안으로 확인한 태오의 미간이 살짝 좁혀졌다.

원하던 대로 기어이 한나봄을 찾아내긴 했지만 별다른 수확도 없이 돌아가는 지금, 태오는 엉킬 대로 엉켜 버린 그녀와의 관계만 더욱 실감해 버린 참이었다.

태오는 어떤 인사를 해야 그나마 좋게 헤어질 수 있을까 열심히 고민했다.

하지만 눈치 없는 엘리베이터는 왜 이리도 빠르게 1층에 도착하는지.

또 한 번 띵— 알람 벨이 울리고, 엘리베이터는 속절없이 불편해하는 그녀에게 출구를 드러냈다. 자연스러운 마무리 대화를 시도해 볼 시간도 없었다.

'나가기 전에 인사를 또 해야 하나?'

어색한 태오와의 마무리를 고민하는 건 나봄도 마찬가지였다.

미련 없는 걸음으로 엘리베이터에서 빠져나간 나봄은 비상구 앞에서 잠시 문을 열기를 망설였다.

이미 잘 가라는 인사는 몇 번이나 시도했던 것 같은데, 그때마다 돌아온 그의 반응은 별로 탐탁지 않았다.

'그래도 월요일 날 또 봐야 하는 사람이니, 마무리는 잘 맺는 편이 좋겠지.'

나름대로 결론을 내린 나봄은 비상구 문을 열기 전, 작별 인사를 위한 가식적인 미소를 입가에 담았다.

"크흠!"

순간 태오의 난데없는 헛기침이 터져 나왔다.

"엄마야!"

조용하던 공간에서 튀어나온 소음에 깜짝 놀란 그녀는 저도 모르게 그만 비상구 문을 열고 도망치듯 빠져나와 버렸다.

그 모습은 마치 잠자는 늑대의 움찔거림에 혼비백산이 되어 달아나는 토끼가 따로 없었다. 왜 자꾸 단태오 근처에만 있으면 나도 모르게 경직되어 버리는 건지.

나봄은 태오를 상대로 지나치게 겁을 먹고 있는 자신을 깨달았다. 이건 일하는 동안 두고두고 문제가 될 안건이었으나, 차차 시간을 들여 그에게 적응해 보기로 했다.

지금은 드디어 돌아온 차준에게 달려가기도 바쁜 시간이니까.

"나봄아!"

마침 영화관 건물 정문 근처에서 차준의 커다란 목소리가 들렸다. 소리가 난 쪽으로 고개를 돌리니 익숙한 벤츠 한 대가 그녀 눈에 띄었다.

나봄은 싱그러운 미소를 가득 머금은 채 그에게 다가갔다.

"오빠!"

점점 가까워지는 그의 얼굴엔 미안함이 가득 어려 있었다.

아니나 다를까, 나봄이 근처로 오기가 무섭게 운전석에서 내린 차준은 두 손까지 모아 진심 어린 사과를 건넸다.

"나봄아, 내가 너무 늦었지? 정말 미안해. 업무 처리가 생각보다 늦어져서……."

"아니에요! 별로 안 기다렸어요! 카페에서 재밌게 놀았는걸요!"

"그래도 혼자 심심했을 거 아니야."

"아, 맞은편에서 단태……"

……오가 성질 긁어 준 덕분에 심심할 새도 없었어요.

라는 대답은 툭 내던져지기 전에 가까스로 막아 낼 수 있었다.

비록 차준이 잠시 떠났다고 해도 엄연히 그와 데이트 중이었는데, 단태오의 존재가 불쑥 등장하는 건 이상하게 들릴 것 같아서였다.

"맞은편?"

"마, 맞은편에 커플들이 싸우고 있어서 그거 보느라 지루할 새가 없었어요. 하하."

나봄은 시작해 둔 말문을 거짓말로 대충 수습한 뒤 민망한 웃음을 흘려보냈다.

그녀의 구김살 없는 표정을 보고 있던 차준의 뺨에 홍조가 어렸다.

그에게 분명 화가 날 법도 한데, 다그치기는커녕 웃으며 반겨 주는 그녀의 존재는 역시 오늘도 감사할 따름이었다.

남은 시간 동안이라도 그녀를 즐겁게 해 주겠다고 결심한 차준은 특유의 장난기 어린 눈웃음을 지었다.

"우리 야경 보러 갈까? 한강 근처에 전망 좋은……."

그러고선 막 다음 계획을 꺼내 놓던 찰나.

빵빵—!

시끄러운 클랙슨 소리가 차준의 차 뒤쪽에서부터 울려 퍼졌다.

놀란 두 사람의 눈동자가 향한 곳에 서 있는 건, 처음 보는 파란 스포츠카 한 대였다.

나봄과 차준은 그저 놀라기만 한 눈동자로 스포츠카를 주시했다.

하지만 이윽고 운전석 창문이 내려가고 한 여자의 얼굴이 등장하자.

"아."

차준의 입술 새로 낮은 탄식이 터져 나왔다.

그도 그럴 것이 그를 보며 웃고 있는 그녀는 어떻게 이곳을 알고 따라왔는지도 모를 오늘의 맞선녀였으니까.

나봄은 차준을 의미심장한 눈빛으로 바라보는 그녀를 어리둥절한 표정으로 지켜보았다.

그러나 그녀의 매끄러운 코랄빛 입술이 여유롭게 열리는 순간.

"차준 씨, 오늘 만나서 반가웠어요. 저녁 식사 끝나자마자 급한 약속이 생겼다면서 나가시더니, 그 약속이 또 다른 소개팅이었나 봐요?"

"……."

"하루에 맞선 두 개 보는 건 조금 예의가 아니다. 내가 애프터 신청하면 어쩌려고."

생각지도 못한 차준의 비밀스러운 스케줄 얘기에 나봄이 눈빛을 파르르 떨었다. 그런 그녀를 바라보는 차준의 얼굴에 절망과 난처함이 번졌다.

핑크빛이던 그들 사이에 한순간 드리워진 어둠.

그 딱딱하고 싸늘한 분위기는 몹시도 짙었다.

"저건 뭐야, 갑자기."

저 먼발치에서 세 사람을 지켜보고 있는 태오도 눈치챌 수 있을 만큼.

"차준 오빠……."

맞선녀로부터 충격적인 말을 전해들은 나봄이 떨리는 눈빛으로 차준을 바라보았다. 들은 내용을 곧이곧대로 받아들이지 못한 그녀는 차준에게 해명을 바라는 중이었다.

하지만 차마 아니라고 할 수도, 그렇다고 해서 그렇다고 인정을 할 수도 없었던 차준은 싸늘한 시선을 맞선녀에게 고정시켰다.

"뭐하는 짓이야."

차가운 공기를 가르고 나온 낮은 목소리에, 맞선녀의 입술 새로 노골적인 비웃음이 터졌다.

"어머, 무서워라. 차준 씨 제법 성깔 있는 남자였구나?"

"그 여자가 시켰어?"

"인사를 누가 시켜서 하나? 그냥 보이니까 하는 거지."

여자의 눈동자가 차준에게서 떨어져 나봄을 향했다.

자신을 아래위로 훑어보는 시선에 당황한 나봄은 저도 모르게 뒷걸음질을 쳤다.

맞선녀는 그 모습에 가소롭다는 표정으로 뼈 있는 한 마디를 툭 내던졌다.

"어디서 주제도 모르고……."

날벼락처럼 떨어진 비난은 나봄을 얼어붙게 만들었다.

자신이 왜 이런 상황에 놓였는지 영문도 모르는 그녀는 혼란이 가득한 눈동자만 파르르 떨고 있을 뿐이었다.

그런 나봄을 확인한 맞선녀는 제 할 일을 끝마쳤다 생각했는지, 스포츠카에 시동을 걸고 부웅— 사라졌다.

상황은 종료되었지만 여전히 하나도 이해가 가지 않았던 나봄은 차준에게로 고개를 틀었다.

"오…… 빠?"

그녀의 떨리는 한 마디엔 많은 의미가 담겨 있었다.

차준은 마른침을 삼키며 목소리를 정리했고, 조심스럽게 입술을 떼어 냈다.

"아……."

그에게서 흘러나오는 옅은 신음.

"미안해……."

그리고 날벼락처럼 갑작스레 펼쳐진 전개를 모두 인정하는 듯한 사과 한 마디.

나봄은 입술을 꾹 깨물었다. 이번엔 가슴이 설렘으로 물들어서가 아닌, 혼란스러운 감정을 어떻게든 가라앉혀 보기 위해서였다.

그러나 차준이 흘려보내는 해명은 유리 조각처럼 아픈 기억 하나를 떠오르게 만들었다.

"원래 정해져 있던 스케줄은 아니었어. 집안에서 강제적으로 밀어붙이는 바람에……."

그래, 바로 이 멘트. 10년 전에도 들었었다.

'한국을 떠나야 할 것 같아, 나봄아.'

'오빠…….'

'미안해…….'

'미안하면…… 정말 나한테 미안하면 안 떠나면 되잖아.'

영원할 거라 믿고 있던 첫사랑이 막을 내리던 순간, 용기를 내 인
연을 붙잡으려 했던 내게 돌아온 당신의 한 마디가 오늘과 같았다.

'집안에서 강제적으로 출국 날짜를 잡아 버렸어.'

'…….'

'내일 새벽 비행기야. 나한테는 어떻게 해 볼 시간도 없
어…….'

감히 원망하기도 미안할 만큼 지쳐 있던 당신의 눈빛까지도 지
금과 비슷하다.

"오빠."

나봄은 보다 차분해진 음성으로 차준을 불렀다.

한순간에 달라진 그녀의 분위기는 차준을 불안하게 만들기에 충
분했다.

"이번에도…… 어떻게 해 볼 시간이 없었겠네요."

이어지는 그녀의 말은 차준도 똑똑히 기억하고 있는 말이었다.
무기력하게 그 한 마디를 내뱉었던 순간부터 지금까지, 그는 시시
때때로 덮쳐 오는 지독한 죄책감과 후회 속에서 고통을 삼켜 왔으
니까.

"나봄아, 난······."

"저는 이만 가 볼게요. 회사에서 봬요."

차준은 무슨 해명이라도 해 보려 했지만 나봄은 그에게 어떤 시간도 주지 않고 등을 돌렸다. 떠나는 그녀의 뒷모습은 감히 손을 뻗을 수도 없을 만큼 단호했다.

차준은 고개만 푹 떨군 채, 멀어지는 그녀의 발소리만을 듣고 있었다.

'이대로 놓치는 걸까.'

하지만 스스로에게 질문을 던지는 순간 깨달았다.

긴 시간을 돌아 겨우 다시 잡은 인연의 끈은 여기에서 놓아 버리기엔 너무나도 절실하다는 걸.

차준은 다시 고개를 들어 올렸다. 그리고 그녀가 멀어진 길을 따라 발걸음을 움직였다.

10년 전엔 너무 어리고 무기력해서 너의 손을 놓쳐 버렸을지 몰라도, 지금의 나는 그때와 다르다. 나는 너를 잃어버리지 않기 위해서라면 무슨 짓이든 해낼 각오가 되어 있다.

차준은 필사적인 자신의 마음만큼 점점 더 걸음을 빨리했다. 얼마 가지 않아 다시 그의 시선 끝에 걸려 들어온 나봄의 등은 작고 유약했다.

그는 금방이라도 사라져 버릴 것만 같은 그녀의 이름을 힘주어 불렀다.

"나봄······!"

그러나 끝까지 또렷한 목소리로 소리치지는 못했다.

"한나봄! 거기 서!"

차준보다 반 박자 먼저 그녀를 목 놓아 부른.

"차 오잖아! 멈추라고!"

"이거 놔⋯⋯!"

"못 놔! 니가 멈출 때까지!"

차준이 바라는 그 손을 망설임 없이 단번에 붙잡아 버린.

"단태오⋯⋯ 팀장?"

뜻밖의 불청객, 단태오 때문에.

* * *

"정신 나갔냐! 눈 감고 다녀?!"

태오가 버럭 소리를 내질렀다.

겁이 많은 나봄은 자신이 큰 소리 칠 때마다 무서워한다는 걸 알지만, 너무 놀란 마음에 어쩔 수 없이 튀어나와 버린 버릇이었다.

나봄은 그런 그를 일렁이는 눈빛으로 바라보다가 이내 꾸욱 눈을 감았다. 그건 주책맞게 나오려는 눈물을 참기 위한 행동이었으나, 태오의 눈엔 이미 엉엉 울고 있는 사람보다 더 서럽게 비칠 뿐이었다.

그제야 번뜩 이성이 돌아온 태오는 부서져라 붙잡고 있던 나봄의 손을 놓아주었다.

"아, 아파?"

"⋯⋯."

"그러니까 누가 차 오는 것도 무시하고 막 달려가래?"

항상 본의 아니게 나봄을 불편하게 만들었던 태오는 이번에도 고의가 없었다는 걸 강조하기 위해 대뜸 그녀를 나무랐다.

그러나 필요 이상으로 흔들리는 그녀의 눈동자는 단순히 손목 문제가 아닌 듯 보였다.

먼발치서 상황을 지켜보고 있던 태오는 얼핏 짐작이 가는 이유를 조심스럽게 입에 담았다.

"아까 갑자기 끼어든 그 여자가 뭐라고 하디?"

"……."

"아니면 선우차준이 너한테 뭔 짓 했어?"

분명 이 중에는 정답이 있을 거라고 생각했지만, 나봄의 고개는 힘없이 도리도리.

태오의 얼굴에 난처한 기색이 더욱 짙어졌다.

자신과는 일상적인 대화도 꺼려 하는 나봄이 속 이야기를 꺼내 놓을 리는 만무했으나, 그렇다고 해서 이대로 울먹이는 그녀를 쳐다보고 있을 수도 없는 노릇이었다.

태오는 한결 부드러운 목소리로 그녀를 달래 보려 고개를 숙였다.

"한나봄……."

순간 푹 떨구어져 있던 나봄이 고개를 들어 올렸다.

펑펑 울기라도 하는 줄 알았는데, 막상 마주한 그녀의 눈가는 그렁그렁하게 젖어 있을 뿐 용케 눈물을 떨어트리지는 않았다.

"……나 때문에 그래."

"뭐?"

"너무 쉽게 그 사람이 돌아왔다고 믿어 버린 내가 너무 바보 같아서."

내용은 쉽사리 이해되지 않았으나, 나봄이 서럽게 입에 담는 그 사람이 선우차준이라는 사실은 본능적으로 눈치챌 수 있었다.

'돌아왔다'라는 단어로 짐작해 보건대, 그는 한때나마 나봄의 곁에 머물러 있던 사람인 모양이었다.

하긴, 선우차준이 '데이트'니 뭐니 해 가며 은근슬쩍 내비치던 나봄과의 관계도 꼭 연인이었던 것처럼 들리긴 했었지.

'그렇게 나한테 있는 티 없는 티 다 내 놓고, 사람을 이 꼴로 만들어 놔?'

순간적으로 뒤틀리는 감정은 언젠가 선우차준에게는 꺼내 놓을 수 있어도, 나봄에게는 절대 꺼내 놓을 수 없는 것이었다.

그래서 깊은 심호흡을 하며 원망을 잠재워 놓고, 나봄을 진정시키려던 찰나.

저벅—

얼마 떨어지지 않은 곳에서 구두 발자국 소리가 들려왔다. 이성보다 본능으로 기척의 주인을 알아챈 태오의 눈동자에 한순간 날이 섰다.

태오는 나봄이 혹시나 고개를 들세라 서둘러 뒤편으로 시선을 돌렸다.

"……."

혹시나 했더니 역시나 그 사람이었다.

멀어질 때는 그녀를 붙잡아 주지도 않았으면서, 내가 그녀 곁에 멈춰 서자마자 경고하듯 찾아온 선우차준.

평소의 웃음기를 잃어버린 차준의 눈동자가 태오를 응시했다. 태오는 그 시선을 마주하는 대신 싸늘하게 끌어 내린 차준의 입술만을 물끄러미 바라보았다.

한편, 차준은 그런 태오에게 묻고 싶은 말이 많았지만 그녀부터 붙잡기로 했다.

그래서 짧은 고민 끝에 살며시 입술을 떼어 내자.

"나봄……"

"나봄아."

흐리게 새어 나온 그의 목소리를 태오의 단호한 음성이 덮어 버렸다. 그리고 차준 앞에서 보란 듯이 나봄의 어깨에 팔을 둘렀다.

"가자."

"어, 어? 어딜?"

"데이트."

"뭐……?"

단태오의 도발적인 발언은 차준의 말문을 막히게 만들었다.

나봄과의 사이엔 도저히 넘을 수 없는 선까지 존재하면서 뒷일을 어떻게 수습하려고 저러는 건지.

차준은 질투에 눈이 멀어 폭주하는 태오가 전혀 이해되지 않았다.

놀란 건 갑작스럽게 태오의 품에 붙잡혀 버린 나봄도 마찬가지였다.

"데이트라니! 내가 너랑 왜!"

아니나 다를까. 어깨를 감싼 태오의 팔을 뿌리치며 나봄이 힘주어 소리를 쳤다.

그건 차준도 충분히 예상하고 있던 반응이었다.

태오 앞에선 한순간도 편히 있었던 적 없는 그녀는 곧바로 억센 그의 품을 떠나 내가 서 있는 뒤편을 돌아볼 것이다.

하지만 나봄이 고개를 들어 차준의 존재를 확인하기도 전에.

"왜. 개나 소나 다 하는데 나만 못 하는 이유라도 있어?"

단호하게 이어진 태오의 말이 그녀를 멈춰 버리게 만들었다. 당혹스러움뿐이었던 나봄의 눈동자에 서서히 혼란이 물들기 시작했다.

"……뭐?"

"난 적어도 내 사람 버리고 어디 가진 않아."

날카로운 태오의 그 한 마디는 저격하고 있는 상대가 너무나도 분명했다.

덕분에 등 뒤의 인기척을 느끼기 시작한 나봄의 눈빛이 눈에 띄게 일렁였다.

의식한 순간부터 더욱 짙게 스며드는 그 사람의 포근한 향기는 이번에도 어김없이 그녀의 눈시울을 뜨겁게 달구어 버린다.

나봄은 더 이상 차준의 앞에서 우스운 꼴이 되고 싶지 않아, 일부러 고개를 다시 푹 떨어트렸다.

하지만 그렇게 굳어 버린 그녀에게 태오는 또 한 번 손을 내밀었다.

"가자."

나봄의 손목을 휘어 감는 낯선 온기.

그러나 나봄은 어쩐지 예전처럼 불편하거나 어렵게 느껴지지 않았다. 오히려 솜털처럼 부드럽던 그 사람의 숨소리보다도 상냥하게 다가올 뿐.

태오는 움츠러들어 있는 나봄을 천천히 끌어당겼다.

지금껏 그의 곁에 머무는 걸 지독히도 싫어했던 나봄이었으나, 이번만큼은 도저히 뿌리칠 수가 없었다.

이것이 누굴 위한 고집인지. 무엇을 감춰 주기 위해서인지.

가장 잘 아는 건 그녀 자신이었다.

그러니 지금 단태오가 내미는 도움의 손길을 간절하게 붙들어서라도, 혼자 힘으로는 뿌리치지 못할 그를 떠나올 수밖에.

*   *   *

늦은 시간임에도 불구하고 여전히 북적이는 강남역 근처.

"너 집이 어디야. 택시 잡아 줄게."

데이트를 가자며, 나봄을 박력 있게 끌고 온 태오가 그녀를 놓아준 곳은 겨우 택시 승강장이었다.

안하무인인 태오의 성격을 잘 아는 만큼, 그에게 끌려다닐 각오를 하고 있던 나봄은 뜻밖의 깔끔한 마무리에 얼떨떨한 표정을 지어 보였다.

"우리 집?"

"당연히 너희 집이지, 우리 집으로 갈래?"

"아, 아니…… 그건 아니고……."

분명 차준과 헤어지고 난 뒤에 이것저것 꼬치꼬치 캐물을 줄 알았는데.

태오는 여기까지 오는 동안 차준의 얘기는 꺼내지도 않았다. 평소처럼 핀잔을 주거나 약을 올리는 일도 없었다.

그건 나봄이 알던 단태오와는 어울리지 않게 배려심 넘치는 모습이었으나, 그녀에게는 그의 이면을 곱씹을 여유가 부족했다.

"괜찮아, 나는 지하철 타고 가면 돼."

그래서 늘 그렇듯 손사래까지 쳐 가며 태오의 호의를 거절하자.

"주말 지하철은 사람 많아서 앉을 자리도 없잖아."

"아…… 그럼 서서 가면 되지!"

"그냥 택시 타고 가. 택시비는 내가 내줄 테니까."

태오는 그녀의 의견과는 상관없이 휴대폰을 꺼내 콜택시를 부를 준비를 했다.

역시나 제멋대로인 성격이 어디 가진 않은 모양이었다.

하지만 어째서인지 그 모습이 전처럼 불편하게 느껴지진 않았던 나봄은 짧은 망설임 끝에 자신의 사는 곳을 알려 주었다.

"나는…… 화곡역까지만 가면 돼."

"내가 찾아갈까 봐 그래? 역 말고 집 주소 불러."

"그런 게 아니라 주택가라 택시 왔다 갔다 하기 힘들어."

"알았어, 그럼."

그러자 순순히 목적지를 입력하는 태오는 오늘도 미간을 잔뜩 구긴 상태였다.

나봄이 평소에 가장 많이 보는 사나운 표정은 이제 보니 딱히 심기가 불편해서 짓는 게 아니라, 뜻하지 않게 튀어나오는 버릇인 듯했다.

눈썹에 있는 흉터 때문일까. 아니면 매섭게 올라간 눈꼬리 때문일까.

조금만 표정이 안 좋아도 남들보다 몇 배는 험악해 보인다. 자세히 들여다보면 이목구비는 그래도 앳되게 생긴 편인데도.

"왜, 내 얼굴에 뭐 묻었어?"

"어, 어?"

"뭘 그렇게 뚫어져라 봐."

나봄의 노골적인 시선이 어색했던 태오는 혹시나 얼굴이 빨개져 버릴까 싶어 일부로 퉁명스레 말했다.

그러자 나봄은 토끼처럼 동그란 눈동자를 서둘러 다른 곳으로 옮겨 두었고, 낯가리는 기색이 역력한 목소리로 대답했다.

"그냥…… 너도 참 안 변했구나 싶어서."

순간 태오의 신경이 바짝 예민해졌다.

5년 전, 나봄과 좋지 않은 마무리를 지었던 태오에겐 그때와 안 변했다는 소리가 어쩐지 부정적인 의미로 다가왔다.

하지만 나봄은 그가 상상하지도 못했던 뜻밖의 얘기를 이어 나갔다.

"잊고 있었어. 너한테 생각지도 못한 친절한 구석이 있었다는 걸……."

태오에게 칭찬을 건네는 나봄은 지금 아주 오랜만에 그와의 좋은 기억 하나를 떠올리고 있었다.

그건 바로 범접할 수 없는 포스 때문에 쉽게 가까워지지 못했던 단태오가 먼저 다가와 도움의 손길을 내어 주었던 순간이었다.

'밤늦게 여기서 뭐해.'

'어? 아…… 기말 과제. 서랍장 도안 만드는 거.'

'너 혼자?'

'그게…….'

'다른 애들은 또 내뺐냐?'

눈 붙일 시간도 없이 바쁜 기말고사 기간.

각양각색의 이유를 대며 기말 과제를 내팽개쳐 둔 팀원들 탓에 홀로 추운 실기실에서 고군분투하고 있던 나봄에게 태오는 특유의 쌀쌀맞은 표정으로 관심을 보였다.

그러고는 자연스럽게 그녀의 곁에 자리를 잡고 앉아, 혼자 끝내기엔 버거운 과제를 말없이 도와주기 시작했다.

'치수 불러. 내가 표시할게.'

'아니야, 너도 기말고사 공부하러 왔을 텐데 너 할 일 해.'

'난 이거 진작 끝냈다. 한 놈도 못 도망가게 다 붙잡아 놓고 하면 넉넉잡아 일주일이면 끝나.'

그때도 태오는 괜찮다고 사양하는 나봄을 무시한 채 멋대로 도움의 손길을 건넸다.

닳을 대로 닳아 버린 나봄의 연필을 뺏어 들고, 넓은 도안에 스윽스윽 선을 긋던 그의 모습은 제 일처럼 열심이었다.

하지만 그것보다 나봄의 기억에 더욱 따스하게 자리 잡은 건, 잡담조차 하지 않고 도안 그리는 데 집중하던 그가 툭 내뱉은 한 마디였다.

'여기 문고리 니가 디자인한 거야?'
'어? 어, 왜? 이상해?'
'아니, 예뻐서.'

애를 쓰고 만든 도안 위로 내려앉은 예쁘다는 짧은 칭찬. 그 말을 들었을 땐 차가운 실기실의 온도도, 서먹한 단태오와의 분위기도 아무 상관없을 만큼 기뻤었다.

그래서 그녀는 태오와 잡담을 나눌 만큼 친하지 않다는 사실도 잊은 채, 문고리에 대한 이런저런 얘기들을 늘어놓았던 것 같다.

다시 떠올려 봐도 단태오와의 인연을 통 들어 그 순간이 가장 편안하고 즐거웠다.

지금까지도 그녀의 시시콜콜한 수다를 말없이 들어 주던 그때의 단태오에게 살짝 고마움이 남아 있을 만큼.

"택시 도착했다."

나봄이 추억에 빠져 있는 동안, 차마 그녀의 칭찬을 소화시키지 못하고 있던 태오는 가까워지는 콜택시를 향해 손을 흔들었다.

그러자 그녀를 집 근처까지 실어 줄 택시는 천천히 그들 앞에 멈춰 섰고, 태오는 아직 정리 안 된 표정으로 그녀를 내려다보았다.

"얼른 타고 가."

짧은 인사를 내뱉는 표정은 살짝 구겨져 있었으나, 어쩐지 딱히 기분 나빠 하는 것처럼 보이진 않았다.

그래서 나봄은 짧은 숨을 들이마신 뒤, 눈앞에 있는 불편한 남자 단태오에게 진심 어린 고마움을 표했다.

"오늘 붙잡아 줘서 고마워. 차에 치여 죽을 뻔했는데."

"……."

"이것저것 안 물어봐 준 것도 고맙고……."

이 순간, 태오의 눈에 비친 나봄은 그동안 보아 왔던 모습과는 많이 달랐다.

처음으로 눈썹을 구기지 않고, 처음으로 어깨를 움츠리지도 않고. 그녀는 그저 웃음기 어린 눈빛으로 그를 마주 보고 있다.

아마 지금 너의 모습이 다시 만난 이후로 가장 따뜻한 모습일 거야. 적어도 내가 기억하기로는 그래.

이 분위기를 망치고 싶지 않았던 태오는 그럴싸한 대답을 찾아 머릿속을 헤집었다.

하지만 집중하면 할수록 구겨지는 그의 미간은 이번에도 어김없이 사나워 보였다.

그러나 어쩐지 그런 그의 표정도 무섭지 않아진 나봄은 택시에 오르기 전 가볍게 손을 흔들어 인사했다.

"잘 가, 회사에서 보자."

드디어 그녀가 나에게도 또 보자고 말해 줬다. 다시는 안 볼 듯이 얼른 가라고 내쫓는 것이 아니라.

그동안 이 평범한 인사를 간절히 원해 왔던 태오는 순간 목이 메어 와, 짧게 고개만 끄덕였다.

'그래, 너도 잘 가. 그리고 다음번에 나한테 올 땐 겁먹지 말고 다가와.'

누군가에겐 평범할지 몰라도 그에게는 꿈만 같은 일.

오늘따라 이뤄질 수도 있을 것 같은 소망을 담아 보는 태오의 눈빛이 옅게 일렁였다.

어쩌면, 오늘 우리는 남남보다 멀었던 사이에서 남들만큼은 되는 사이까지 조금 더 가까워진 걸 수도 있겠다.

* * *

우드레일 본사.

정기 회의를 위해 이곳을 찾은 나봄의 걸음이 정문 앞에서 별안간 우뚝 멈춰 섰다.

회의 시간을 5분 남짓 앞두고 있는 그녀는 지금 당장 빠르게 달려가서 엘리베이터를 잡아타도 모자랐으나, 아직 차준을 마주할 자신이 없어서 서두르지를 못하고 있는 중이었다.

지난 토요일, 나봄에게 예상치 못한 절망을 선사한 차준은 그날 밤만 해도 다섯 통이 넘는 전화를 걸어왔다.

하지만 어떤 얘기도 듣고 싶지 않아서 단 한 번도 받지 않았더니, 일요일엔 전화 대신 메시지 한 통을 남겨 놓았다.

[나봄아, 월요일 날 정기 회의 끝나고 한 시간만 내 줘. 이렇게 다시 멀어지고 싶지 않아.]

그리고 오늘이 바로 정기 회의가 있는 그 월요일이었다.

나봄은 오늘 회의 시간에 어떤 표정으로 차준을 바라봐야 할지도, 회의가 끝나면 다가올 그를 어떻게 대해야 할지도 아직 정하지 못했다.

하지만 사사로운 감정에 휘말려 한봄 도어락의 기적과 같은 외주 협약에 차질을 빚을 수는 없는 법.

'나는 일을 하러 온 거야. 휘둘릴 필요도 없고, 그래서도 안 돼.'

나봄은 한숨을 멈추고 애써 심기를 다졌다. 그런다고 해서 불안하게 뛰는 심장이 진정되지는 않았지만 적어도 겉으로 내비치는 모습만큼은 멀쩡해 보일 수도 있을 것 같았다.

그녀는 멈춰 두었던 걸음을 비장하게 떼어 내고는 우드레일 본사의 거대한 회전문으로 들어섰다.

하나 끙끙거리며 로비에 입성하자마자.

"오늘 회의 안건 중에서 본부장님이 반드시 우선적으로 결정해 주셔야 하는 문제가 있습니다."

"유통 관련해서 말인가요?"

"네, 기존에 협약되어 있던 업체가 몇 가지 문제를 일으켜서……"

"길어질 내용이라면 회의 마지막에 얘기해 보도록 하죠."

어디서 많이 들었던 목소리 하나가 나봄의 귀에 꽂혀 들어왔다.

비록 그녀가 듣던 것보다 딱딱하고 사무적이긴 하지만 부드러움만큼은 여전한 차준의 목소리였다.

당황한 나봄은 그와 마주치지 않기 위해 재빨리 구석 쪽으로 몸을 틀었다.

그때 마침 맞은편에서부터 서류를 보며 걸어오던 직원은 작은 그녀를 미처 보지 못했고.

"어이쿠!"

"엄마야!"

그대로 쾅 몸을 부딪혀 버리고 말았다. 조용히 사라져도 모자랄판에 벌어진 요란스러운 충돌 사고였다.

로비에 있던 사람들의 시선이 나풀나풀 떨어져 내리는 A4 용지들을 따라 그녀에게 쏟아졌다.

당황한 나봄은 얼굴을 새빨갛게 물들인 채, 흐트러진 직원의 서류를 주워 주었다.

"죄, 죄송합니다. 어디 다친 데는……."

"저기, 제 서류 하나 밟고 계신데요."

"어머! 죄송해요! 여기 있습니다!"

최대한 빨리 손을 움직이고 싶은데 얇은 종이는 왜 이렇게 잡히질 않는 건지.

나봄은 제 뒤통수에 닿는 눈길들을 느끼며 바짝바짝 말라 가는 입술을 꾹 깨물었다. 설상가상으로 파르르 떨리는 손끝은 제 마음대로 컨트롤되지도 않았다.

그래서 혼자만 피 말리고 있던 그때.

"……나봄아."

기어이, 그의 목소리가 흘러 나왔다. 정신없이 움직이던 나봄의 손이 얼어붙은 듯 공중에 멈추었다.

"아……."

나봄의 입술 새로 흐린 신음이 흘렀다. 그녀가 드러내는 당황감은 같이 있던 직원까지도 의아하게 여길 만큼 짙었다.

하지만 차준은 그런 나봄의 모습을 알면서도 느린 걸음으로 가까이 다가왔고, 그녀의 바로 옆자리에 무릎을 굽혀 앉았다.

"괜찮아?"

그의 목소리는 여전히도 따듯했다. 아무리 마음을 모질게 먹어도 외면할 수가 없을 만큼.

덕분에 더욱 표정 관리가 힘들어진 나봄은 떨리는 눈동자로 그의 얼굴을 마주했다.

결이 부드러운 맑은 피부, 세상의 온기를 모두 품은 듯한 따듯한 시선, 늦봄의 향기가 날 것만 같은 마른 장밋빛 입술, 그리고 표정을 따라 움직이는 매력적인 눈물점까지…….

서운한 마음도 빛바래게 만드는 내가 좋아했던 당신의 얼굴.

나봄은 순식간에 새하얘져 버린 머릿속에서 겨우 한 마디를 찾아 꺼냈다.

"……안녕하세요."

이게 웬 상황에 맞지 않는 인사람?

잠시 후회했으나 이미 엎질러진 물이었다. 결국 그녀는 마음을 쥐고 흔드는 그의 얼굴에서 고개를 돌렸다.

"아, 아…… 이사님! 안녕하십니까!"

이 어색한 상황에서 가장 난처해진 건 나봄과 몸을 부딪쳤던 직원이었다.

그는 나봄이 정리하도록 놔두었던 서류를 재빨리 쓸어 모았고, 그녀가 꼭 쥐고 있던 한 장까지 조심스레 가져왔다.

"안녕하십니까! 선우차준 이사님! 저 이번에 홍보팀에 입사한 신입 사원 김동우라고 합니다!"

그런 뒤 씩씩한 목소리로 그가 인사를 건네자, 나봄에게 향해 있던 차준의 시선이 그에게로 옮겨붙었다.

"아…… 신입이구나. 반가워요."

"만나 뵐 기회가 없었는데 이렇게 뵙게 되어서 영광입니다! 그동안 이사님 말씀은 줄곧……!"

"본부장."

"예, 예?"

"저는 지금 기획팀 본부장입니다. 이사보다 그쪽이 더 듣기 편해요."

오고 가는 그들의 대화 속에서 나봄은 더욱 혼란스러워졌다. 묘하게 다른 사람들보다 여유롭다 했더니, 이사님이었구나. 우리 회사의 걸걸한 본부장님과는 차원이 다른 직책이었어.

"네! 본부장님! 주의하겠습니다!"

직원은 벌떡 일어서서 허리를 굽혀 사과했다.

차준은 그런 그를 따라 천천히 몸을 일으켰고, 입가에 싱긋 미소를 머금었다.

"다음부턴 앞 똑바로 보고 다니고."

은근한 날이 서 있는 그 한 마디는 나봄을 위한 것이 분명했다.

이제 차준은 그를 보낸 뒤 나봄에게로 눈길을 둘 것이고 다정한 그 목소리로 물어볼 것이다. 차갑게 얼어붙어 있던 너의 마음은 다 풀렸느냐고.

나봄은 자리에서 일어서기 전, 가만히 지금의 감정을 곱씹었다.

데이트 날 아무 설명 없이 맞선을 보러 간 차준은 지금도 이해가 되지 않았으나, 그가 도움의 손길을 건넨 순간 가슴에 품고 있던 가시는 흔적도 없이 사그라들어 버렸다.

그러니 이대로라면 죄책감 가득한 그의 눈을 마주한 채 괜찮다고 대답해 줄 수도 있겠지만…….

나봄은 그러지 않기로 했다.

내 마음과 상관없이 꺼내 놓은 괜찮다는 대답이 훗날 전부 나의 흉터가 되어 버린다는 건, 10년 전에 이미 깨달은 사실이었다.

"나봄아."

아니나 다를까.

재차 허리를 숙여 인사하며 멀어지는 직원에게 가볍게 손짓을 한 차준은 곧바로 나봄의 이름을 불렀다.

나봄은 쭈그리고 있던 무릎을 천천히 펴고 일어서 차준을 마주 보았다.

그리고 그가 죄책감 가득한 눈빛으로 뻔한 멘트를 꺼내기 전에,

먼저 딱딱한 목소리를 내었다.

"도와주셔서 감사합니다. 이따 회의에서 뵙겠습니다."

"……."

"선우차준…… 본부장님."

평소보다 굳어 있는 그녀가 그어 둔 선은 차준에게도 확실히 보였다.

차준은 그녀에게 무슨 말을 꺼내려 했으나, 나봄은 기다려 주지 않고 꾸벅 고개를 숙였다.

마치 그녀의 인사는 지금은 이러고 싶지 않다는 거절의 표현과 같았다. 그걸 알아들은 차준은 하고 싶은 많은 이야기들을 묻어 둔 채, 아무 것도 하지 못하고 떠나는 그녀를 바라보았다.

이때 어렴풋이 느낀 쓰라린 진실 하나.

그녀의 뒷모습을 보는 건 이번이 처음이었다.

처음 만난 12년 전도, 이별하던 10년 전도, 그리고 어렵게 다시 연이 닿은 지금까지도.

그녀의 눈동자는 언제나 나의 뒤를 바라보고 있었고, 나는 그녀에게 이따금 눈을 맞춰 줄 뿐이었다.

진심을 다해 사랑했던 그 시간들마저도.

*   *   *

"안녕하십니까!"

커다란 회의실에 나봄의 고운 목소리가 울려 퍼졌다.

이미 30분 전부터 도착해서 기다리고 있던 태오의 시선이 곧바로 문 쪽으로 옮겨붙었다.

오다가 무슨 일이라도 있었던 건지.

오늘따라 살짝 붉어진 얼굴로 회의실에 들어서는 나봄은 평소보다 더욱 굳어 있는 상태였다.

태오는 다소 걱정스러운 눈길로 나봄을 지켜보다가 그녀가 제 쪽으로 몸을 틀자 서둘러 고개를 돌렸다.

이렇게 피할 이유는 없다는 건 이성적으로 알고 있었다. 하지만 9년간의 짝사랑은 그에게 범죄자나 가지고 있을 법한 습관 몇 개를 남겨 두었다.

"크흠!"

점차 다가오는 그녀에게 인사 대신 괜한 헛기침을 하는 것도 그런 습관들 중 하나였다.

덕분에 반쯤 넋이 나가 있던 나봄은 뒤늦게 회의실 맨 뒤쪽 자리에 앉아 있는 태오를 발견했고, 이내 조그마한 목소리로 인사를 건넸다.

"안녕하세요, 단태오 팀장님."

장소가 장소이니만큼 격식 있게 부른 이름.

태오는 떨리는 심장을 최대한 가라앉히고 담담하게 대답했다.

"어, 그래."

하지만 그리 말하고 나니 혼자만 반말을 쓰는 건 꼭 하대하는 것처럼 느껴질 수도 있겠다는 생각이 들었다.

그래서 태오는 곧바로 어색한 뒷말을 이어 붙였다.

"……요. 한나봄 씨. 아니, 팀장님."

결국엔 살짝 횡설수설하는 꼴이 되어 버렸으나, 나봄은 크게 개의치 않았다. 그저 태오보다 세 칸 앞에 있는 자리에 가방을 내려놓고 앉을 뿐.

태오는 그녀의 뒷모습을 물끄러미 바라보았다.

마음 같아서는 지금 당장 가방을 챙겨 그녀의 옆자리로 옮겨 앉고 싶지만 그렇게 서슴없이 다가갔다가는 겁 많은 그녀가 놀랄 게 분명했다.

아무리 지난 주말에 편히 인사를 나눴다 하더라도 바로 옆자리까지 진출하는 건 진도가 너무 빠르지.

태오는 솟구치는 욕심을 애써 눌러두고 괜히 제 책상 위를 정리했다.

하지만 바로 그 순간.

"안녕하십니까. 본부장님!"

한 직원이 명랑한 인사를 건네며 불청객의 등장을 알렸다.

뚜벅뚜벅 여유로운 걸음으로 다가오는 사람은 오늘따라 핏 좋은 정장을 잘 차려입은 선우차준이었다.

태오는 그를 발견하자마자 대뜸 미간부터 좁혔다.

오늘의 차준에게는 평소 짓고 있던 재수 없는 눈웃음이 없는 상태였지만, 그것과는 별개로 여전히 꼴 보기 싫고 눈앞에서 사라져 버렸으면 싶은 사람이었다.

그 마음을 아는지 모르는지, 차준은 회의실 강단 앞을 유유히 지나 태오 쪽으로 걸어왔다.

정확히 말하자면 태오에게 다가오는 건 아니었다. 그가 노리는 건 태오보다 세 칸 앞에 앉은 나봄의 곁일 테지.

그걸 깨닫자마자, 태오의 가슴 속엔 거침없는 열이 후욱 번져 올랐다.

내가 이 회사에 미운털이 단단히 박혀 잘리는 한이 있어도, 니가 한나봄 옆에 앉는 꼴은 절대 못 본다.

결심이 선 태오는 차준이 나봄의 옆자리를 차지하기 전에 벌떡 자리에서 일어났다.

조용한 회의실에 터진 갑작스러운 의자 소리는 모두의 이목을 집중시킬 만큼 요란했다.

하지만 그러거나 말거나. 씩씩하게 걸음을 옮긴 태오는 든 게 별로 없는 가방을 나봄의 옆으로 홱 던져 버렸다.

타악!

"엄마야!"

난데없이 날아온 가방에 놀란 나봄의 시선이 차준이 다가오는 앞쪽이 아닌, 태오가 서 있는 뒤쪽으로 옮겨붙었다.

당황한 그녀의 눈빛은 결코 곱지 않았으나 태오는 조금도 개의치 않고 낮은 목소리를 힘주어 내뱉었다.

"한나……."

하지만 첫 마디가 다 끝나기도 전에 잠시 멈추었다.

지금 그가 툭 내뱉으려던 말은.

'한나봄, 정기 회의 전에 상의할 안건이 있는데 지금 니 옆으로 가도 되냐?'

또 무례한 반말이었고, 구질구질한 거짓말이었고, 안 된다는 대답이 돌아올 게 뻔한 질문형이었다.

또다시 비호감을 사기 전에 가까스로 입술을 멈춰 둔 태오는 찰나의 시간 동안 보다 신중한 멘트를 찾아 헤맸다.

"한나봄 팀장님."

우선 낮은 목소리로 그녀의 공식적인 호칭을 부르고, 그 뒤에 따라붙을 내용은 너무 구구절절하니까 생략하고.

"저 지금 그쪽으로 갑니다."

던진다. 내 용건을.

"같은 팀이니까 같이 앉아야지."

구차한 기색 없이 아주 단도직입적으로.

"……네?"

차준이 등장한 순간부터 그에게 쏠려 있던 나봄의 신경이 한순간에 태오를 향했다.

예상치 못한 질문에 적잖이 당황했는지, 그녀의 눈동자는 토끼처럼 동그래진 상태였다.

아직 허락은 떨어지지 않았지만 애초부터 동의를 구한 건 아니었으니, 태오는 긴 다리를 앞으로 뻗어 그녀에게로 다가섰다.

그런 그에게 고정되어 있는 또 다른 시선은 유달리 온도가 낮은 선우차준의 것.

태오는 그 안에 서린 날까지도 똑똑히 느끼고 있으면서 보란 듯이 나봄의 옆자리에 털썩 자리를 잡고 앉았다.

그리고 아직 근처로 오지 못한 차준을 또렷하게 직시하며 당당한 인사를 건넸다.

"안녕하십니까, 본부장님."

"······."

"본부장님도 오셨으니까 이제 드디어 회의 시작하겠군요."

평범한 이 상황이 어마어마한 스파크가 튀는 신경전이라는 건 나봄이 가장 잘 알고 있었다.

그래서 초조한 눈빛으로 차준의 눈치를 살피니, 그는 오히려 굳어 있던 입꼬리를 가볍게 들어 올리고 나른한 목소리로 대답했다.

"네, 본격적으로 시작해야죠."

차준의 가벼운 목소리는 겉보기엔 조금도 위화감이 없어 보였다.

나봄은 그제야 심상치 않던 분위기가 잠잠해졌다 믿고 안도의 한숨을 내쉬었지만, 그를 오랜 시간 지켜봐 왔던 태오는 단번에 알아차릴 수 있었다.

웃을 때 공격력이 맥시멈으로 상승하는 선우차준은 지금 최대의 분노를 표출하고 있는 중이란 사실을.

* * *

우드레일 본사에서 치열하게 이뤄진 회의가 끝나고.

"수고하셨습니다."

나봄이 회의 자료를 추스르며 마무리 멘트를 흘려보냈다. 딱히 누군가를 향해 건넨 인사는 아니었지만 태오는 기회를 놓치지 않고 대답했다.

"네, 수고하셨습니다."

그러고선 나봄에게로 물끄러미 시선을 두었다. 다음 스케줄까지는 약 한 시간가량이 남았으니 괜찮으면 커피라도 한잔하지 않겠냐고 묻기 위해서였다.

하지만 그가 막 입술을 떼어 내려 하자마자.

뚜벅 뚜벅 뚜벅—

여유롭고 규칙적인 걸음걸이가 태오의 신경을 거슬렀다. 그와 동시에 코끝을 자극하는 세련된 향기는 정체를 충분히 짐작 가게 만들었다.

차준이 다가온다는 걸 알아챈 나봄은 발소리가 나는 쪽으로 고개를 들어 올렸다. 점차 가까워지는 차준은 특유의 장난스러운 미소를 띠고 있었다.

긴장한 나봄은 어깨를 잔뜩 움츠린 채 두 눈동자만 불안하게 떨었다. 하나 기어이 그녀가 앉은 책상 앞까지 다가와 멈춰선 차준은 나봄을 내려다보았고 싱긋 미소를 지었다.

"단 팀장님."

이윽고 벌어진 부드러운 입술로 호명된 건 차준이 마주하고 있는 나봄이 아닌 시종일관 인상 짓고 있던 태오였다.

태오는 아니꼬운 시선을 그대로 차준에게 고정시켰고.

"나랑 담배 피우러 갈래요?"

머지않아 흘러나온 차준의 물음에 피식 입꼬리를 들어 올렸다.

"저 담배 안 피웁니다."

"거짓말. 며칠 전에도 봤는데, 뭐."

"하…… 그냥 할 얘기가 있다고 솔직하게 말씀하시죠."

"그러긴 부끄러워서."

한 마디를 지지 않는 차준의 태도는 태오를 더욱 짜증나게 만들었다. 그래서 그를 노려보는 눈빛에 더욱 날을 세우니, 차준은 눈꼬리를 더욱 둥글게 휘어 웃으며 말했다.

"그럼 옥상정원에서 봐요."

살랑살랑.

그의 손이 눈앞에서 흔들렸다. 그건 누가 봐도 도발과 다름이 없어서, 나봄조차 태오의 심기를 살필 정도였다.

두 남자 사이에 무슨 일이 일어나고 있는 것 같은데, 왜 저러는지는 알 수가 없다.

그냥 이대로 있다가는 고래 싸움에 등 터진 새우 꼴이 될 것 같아서 마음만 조마조마해질 뿐.

*　　*　　*

우드레일 본사 옥상정원에 유달리 쌀쌀한 바람이 불었다.

워낙 높은 건물이라 평소에도 온도가 서늘하긴 했지만, 오늘은 옥상정원 흡연 구역에서 살벌한 분위기를 조성하고 있는 두 남자가 가장 큰 원인이었다.

담배 한 개비를 입에 문 차준은 정장 재킷 안주머니에서 라이터를 꺼내 들었고, 조용히 불을 붙였다.

필터를 빨아들이는 순간 그의 눈동자는 태오에게 흘긋 향했으나, 태오는 딱히 신경 쓰지 않았다.

그저 만만찮게 날이 선 시선으로 차준을 마주하고 있을 뿐.

"내가 신경 쓰여요?"

그런 태오에게 차준이 나른한 목소리로 가장 먼저 꺼낸 질문은 도발이었다. 태오는 입술 새로 실웃음을 터트렸고, 어이없다는 듯 되물었다.

"그래 보입니까?"

"네, 나 신경 쓰느라 애꿎은 사람 난처하게 만들고 있는 것 같아서요."

"그 얘기를 본부장님이 꺼낼 입장은 아니죠. 애꿎은 사람 데이트랍시고 불렀다가 난처한 상황에 빠트린 게 누군데."

조금도 물러서지 않는 태오의 기는 역시나 거칠고 드셌다. 이런 그의 성격은 호불호가 많이 갈렸지만, 차준은 굉장히 좋아하는 편이었다.

그래야 나도 속 시원하게 할 말 안 할 말 다 내던질 수 있잖아.

차준은 눈꼬리를 둥글게 휘어 눈웃음을 지었고 조곤조곤 제 할 말을 이어 나갔다.

"그날 일을 왜 단 팀장님이 나무라고 있는지 모르겠네요. 굳이 따지자면 완벽한 제삼자잖아요."

그건 잔인하리만큼 가차 없이 정곡을 노리는 말이었다. 차준의 말대로 태오는 두 사람 사이에 끼어들어 왈가왈부할 수 있는 입장은 아니었다.

하지만 그런 사사로운 문제까지 신경 쓰고 살았다면 애초부터 그들의 데이트 장소에 들이닥칠 생각도 하지 않았을 거다.

나봄을 짝사랑한 9년 동안 질리도록 해 온 건 자신의 비참한 처지를 깨닫는 일이었던지라, 이제 와서 새삼 상처받을 것도 없다. 태오는 한쪽 입꼬리만 비틀어 올려 노골적인 비웃음을 건넸다.

"그러니까 제삼자까지 끼어들어서 수습해야 할 일을 왜 만드셨습니까."

"……."

"신경 꺼 달라는 얘기는 피해자나 할 수 있는 말이지, 가해자가 할 소린 아니라고 생각합니다."

단도직입적으로 날을 세운 태오의 말에 차준의 온도가 급격히 차가워졌다. 물론 계속 웃는 낯을 유지한 덕분에 대놓고 티가 나지는 않았지만.

차준은 곧바로 받아치는 대신 담배 한 모금을 깊이 빨아들이며 태오를 바라보았다.

한 치의 물러섬도 없는 눈동자, 물불 가리지 않고 물어뜯는 성질머리, 쉽사리 진정될 것 같지 않은 거친 분위기.

단태오가 가진 특성들은 신경 쓸 게 오직 제 마음밖에 없는 평탄한 삶이기에 가능한 것들이었다.

그런 그와 달리 내 인생이 맞나 싶을 정도로 복잡한 삶을 살고 있는 차준은 지나치게 단순하게 구는 태오가 우습기만 했다.

나도 나만 조심하면 되는 문제였으면 좋겠어. 내 감정만 쫓아다니고 싶어.

'하지만…… 그럴 수 없잖아.'

순간 차준의 머릿속을 스쳐 지나가는 건, 힘없이 앉아 있는 휠체어 위의 뒷모습이었다.

볼 때마다 비참한 그 꼴은 숨 막히는 감옥에서 탈출한 사람이라고 보기엔 너무나도 불행하게 느껴졌다.

그러니 이젠 도망칠 생각조차 접어 버린 차준은 제게 주어진 현실도, 놓치고 싶지 않은 인연도 모조리 붙잡고 있어야만 했다.

막중한 무게감에 온몸이 부서진다 해도.

차준은 매캐한 연기를 길게 내뱉으며 닫아 두었던 입술을 열었다.

"난 단태오 씨가 우습게 볼 인연이 아니에요."

"저도 그렇습니다."

"아니요, 그쪽과는 완전히 다르죠. 태오 씨는 할 수 있는 게 오기로 매달리는 것밖에 없잖아요."

"……."

또다시 현실을 꼬집는 차준의 표정은 이전과 다르게 웃음기가 없었다. 노골적인 차준의 경고에 여유롭던 태오의 입꼬리는 딱딱해졌다.

하지만 그런 태오의 분위기와 상관없이, 차준은 태오가 절대 참지 못할 말을 서슴없이 이어 붙였다.

"아무리 천성이 이기적이더라도 가끔은 매달고 있는 사람 입장도 생각해 줘요. 내가 본 나봄이는 단 팀장님이 어렵고 불편해서 못 견디겠는 모양이던데……."

"……."

"원치 않는 감정을 일방적으로 강요당하는 게 얼마나 끔찍한 일인지 알아요?"

원치 않는 감정.

9년이나 매달려 온 태오의 마음에 대한 차준의 정의는 지독히도 냉정했다. 태오는 순간 관자놀이에서부터 뜨거운 열이 솟구쳤지만 반박할 수 있는 말은 없었다.

하나 이제 시작이라는 듯, 차준은 잔혹한 독설을 이어 나갔다.

"말이 좋아 짝사랑이지, 상대방 입장에서 보면 부담이고 민폐예요. 그러니까 괜한 짓하지 말고 혼자 만든 감정은 혼자 정리해요."

"……."

"계속 바라보다 보면 언젠가는 나를 발견해 주겠지, 하는 그거. 현실하고 동떨어진 질병 수준의 망상이잖아."

휘말리지 말아야지 생각을 하면서도, 차준이 그 말을 건네는 순간 며칠 전 내 모습이 떠오르는 건 왜일까.

> '오늘 붙잡아 줘서 고마워. 차에 치어 죽을 뻔했는데.'
> '이것저것 안 물어봐 준 것도 고맙고…….'
> '잘 가, 회사에서 보자.'

처음으로 건네진 그녀의 따듯한 작별 인사에, 어쩌면 가까워진 걸지도 모른다는 기대를 품은 내가 초라하게 느껴지는 건 대체 왜일까.

태오는 한동안 입술을 꾹 닫은 채 아무 대꾸도 하지 않았다.

차준은 그런 태오를 바라보다가 아직 조금밖에 태우지 않은 장초를 지져 껐고, 휴지통 안에 꽁초를 던져 넣으며 마무리 인사를 건넸다.

"그럼 내 얘긴 다 끝났으니까 먼저 일어날게요."

그녀의 마음을 알고 있는 사람의 뒷모습은 당당했다. 앞을 향해 천천히 나아가는 걸음도 흐트러진 기색 없이 정갈했다.

하지만 그런 모습과 정반대로 태오의 눈빛은 사정없이 흔들리기 시작했다.

그는 흡연 구역을 벗어나려는 차준을 매섭게 노려보았고 이내 살벌하고 거친 목소리를 내뱉었다.

"너……."

"……."

"누군가를 진심으로 원해 본 적 없지."

다시 태오 쪽으로 돌아선 차준의 눈빛에 당혹감이 어렸다.

이만하면 충분히 알아들었을 거라 생각했는데, 논점이 다시 처음으로 돌아간 걸 보면 여간 고집스러운 성격이 아닌 게 분명했다.

차준은 태오의 미련을 보다 제대로 잘라 놓기 위해 목을 가다듬었다. 하지만 태오는 그가 입을 떼어 낼 틈도 주지 않고 뒷말을 이어 나갔다.

"한나봄 포함해서, 간절하게 바라봤던 사람이 단 한 명도 없구나. 그러니까 내 꼴이 매달리는 걸로 보이지."

태오의 말은 차준의 심기를 건드리기에 충분했다. 다른 사람이라면 몰라도 한나봄에게만큼은 확실한 진심이었던 차준은 태오의 평가가 억지처럼 느껴질 뿐이었다.

그러나 태오는 고집을 부리듯 발악하는 게 아닌, 단호하고 또렷한 목소리를 한 마디 한 마디 힘주어 내뱉었다.

"나는 매달리는 게 아니야. 못 헤어 나오는 거지."

"……."

"그 사람한테 내 마음을 강요하는 게 아니라 나한테 그 사람 마음을 강요하는 중이고, 내가 바라는 건 그 사람이 나를 돌아봐 주는 게 아니라 내 마음이 그 사람한테서 돌아서는 거야."

"……."

"정말 간절히 원하는 사람한테는 절대 내가 무언가를 요구할 수도, 기대할 수도 없어. 그것도 모르는 넌 이런 얘기조차도 이해하지 못하겠지만……."

말을 마친 태오는 자리에서 일어섰다. 일그러져 있는 그의 눈빛은 분노보다는 절망이 가득해 보였다.

차준은 그런 태오를 가만히 바라보았고 어떤 대답을 하는 대신 옅은 숨을 내쉬었다.

"사적인 얘기라 무례하게 말씀드린 점, 이해해 주시길 바랍니다."

"……."

"다음 회의 때 뵙겠습니다."

태오는 사무적인 인사를 끝으로 지친 걸음을 옮겼다.

차준은 다가오는 그를 물끄러미 주시하다가 그가 제 어깨를 스쳐 지나가는 순간 살짝 몸을 틀었다. 시야에 들어오는 그의 뒷모습은 승자처럼 보이진 않았으나, 그렇다고 해서 패잔병 같지도 않았다.

굳이 정확히 표현해 보자면 구천을 떠도는 지박령.

그래, 딱 지박령과 같은 당신의 처지는 확실히 경쟁 상대가 아니었다. 하지만 신경 써야 할 존재인 것은 분명했다.

오늘 내게 털어놓은 당신의 진심을 그 사람에게도 말한다면, 그 진심 어린 절절함에 아무리 감정이 없던 그녀라도 마음이 흔들리고 말 테니.

"하아⋯⋯."

차준의 입술 새로 긴 한숨이 새어 나왔다. 답답함과 혼란이 뒤섞인 한숨은 평소보다 씁쓸했다.

이렇게 일을 키워 놔서 뭘 어쩌자는 건지.

홧김에 내 마음을 고스란히 드러내긴 했는데 수습할 자신이 없다. 그냥 모든 게 다 뒤죽박죽 엉켜 버린 기분이다.

*　　　*　　　*

"꽤 오래 걸리네⋯⋯."

우드레일 본사 로비.

오고 가는 사람들이 한눈에 보이는 자리에서 나봄은 누군가를 애타게 찾고 있었다. 바로 심상찮은 기운으로 사라진 선우차준과 단태오였다.

'나봄아, 오늘 수고했어. 나중에 연락할게. 꼭 받아.'

비록 회의실을 빠져나가며 인사하던 차준은 그리 어두운 분위기가 아니었지만, 문제는 그를 따라 나서던 태오였다.

눈빛이 아주 이글이글한 것이 꼭 무슨 일이라도 저지를 것 같았지.

나봄은 그 두 사람 중 하나라도 무탈하게 빠져나오는 걸 봐야 마음을 놓을 수 있을 것 같았다.

그래서 회의가 끝났음에도 불구하고 본사를 떠나지 못한 채 로비를 서성이고 있는데.

"어! 한나봄 씨!"

한 남자의 반가운 목소리가 요란하게 울려 퍼졌다. 깜짝 놀란 나봄은 곧바로 그에게 시선을 두었다.

손까지 휘휘 저으며 반갑게 달려오는 사람은 전혀 기억나지 않는 낯선 얼굴이었다.

나봄은 당황감 가득한 목소리로 넌지시 물었다.

"네, 저 맞는데 누구신지…….."

"저 우드레일 퍼니처팩토리 유통팀 김민구 대리라고 합니다! 저번 주에 회사 오셨을 때 나봄 씨가 부순 주차 팻말, 그거 제가 치웠는데 기억 못 하시는구나!"

안 그래도 심란한 와중에 본의 아니게 신세를 진 사람이 나타나다니.

"아아! 이제 기억나요! 그때는 괜한 일거리 만들어드려 정말 죄송했습니다!"

한순간에 난처해진 나봄은 연거푸 고개를 숙이며 대답했다.

그러자 성격 좋은 김 대리는 목젖이 보이도록 호탕하게 웃었고, 특유의 넉살 좋은 말투로 대화를 이어 나갔다.

"오늘 정기 회의 때문에 왔죠? 지금 끝난 거예요?"

"아니요, 끝난 지는 삼십 분쯤 됐는데 일이 좀 있어서요."

"단 팀장님은요? 같이 있지 않았나요?"

"같이 있었긴 했는데……."

선우차준 본부장님이랑 한바탕 물고 뜯고 싸울 기세로 옥상에 올라갔어요.

라는 말을 쉽게 꺼내 놓아도 될까. 업무적인 일 때문에 그러는지, 사적인 일 때문에 그러는지도 잘 모르는데.

나봄은 심각한 표정으로 잠시 고민했다.

하지만 김 대리는 그게 중요한 게 아니었는지 곧바로 다른 주제로 돌렸다.

"마침 잘 만났네요. 안 그래도 단 팀장님한테 나봄 씨 연락처 물어봤는데, 전화를 안 받아서 말이죠."

"제 연락처는 왜……."

"아, 다름이 아니라 이번 주 수요일에 회사에서 1박 2일로 워크숍을 가는데 별 스케줄 없으시면 같이 가요. 업무 회의도 할 겸."

"우드레일 워크숍을요?"

"네, 긴장은 하지 마요. 우리는 워크숍 가면 대학교 MT처럼 정신없이 노는 분위기니까."

대학교 때도 MT는 가 본 적이 없는데, 그런 데서 정신없이 노는

나는 여전히 니가 좋아 223

건 어떻게 노는 거지.

그의 제안이 갑작스러웠던 나봄은 조심스러운 목소리로 대답했다.

"제가 끼어도 되는 자리인지 모르겠어요. 숙소도 인원수에 맞춰서 예약해 놓으셨을 텐데."

그건 혹시나 무리해서 그녀를 집어넣는 거라면 그걸 빌미로 거절하기 위한 밑밥이었다.

그러나 김 대리는 어깨까지 들썩이며 호탕하게 말했다.

"인원수라면 걱정하지 마요! 일부러 넉넉하게 예약해 놓은데다가, 비협조적인 단태오 팀장까지 빠져서 나봄 씨 들어올 자리는 충분해요!"

단태오가 안 간다고?

비록 그는 나봄의 유일한 아는 얼굴이긴 했지만, 불참 소식이 더욱 반갑게 느껴지는 건 어쩔 수 없었다.

지난 주말에 그를 조금 다시 보게 된 사건이 있었다고 해도, 아직은 처음 보는 낯선 사람들보다도 상대하기 어려운 존재였으니까.

"그럼 갈게요. 시간은 괜찮을 것 같아요."

나봄은 한결 가벼운 마음으로 김 대리에게 대답했다.

김 대리는 그제야 만족스러운 표정을 지어 보였고, 메고 있던 백팩에서 종이 한 장을 꺼내 주었다.

"이건 워크숍 일정표니까 집합 장소나 시간 같은 거 참고해요. 혹시 그날 한나봄 팀장님한테 일 시킬지도 모르니까, 우리랑 같이 워크숍 간다고 본사에 말해 놓을게요."

"네, 감사합니다."

"장담하는데 진짜 재미있을 거예요. 아마 내년에 워크숍 또 오고 싶어서 프로젝트 하나 더 같이 하자 그럴걸요?"

그럴 일은 절대 없겠지만, 나봄은 동의하는 것처럼 하하 웃었다.

바로 그때.

"어, 단 팀장이다."

김 대리가 엘리베이터에서 막 내린 태오를 발견하고는 그의 이름을 입에 담았다.

나봄은 김 대리가 보는 쪽으로 고개를 돌렸고, 성큼성큼 로비로 나오는 그를 어렵지 않게 발견했다.

잔뜩 일그러진 미간, 활활 타오르는 눈빛, 그리고 불만 가득해 보이는 꾹 깨문 입술.

대충 훑어봐도 지금 등장한 단태오의 분위기는 평소보다 살벌했다.

그로써 차준과 무슨 일이 있었음을 직감한 나봄은 그에게 다가가기 위해 몸을 틀었다.

하지만 막 한 발을 떼어 내기 직전.

"와아, 단태오 오늘 완전 열받아 있네. 개미 한 마리도 무사하질 못하겠구만."

김 대리가 별 뜻 없이 중얼거린 한 마디가 나봄의 걸음을 붙들어 놓았다.

평소에도 컨디션이 딱히 좋아 보이지는 않았는데, 저 상태는 그보다 더 심각한 모양이었다. 꿀꺽 마른침을 삼켜 넘긴 나봄은 작은 목소리로 물었다.

"지금 저거…… 많이 화난 건가요?"

그러자 곧바로 튀어나온 김 대리의 대답은 지나치게 솔직했다.

"화난 거라기보단 재앙에 가깝지."

"재, 재앙이요?"

"일 년에 한두 번쯤 밖에서 개 같은 경우를 맞이했을 때 저런 상태가 되는데, 그땐 무조건 피하는 게 상책이에요. 괜히 말 걸었다가는 다다다다 쏘여서 벌집 된다니까요."

"아아……."

그 말을 들은 나봄은 앞으로 내딛으려던 걸음을 뒤로 옮겼다. 그러고는 태오가 자신을 발견하기 전에 서둘러 김 대리에게 인사를 건넸다.

"저는 이만 가 보겠습니다. 엄청 바쁜 일이 있어서."

"그러세요? 단 팀장님이랑 따로 말씀하실 건 없으시고요?"

"예, 굳이 오늘 안 해도 될 것 같네요."

"뭐, 지금 분위기로 봐선 그게 현명한 선택이긴 하죠."

김 대리는 떠나려는 그녀를 붙잡지 않고 순순히 보내 주었다.

나봄은 위험을 미리 귀띔해 준 그에게 고마움을 담아 꾸벅 고개를 숙였고, 맹수를 피해 도망치는 산토끼처럼 총총총 정문 밖으로 사라졌다.

그와 동시에 기가 막힌 타이밍으로 로비에 있던 김 대리를 발견한 태오는 성난 걸음을 그에게로 틀었다.

한 걸음, 두 걸음, 세 걸음.

가까워지면 가까워질수록 짙어지는 그의 살기는 김 대리가 그동안 느껴 왔던 것들 중에서도 제일 거셌다. 그래서 잔뜩 긴장한 표정으로 다가온 태오에게 조심스레 입을 열자.

"단태오 대리…… 아니, 단 팀장. 워크숍 말인데 진짜 참석 안 할 건지……."

홱—

내리꽂힌 그의 사나운 눈빛은 김 대리를 얼어붙게 만들었다. 머지않아 흘러나오는 낮은 목소리는 귀가 아닌 머릿속에 다이렉트로 꽂혀 들어왔다.

"불참한다고 몇 번이나 더 말씀 드려야 되겠습니까."

"아, 아……."

"그날 회사에 처박혀서 잔업이나 할 테니까 제 이름 명단에 넣지 마십쇼."

그 살벌한 기세에 눌린 김 대리는 저도 모르게 마른침을 꿀꺽 삼켰다. 그러고는 서둘러 그가 원하는 대답을 빠르게 꺼내 놓았다.

"아, 알겠습니다. 절대 넣지 않도록 하죠."

그제야 김 대리를 잡아먹을 듯 했던 태오의 사나운 눈동자는 다른 곳으로 벗어났고, 그의 발걸음은 매정히 정문 쪽으로 떨어졌다.

"이따 회사에서 뵙겠습니다. 수고하세요."

"아, 예! 단 팀장님!"

그래도 마무리 멘트 정도는 붙여 주는 걸 보니 다행히 김 대리에게 불똥이 튀지는 않은 모양이었다.

분명 단태오는 김 대리보다 6개월이나 늦게 들어온 후임인데, 어째서 느껴지는 포스는 회장님급으로 드센 건지.

하지만 그 감당하기 힘든 성격이 저보다 빠른 태오의 승진을 순순히 납득하게 된 이유이기도 했다. 어차피 단태오 같은 스타일은 차라리 위로 모시고 있는 게, 밑에 두는 것보다 편했다.

김 대리는 태오가 완전히 시야에서 사라지고 나서야 남몰래 한숨을 돌렸다.

"휴우, 잡아먹히는 줄 알았네……."

대체 오늘 얼마나 개 같은 일이 있었던 건지.

거의 끝난 프로젝트 물먹었을 때에도 저렇게 날 서 있지는 않았는데, 오늘은 곧 폭발할 활화산처럼 펄펄 끓는다.

한동안은 우드레일 퍼니처팩토리 임직원 모두가 그의 앞에서 몸을 사려야 할 것 같다.

＊　　＊　　＊

"아, 끝났다……."

늦은 시간까지 집무실을 지키고 있던 차준이 뻐근한 눈을 마사지하며 지친 목소리를 냈다.

오늘 태오와 거친 대화를 나눈 이후 심란함을 떨치고자 일에만 매달렸던 그는 점심 저녁도 거른 채 컴퓨터만 들여다보고 있던 중이었다.

하지만 이젠 더 이상 처리해야 할 일도 없으니 슬슬 집으로 돌아가야 할 때.

두 손을 뻗어 기지개까지 켠 차준은 회사 서버에서 로그아웃하기 위해 마지막으로 접속창을 켰다.

그러나 로그아웃 버튼보다 한발 앞서 그의 시선을 사로잡은 건 그 옆에 뜬 메일 도착 알림이었다.

미뤄 두었던 업무 메일까지 싹 읽고 답신한 게 겨우 십 분 전 일이건만, 그새 도착한 새로운 일거리는 그를 쉽사리 책상에서 벗어나지 못하게 만든다.

평소 같았으면 보고도 못 본 척 넘겨 버렸을 테지만 오늘의 차준은 집중할 거리가 필요했다.

그래서 이미 정점을 찍은 피로감도 무시한 채 방금 전 도착한 따끈따끈한 메일을 여니.

[안녕하세요. 우드레일 퍼니쳐팩토리 김민구 대리입니다.]

누군가를 떠올리게 만드는 첫 마디가 차준의 심기를 건드렸다.

애써 지워 낸 그의 존재감이 다시 짙어지자 온화하던 차준의 미간엔 살짝 구김이 갔다.

차준은 탐탁지 않은 시선으로 김 대리가 보낸 메일을 읽어 내려갔다.

[금주 수요일, 목요일 1박 2일에 걸쳐 진행되는 우드레일 퍼니쳐팩토리 워크숍에 수정 사항이 있어 보고 드립니다. 추가 참여 인원과 사정상 변경된 일정이 몇 가지 있습니다.]

짧게 적힌 내용은 단순한 워크숍 보고였고, 최종적으로 결정된 일정 계획표도 함께 첨부되어 있었다.

그건 모두 'Lily' 프로젝트를 총괄하는 차준이 당연히 보고 받아야 하는 것들이었지만, 사실 차준이 큰 관심을 두고 있는 부분은 아니었다.

그래서 흥미 없는 눈빛으로 마지막 줄까지 쓰윽 훑어 내려가는데.

　　[함께 'Lily' 프로젝트를 진행하는 한봄 도어락의 한나봄
　　팀장도 워크숍에 참여할 예정이니, 이 점 양해해 주시면 감사
　　하겠습니다.]

끝부분에 적힌 그 한마디가 차준의 온 신경을 사로잡았다.

"나봄이가……?"

그들이 어디로 가든, 누가 더 참여하든, 딱히 알 바는 아니지만 새롭게 추가된 인원이 그녀라면 얘기가 달랐다.

김 대리가 보낸 메일을 가만히 들여다보던 차준은 달력으로 시선을 옮겼고, 수요일 저녁에 잡혀 있는 본가에서의 저녁 식사 스케줄을 확인했다.

더 가치 있는 쪽은 너무나도 분명했다.

구역질 나는 감옥이 아닌 간절한 그녀의 곁으로, 차준은 망설임 없이 떠날 생각이었다.

이번엔 피치 못할 사정조차 생길 일 없게, 예고도 않고 훌쩍.

03.
우리 다시 시작할까?

나봄의 건너편에 있는 절친 채소라의 집.

회사 워크숍을 위해 여행 가방을 빌리러 온 나봄의 눈이 휘둥그레졌다. 패션 디자이너로 일하고 있는 소라의 어마어마한 옷들 때문이었다.

나봄은 방의 네 귀퉁이를 따라 진열된 행거를 훑어보며 감탄사를 내뱉었다.

"와아, 너 진짜 옷 엄청 많다."

그러자 여행 가방을 찾기 위해 옷장을 뒤적이던 소라는 코웃음을 쳤다.

"니 옷장이 너무 초라한 건 아니고?"

"나도 나지만 넌 정말 많아. 청재킷만 해도 이게 다 몇 벌이야."

"이런 친구 둔 덕분에 필요한 아이템 있으면 이렇게 다 빌려 가잖아. 맞아, 아니야?"

"그건 그래. 하하."

정곡을 찔린 나봄은 소라에게 멋쩍게 웃어 보이고는 복잡한 방 한가운데 겨우 놓여 있는 침대에 걸터앉았다. 그러고는 근처에 놓인 적당한 크기의 가방을 발견하곤 반갑게 소리쳤다.

"어! 찾았다! 여행 가방!"

"뭐? 저거? 에이, 저건 안 되지."

"사이즈 적당해 보이는데 왜."

"사이즈가 문제야? 다른 회사도 아니고 우드레일에서 주최하는 워크숍인데 명품 가방 정도는 들고 가 줘야 기가 안 죽지!"

이제 보니 넌 명품 가방을 찾고 있었구나. 단순한 여행 가방이 아니라.

그녀의 말에 어느 정도 동의하는 나봄은 방금 전 찾은 가방에서 시선을 떼어 냈다.

소라는 그 뒤로도 자신이 가진 가방 중 가장 예쁘고 값나가는 가방을 열심히 찾아 헤맸고, 그러다 지쳤는지 나봄에게로 확 고개를 돌려 물었다.

"아니, 그나저나. 우드레일 워크숍을 니가 왜 따라가는 거야?"

"그야 오라 그러니까 가지. 대형 프로젝트도 함께 진행해야 하는 사이인데 친해져서 나쁠 거 없고……."

"선우차준도 가?"

"아니, 차준 오빠는 아예 다른 부서야."

"에이, 좋다 말았네."

나봄의 대답을 들은 소라는 곧바로 아쉽다는 표정을 지어 보였다. 1박 2일의 워크숍은 그녀가 생각하기에도 썸을 타기 좋은 기회인 모양이었다.

하지만 최근 차준의 연락을 피하고 있는 나봄 입장에서는 그가 함께하지 않는 게 무엇보다 다행이었다.

회의 때 잠깐 마주쳤을 때도 숨이 멎을 것 같았는데 1박 2일이나 함께하게 된다면 분명 또 예전 감정에 휘둘릴 게 뻔했다.

'지금 내가 별것도 아닌 일로 오버하고 있는 걸까?'

요즘 들어 하루에도 수십 번씩 하는 고민이 다시 떠올라 버린 나봄은 슬슬 소라의 눈치를 보았다. 그리고 그녀가 다시 옷장을 뒤적이느라 여념이 없는 틈을 타 은근슬쩍 제 얘기를 꺼내 놓았다.

"있잖아, 소라야. 이건 아는 사람 얘긴데⋯⋯."

"니 얘기구만."

눈치 빠른 지지배.

"내 얘기 아니야! 요즘에 친해진 회사 언니 얘기야!"

나봄은 순간 뜨끔했지만 두 손까지 저어 가며 발뺌을 했다. 최고의 의리녀로 소문난 소라는 나봄의 일에 관해서라면 팔이 무조건 안으로 굽는 스타일이었다.

그러니 최대한 남의 얘기처럼 얘기해서 객관적인 판단을 듣는 수밖에.

나봄은 작은 헛기침으로 목을 가다듬었고, 조심스럽게 본론을 시작했다.

"그 언니랑 잘되어 가는 남자가 있는데, 얼마 전에 데이트를 한 모양이더라구."

"응."

"근데 데이트 때 남자가 잠깐 회사 좀 다녀오겠다면서 자리를 비웠나 봐. 그래서 그 언니는 두 시간 넘게 카페에서 기다리고 있었는데……."

"그 정도로 오래 걸릴 일인데 무턱대고 기다리라고 했단 말이야? 진짜 이기적인 놈이네."

소라의 톡 쏘는 멘트는 나봄을 당황하게 만들었다. 아직 가장 중요한 사건은 꺼내지도 않았는데 잔뜩 좁혀진 그녀의 미간은 이미 탐탁지 않아 보였다.

저도 모르게 긴장한 나봄은 훨씬 작아진 목소리로 뒷말을 이었다.

"어, 뭐…… 근데 알고 보니까 그 남자가 회사를 간 게 아니라 맞선을 보러 나간 거였더라구."

"뭐어?! 미쳤나!"

"아! 자기가 좋아서 나간 건 아니고! 집안에서 억지로 밀어붙이는 바람에 억지로……!"

"자의였냐 타의였냐가 중요해?! 자기 여자를 물 먹인 거 아니야!"

예상했던 대로 소라의 언성이 버럭 높아졌다. 나봄은 마치 자신이 혼나는 것처럼 양어깨를 잔뜩 움츠렸다.

"데이트 날 집안일 끌어들이는 남자는 볼 것도 없어! 게다가 얼마나 개념 없는 집안이면 맞선을 강압적으로 내보내냐!"

"그, 그렇지?"

"그런 집에 시집가면 평생 시댁 간섭에 휘둘리면서 살아야 할걸? 등 떠밀었다고 해서 순순히 나가는 꼴을 보니까 남자가 중재해 주기는 글러 먹었다."

소라 입에서 쏟아져 나온 험담은 하나같이 맞는 소리였다. 그래서 더 듣고 있기에 마음 아픈 말들이기도 했고.

소라는 쐐기를 박듯, 나봄에게 단호한 어조로 말했다.

"가서 그 언니한테 똑똑히 전해. 팔자 망치고 싶지 않으면 당장 헤어지라고."

"사귀는 사이는 아니야······."

"그럼 더 잘됐네. 끝내고 말고 할 것도 없이 상종을 안 하면 되니까."

상종을 안 한다라······.

정말 그래야 하는 걸까. 10년 동안 그리워만 하다가 겨우 다시 만난 사람이잖아. 게다가 협력 업체 회사 윗사람이라 이렇게 감정의 골이 깊어지면 안 될 것 같은데······.

"찾았다! 내 사랑 구찌!"

나봄이 남모를 고민에 빠져 있는 사이, 소라가 구석에 처박혀 있던 귀하디귀한 가방을 꺼냈다. 그러고는 언제 인상을 구겼었냐는 듯 마냥 기쁜 목소리로 말했다.

"자, 여기! 내 가방도 빌려줬으니까 당당하게 다녀와. 알았지?"

"기 안 죽어."

"너 신경 거슬리게 하는 사람 있으면 가만히 당하고 있지만 말고 들이받아 버려! 알았어?!"

소라는 순하디순한 나봄이 걱정인지 재차 주의를 주었다.

나봄은 그런 그녀를 위해 걱정하지 말라는 대답을 꺼내 놓으려 했지만, 정작 신경 거슬리게 하는 사람이 머릿속에 떠오르자 입술이 굳어 버렸다.

계속 그를 피해 다닐 수는 없을 텐데 아예 상종을 안 해야 한다니. 걱정이 태산이다, 정말.

*   *   *

"자, 가방 이리 주세요! 버스 밑에 집어넣게!"

"동수 씨, 음료수 챙겼어요?"

"네네, 맨 앞자리에 올려놨습니다."

40인승 대형 버스가 대기하고 있는 우드레일 퍼니처팩토리는 몹시 분주한 분위기였다.

놓쳐 버린 지하철 때문에 출발 시간이 다 되어서야 회사 앞에 도착한 나봄은 허둥지둥 버스 앞으로 다가섰다.

"안녕하세요! 늦어서 죄송합니다!"

꾸벅 고개를 숙여 사과부터 건네는 그녀는 어젯밤 당당하게 굴라는 소라의 충고가 무색할 만큼 긴장한 상태였다.

그런 나봄을 위해 버스 트렁크 앞에서 바삐 짐을 싣고 있던 김 대리는 손까지 흔들며 반갑게 인사했다.

"안 오는 줄 알고 놀랐잖아요. 가방 실어 줄게요. 이리 줘요!"

"감사합니다. 아, 그리고 저…… 가시는 동안 드시라고 집에서 쿠

키를 구워 왔는데……."

"세상에나, 이런 거 준비 안 해도 먹을 거 많은데!"

김 대리는 나봄이 쭈뼛거리며 건네는 쿠키 상자를 기쁘게 받아 들였다. 서글서글한 그의 눈웃음은 언제 봐도 사람이 좋아 보여서 나봄은 마음이 한결 편안해지는 듯했다.

"어! 한나봄 씨!"

그때 뒤편에서부터 시원시원한 목소리가 들려왔다.

고개를 돌리자 환히 웃으며 그녀에게 다가오는 사람은 다름 아 닌 오피스 가구 파트장 유리였다.

"안녕하세요! 유리 씨!"

"우리랑 워크숍 같이 간다면서요? 태오도 없는데 괜찮겠어요?"

"네, 괜찮아요. 단 팀장님이랑 사적으로 친한 사이는 아니거든요."

"그래요? 하긴, 뭐. 나봄 씨는 그분이 잘 챙겨 주실 테니까."

"그분…… 이요?"

"먼저 들어가 있어요. 저는 챙겨야 할 게 더 있어서."

무언가 휙 스쳐 지나가긴 했지만 유리는 자세히 설명해 주지 않 고 다른 곳으로 발길을 돌려 버렸다.

단태오도 불참인 마당에 날 챙겨 줄 사람은 더 이상 없을 텐데, 혹시 성격 좋은 김 대리님을 말하는 건가?

의아한 표정으로 멀어지는 유리를 지켜보던 나봄은 슬그머니 버 스 안으로 몸을 실었다. 바삐 움직이는 사람들 틈바구니에서 멍하 니 서 있기 민망해서였다.

"안녕하세요. 기사님."

버스에 오르자마자 나이가 지긋한 기사에게 공손히 인사부터 하고, 수많은 빈자리 중에서 가장 사람들의 시선이 닿지 않을 중간 자리에 자리를 잡고.

나봄은 차창 밖으로 물끄러미 눈길을 두었다. 시야에 가득 차는 사람들은 하나같이 낯설어서 그녀는 습관적으로 불편해졌다.

이렇게나 어색한 사람들이 북적거리는 게 싫어서 대학 때도 MT는 가지 않았는데, 어색한 것도 모자라 어렵기까지 한 업체 사람들하고 잘 지낼 수 있으려나.

그렇게 홀로 멍하니 앉아 이젠 부질없어진 걱정만 하고 있는데.

"저…… 옆자리에 앉아도 돼요?"

부드러운 목소리가 그녀의 귓가를 간질였다. 제 생각에 집중하고 있던 나봄은 재빨리 정신을 다잡고 그에게로 고개를 돌리며 대답했다.

"네, 얼마든지……."

하지만 얼굴을 확인한 순간 말끝은 대책 없이 흐려지고 말았다.

따듯한 봄바람을 머금은 듯한 미소, 너무 달콤해서 녹아 버릴 것 같은 눈빛, 햇볕에 잘 말린 수건처럼 포근한 향기.

휘어지는 눈매를 따라 장난스럽게 움직이는 눈물점까지 아름다운 그대가 바로 내 눈앞에 있었으니.

"차준…… 오빠?"

나봄은 보고도 믿기지 않는 그의 이름을 불렀다.

그러자 차준은 의자를 붙잡은 채 얼굴을 더 가까이했고, 은은한 웃음기를 머금은 입술을 움직였다.

"제가 잘못했어요. 다시는 마음 아프게 안 할 테니까……."

"……."

"한 번만 더 나봄 씨 옆자리에 앉게 해 주세요."

여우를 닮은 차준의 눈망울은 오늘따라 안아 달라 애원하는 강아지 같았다.

그런 그를 마주하고 있는 나봄은 지난밤 굳게 먹었던 마음이 전부 허물어져 버리는 듯했다.

나봄은 애써 이성을 다잡기 위해 입술을 꾸욱 깨물었다.

'안 돼. 또 휘둘리면.'

머리는 그렇게 생각하고 있는데, 심장은 왜 이리 조여드는지.

차준은 오늘도 어김없이 그녀를 쥐고 흔들어 놓는다. 그래서 나봄은 숨조차 편히 쉴 수가 없다.

"자자, 모두 빠르게 자리에 앉아 주세요! 조금 있으면 출근 시간이라 차 막힙니다!"

때마침 터져 나온 김 대리의 외침과 함께, 짐을 모두 실은 직원들이 하나둘 버스에 올라타기 시작했다.

덕분에 더 이상 통로를 가로막고 서 있을 수 없게 된 차준은 나봄이 아직 허락하지 않은 옆자리에 털썩 자리를 잡았다.

진짜 이렇게 넘어가 버리면 안 되는데…….

생각과 달리 나봄의 손은 곁에 앉은 차준을 밀어내지 못했다. 그 사이 버스의 빈 좌석을 가득 메운 사람들은 나봄의 심정도 모르고 재잘대기 시작했고.

"여러분! 출발하기 전에 잠깐 이쪽 좀 봐 주세요! 단체 사진 찍을

게요!"

"네! 필터 예쁜 걸로 찍어 주세요!"

"저는 눈 좀 크게 보정 부탁해요!"

"하하, 그래 봤자 호박이 수박 될 일은 없습니다! 하나, 둘, 셋!"

찰칵—

기어이 붉어질 대로 붉어진 얼굴로 차준만 바라보고 있는 그녀를 사진기에 담아 버렸다.

아무리 세상만사가 내 맘대로 풀리지 않는다고 해도 이건 정말 정도가 너무 심한 것 같다.

선우차준과 관련된 일이라면 단 하나도 내 마음대로 되지가 않잖아.

*　　*　　*

띠리리리— 띠리리리— 띠리리리—

차분한 무채색 톤으로 꾸며진 태오의 침실에 요란한 알람 소리가 울렸다.

꿈도 꾸지 않고 깊은 잠에 빠져 있던 태오는 오만 가지 인상을 쓴 채 손을 더듬거렸고, 손에 붙잡힌 알람 시계를 부술 기세로 내리쳤다.

띠리……!

한순간에 찾아온 고요.

하지만 태오는 하루를 시작해야만 했다. 비록 다른 직원들은 모두 워크숍을 떠났다고 하더라도, 그는 회사에 남은 잔업을 모두 처리하겠다는 조건하에 불참할 수 있었던 거니까.

"으으……."

신음 소리와 함께 몸을 일으킨 태오는 지난밤 놓아두었던 물부터 꿀꺽꿀꺽 들이켰다. 그러고는 습관적으로 휴대폰을 들어 제 앞으로 도착한 메시지들을 확인했다. 현장팀을 총괄하고 있는 만큼 외부 업체와도 교류가 잦은 태오의 첫 스케줄이었다.

다행히 간밤 새에 별일은 없었고, 오늘 주문한 목재들도 무사히 도착할 듯했다.

그렇다면 이제 본격적으로 준비하고 출근을 해야 할 때.

태오는 메시지 창을 껐다. 그리고 휴대폰을 다시 침대 위에 내려놓으려 하는데.

'김민구님이 새로운 사진 1장을 추가했습니다.'

김 대리 SNS의 업데이트 소식이 갑자기 눈에 들어왔다. 평소엔 누가 뭘 올리든 아무 신경도 쓰지 않는 태오였지만, 오늘은 어쩐지 호기심이 일었다.

"아, 출발은 잘했나."

태오는 감흥 없는 손가락을 무의식적으로 움직여 그의 게시글을 클릭했다.

유독 크게 나온 김 대리의 얼굴과 즐겁게 웃고 있는 직원들의 모습, 그리고 맨 앞자리 좌석을 차지하고 있는 무지막지한 간식들.

겉보기엔 지극히 평범한 팀원들의 단체 사진이었으나.

"뭐야……."

중간쯤에 스포트라이트라도 받은 것처럼 확 눈에 띄는 두 얼굴이 태오의 시선을 사로잡았다.

믿기지는 않지만, 믿을 수도 없지만.

익숙해도 너무 익숙한 그들은 특유의 재수 없는 미소를 짓고 있는 선우차준과 그런 그를 놀란 표정으로 바라보는 나봄이었다.

"저기가 어디라고 감히……."

돌아가는 상황을 깨달은 태오의 얼굴에 한순간 분노가 드리워졌다. 대체 이들이 왜 이 사진에 끼어 있는 건지. 왜 자연스럽게 같이 붙어 앉아 있는 건지.

태오는 전혀 납득할 수가 없었다. 그러나 지금 해야 할 일은 너무나도 분명했다.

"아! 돌아 버리겠네! 진짜!"

사나운 짐승처럼 소리친 태오는 휴대폰을 냅다 집어 던지고 서둘러 옷을 챙겨 입었다. 그러고는 성난 발걸음으로 성큼성큼 제 방을 빠져나가 부엌 식탁에 놓여 있던 차키를 거칠게 집어 들었다.

그의 두 눈에서 이글이글 타오르고 있는 질투심과 분노. 그건 꼭 무슨 일이라도 저지를 듯이 거셌다.

"나봄아, 차창 문 안 열렸지?"

"아…… 네. 꽉 닫혀 있어요."

"이상하다. 갑자기 한기가 도네."

쓸데없이 촉이 좋은 차준의 등골까지 서늘하게 만들 만큼.

* * *

"유리 씨! 삼겹살은 냉동실에 넣어 둘까요?"

"몇 시간 뒤에 먹을 건데, 냉장고에 넣어 둬도 될 것 같아."

"야채는 어느 박스에 있지? 통 보이질 않네."

"아, 그거 제일 먼저 꺼내서 냉장고 야채 칸에 넣어 놨지."

워크숍 장소인 리조트에 도착한 현장팀은 몹시 분주했다. 회의 준비조와 야외 레크리에이션 준비조, 그리고 음식 담당조 중에서 그나마 할 일이 있을 것 같은 음식 담당조를 선택한 나봄도 예외는 아니었다.

"일회용 접시랑 수저는 한곳에 모아 둘게요."

"손님으로 초대한 거니까 나봄 씨는 쉬고 있어도 돼요."

"아니에요, 저도 돕고 싶어요."

유리는 일을 거드는 나봄을 말리려 했지만 나봄으로선 뭐라도 하고 있는 쪽이 편했다.

가만히 꿔다 놓은 보릿자루처럼 서 있는 건 어색한 사람들 사이에 있다는 사실만 더욱 실감나게 할 뿐이었다.

"파트장님! 큰일 났어요! 우리 쌈장 안 챙겨 왔어요!"

그때 냉장고를 정리하던 팀원 중 한 명이 아연실색이 된 얼굴로 소리쳤다.

바비큐 파티의 필수품인 쌈장이 빠졌다는 걸 안 유리는 제 무릎을 탁 치며 말했다.

"아아! 그거 사무실 창고에 넣어 놨었는데 아무도 못 봤구나!"

"어쩌죠?"

"뭐, 하는 수 없지. 리조트 지하에 가면 마트 있을 거예요. 뭐 또 빠진 거 없는지 잘 살펴봐 주세요."

난처한 상황을 능숙하게 정리하는 유리는 여자들의 대장이라고 해도 과언이 아니었다. 쿨한 말투와 시원한 미소, 그리고 뛰어난 리더십은 모든 사람을 통솔하기에 충분했다.

'저런 사람이니까 주변에 사람도 많은 거겠지.'

나봄은 자신과 다른 성격의 그녀를 동경 어린 시선으로 지켜보았다. 그러고선 이내 다시 정면으로 고개를 틀어 짐 정리에 열중하려던 그 순간.

"실례합니다."

많이 익숙한 목소리 하나가 나봄의 신경을 사로잡았다.

소리가 난 신발장 쪽으로 시선을 틀어 보니, 아니나 다를까 생글생글 웃는 낯으로 서 있는 사람은 선우차준 본부장이었다.

높아도 너무 높은 상사의 등장에 음식 담당조는 순식간에 경직되어 버리고 말았다.

"안녕하십니까! 본부장님!"

"어서 오세요!"

"뭐 찾으시는 거라도 있으신지……."

팀원들은 모두 하던 일을 멈추고 자리에 벌떡 서서 인사를 건넸다.

그러자 차준은 전매특허라고 할 수 있는 부드러운 미소를 입가에 퍼트린 채 편안히 말했다.

"너무 격식 차리지 않아도 돼요. 여긴 회사도 아니잖아요."

"에이, 그래도……."

"전 여러분과 재미있는 시간 보내고 싶어서 따라왔어요. 1박 2일 동안은 다른 팀원들처럼 편하게 대해 주세요."

차준의 진심 어린 부탁은 사람들의 경직된 마음을 느슨해지게 만들었다.

하지만 다른 이들이 모두 긴장을 풀었다고 하더라도 나봄은 좀처럼 불편한 기색을 가라앉히지 못했다.

그녀에게 차준은 높으신 직장 상사이기 이전에, 애매한 관계가 되어 버린 전남친이었으니까.

"유리 씨! 쌈장 없다고 했죠? 제가 내려가서 사 올게요!"

차준이 왜 이곳을 찾아왔는지 누구보다 잘 아는 나봄은 그가 다른 사람들 앞에서 자신을 부르기 전에, 서둘러 이 공간을 벗어나기로 했다.

두 사람의 미묘한 기류를 알아채지 못한 유리는 마침 반갑다는 듯 흔쾌히 회사 카드를 내밀었다.

"그래 주면 저야 고맙죠! 부족하지 않게 넉넉히 부탁해요."

"다른 거 또 필요한 건……."

"아, 쌈장만 있으면 될 것 같아요."

"네! 그럼 얼른 다녀오겠습니다!"

나봄은 그녀에게 살짝 고개를 숙이고는 신발장 쪽으로 다가섰다. 아직 자리를 뜨지 않은 차준의 시선은 그녀에게 내려앉아 있었지만, 나봄은 신경 쓰지 않으려 애를 썼다.

그를 스치는 순간 포근한 향기가 코끝을 간지럽히더라도. 나른하게 흘려 나오는 숨소리가 마음을 달아오르게 하더라도.

"잠시만 지나가겠습니다."

그의 옆을 스쳐 지나가며 나봄이 낸 목소리는 그녀답지 않게 딱
딱했다. 그게 무리하는 모습이라는 걸 알고 있는 차준은 남몰래 옅
은 한숨을 내쉬었다.

하지만 아무리 그녀가 자신을 밀어낸다 하더라도, 이 문제를 해
결하기 위해 여기까지 따라온 이상 물러설 수는 없는 법.

차준은 살짝 굳었던 입꼬리를 억지로 올려, 남아 있는 팀원들에
게 물었다.

"혹시 지금 아이스크림 먹고 싶은 사람?"

"본부장님이 사 주시는 건가요?"

"당연하죠. 이렇게 도착하자마자 쉬지도 못하고 고생하는데 이
정도는 해드려야지."

"감사합니다! 본부장님!"

"사 주신다면 맛있게 먹겠습니다!"

다행히 그들 중 차준의 호의를 거절하는 사람은 없었다.

계속 도망치기만 하는 그녀에게 이렇게라도 다가갈 건수를 만든
차준의 눈에 안도의 눈웃음이 어렸다.

*　　　*　　　*

저벅 저벅 저벅―

마트로 향하는 통로, 몇 발자국 뒤에서 따라오는 발소리가 나봄

의 신경을 거슬렀다. 아까부터 일정한 거리를 두고 나봄을 쫓아오는 발소리는 누가 봐도 차준의 것이었다.

도무지 무시할 수가 없는 그의 존재감은 양같이 순한 나봄도 욱하게 만들었다.

은근히 멀어지려고 해도 뜻대로 되지를 않으니, 다가오지 말아 달라고 대놓고 딱 잘라 얘기하는 수밖에 없잖아.

나봄은 규칙적으로 움직이던 두 발을 우뚝 멈춰 세웠다.

그리고 천천히 몸을 돌려 뒤따르던 차준의 얼굴을 마주했다.

그녀를 따라 걸음을 멈춘 차준은 이제야 자신을 봐 주는 그녀를 향해 싱긋 미소부터 지어 보였다.

바로 이 천연덕스러운 눈웃음.

이거 때문에 몇 번이고 무너질 뻔했던 나봄은 목소리에 힘을 실어 단호하게 얘기했다.

"본부장님, 드릴 말씀이 있어요."

"잘됐네요. 나도 할 말이 있어요."

그러자 곧바로 돌아오는 차준의 대답은 나봄을 당황하게 만들었다. 같이 대화할 생각은 없는데 차준은 그녀에게 마음 약해지는 말을 또 꺼내 놓을 모양인가 보다.

그러나 나봄은 굳게 마음먹은 대로 먼저 제 얘기를 시작했다.

"제가 곰곰이 생각해 봤는데요. 우리 더 이상 과거에 연연해선 안 될 것 같아요."

"……."

"한 번 깨진 컵은 또 깨지기 쉽다는 말이 있잖아요. 아무리 예전

감정이 떠오르더라도 우리 사이를 그때로 되돌리는 건 쉬운 일이
아니에요."

"……."

"그러니까…… 조심해 주셨으면 좋겠어요. 회사에선 특히."

평소엔 버릇처럼 더듬던 말이 이번엔 한 번도 꼬이지 않고 차분
하게 흘러나왔다. 그의 앞에선 금방이라도 눈물을 쏟아 낼 것처럼
일렁이던 목소리도 오늘은 흔들리지 않았다.

그에게 전하고 싶은 마음을 성공적으로 끝낸 나봄은 또렷한 눈
동자를 차준에게 두었다.

항상 울렁대던 그녀의 마음은 용케 태연했다. 다른 때와 달리 씁
쓸하게 굳어 있는 차준의 표정을 마주하기 전까진.

"……."

"기분…… 나쁘게 해드렸다면 죄송해요."

심상찮은 낌새를 느낀 나봄은 곧바로 그에게 사과를 건넸다. 누
군가에게 칼같이 구는 게 어려웠던 그녀는 자신이 너무 심하게 말
한 건 아닌가 걱정스러워졌다.

하지만 굳어 버린 차준의 입술 새로 흘러나오기 시작한 목소리
는 그 어느 때보다 뜨겁고 흐렸다.

"그래, 내가 깨트렸어……."

"네?"

"깨트리고 나서 얼마나 많이 날 원망했는지 몰라."

나봄에게 머물러 있던 차준의 시선이 바닥으로 힘없이 내려앉았
다.

좀처럼 그녀 앞에서 보이지 않았던 모습에 나봄의 눈동자가 여리게 떨려 오기 시작했다.

"하지만 나한텐 깨졌던 컵이라서 더 소중해. 다신 같은 일이 되풀이되지 않도록 평생 손에 쥐고 내려놓지 않을 자신도 있어."

"……."

"그러니까 내 앞에서 그런 표정 짓지 마."

"……."

"널 다시 놓쳐 버릴 것 같아서…… 너무 불안해."

이윽고 차준이 꺼내 놓는 말은 멀어지지 말아 달라는 부탁이었고 만회할 기회를 바라는 애원이었다. 불안하다는 그 감정 표현은 나봄도 놀랄 만큼 솔직했다.

그런 그에게 나봄은 또다시 흔들리기 시작했지만 이번에는 굳이 기를 쓰고 수습하려 하지 않았다.

그녀는 지금 그가 방금 전 어렵게 보여 준 진심에 대해 마찬가지로 어렵게 고민하고 있다.

울컥 치솟는 아린 감정을 소화시킬 수 있을까. 받아들인 뒤에 남은 상처들 때문에 아파하지 않을 수 있을까.

그의 말처럼 우리의 관계가 다시 서로에게 소중해질 수 있기나 할까.

"미안해."

"……."

"널 떠났던 건 내 인생 최악의 실수였어."

한 번 더 흘러나온 차준의 사과는 끝없이 반복되는 나봄의 물음표에 마침표를 찍어 주었다.

사실 그의 속마음을 엿보기 한참 전부터 알고 있었으나 인정하지 않고 있었던 진실.

그녀는 그를 미워하지 못한다. 이건 달이 지구를 떠나지 못하는 이유와 같다.

절친 소라의 조언대로 아등바등 멀어져 보려 하지만 결국 그 사람의 인력에 힘없이 딸려가 버리는걸.

"하아……."

나봄은 긴 한숨을 내쉬었다. 그러고선 조용히 고개를 들었다.

"매점…… 같이 갈래요?"

이윽고 흘러나오는 말은 조심스럽게 차준을 다시 받아들이겠다는 뜻이었다.

굳게 닫혀 있던 그녀의 가슴이 다시금 출입을 허락한 순간, 그제야 차준은 꽉 막혀 있던 숨을 내쉬었다.

캄캄하던 눈앞에 빛이 보였다.

그 빛만 바라보고 걸음을 옮기면 어떤 광경이 펼쳐지든 행복할 수 있을 것만 같았다.

*　　　*　　　*

"대체 E동이 어디야……."

우드레일 워크숍이 진행되는 리조트 주차장.

태오의 까만 차는 그 넓은 곳을 몇 바퀴째 빙빙 돌고 있었다.

다른 건 다 잘하지만 길 찾는 데에는 영 소질이 없는 태오는 리조트 E동의 위치를 알려 주는 표지판 하나도 제대로 보지 못했다.

그래서 이상한 길로 접어들어 버린 탓에.

"아, 왜 운동장이 나와."

지금 도착한 곳은 숙박 건물들과 가장 동떨어진 잔디 구장.

태오의 미간에 깊은 주름이 팼다.

이런 쓸데없는 일로 시간을 버리는 사이에 두 사람의 진도는 어디까지 진행되어 있을지도 모르는데, 휴대폰 내비게이션은 계속 목적지에 도착했다는 말만 할 뿐 그들이 있는 곳을 알려 주지 않는다.

"후우……."

이미 스트레스가 극에 달한 태오는 깊은 한숨을 내쉬었다. 하지만 성질대로 때려치울 수는 없어서 다시 운전대를 붙잡아 보던 그 순간.

"다들 이리 와서 아이스크림 하나씩 가져가시죠!"

"와, 본부장님! 감사합니다!"

속을 박박 긁어 놓는 재수 없는 목소리가 들려왔다.

두 눈을 가늘게 뜨고 잔디 구장 쪽을 살펴보니, 옹기종기 모여 있는 현장팀원들 사이에서 가장 해맑은 미소를 짓고 있는 건 역시 선우차준 본부장이었다.

몇 발자국 뒤에서 따라 걷는 나봄 또한 상상했던 것처럼 두 뺨이 불긋불긋하다.

"내가 이럴 줄 알았지."

태오는 불만 가득한 혼잣말을 내뱉으며 잔디 구장 근처에 차를 세웠다. 그리고 차 문을 열고 분에 찬 걸음을 내딛었다.

지금 그가 원하는 것은 단 하나, 방해꾼이 없어 마냥 행복한 그들에게 모래알 같은 불편함을 선사하는 것.

얼핏 보기엔 집착처럼 보이겠지만 엄연히 다른 문제였다.

단태오는 한나봄을 얻고 싶은 게 아니라, 한나봄 옆에 선우차준을 두고 싶지 않은 것이었으니까.

"좋은 날 다 지나간 줄 알아라."

태오는 이를 바득바득 갈며 잔디 구장 안으로 들어섰다. 야외 레크리에이션을 하려는 모양인지 팀원들은 프로그램 준비에 여념이 없는 모습이었다.

태오가 기억하기로 가장 첫 번째로 할 프로그램은 두 명이서 짝을 지어 손을 잡고 달리는 '커플 레이스'.

아니나 다를까. 차준이 해맑게 웃으며 나봄의 손목을 잡았다.

돌아가는 꼬락서니를 보니 아무래도 둘이 한 팀이 되어 움직일 생각인 듯했다.

분명 파트너는 제비뽑기로 정하기로 했을 텐데. 저게 바로 권력 남용이라는 건가.

순간 태오의 머릿속에 떠올리기만 해도 열 뻗치는 상황이 영화처럼 펼쳐졌다.

'저 넘어질 것 같아요! 차준 오빠!'

'걱정 마, 내가 꼭 끌어안아 줄게.'

'어머! 오빠 품은 정말 따듯하네요!'

'영원히 안겨 있어도 돼. 너라면······.'

꼭 껴안은 두 사람의 모습을 상상했을 뿐인데 태오의 분노는 활활 불타오르기 시작했다.

지구 종말이 온다 하더라도 저 둘이 붙어 있는 꼴은 못 본다.

굳은 결심을 한 태오는 온 힘을 다해 너른 잔디 구장을 달리기 시작했다.

"제비뽑기해! 제비뽑기하라고!"

그는 저 멀리서부터 고래고래 소리를 질러 댔지만 자기들끼리 떠들고 있는 현장팀원들은 아무도 그를 신경 쓰지 않았다.

그사이 차준과 나봄은 레크리에이션 진행자 김 대리의 지시를 따라 레이스 시작점에 섰고, 태오의 머릿속은 온통 둘을 멈춰야 한다는 생각만으로 뒤덮여 버렸다.

"형아! 이쪽으로 패스해!"

"알았어! 잘 받아야 돼!"

그때 마침 태오의 눈에 들어온 건 꼬마 아이들이 가지고 노는 축구공.

"자! 간다!"

태오의 반 토막만 한 아이가 제 동생에게 축구공을 넘겨주던 순간.

"응!"

그보다 더 작은 동생이 두 눈을 반짝이며 형의 공을 마중 나가던 찰나의 순간.

이성보단 본능을 따르고 있던 태오는 긴 다리를 거침없이 휘둘렀고.

"제비뽑기! 이것들아!"

뻐엉—!

뒷일을 생각할 겨를도 없이, 마침 제 앞으로 다가온 축구공을 팀원들이 몰려 있는 쪽으로 냅다 걷어차 버렸다. 무서운 속도로 날아가는 축구공은 마치 장갑차에서 발사된 대형 포탄 같았다.

"응? 뭐 날아오는데?"

그제야 단태오가 쏘아 올린 작은 공을 발견한 김 대리는 출발 호루라기를 불려다 말고 멈추었다.

그건 태오가 원하던 결과였으나 사냥감을 발견한 독수리처럼 매섭게 날아간 축구공이 어째 불안한 각도로 떨어진다 싶더니.

"아악!"

결국 애꿎은 김 대리의 머리를 강타해 버린 것까지는 결코 바란 적이 없던 뜻밖의 사고였다.

머리를 붙잡고 쓰러진 김 대리를 확인한 태오의 심장이 철렁 내려앉았다.

"어머! 뭐야! 김 대리님, 괜찮으세요?!"

"세상에! 어떤 놈이 축구공을……! 어머, 단 팀장님……?"

"뭐? 단 팀장님이 오셨다고?"

최대한 자연스럽게 합류하고 싶었건만 요란하게 등장해 버린 지금.

"아저씨 뭐예요! 우리 공 내놔요!"

"아빠한테 이를 거야! 으아아앙!"

설상가상으로 공을 빼앗긴 아이들이 태오의 옷깃을 붙잡고 늘어지기 시작했다.

"아, 진짜……."

태오는 허탈한 한탄과 함께 애먼 곳으로 고개를 돌려 버렸다.

지금 내가 원하는 것은 단 하나.

쥐구멍이라도 있었으면 좋겠다. 토끼처럼 동그래진 눈동자로 나를 쳐다보는 너의 눈앞에서 완벽하게 사라질 수 있게.

"세상에! 어떤 놈이 축구공을……! 어머, 단 팀장님?"

"뭐? 단 팀장님이 오셨다고?"

뜻밖의 손님이 갑작스레 등장했다.

그의 존재를 쉽사리 믿을 수 없었던 팀원들은 멍한 표정으로 천천히 다가오는 태오를 바라보았다.

"김 대리님…… 괜찮습니까?"

오자마자 본인이 때려눕힌 김 대리의 안위부터 물어보는 이 남자는 요리 봐도 조리 봐도 누가 봐도 단태오.

같이 가자고 애걸복걸 매달려도 딱 잘라 싫다고 거절했던, 불도저급 마이웨이 단태오 팀장.

"단, 단 팀장님?"

가까스로 정신을 차린 김 대리의 눈이 귀신이라도 본 듯 휘둥그레졌다. 그도 그럴 것이, 단태오가 단체 행사에 참여한 건 입사 때 오리엔테이션이 전부였다.

"드디어…… 우리 팀원들이랑 화합을 하시러 오신 겁니까?"

그래서 아픈 와중에도 감동을 담아 묻자, 태오는 머쓱했는지 애먼 곳으로 시선을 돌리며 대답했다.

"……서프라이즈 이벤트입니다."

"와아, 살다 보니 이런 일이!"

그의 이런 모습을 본 적 없던 김 대리의 얼굴에 화색이 감돌았다. 그러자 다른 팀원들도 하나둘씩 놀란 가슴을 추스르고 태오의 합류를 반기기 시작했다.

"잘 오셨어요! 단 팀장님!"

"올해도 팀장님이랑 못 친해지는 줄 알고 얼마나 섭섭했는데요!"

"팀장님! 우리 재미있게 놀아요!"

하지만 모두가 들뜬 분위기에서 오직 한 사람, 차준만은 깊은 한숨을 내쉬었다.

"하아……."

오늘은 눈에 좀 안 띄나 했더니, 여기까지 따라온 걸 보면 오늘도 어김없이 신경을 자극할 모양인가 보다.

"단, 단태오? 너 안 온다고 들었는데……."

그의 등장에 당황한 건 나봄도 마찬가지였다.

"다시 가?"

"으, 응? 아니, 그건 아니고……."

그녀는 딱히 반기는 눈치가 아니었지만 태오는 애초부터 그런 것 따윈 아무래도 좋았다. 아까까지만 해도 나봄을 꼭 붙잡고 있던 차준의 손이 어느새 떨어져 있는 것만으로도 여기까지 내려온 목적의 절반은 이루었다.

어수선했던 상황이 어느 정도 정리되자 태오는 넘어진 김 대리를 일으켜 주며 단도직입적으로 말했다.

"그 뭐냐…… 손 잡고 달리는 거 하려는 모양인데, 제비뽑기 다시 하죠. 나 합류했으니까."

난데없이 끼어들어 왜 이리 적극적으로 참여하려는 건지.

모두가 태오를 반기느라 정신이 없는 와중에도 유리만큼은 의문점을 감출 수 없었다.

유리가 아는 단태오라는 사람은 언제나 사무적으로만 지내 오던 팀원들에게 서프라이즈 이벤트를 열어 줄 사교성도, 스스로 게임에 참여할 적극성도 없었다.

"단 팀장, 너 워크숍 같은 건 절대 안 온다며 여긴 어쩐 일이야?"

그래서 태오에게 팔짱을 끼며 은근슬쩍 작은 목소리로 물으니.

"보면 몰라? 친목 다지러 왔다."

"니가?"

더욱 탐탁지 않은 대답이 되돌아왔다. 유리의 눈에 어린 의심이 한층 더 짙어졌다.

하지만 태오는 그녀의 손을 팩 떼어 내 버리고 박수까지 짝짝 치며 게임을 진행시켰다.

"자, 빨리 제비뽑기 다시 합시다."

"아! 다른 사람들은 벌써 다 뽑았고, 본부장님은 특별권한으로 파트너 선정한 거예요!"

"게임에 특별권한이 어디 있습니까. 여기가 무슨 왕권 시대도 아니고."

그리 말하며 태오는 날카로운 시선을 차준에게 고정시켰다.

그러자 차준은 사람 좋은 미소를 입가에 퍼트리며 최대한 감정이 드러나지 않는 부드러운 목소리로 말했다.

"여기까지 오느라 힘드셨을 텐데 단 팀장님은 첫 게임 쉬시지 그러세요."

내 걱정해 주는 척하기는.

태오는 뒤틀리는 심사를 애써 숨긴 채 차준의 말을 받아쳤다.

"정 시간 아까우면 뒤늦게 합류한 저랑 특별권한 사용한 두 분만 다시 뽑죠. 한 명은 깍두기로 남고, 나머지 둘이 같이 뛰는 겁니다."

거역하면 큰일 날 듯한 단태오의 단호한 태도.

김 대리는 하는 수 없이 다른 사람들이 쓴 제비뽑기 패 중에 네 장을 골라 통 안에 집어넣었다. 그리고 분위기가 더 싸해지기 전에 서둘러 세 사람만의 제비뽑기를 진행시켰다.

"자, 자! 뜻밖의 선수가 추가된 관계로 제비뽑기를 남은 세 분만 다시 하겠습니다! 같은 숫자가 나온 사람들끼리 이인삼각 레이스 파트너가 되는 겁니다!"

순간 태오의 입가엔 만족스러운 미소가 어렸으나, 차준의 눈동자는 급속도로 차가워지고 말았다.

단순 무식한 단태오에게 더는 휩쓸리고 싶지 않은데, 그는 매끈한 도로 위 과속방지턱처럼 턱턱 걸려 들어온다.

"본부장님부터 뽑으시죠. 하하."

두 남자 사이에 흐르는 미묘한 기류를 아는지 모르는지.

김 대리가 차준에게 먼저 제비뽑기 통을 내밀었다.

차준은 억지로 입꼬리를 들어 올려 미소로 화답했고, 태오에게 날 선 눈동자를 고정시킨 채 곱게 접힌 종이 한 장을 뽑아 들었다.

평소에도 워낙 운이 좋은 편이니 나봄과 한 팀이 될 자신은 충분히 있었다.

이제 남은 일은 홀로 버려진 단태오 앞에서 당당하게 나봄을 독차지하는 것뿐.

"1이 나왔네요."

뽑은 종이를 펼쳐 본 차준이 싱그럽게 웃으며 말했다.

"네, 선우차준 본부장님은 1번을 뽑으셨답니다! 다음 차례는 어떻게 여기까지 왔는지 모를 단태오 팀장님!"

김 대리는 불필요한 수식어를 붙여 가며 태오에게 운명의 제비뽑기 통을 넘겼다.

태오는 그런 김 대리를 노려보며 통 안에 손을 집어넣었다.

차준이 1번을 뽑았다고 하니, 그가 뽑아야 할 숫자는 1이 아닌 다른 숫자.

'제발. 아무리 운이 지지리 없는 나라도 제발 이번만큼은 한 건 해 보자, 좀.'

남몰래 간절한 소원을 빌고 나서야 태오는 남은 종이 두 장 중 하나를 집었다.

맨질맨질하고 어딘지 모르게 따듯한 온기가 어려 있는 게, 지금 이 패가 나봄과 연결된 패라고 말해 주는 듯했다.

"난 이거. 이걸로 하겠습니다."

태오는 비장한 음성과 함께 잡은 종이를 꺼내 들었다. 그리고 자신은 확인하지도 않고 모두가 주목하는 가운데, 당당히 자신의 패를 펼쳐 보였다.

"와! 정말 안 어울리는 조합이군요!"

지금 김 대리의 반응으로 봐선 다른 숫자가 분명해. 다른 사람들이 입 모아서 나랑 안 어울린다고 말하는 사람은 한나봄 한 사람밖에 없어.

슬픈 진실은 이번만큼은 희망이었다. 그래서 단태오답지 않은 수줍은 미소까지 지어 보이려던 그때.

"단태오 팀장님도 숫자 1을 뽑았군요! 이로써 본사의 꽃미남 선우차준 본부장님과 현장팀의 슈퍼 모델 단태오 팀장님이 한 팀으로 뛰게 되었습니다!"

"뭐……?"

"참고로 이 파트너는 커플 레이스 다음으로 이어질 빼빼로 게임까지 같이해야 하는 거 아시죠?"

믿기지 않는 결과가 김 대리의 입에서부터 터져 나왔다.

당황한 태오는 귓가에 들리는 번호를 쉬이 믿지 못하고 불쾌한 눈빛으로 종이를 확인했다.

까만색 사인펜으로 곧게 휘갈겨진 숫자는 아무리 봐도 '1'. 선우차준이 들고 있는 종이와 똑같은 모양으로 쓰여진 '1'.

"미치겠네……."

현실을 깨달은 태오는 자신도 모르게 한탄을 내뱉었다.

그리고 불안한 시선을 그대로 차준에게 고정시키니, 만만찮게 거친 눈빛을 쏘아 보내며 차준이 물었다.

"이제…… 원하는 대로 되셨나요?"

"아…….."

"나랑 손잡는 것도 모자라서 빼빼로까지 물게 생겼네요."

고개를 끄덕일 수도, 저을 수도 없게 된 태오는 입술을 꼭 깨물었다.

차라리 나봄과 차준이 한 팀이 되었더라면 죽도록 인정하기 싫더라도 제 불운을 탓하며 받아들일 수 있었는데, 선우차준과 딱 붙어 뭘 같이 해야 하는 건 인정할 수도 받아들일 수도 없는 고문이었다.

결국 이 상황에서 태오가 할 수 있는 건 방금 전의 적극적인 모습이 무색할 만큼 뻔뻔하게 도망치는 것뿐.

"차에 두고 온 게 생각났습니다."

"네?"

"달리기는 여러분들끼리 하시죠."

태오는 일방적인 작별 인사와 함께 서둘러 그들에게서 벗어났다.

순간 팀원들의 표정에는 의아함과 아쉬움이 동시에 어렸으나, 차준의 미소는 더욱 더 깊어졌다.

태오가 빠졌다면 나봄은 다시 그의 파트너가 될 테니.

"단 팀장님이 빠지셨으니 전……."

하지만 어쩔 수 없는 상황을 핑계로 대기도 전에.

"저기…… 그래도 저 깍두기 맞죠? 달리기를 너무 못해서 괜찮다면 구경만 하고 싶은데."

가까스로 피한 달리기를 다시 해야 할까 봐 겁내는 나봄의 목소리가 들려왔다. 생각해 보면 고등학교 시절에도 체육 수업을 질색하던 그녀였다.

그 사실을 떠올린 차준은 함께하고자 하는 욕심보다, 보드라운 그녀의 손을 잡고 싶단 마음보다, 불안해하는 그녀를 달래 주어야겠다는 생각이 더욱 커졌다.

"저도 물 좀 마시고 오겠습니다. 파트너도 사라졌으니 이번 프로그램은 쉬어야겠네요."

그래서 태오를 따라 물러난 걸음.

안도의 한숨을 내쉬는 나봄의 모습은 퍽 아쉬웠고, 그럴수록 꼴 뵈기도 싫어지는 건 모든 걸 망쳐 놓은 단태오였다.

사사건건 들이받는 그를 상종하고 싶은 생각은 없다. 무서워서가 아니라 더러워서, 차준은 끝까지 무시해 줄 작정이다.

우린 싸움이 되지 않는다는 걸 단태오 스스로 깨달을 때까지.

* * *

동료애 상승을 위한 커플 게임이 모두 지나가고, 마지막 프로그램만이 남았을 즈음.

"단 팀장님 돌아오셨네요! 게임 거의 다 끝났는데!"

"업무 전화가 와서요."

파트너로부터 피신해 있던 단태오가 뻔뻔하게 돌아왔다. 그런 그에게 유리는 대놓고 눈부터 흘겼다.

"넌 열심히 다 할 것처럼 굴더니 어딜 갔다 이제 와?"

"바이어랑 통화하고 왔다니까."

"통화는 무슨. 내가 계속 전화했을 때마다 통화연결음 잘만 가더라."

유리의 날카로운 질책에 대해선 태오도 딱히 반박할 거리가 없었다. 그래서 애꿎은 곳으로 시선을 돌려 버리던 차에.

"나봄 씨, 물 마실래요?"

"아, 제가 가지고 올게요, 본부장님!"

"앉아 있어요. 내가 다녀올게."

전보다 화기애애해진 것 같은 나봄과 차준의 모습이 그의 눈에 들어왔다. 정말 언제 봐도 적응 안 되게 꼴사나운 광경이었다.

하지만 이번에도 아까처럼 달려들어 난리를 쳐 놓을 수 없었던 태오는 유리에게 탐탁지 않은 목소리로 물었다.

"저 둘은 언제부터 저러고 있어?"

"원래부터 사이좋았잖아. 곧 사귈 분위기던데, 뭐."

"말이 되는 소리를……! 프로젝트가 장난이야? 누구 연애질하라고 벌여 놓은 판인 줄 알아?"

"물어봐서 사실대로 대답해 준 건데 왜 성질이야? 단태오, 요즘 너 정말 이상해."

니가 저 재수 없는 선우차준의 눈웃음을 봐. 성격 안 이상해지게 생겼나.

곧바로 털어 내고 싶은 대답은 너무 속이 비칠까 봐 참았다. 대신 싱그럽게 웃고 있는 나봄의 얼굴만 서러운 마음을 가득 담아 바라보고 있자.

"단태오 팀장님! 어디 갔다가 이제 왔어요! 걱정했잖아요!"

레크리에이션 진행자 김 대리가 아까 제비뽑기 때 썼던 통을 들고 태오에게 다가왔다. 그 통에서 이미 한 번 불운을 경험했던 태오는 경계심 어린 눈빛으로 대꾸했다.

"그건 또 왜 내미시는 겁니까?"

"마지막 게임 시작하려구요. 여기서 키워드를 뽑아서 거기 해당되는 사람을 데리고 결승선까지 골인하는 겁니다. 대리들끼리의 피 튀기는 레이스예요."

"피 튀기는…… 뭐요?"

"팀장님은 당연히 출전하실 거죠? 팀장님도 직함은 팀장이지만, 직위는 대리니까."

김 대리는 의욕에 불타 말했지만 태오는 별 감흥이 없었다. 선우 차준이 계속 눈에 걸리는 이상, 뭘 할 기분도 아니었고.

"안 합니다. 피 튀기는 거 싫어합니다."

그래서 단칼에 거절하자 김 대리는 시무룩한 표정을 지어 보였다.

"그래도 이왕 오신 거, 하나는 참여하지 그러세요."

"어차피 제가 또 1등할 것 같아서 빠져 주는 게 예의인 듯싶습니다."

"그건 그렇지만……."

"그게 뭐예요? 또 제비뽑기 게임 하는 건가요?"

바로 그때.

물병 두 개를 손에 든 차준이 그들에게 다가와 호기심을 내비쳤다. 반응 없는 태오에게 질린 김 대리는 곧바로 차준을 향해 몸을 돌려 룰을 설명했다.

"키워드 레이스라고 해서, 키워드에 해당되는 사람을 결승점까지 데리고 오는 겁니다. 대리들끼리의 경쟁이죠."

"키워드? 궁금한데 하나만 펼쳐 봐도 돼요?"

"아, 그러시죠. 보면 감이 오실 거예요."

천진난만한 미소를 머금은 차준이 통 안에 손을 넣었다.

태오는 뭘 하든 좋으니 제발 내 앞에서 이러지 말라는 뜻으로 미간에 잡힌 주름을 풀어 내지 않았다.

하지만 아랑곳 않고 종이 한 장을 뽑아 든 차준은 이내 내용을 펼쳐 읽고는 싱그러운 눈웃음을 지어 보였다.

또 뭔 꿍꿍이가 생긴 건지, 라고 생각하는 순간.

"저도 이 레이스 참가해도 되나요? 대리는 아니지만."

차준이 손에 들린 쪽지를 꼭 쥐며 의미심장한 대답을 꺼내 놓았다. 예리한 촉이 곤두선 태오의 눈빛이 예리하게 번뜩였다.

"당연하죠! 안 그래도 여쭤 보려고 했습니다! 하하!"

하나 아무것도 모르는 김 대리는 화색이 된 얼굴로 차준의 참가를 반겼다.

"재미있겠네요."

살랑살랑 손까지 흔들어 가며 멀어지는 걸 보니 속은 뒤틀리는데 저 걸음을 멈출 방법은 없고.

"나봄 씨, 여기 물."

"고맙습니다."

"그리고 있잖아요. 이따 내 눈에 잘 보이는 데 서 있어요."

"왜요?"

"그냥."

그가 뽑은 키워드를 보지는 못했지만 나봄에게 하는 말을 보니 대충 알 것 같긴 하고.

그렇다면 태오가 할 수 있는 선택은 단 하나였다.

'니가 하면 나도 한다.'

"김 대리님, 잠깐."

태오는 떠나려는 김 대리를 붙잡아 통 안에서 종이 한 장을 뽑았다. 그러나 차준처럼 굳이 펼쳐 보지는 않았다.

어차피 무슨 키워드를 뽑았든지 간에 그가 붙잡을 사람은 한나 봄 한 사람이었다.

"자자! 대리님들! 그리고 본부장님! 레이스 시작합니다! 모두 스타트라인에 서 주세요!"

이윽고 시합을 알리는 김 대리의 쾌활한 목소리가 들려왔다. 그 즉시 움직이는 참가자는 총 여섯 명이었으나, 진짜 피 튀기는 경쟁을 준비하는 참가자는 단둘뿐이었다.

나봄에게 가벼운 손 인사를 건네며 스타트라인으로 향하는 선우 차준과 세상을 구할 용사와 같은 표정으로 발걸음을 떼어 내는 단 태오.

"단 팀장님은 흥미 없다고 하시지 않으셨나요?"

잔디 구장에 나 있는 하얀 선 앞에서 차준이 와이셔츠 소매를 걷어 올리며 태오에게 물었다.

태오는 한쪽 입꼬리를 들어 올려 노골적인 비웃음을 지어 보였고, 까칠한 목소리로 대답했다.

"저도 괜찮은 키워드를 뽑아서 말입니다."

"......"

"딱 한 명, 해당되는 사람이 있거든요."

그건 차준을 도발하기 위해 내뱉은 말이었다. 그러나 차준은 조금도 휘둘리지 않은 태연한 표정으로 즐거운 듯 대꾸했다.

"단태오 팀장님의 유일한 사람이라면 누군지 알 것도 같은데……."

"그러십니까."

"저 고등학교 때까지 육상부였어요. 단거리 전문이었으니까 긴장하는 게 좋을 거예요."

상큼한 미소와 함께 따라온 경고성 짙은 한 마디.

태오는 마음에 들지 않는다는 눈빛으로 차준을 노려보았다. 차준 역시 웃는 얼굴이 무색할 만큼 차디찬 분위기를 띠고 있었다.

그러나 그들의 미묘한 기류는 팀원들이 눈치챌 수 있을 만큼 노골적이진 않았다.

"왜 저렇게 목숨 건 것처럼 보이지……?"

오직 그들의 관계가 좋지 않다는 걸 어렴풋이 알고 있는 나봄의 눈에만 심상찮게 비칠 뿐.

"난 가장 잘생겼다고 생각하는 사람 데리고 와야 하는데 본부장님 손을 붙잡으면 너무 속이 보일까?"

"본부장님도 레이스 참가하시는데?"

"아, 그럼 제외! 본부장님 다음으로 인물 훤칠한 건 난데…….

"무슨 소리야, 너보단 내가 낫지. 하하하."

시답잖은 잡담을 주고받으며 마지막 레이스에 참전하는 대리들이 일렬로 섰다. 태오와 차준은 그중 가장 끝 라인에 나란히 자리를 잡았다.

그렇게 스타트라인에 모두 모인 다섯 명의 대리와 한 명의 본부장.

다른 사람들은 누굴 데려와야 재미있을까 고민하고 있었으나 차준과 태오는 같은 목표를 노리고 있는 만큼 스피드가 가장 중요했다. 온 힘을 다해 달려가서 나봄의 손을 먼저 잡는 사람만이 이 싸움의 진정한 승리를 거머쥐는 것이었다.

태오는 잔뜩 긴장한 시선을 그늘 아래 앉아 있는 나봄에게 두었고 깊은 심호흡을 내쉬며 심기를 다졌다.

그때.

"한시도 떨어지고 싶지 않은 사람."

"…….

"내 키워드는 그건데…… 단 팀장님은 뭔가요?"

차준이 갑작스러운 실토를 하며 태오의 키워드를 물었다. 애초부터 키워드가 뭔지도 모르고 참가했던 태오는 심드렁한 표정으로 날 선 대꾸를 했다.

"그걸 꼭 밝히고 시작해야 합니까?"

"또 오기 부리는 거 아닌가 싶어서요."

"…….

"단 팀장님이 말도 없이 여기까지 내려온 이유도 날 훼방 놓기 위해서 아니었나요?"

그리 말하는 차준의 목소리엔 한기가 어려 있었다.

하지만 태오는 조금도 신경 쓰이지 않는다는 듯, 단도직입적으로 자신의 의도를 드러냈다.

"오기 부리는 거 맞고, 훼방 놓는 거 맞습니다."

"……."

"그러니까 무슨 키워드가 나오든 전 한나봄한테 갑니다."

선전포고를 들은 차준의 눈동자에 거센 불이 붙었다. 이렇게 노골적인 경쟁 상대는 참 오랜만이었던지라 그의 마음속에선 왠지 모를 희열까지 차오르기 시작했다.

"재미있겠네요."

간단한 그 반응을 끝으로 차준은 멀리 떨어진 나봄을 주시했다.

태오는 그런 차준을 노려보다가 그제야 이내 아직 보지 못한 쪽지를 남몰래 꺼내 보았다.

상종하기 싫은 사람, 전생에 원수졌던 것 같은 사람, 첫 인상이 가장 안 좋았던 사람.

아무리 부정적인 키워드가 나온다 하더라도 상관없었다. 수습이 되든 안 되든 태오는 단 1초라도 먼저 그녀에게 닿을 작정이었다.

하지만 이윽고 그의 눈동자에 읽혀 들어온 가지런한 글씨는 이런 각오를 모두 헛것으로 만들어 버리기에 충분했다.

[남몰래 짝사랑하고 있던 사람.]

너무 진심과 일치해서 오히려 다가갈 수 없게 만드는 명령어.

"아……."

그걸 확인한 태오의 숨이 한순간에 멎어 버렸다.

벌써부터 심장이 터질 듯이 뛰는 게……. 이대로 여기서 한 발자국도 움직이지 못할 것 같은 기분이다.

"자, 모두들 준비!"

"……."

"단 팀장님! 준비라고요, 준비!"

"……."

"단 팀장님?"

그래서 심판을 맡은 팀원의 재촉에도 불구하고, 종이쪽지에 두 눈동자만 고정시킨 채 아무것도 하지 못하고 있자.

"나오면 안 될 키워드라도 나왔어요?"

차준이 특유의 나른한 목소리로 물었다. 입가에 어린 부드러운 미소는 흐려졌던 정신도 다시 곤두서게 만들었다.

"……아닙니다."

덕분에 혼란스러운 마음을 다잡은 태오는 스타트라인 앞에 선 다른 사람들처럼 달릴 준비를 했다.

한 발을 앞으로 내밀고, 상체를 숙이고.

시선을 오직 한 사람, 나봄에게 고정시키자 머릿속에 각인되어 버린 키워드가 더욱 선명해졌다. 안 그래도 긴박함에 빨리 뛰던 심장은 이제 곧 밖으로 튀어나올 것만 같다.

'애초부터 키워드는 중요한 게 아니었어. 무조건 내가 먼저 닿아

야 돼.'

가진 게 오기뿐인 태오는 무너질 뻔했던 각오를 억지로 다졌다.

그사이 심판 팀원은 들고 있던 호루라기를 입에 물었고 온 힘을 다해 숨을 내뱉었다.

휘익―!

요란한 출발신호와 함께 여섯 명의 참가자들이 본격적으로 내달리기 시작했다. 다른 이들의 방향은 제각각이었으나, 차준과 태오가 향해 가는 곳은 정확히 일치했다.

아무것도 모른 채 그늘막에 앉아 쉬고 있는 한나봄.

두 사람은 지금 그녀에게 달려가고 있다. 늘 손에 잡힐 듯 잡히지 않았던 그녀를 오늘만큼은 확실히 붙잡아 볼 작정이다.

고등학교 시절, 육상부에 몸담았던 차준은 단연 눈에 띄게 빠른 속도를 내고 있었다. 그러나 운동신경이라면 누구에게 뒤처진 적이 없던 태오도 만만치는 않았다.

차준이 겨우 앞서가는가 싶으면 금세 따라붙고, 다시 앞서는가 싶으면 다시 따라붙는 게 집념 하나는 인정할 수밖에 없었다.

멀리서 보면 더욱 우위를 가릴 수 없는 두 남자의 레이스.

"나봄 씨, 저기 두 사람 나봄 씨한테 오는 것 같은데?"

"네?"

나봄의 곁에 앉아 한가로이 경기를 구경하고 있던 한 팀원이 흥미로운 표정으로 말했다.

그제야 나봄은 신발코에 붙어 있던 나뭇잎에서 관심을 떼어 내고 잔디 구장 쪽으로 눈길을 두었다.

"저…… 한테요?"

"응, 확실해. 얼른 마중 나가 있어."

"아잇."

팀원은 뜻밖의 전개가 재미있는지, 나봄의 어깨를 막무가내로 떠밀었다.

당황한 나봄은 그대로 소심한 걸음을 옮겨 맨 앞쪽까지 진출했고 달려오는 두 남자의 시선이 닿는 곳에 멈춰 섰다.

그와 동시에 태오의 다리에도 더욱 스피드가 붙기 시작했다. 순간적으로 돌진하는 몸이 얼마나 빠른지, 한계를 넘어선 그의 속도는 단거리 레이스에선 한 번도 져 본 적 없던 선우차준도 제쳐 버릴 정도였다.

'반드시 잡을 거야. 지금껏 나에게서 도망치기만 했던 너지만, 오늘만큼은 니가 멀어지기 전에 내가 먼저 닿겠어.'

오랜 시간 묵혀 온 그의 욕심은 이 기회를 틈타 미련 없이 불타올랐다.

차준과의 거리도 점차 벌어지고 있으니 이대로라면 나봄은 태오의 손에 잡히게 될 게 분명했다.

아직 확정되지도 않았는데 벌써 승리를 거머쥔 기분. 그러나 그 반가운 희열을 미처 다 누려 보기도 전에.

'한나봄, 내 말 좀 들으라고!'

'왜, 왜 들어오는 거야! 나가 줘!'

그의 눈앞을 깜깜하게 만드는 기억 하나가 떠올랐다. 아주 잠깐 이지만 나봄이 그의 마음을 눈치챘던 순간, 그녀는 지나칠 정도로 경계심을 띠고 있었다.

　　'너한테 관심 가졌던 적 한 번도 없어.'
　　'뭐?'
　　'정말이야. 너랑 만나기 며칠 전에 딱 2주 사귀고 헤어진 사람 이 있었어.'
　　'그럼…… 허유리 씨가 얘기한 사람이 내가 아니라 다른 사람 이란 소리야?'
　　'생각을 해 봐. 진짜 좋아서 고백했을 리가 없잖아. 너랑 난 모 르는 사이나 다름없었는데.'

그래서 소중하게 품고 있었던 진심을 스스로 깎아내리고, 허물 어 버리고, 무너트리자.

　　'아, 알았어. 오해는 안 할게…….'

그제야 편안해지던 너의 눈빛은 다시 떠올려 봐도 참 잔인했다.
그 순간의 내가 얼마나 서러웠는지, 넌 죽을 때까지 모를 거다.
태오는 어느새 손을 뻗으면 닿을 거리까지 가까워진 나봄과 일 그러진 눈빛을 마주했다.
내가 붙잡아야 할 사람은 한나봄. 키워드에 적힌 남몰래 짝사랑하고 있는 사람도 한나봄.

그래서 손을 뻗어선 안 될 사람 역시 너였다.

나는 영원히 닿지 못할 사람.

'한나봄⋯⋯.'

부르고 싶은 그녀의 이름은 끝내 입술 밖으로 나오지 않았다. 지치지도 않고 내달리던 다리는 어느새 현저히 느려져 버리고, 금방이라도 뻗어 나갈 듯 했던 팔엔 힘이 쫙 풀린다.

그 찰나의 순간 빠르게 태오를 스쳐 지나온 차준은 나봄에게 하얀 손을 내밀었다.

"나봄아!"

"본부장님⋯⋯?"

그녀의 이름을 부르는 목소리는 평소처럼 일말의 망설임도 없었다.

그래서 나봄이 얼떨결에 그의 손길을 받아들이자.

"하아, 하아⋯⋯ 곁에 두고 싶은 사람."

"네?"

"나 지금, 곁에 두고 싶은 사람 찾아온 거야."

차준의 마른 장밋빛 입술 사이로 가쁜 숨과 함께 고백과 다름없는 말이 흘러나왔다. 순간 강아지 같은 나봄의 눈동자는 깜짝 놀랄 만큼 휘둥그레졌다.

"저, 저요?"

"응, 너."

그녀의 흐린 되물음에 확답까지 마친 차준은 결승선을 향해 나봄을 이끌기 시작했다. 앞으로 나아가는 그의 뒷모습은 절대 뒤를 돌아보지 않을 기세로 굳건했다.

다 왔는데. 이번엔 정말 내가 먼저 닿을 수 있었는데…….

결국 잡지 못했다. 그 사람처럼 내 마음을 당당하게 꺼내 보일 자신이 없어서.

홀로 남은 태오는 쓰디쓴 감정을 삼키기 위해 주먹을 꽉 쥐었다.

그리고 뒤늦게 미처 옮기지 못한 세 걸음을 옮겼다. 머지않아 힘없이 멈춰 서 버린 자리는 그녀의 흔적만 남아 있는 공허한 빈자리였다.

태오는 고개를 들었고, 어느새 결승선에 도달한 두 사람을 일렁이는 눈동자로 바라보았다.

그러다 뒤늦게 깨달은 치명적인 사실 한 가지.

지금껏 겁이 많은 그녀가 나를 너무 두려워해서 쉽사리 다가갈 수 없는 건 줄 알았다.

하지만 이제 보니 정말 바보 같을 만큼 겁을 내고 있는 건, 니가 아니라 내 쪽이었다.

나는 너의 시선에 담길 내 모습이, 그걸 보며 생겨날 너의 감정이, 그 감정을 숨기지 못하고 여실히 드러내 버릴 너의 표정이.

정말 죽을 만큼 무서워. 너무 무서워서 한 걸음도 다가가지 못할 것 같아.

그래서 긴 세월 동안, 너에게 내려앉지 못하고 달처럼 빙빙 맴돌기만 해 온 것이겠지만…….

'나는…… 안 돼.'

주제를 제대로 파악한 순간, 태오의 머릿속을 강타하는 결심은 포기였다. 지금껏 수만 번도 넘게 다짐했으나, 한 번도 해내지는 못했던 헛된 꿈.

하지만 그는 오늘도 어김없이 기대를 접었고, 희망을 무너트렸다.

물론 멀리 떨어진 그녀의 실루엣만 봐도 그의 마음은 다시 좀비처럼 살아나겠지만, 그때마다 스스로 부수고 또 부수다 보면 언젠간 보이지도 않을 만큼 작아질 거라고 확신한다.

그때가 되면 나조차도 내 마음을 모르고 살 수 있을 거다.

바라건대…… 아마도.

*　　*　　*

회의 내내 단태오는 표정이 없었다.

그저 메두사와 눈이 마주쳐 굳어 버린 석상처럼 가만히 자리를 지키고 앉아 있을 뿐이었다.

그 모습을 바라보는 유리는 속이 뒤집어지는 듯했다.

마음에 가득 찬 의심은 있는데, 그걸 물어봤자 단태오가 솔직하게 대답해 주진 않을 테고.

하지만 신경을 꺼 버리기에는 그녀의 마음이 너무도 불편했다.

최근의 그는 기를 쓰고 친해져서 알게 된 모습과 180도 다른 분위기를 띠고 있다.

"이상으로 우드레일 퍼니처팩토리 워크숍 정기 회의를 마치겠습니다. 모두 숙소로 이동해 주세요."

때마침 형식적인 회의가 마무리되었다.

누구보다 먼저 가방을 챙긴 유리는 아직도 자리에서 미동을 않고 있는 태오에게 곧장 달려갔다.

"단 팀장, 나랑 담배 피우러 가자."

담배 타임은 그와 친해지고 싶은 관계일 때도 써먹던 좋은 핑계거리였다.

그러나 태오는 누가 봐도 저기압인 얼굴로 무심히 대답했다.

"담배 끊었어."

"뭐? 언제부터!"

"좀 됐다, 왜."

말 같지도 않은 대답은 유리의 의심에 확신을 더했다.

이렇게까지 대화를 거부한다는 것은 최근 아주 짜증나는 일이 있었다는 뜻이고, 그건 야외 레크리에이션과 연관이 되어 있는 게 분명했다.

마지막 키워드 레이스 때 한나봄에게로 망설임 없이 달려오던 단태오는 갑자기 우뚝 걸음을 멈췄고, 그 뒤 어딘가로 사라져 한참 동안 보이질 않았으니까.

태오의 마음을 훤히 들여다보고 있는 유리는 더 이상 그를 가만히 놔둘 수가 없었다.

이건 그녀가 아는 단태오가 아니었고, 그녀가 바라는 단태오의 모습도 아니었다.

"한나봄 씨 때문이야?"

그래서 되는 대로 내뱉어 버린 그녀의 이름.

그게 정답임을 말해 주듯, 태오의 눈동자가 일순 굳었다.

"무슨 개소리야, 그거."

하지만 이내 가라앉은 음성으로 꺼내 놓는 대답은 괜한 억지가
잔뜩 섞여 있었다.

떨리는 시선은 진실을 숨기지 못하는데 그 혼자만 고군분투 중
이다. 바보같이.

"한나봄이구나. 대학교 때 첫사랑이자……."

"……."

"니가 아직까지 못 잊고 있는 여자."

한번 술에 취해서 주절주절 꺼내 놓은 이야기가 오늘까지 발목
을 잡을 줄은 몰랐다.

그녀의 얘기가 이런 식으로 언급되는 게 싫었던 태오는 인상을
쓴 채 사납게 되물었다.

"니가 그걸 왜 신경 쓰고 앉아 있는데."

"니가 신경 쓰이게 하니까 그러지."

"그러니까 니가 뭔데 이러냐고."

태오가 내뱉는 대답은 하나같이 유리를 섭섭하게 하는 말들뿐이
었다.

그래서 두 눈에 원망을 가득 담아 그를 올려다보았지만 태오는
아랑곳 않고 매정한 대꾸를 이어 나갔다.

"신경 꺼."

"……."

"내가 누구 때문에 이러든 니가 알 바 아니잖아."

내 알 바가 아니라니. 팀에서 자꾸 겉도는 널 챙겨 주는 건 나밖에 없는데, 내 알 바가 아니라니.

그건 단태오가 꺼내선 안 되는 얘기였다.

또, 시종일관 누구도 다가오지 말라는 분위기로 우두커니 서 있다가.

'아, 이런. 불이 없네……'

'이리 와요.'

'어?'

'내 불 나눠 주게.'

갑작스럽게 가져온 담뱃불만큼이나 뜨거운 감정을 선사하고 간 그에게만큼은 절대 듣고 싶지 않은 얘기이기도 했다.

주먹을 꽉 쥔 채 멀어지는 태오의 모습을 지켜보던 유리는 고개를 돌렸다. 그러자 머지않아 시선 끝에 걸려 들어오는 건 아무것도 모르는 척 웃고 있는 나봄의 얼굴이었다.

순간 유리의 눈빛엔 미처 숨기지 못한 날카로운 가시가 튀어나와 버렸다.

너였구나.

'단태오, 고백할 게 있어.'

'너 술값 없냐.'

'아니, 그런 거 말고 진짜 진지한 고백이야. 결심한 지는 꽤 오래됐어.'

1년 전, 그에게 술기운을 빌려 꺼낸 내 고백을.

'그게 내가 생각하는 쪽 고백이라면 그만둬라.'
'……어?'
'난 주인이 따로 있어. 그래 봤자 2주 만에 무책임하게 버리고 간 내 인생의 쌍년이지만…….'

제대로 풀어놓기도 전에 쓸모없게 만들어 버린, 그 사람 인생의 쌍년이.

의심하던 바가 사실로 확인되자, 유리의 가슴엔 거센 불길이 일었다. 그건 태오의 마음속에 번진 태양과 같은 붉은색이 아닌, 고요한 한기를 띤 시퍼런 색이었다.

나는 그가 자길 버리고 간 주인을 잊지 못한다는 걸 안 뒤로 친구 이상 욕심내 본 적이 없지만. 아니, 욕심이 나도 드러내지 못하고 처참하게 파묻고 살았지만.

상대가 너라면 얘기가 달라지지.

"나봄 씨, 숙소 어디예요?"

"아, 저 본부장님이랑 같은 3층일 거예요."

"그럼 같이 올라가면 되겠네요."

넌 니가 무책임하게 버리고 간 단태오를 돌아봐 줄 생각도 없잖아.

잔인하도록 눈앞에서 얼쩡거리면서 마음대로 잊지도 못하게 할
뿐.

*　　*　　*

"우드레일 회의는 항상 시간이 오래 걸리네요. 정해야 할 게 너무
많은 것 같아요."

뒤풀이가 시작될 숙소로 올라가는 엘리베이터를 기다리며, 나봄
이 곁에 선 차준에게 말했다.

차준은 그녀의 말에 깊은 공감을 표하듯 찬찬히 고개를 끄덕였
다.

"워크숍이라 안건이 더 많았을 거야."

"아, 그렇구나. 원래 워크숍 때는 올해의 전반적인 계획을 다 세
워 놓나 봐요."

"아마도 그럴걸? 난 제대로 참석한 게 이번이 처음이라 모르겠지
만."

차준의 가벼운 대답은 잊고 있던 나봄의 궁금증을 다시 일깨웠
다. 생각해 보면 차준은 굳이 현장팀의 워크숍에 참석하지 않아도
될 사람이었다.

"그러고 보니까 여긴 왜 오신 거예요? 다른 일로도 한창 바쁘실
텐데……."

그래서 호기심 어린 목소리로 물으니, 차준은 싱긋 웃으며 되물
었다.

"왜 왔을 것 같은데?"

"네?"

"질문을 바꿔 보자면, 누구 때문에 따라왔을까."

그에 관한 대답은 굳이 내뱉는 게 민망할 정도로 너무나도 뻔했다.

슬슬 얼굴에 후끈 열이 오르는 것을 느낀 나봄은 그저 작은 웃음만 흘려보낼 뿐이었다.

그런 그녀에게 차준은 특유의 나긋한 목소리로 설레는 말을 이어 나갔다.

"아까 쪽지에 쓰여 있던 키워드, 진심으로 너야."

"아, 그거……."

"한시도 내 곁에서 떨어트려 놓고 싶지 않아서 여기까지 와 버렸어."

차준의 태도는 오늘도 역시 의심의 여지가 없을 정도로 적극적이었다.

덕분에 그녀는 그의 한 마디 한 마디에 깜짝깜짝 놀라게 된다. 나비의 살랑이는 날갯짓으로 인해 파들파들 흔들리는 여린 꽃잎처럼.

나봄은 복잡한 머릿속에서 무슨 대꾸라도 꺼내 놓으려 입술을 열었다.

"저……."

그때.

지이이잉— 지이이잉—

차준의 재킷 주머니에 들어 있던 휴대폰이 전화 수신을 알렸다. 별생각 없이 휴대폰을 꺼내 든 차준의 얼굴이 화면에 떠오른 이름을 확인하자 한순간에 굳어 버렸다.

"왜 그러세요? 안 좋은 전화예요?"

"어? 아니, 본사야."

나봄에게 거짓말까지 해 가며 숨기는 발신인은 '선우태준', 차준의 친형이자 서미란 대표의 첫 번째 꼭두각시 인형.

순간 서 대표를 상대할 때와는 다른 느낌의 역한 기운이 폐부 깊숙한 곳에서부터 꾸역꾸역 올라왔다.

차준은 서 대표까지도 무시해 버릴 수 있었지만, 형인 태준만큼은 도무지 견딜 수가 없었다.

온 힘을 다해 휴대폰을 꽈악 쥔 차준은 전화가 끊어질 때까지 통화 버튼을 누르지 않았다.

[차준아, 오고 있어? 난 지금 대문 앞에서 기다리는 중이야.]

그러자 곧바로 도착한 그의 문자는 오늘도 어김없이 비참한 모양새였다.

내용을 보아하니, 서 대표는 차준이 미리 말해 둔 저녁 식사 불참 의사를 그에게 전하지 않은 모양이었다.

서 대표가 이러는 이유는 차준이 가장 잘 알고 있었다.

차준이 온다고 믿는 이상 태준은 밤이 새도록 그를 기다릴 것이고, 그 불쌍한 꼴은 모두 차준의 죄책감으로 자리 잡아 버릴 테니까.

지금 서 대표는 차준의 죄책감이 무거워지길 기다리고 있다. 죄책감이 발에 묶인 족쇄처럼 무거워지고 무거워져서, 영원히 제 손바닥 안에서 움직이지 못하기를 바라는 것이다.

"하아……."

차준은 나봄이 듣지 못할 작고 흐린 한숨을 내쉬었다.

띵—

그때, 마침 그들이 있는 층에 도착한 엘리베이터는 무거운 문을 열어 내부를 드러냈고, 나봄은 먼저 가볍게 몸을 실었다.

"본부장님, 얼른 타세요."

"……."

"본부장님?"

그러나 차준은 그녀를 쉬이 따라가지 못했다. 지금도 참을 수 없을 만큼 아픈 손가락을 모질게 잘라 버려야 하기 때문이었다.

"나봄아, 난 잠깐……."

차준은 나봄을 먼저 올려 보내기 위해 조심스럽게 입술을 떼어 냈다.

하지만 그 순간.

"응?"

엘리베이터 내부 조명이 한 번 불안하게 깜빡였고.

끼이이익—!

이내 소름 끼치는 쇳소리와 함께 문이 저절로 닫히기 시작했다.

그녀가 빠져나올 시간도 주지 않고 벌어진 돌발 사고였다.

"나봄아!"

"앗, 이게 왜 이러지? 나 열림 버튼 누르고 있는데!"

결국 당황하는 나봄을 가둔 채 주먹 하나도 제대로 못 들어갈 정도로 좁은 틈새만을 남겨 두고 모든 동작을 멈춰 버린 엘리베이터 문.

고장을 알리듯 엘리베이터 조명이 빠르게 점멸하다가 이내 어두컴컴하게 꺼져 버렸다.

"나봄아! 괜찮아?"

"차, 차준 오빠⋯⋯."

틈새를 비집고 들어간 빛 한 줄기로 겨우 비친 나봄의 눈동자는 잔뜩 겁에 질려 있었다. 금방이라도 울어 버릴 듯이.

차준은 들고 있던 휴대폰까지 떨어트리고 그녀에게 달려갔다. 하지만 엘리베이터 문은 아무리 열어보려 애를 써도 꿈쩍하지 않았다.

"안 열려요?"

"하아⋯⋯ 아무래도 관리자를 불러와야 할 것 같아. 나봄아, 그 안에 경비실 호출 버튼 있어?"

"어두워서 보이지가 않는데⋯⋯ 잠시만요."

나봄은 차준이 시킨 대로 버튼을 찾기 위해 조작판을 살폈다. 하지만 빛이 들어올 틈새가 너무 좁았던 탓에 버튼을 확인하기가 쉽지 않았다.

그런 와중에도 기억을 더듬어 겨우 비상 버튼을 찾아 누르니.

삐이이익—

날카로운 기계음이 엘리베이터 내부를 가득 메우기 시작했다. 장담하건대 이 소리는 결코 경비실과 연결되는 신호가 아니었다.

"아무래도 다 먹통인 것 같아요……."

나봄은 다시 틈새 앞으로 다가가 잔뜩 겁먹은 목소리로 말했다. 사정없이 흔들리는 눈동자에선 금방이라도 눈물이 뚝뚝 떨어질 것 같았다.

차준은 그런 나봄을 진정시키기 위해 자신이 해야 할 일을 이성적으로 고민해 보기 시작했다.

엘리베이터가 먹통이 되어 갑자기 멈춰 버린 지금. 안에서 할 수 있는 일도, 밖에서 도와줄 수 있는 일도 없다.

시간을 끌어 봤자 더 위험한 2차 사고가 발생할지도 모르니…….

'그래, 지금 당장 관리자부터 불러와야 해.'

늘 그렇듯 행동 지침부터 정리한 차준은 그녀와 시선을 마주했다. 그러고는 차분한 목소리를 입술 밖으로 꺼내 놓았다.

"나봄아, 잠깐만 기다리고 있어."

"네? 어, 어디 가려구요?"

"관리자 불러오려고. 그동안 움직이지 말고 가만히 벽에 기대 서 있어야 돼."

차준의 말을 들은 나봄의 심장이 철렁 내려앉았다. 깜깜한 엘리베이터 내부와 고막을 찢는 듯한 기계음은 이미 견딜 수 없을 만큼 무서운데, 이 상황에 차준마저 눈앞에서 사라져 버린다면 패닉에 빠져 버릴 게 분명했다.

그의 존재가 필사적이었던 나봄은 좁은 틈새로 작은 손을 뻗었다.

"오, 오빠! 잠시만……!"

차준에게 닿은 그녀의 손은 몹시 차가웠다. 차준의 시선이 동요하듯 흔들렸다.

"그냥 여기 같이 있어 주면 안 돼요?"

"……."

"혼자 있기 너무 무서워서……."

나봄은 울먹이는 목소리로 그에게 부탁했다.

그제야 새삼 떠오르는 그녀의 약점.

나봄은 예전부터 어둠을 참 무서워했었다. 10년도 더 지난 어느 날, 그녀 혼자 있는 집에 정전이 났다 그러기에 곧바로 택시를 잡아 타고 달려갔더니 어찌나 겁에 질린 얼굴로 눈물을 뚝뚝 떨구고 있던지.

그래도 그녀는 내가 보자마자 울음을 그쳤었다. 내가 와 줬으니 이젠 다 괜찮다고 했다.

그러니까 이번에도 나는 너를 괜찮도록 만들어 줘야 해. 니가 어둠을 얼마나 두려워하는지 누구보다 잘 알고 있는 만큼, 이 상황은 내가 반드시 해결해 줘야 해.

"괜찮아, 아무 일도 없을 거야."

"그래도……."

"무서워도 조금만 참아. 금방 다녀올게."

그가 말했다. 금방 돌아올 테니까 조금만 참으라고.

그리고 나봄의 손을 떼어 냈다.

순간 틈새로 비치는 나봄의 얼굴은 하얗게 질려 버렸으나 차준은 그럴수록 서둘러 비상구로 걸음을 옮겼다.

멀어지는 차준의 뒷모습. 작아지는 차준의 숨소리. 흐려지다 흐려지다 결국엔 사라져 버린 차준의 포근한 향기.

그녀의 불안을 잊게 만들어 주는 것들은 그렇게 한순간에 눈앞에서 사라져 버렸다.

이제 남은 거라고 좁은 틈새로 보이는 차준의 휴대폰뿐.

"아……."

그제야 완전히 혼자가 되었다는 걸 직감한 나봄은 스르륵 그 자리에 주저앉아 버렸다. 차준의 말대로 벽 쪽에 몸을 붙이고 싶은데 겁에 질린 두 다리는 도무지 움직일 생각을 하지 않았다.

하지만 나봄은 그의 말대로 두려움을 참아 보기 위해 두 눈을 꾹 내리감았다. 칠흑 같은 어둠이 감은 눈 때문에 생긴 거라고 믿으면 심장을 옥죄는 공포가 조금이라도 줄어들까 싶어서였다.

바로 그때.

덜컹—!

요란한 소리와 함께 엘리베이터가 흔들렸다.

"꺄악!"

놀란 나봄은 참지 못하고 비명을 질렀다. 바깥쪽 바닥이 엘리베이터 내부 바닥보다 높아진 걸 보니 아무래도 살짝 내려앉은 모양이었다.

그걸 확인한 나봄의 불안감은 극도로 거대해졌다. 차준의 말대로 아무 일도 없을 거라 믿고 싶은데 이대로라면 아래로 추락해 버릴지도 모르겠다.

만약 그렇게 된다면 나는 그대로 죽게 되는 걸까.

"차준 오빠……."

나봄은 몸을 잔뜩 웅크린 채 차준의 이름을 불렀다.

하지만 이내 그녀의 목소리를 듣지 못할 만큼 멀어져 버린 그를 깨달았다.

아무리 목이 터져라 불러도 그는 오지 않을 것이다. 그렇다면 지나가는 누구라도 곁에 머물러 주길 바라는 수밖에.

"도와주세요……."

나봄은 문 틈새로 들어오는 빛에 의존한 채 울먹이는 목소리로 애원했다.

그 시각, 몇 칸씩 한 번에 뛰어내려 빠르게 1층으로 향하고 있던 차준은 그런 나봄의 상태를 어렴풋이 알고 있었고.

그래서 점점 더 빠르게, 그리고 필사적으로 그녀에게서 멀어질 수밖에 없었다.

이 모든 것이 그녀를 위해서라는 것이 참 아이러니한 사실이지만.

*　　*　　*

"돌아가자."

라는 결심을 내린 태오의 표정은 비장했다.

그리고 아주 공허했다.

처음부터 참가할 생각이 없었지만 그녀와 차준이 함께 앉아 있는 사진을 보고 홧김에 찾아와 버린 워크숍.

태오는 그녀에게 닿지 못했고, 앞으로도 영원히 닿을 수 없을 거라는 결론을 내렸다. 달려가다가도 겁에 질려 걸음을 멈춰 버리는 나는 애초부터 안 되는 사람이었다.

그렇다면 더 비참해지기 전에 집으로 돌아갈 수밖에.

태오는 회의실 맞은편 엘리베이터 앞에 멈춰 섰다. 그리고선 숙소가 있는 위층이 아닌 주차장으로 향하는 아래층 버튼을 망설임 없이 눌렀다.

그때.

"꺄악!"

저 멀리 떨어진 비상구 쪽에서부터 결코 무시할 수 없는 비명 소리가 들려왔다.

갑작스러운 소음에 놀란 태오의 시선이 단번에 틀어졌다.

"뭐야."

여자의 비명 소리가 또 다시 들려오지는 않았지만 어쩐지 느낌이 안 좋다. 아무래도 저쪽에서 무슨 일이 일어난 듯 하다.

태오는 엘리베이터를 기다리다 말고 비상구 쪽으로 발길을 돌렸다. 그 선택이 옳았다는 걸 증명하듯, 멀찍이 떨어져 있을 땐 들리지 않았던 가녀린 울음소리가 갈수록 선명해졌다.

위기를 확신한 태오는 비상구 쪽 코너를 돌자마자 물었다.

"거기 무슨 일 있습니까."

하지만 눈에 보이는 건 비상계단 입구와 전원이 꺼진 엘리베이터 하나뿐.

울음소리의 주인공은 보이지 않았다. 예상 밖의 정적에 태오의 미간이 살짝 구겨졌다.

"잘못 들었나."

그래서 등을 돌리려던 그때.

"도와주세요…… 사람이 갇혔어요."

멈춘 엘리베이터 안에서 익숙한 목소리가 들려왔다.

귀가 아닌 심장부터 철렁 내려앉으며 반응하는 걸 보면 이건 나봄의 음성이 분명했다.

"한나봄?"

태오는 곧장 엘리베이터 앞으로 다가갔고 반뼘쯤 되는 너비의 틈새를 확인했다. 그 사이로 비치는 나봄의 얼굴을 단번에 알아볼 수 있었다.

"너 왜 그러고 있어."

"단…… 태오?"

"거기 갇힌 거야?"

전혀 생각지도 못한 상황에 직면한 태오는 당황스러운 나머지 뻔한 질문을 던졌다. 하지만 이내 정신을 차린 그는 차준이 시도했던 것처럼 문부터 억지로 벌려 보려 했다.

"기다려. 내가 꺼내 줄게."

그러나 어디에 단단히 걸렸는지, 이번에도 꿈쩍 않는 엘리베이터 문.

곧이어 나봄의 울음기 섞인 목소리가 태오를 말렸다.

"그렇게 해도 안 열려. 벌써 해 봤어."

"경비는……"

"내가 어떻게 불러. 버튼도 다 먹통인데……."

울음기 섞인 나봄의 목소리는 아무래도 심상치 않았다. 그녀의 겁에 질린 모습은 많이 봤다고 자부할 수 있는 태오였으나 이 정도로 떨고 있는 모습은 본 적이 없었다.

태오는 그런 나봄을 위해 자신이 해결할 수 있는 일을 필사적으로 고민했다.

비상 버튼까지 먹통이 됐다면 지금 당장 관리실로 내려가서 사람을 불러와야 할 터.

앞으로 무슨 일이 일어날지 모르니 상황은 1분 1초가 급박했다.

그래서 곧바로 발걸음을 떼어 내려던 그때.

"무서워……."

엘리베이터 틈새 안에서 그녀의 혼잣말이 흐리게 들려왔다.

깜깜한 내부, 알 수 없는 기계음, 그리고 그녀의 떨리는 눈동자와 맞물려진 그 음성은 도저히 무시할 수 없을 만큼 안쓰러웠다.

순간 이성적인 사고가 멈춰 버린 태오는 앞으로 향하려던 발길을 중단시키고 다시 나봄에게로 눈길을 두었다.

내가 미친 건지 모르겠지만. 그냥 내 바람이 불러온 망상일지 모르겠지만.

마주한 그녀의 눈동자는 내게 이런 말을 하는 것 같다.

가지 말라고. 곁에 있어 달라고.

"······많이 무서워?"

이내, 태오의 입에서 흘러나온 질문은 너무도 당연한 것이었다.

나봄은 말없이 고개를 두어 번 끄덕였고 그렁그렁한 눈동자로 태오를 올려다보았다.

마음 같아선 함께 있어 달라고 말하고 싶은데, 입술이 차마 떨어지질 않았다.

허망하게 그녀에게서 벗어나 버렸던 차준의 손이 자꾸 생각나서. 무서워도 혼자 참아 보라고 했던 그의 마지막 말이 자꾸 떠올라서.

"혼자 못 있을 것 같아?"

그래서 이어지는 태오의 두 번째 질문엔 고갯짓으로조차 대답하지 않았다.

그러자 태오는 깊은 한숨을 내쉬었고.

"알았어, 같이 있어 줄 테니까 무서워하지 마."

비상구 쪽으로 돌렸던 문을 다시 그녀에게로 고정시켰다.

기대조차 하지 않고 있었던 배려에 나봄의 눈빛이 다른 의미로 휘둥그레졌다.

"어디······ 안 가?"

"뭐? 내가 어딜 가."

"아······ 아니야."

마음속으로 삼킨 대답을 듣기라도 한 걸까.

태오는 나봄을 안심시키려는 듯 아예 문 앞에 주저앉았다. 그리고 좁은 틈새에 얼굴을 가까이 붙여 차분히 엘리베이터 내부를 확인했다.

"어디 보자…… 전원이 완전히 나간 걸 보니까 어디 퓨즈가 끊긴 것 같은데."

"그럼 떨어지는 거야?"

"비상 안전장치 되어 있어서 안 떨어져, 바보야."

"그걸 어떻게 알아."

"우리 아버지가 엘리베이터 업체 다녀서 안다. 왜."

불안한 나봄의 질문에 대답하는 태오의 표정은 별거 아닌 사고라는 듯 가벼웠다.

그건 어둠을 무서워하는 나봄의 마음을 조금도 이해하지 못하고 있는 태도였으나, 이상하게도 그녀를 좀먹던 공포심은 그 태연자약함을 따라 한결 가라앉는 느낌이었다.

덕분에 눈물을 뚝 그친 나봄에게 태오는 피식 입꼬리를 들어 올리며 물었다.

"설마 추락할까 봐 운 거냐?"

"아까 갑자기 내려앉았단 말이야……."

"그리고 다시 멈췄잖아."

"응, 그렇긴 한데……."

"봐봐, 내 말이 맞네. 안전장치가 못 떨어지게 잘 잡아 줬으니까 이제 한시름 놔도 되겠다."

태오의 말은 묘하게 설득력이 있었다.

아까까지만 해도 패닉에 빠져 있던 자신이 스스로도 유난이었다 생각될 정도로.

그래서 울음을 뚝 그치고 젖은 눈을 소매로 훔치자, 태오는 손사래를 치며 핀잔을 주었다.

"야야, 옷에 화장 다 묻는다. 하얀 옷 입고 왜 그러냐."

"지금 옷이 중요해?"

"옷도 중요하지. 꼬질꼬질하게 하고 있다가 본부장한테 뭔 소릴 들으려고."

태오가 불쑥 꺼낸 차준에 대한 이야기는 나봄을 당황하게 만들었다.

놀란 가슴을 진정시키기도 전에 사라져 버린 차준은 지금 이 상황에 떠올려 봤자 그때의 불안감만 되살아나게 하는 존재였다.

나봄은 대화 주제를 돌리기 위해 작은 목소리로 중얼거렸다.

"나 깜깜한 데 갇히는 거에 트라우마 있단 말이야."

"무슨 트라우마."

"아주 어렸을 때, 아빠 놀라게 한다고 옷장에 숨었다가 옷장이 그대로 앞으로 넘어지는 바람에 갇혔었거든. 그때가 하필 아빠 회식 날이라서 네 시간 동안 나오질 못했어."

"그 장면 공포 영화에 나왔던 것 같은데."

"응, 그 영화가 트라우마 되는 데 쐐기를 박아서……."

나는 지금 왜 이 녀석한테 그 사람에게도 하지 않은 얘기를 털어놓는 건지.

나봄은 태오에게 말하면서도 의아했다.

하지만 잠자코 듣고 있던 태오는 이내 입고 있던 남방의 소매를 접어 올리며 말했다.

"나도 그런 거 있었어. 예전에 물에 빠져 죽을 뻔한 뒤로 목욕탕도 무서워서 못 들어갔었지."

"물 공포증이야?"

"어, 그런데 지금은 수영도 잘해. 어떻게 극복했는지 알려 줄까?"

"어떻게 했는데?"

나봄이 그리 물어본 순간 태오는 끝까지 소매를 걷어붙인 팔을 엘리베이터 안으로 밀어 넣었다.

그리고 무릎 위에 가지런히 놓인 나봄의 손을 살며시 붙잡았다.

예상치도 못했던 온기를 머금은 손은 그녀를 놀라게 만들기에 충분했다.

"뭐, 뭐하는 거야."

나봄은 당황스러움에 그의 손을 뿌리치려 했다. 하지만 그럴수록 점점 더 힘을 더해 가는 손끝은 왠지 모를 절실함을 품고 있었다.

여전히 문틈 새로 보이는 그의 표정은 태연하기만 한데도 어쩐지 묘한 불안감이 느껴지는 것만 같아.

나봄이 손길을 피하지 못하고 가만히 멈춰 있는 사이, 태오의 나직한 목소리가 이어졌다.

"중학교 2학년 때, 바다로 가족 여행을 갔는데 엄마가 목욕탕도 못 들어가는 놈이 바닷가는 오죽 무섭겠냐면서 계속 손을 붙들고 있었어."

"뭐?"

"다 큰 놈이 엄마 손 잡고 다니는 게 너무 쪽팔려서 그 뒤로 물 같은 건 무섭지도 않게 됐어."

"……."

"더 안 좋은 기억이 생겨 버렸지만 어쨌든 해피 엔딩."

태오가 꺼낸 소소한 이야기와 갑작스러운 스킨십은 이제야 의미가 맞물려 이해되기 시작했다.

그의 마음을 파악한 나봄은 한쪽 눈썹만 살짝 구긴 채 넌지시 물었다.

"그래서…… 지금 더 안 좋은 기억을 만들어 주겠다는 거야?"

그 말에 태오는 잠시 시선을 피하는가 싶더니 이내 심드렁한 목소리로 대답했다.

"뭐, 일단 내 의도는 그래."

위험한 상황에 꺼내진 그 소리는 너무 어이가 없어서 웃음이 나올 지경이었다.

그래서 고개를 숙인 채 소리 없는 웃음을 흘려보내자, 떨리는 그녀의 어깨를 확인한 태오가 조심스러운 목소리로 물었다.

"너 또 울어?"

"아니, 그런 거 아니야."

"우리 아버지가 엘리베이터 회사 근무하셔서 잘 아는데……."

"진짜 우는 거 아니라니까. 하하."

다시 첫 단계로 돌아가 그녀를 달래려는 태오에게 편안한 웃음소리가 들려왔다.

그에게는 좀처럼 웃어 준 적이 없던 그녀였기에, 태오의 눈동자가 의아함을 담아 휘둥그레졌다.

냅다 뿌리치지만 않아도 다행이라고 생각했는데. 내가 그렇게 끔찍할 정도로 싫지는 않은 건가.

한참을 아이처럼 웃던 그녀는 잡히지 않은 손끝으로 눈가를 닦았고, 혼잣말을 중얼거렸다.

"울다가 웃으면 엉덩이에 뿔이 난다고 하던데, 너 때문에 큰일이야."

그 모습이 왜 가슴 두근거릴 만큼 예뻐 보이는지, 태오는 제 마음을 전혀 이해할 수가 없었다. 산산이 부서졌던 마음은 그녀의 미소 한 번에 다시금 원상 복구 되어 버렸다 보다.

이러다 그녀가 갇혀 있던 엘리베이터에서 나오고, 다시 차준에게로 가 버리게 된다면 또 처음 다쳐 본 사람처럼 새삼 상처받을 거면서.

"웃지 마. 정 들어."

태오는 괜한 핀잔과 함께 애먼 곳으로 고개를 돌렸다.

하지만 그녀는 그럴수록 더 둥글게 강아지 같은 눈을 휘어 보이며 그에게 진심을 담은 한 마디를 건넸다.

"고마워. 같이 있어 줘서."

힘든 상황에 함께해 줘서 고맙다는 말.

이건 두 번째 듣는 말인데도 어떤 반응을 보여야 할지 모르겠다.

이런저런 걱정 때문에 쉬지 않고 돌아가던 머릿속은 새하얘지고, 아깐 잘만 움직이던 입술이 꾹 닫힌 채 좀처럼 열릴 생각을 않는다.

그래도 이번만큼은 무슨 화답이라도 꼭 돌려주고 싶었던 태오는 가까스로 떨리는 목소리를 냈다.

"앞으로도⋯⋯."

"나봄아!"

그 순간, 최악의 타이밍으로 그녀의 남자 주인공이 등장했다. 갑작스러운 기척에 놀란 태오는 뒤편으로 고개를 돌렸다.

이윽고 시야에 가장 먼저 들어오는 건 다급해 보이는 차준, 그리고 그가 데리고 온 엘리베이터 업체 정비사들.

늘 정갈하던 넥타이가 잔뜩 흐트러져 있는 걸 보니 그는 나봄을 구출해 내기 위해 이리저리 뛰어다닌 모양이었다. 아직 정돈되지 못한 격한 숨도 그가 얼마나 필사적이었는지를 여실히 드러내 준다.

"단 팀장님이 왜 여기⋯⋯."

한 템포 늦게 태오를 발견한 차준이 흐린 목소리로 물었다.

그의 시선이 내려앉은 곳은 엘리베이터 틈새 안을 비집고 들어간 태오의 손이었다.

원래 같았으면 더욱 보란 듯이 잡고 있었겠지만, 지금은 그럴 상황이 아니라는 건 태오 스스로가 가장 잘 알고 있었다.

내가 가만히 멈춰 있는 동안 그녀를 구출해 낼 수 있는 해결책을 찾아온 사람이니까.

끼어들 자격도 없는 나는 이쯤에서 오해가 더 커지기 전에 빠져 주는 게 맞는 거겠지.

태오는 꼭 잡고 있던 나봄의 손을 힘없이 놓아주었다. 그러고는 아무 일도 없었다는 듯 자리에서 일어났다.

"관리자 불러오신 겁니까."

"네, 이제 엘리베이터 문은 이분들이 열어 주실 테니 물러나 계셔도 됩니다."

차준의 건조한 목소리에 태오는 엘리베이터에서 마지못해 물러났다. 좁은 틈새를 비집고 들어갔었던 그의 손목은 붉게 부어오른 상태였다.

그건 엘리베이터 안에 갇힌 나봄의 시선에도 적나라하게 비쳐 들어왔다.

그러고 보니 문 틈새는 내 손목에 딱 맞았으니까, 나보다 뼈가 굵은 너에게는 아팠겠다. 내 손을 잡아 주겠다며 억지로 집어넣고 있는 내내.

"나봄아, 문 금방 열어 주실 거니까 걱정 말고 기다려."

나봄의 눈동자가 향해 있는 태오를 어느새 가까이 다가온 차준이 가려 버렸다.

그제야 돌아온 차준을 의식한 나봄은 그의 얼굴을 올려다보며 고개를 끄덕였다.

"네, 네……."

차준이 불러온 정비사들이 고장 난 엘리베이터 문을 여는 작업에 착수하고, 현장에서 동떨어진 태오는 쓸모없어져 버린 자신의 처지를 깨달았다.

돌아온 남자 주인공 덕분에 그는 단숨에 엑스트라로 전락해 버렸다.

하지만 아무리 심사가 뒤틀리더라도, 일촉즉발의 상황에서 뒤도 안 돌아보고 관리자부터 불러온 차준의 선택은 결과적으로 현명했다.

　그에 비해 태오는 문제 해결보다는 거짓말만 늘어놓기 급급했던 것 같다.

　갇힌 나봄보다 불안했던 와중에 지어 보였던 태연한 표정도 거짓말. 아버지가 엘리베이터 회사에 다녀서 잘 아는데 이건 별일 아니라는 설명 역시도 거짓말.

　그래도 안 좋은 기억을 더 안 좋은 기억으로 덮어 버렸다는 경험담은 진실이었다.

　자신에게 효과가 있었던 그 방법이 나봄의 미소를 되찾아 준 건 전혀 뜻밖이었지만.

　"안에 계신 분! 괜찮습니까? 다친 곳은 없나요?"

　"네! 저는 괜찮아요!"

　"금방 꺼내드리겠습니다. 그 자리에 가만히 앉아 계세요."

　이젠 정말 겁먹은 기색 하나 없이 씩씩해진 나봄을 확인한 태오는 남들은 듣지 못할 안도의 한숨을 내쉬었다.

　그리고는 잠시 제 발끝을 바라보다가, 분주하게 움직이는 정비사들을 지켜보다가.

　"나봄아, 여기 손전등이야. 무서우면 비추고 있어."

　"아…… 고맙습니다."

　그녀 곁에서 사고 수습에 여념이 없는 차준을 한 번 더 확인하고 나서야 멈춰 있던 걸음을 슬그머니 떼어 냈다.

　내 역할은 모두 끝났으니 이젠 미련 없이 돌아가 볼 생각이다. 내가 있어도 되는 곳으로.

태오는 느린 발걸음을 옮겨 그들에게서 벗어나는 동안 단 한 번도 뒤를 돌아보지 않았다.

그녀에게 상처 받기 전에 스스로 허물어 버린 마음이 또 다시 자라날까 싶어서였다.

그래서 차마 알아채지 못한 시선 하나.

"단태오…… 잠깐……"

그 시선은 욱신대는 그의 손목을 따라 움직였고, 이내 그가 코너를 돌아 완전히 사라져 버리자 아쉬움을 가득 머금었다.

얼굴 마주 보고 한 번 더 고마운 마음을 표현하고 싶었는데. 시간이 없었던 건지, 그럴 기회가 없었던 건지 모르겠다.

나봄은 그저 멀어져 버린 태오의 뒷모습이 꼭 갑작스레 도망치는 것처럼 보여서 의아할 뿐이다.

*   *   *

고장 난 엘리베이터에 갇혔던 건 한순간이지만 빠져나오는 데는 거의 한 시간이 걸렸다.

겨우 문이 열리자 차준은 힘없이 주저앉아 있던 나봄에게 가장 먼저 손을 뻗어 주었고.

"나봄아, 무서웠을 텐데 정말 잘 참았어."

다정한 목소리로 칭찬을 건네며 그녀를 밖으로 꺼내 주었다.

그래, 내가 나올 수 있었던 건 순전히 그 사람 덕분이었다. 하지만 왜일까. 도와줘서 고맙다는 말을 꺼내려던 순간, 갑자기 입술이 굳어 버렸던 건.

찰나의 순간 마음속에 돋아났던 건 그녀 스스로도 이해하지 못할 뾰족한 가시였다.

혼란스러운 감정을 숨기지 못한 나봄은 어떤 인사 대신 어색하게 웃어 보였고, 자연스레 다가오던 차준의 손길로부터 한 발자국 물러났다.

"데려다주시지 않아도 괜찮아요! 잠깐 방에 들어가서 쉴게요."

"아…… 그럴래?"

"이따 뵙겠습니다, 본부장님."

부자연스럽게 자리를 피하는 나봄의 미묘한 이질감은 눈치 빠른 차준에게도 보였을 것이다.

하지만 그는 아무 말도 하지 않았다. 사실 고개 숙여 인사하자마자 곧바로 등을 돌려 버린 나봄이 그에게 어떤 말을 할 시간조차 주지 않은 것이기도 했고.

"나봄 씨! 괜찮아요?! 엘리베이터에 갇혔었다면서!"

숙소로 돌아온 나봄에게 화장을 고치고 있던 팀원 한 명이 소란스레 물었다. 나봄은 걱정하지 말라는 뜻으로 고개를 끄덕이며 대답했다.

"저는 괜찮아요. 본부장님이 곧바로 관리자분들 불러서 문 열어 주셨어요."

"역시 본부장님! 가만 보면 나봄 씨만 유달리 챙긴다니까?"

"아, 아니에요. 갇힐 때 바로 옆에 계셔서……."

"그러니까 항상 나봄 씨 옆에 있잖아. 나봄 씨 워크숍 온다고 하니까 바로 따라와 버린 것도 그렇고."

그리 말하는 팀원의 얼굴엔 확신이 차 있었다. 올해로 입사 3년 차인 그녀는 지금껏 누군가에게 그 정도로 살갑게 대하던 차준을 본 적도, 들은 적도 없었다.

하지만 차준에 대한 나봄의 믿음은 그녀가 확신하는 것만큼 견고하지 못했다.

항상 따뜻한 미소를 건네주고, 다정한 목소리를 들려주고, 고마운 손길을 내밀어 주는 그 사람이지만.

아주 가끔씩 여전히 그가 등을 보이고 있다는 생각이 든다. 지금껏 그녀를 설레게 했던 말들이 무색하게 느껴질 정도로.

안 그래도 심란한 와중에 더 이상 차준에 대해 이야기하고 싶지 않았던 나봄은 주제를 돌리기로 했다. 어차피 그녀는 지친 몸을 눕히기 전에 할 일이 있었다.

"저기…… 단 팀장은 어느 방에 계시나요?"

밖으로 나오자마자 태오의 손목부터 확인해 봐야겠다고 다짐했던 나봄은 넌지시 그를 찾았다.

팀원은 잠시 눈썹을 구긴 채 곰곰이 기억을 더듬는가 싶더니, 이내 고개를 갸웃거리며 대답했다.

"단태오 팀장님? 글쎄, 회의 이후로 안 보이시던데. 파트장님! 단 팀장님 보셨어요?"

그녀는 태오와 가장 친밀한 유리에게 나봄의 질문을 넘겼다.

순간 구석에서 조용히 옷을 정리하고 있던 유리는 잠시 옅은 한숨을 내쉬는가 싶더니.

"일 있다고 갔어."

머지않아 딱딱한 목소리를 흘려보냈다.

그에게 제대로 된 인사도 하지 못한 나봄의 표정에 당혹스러움이 어렸다.

"분명 아까까지만 해도 있었는데……."

"내가 나봄 씨한테 쓸데없는 거짓말하는 것처럼 보여요?"

나봄이 중얼거린 혼잣말엔 별 뜻이 없었지만 유리는 과하게 날선 반응을 보였다.

누가 봐도 컨디션이 안 좋아 보이는 모습에, 나봄은 작은 목소리로 사과부터 했다.

"아, 거짓말하신다는 건 아니고…… 기분 나쁘셨다면 죄송합니다."

원래 허유리 파트장님이 저런 분위기였던가. 꼭 잘 갈아 놓은 칼날 같네.

나봄은 눈에 띄게 어깨를 움츠린 채 방 안으로 들어섰다. 그러고는 소라가 빌려준 가방 옆에 두고 간 휴대폰을 집어 들었다. 말도 없이 사라져 버린 태오에게 전화를 걸어 손목의 상태라도 물어보기 위해서였다.

하지만 전화번호를 제대로 찾아보기도 전에, 유리가 그녀 쪽으로 몸을 돌려 말했다.

"지금 태오 운전 중일 거예요. 내일 낮에 연락해 보지 그래요?"

"아…… 차를 가지고 왔을 거라고는 생각 못 했어요."

"그렇겠지. 나봄 씨는 유독 태오한테만 배려가 없잖아."

확실히 지금 유리의 태도는 어딘지 모르게 이상했다. 아무리 고개를 돌려 감추려 해 봐도 그녀의 이질감은 이 공간을 차갑게 만든다.

오늘따라 묘하게 날이 선 유리를 의아하게 여긴 팀원은 속삭이듯 물었다.

"파트장 님, 혹시 단 팀장님이랑 또 싸웠어요?"

"내가 뭐."

"단 팀장님 얘기 나오니까 갑자기 까칠해진 것 같아서. 파트장님 성격 버리는 사람은 태오 씨밖에 없잖아."

팀원의 날카로운 지적에 유리는 잠시 입술을 다물었다.

팀원이 저리 아무것도 모르듯, 한나봄도 내가 왜 이리 혼자 열을 내고 있는지 전혀 모를 텐데. 괜히 그동안 쌓아 놓은 쿨한 이미지만 버리게 생겼다.

회사 사람들에게는 성격 좋고 호쾌한 여자처럼 보이고 싶었던 유리는 질투로 얼룩진 마음을 잠시 숨겨 두기로 했다.

"그래, 싸웠다. 미안해요, 나봄 씨. 나도 모르게 애꿎은 나봄 씨한테 화풀이를 해 버렸네."

그래서 짧은 머리를 쓸어 올리며 허울 좋은 사과부터 했더니, 나봄은 여전히 긴장이 풀리지 않은 눈빛으로 대답했다.

"아, 아니에요! 단 팀장님 얘기가 불편하셨을 수도 있죠!"

아기 양처럼 순한 그녀의 눈빛.

아마 단태오는 저 지켜 주고 싶은 분위기에 목매다는 걸지도 모르겠다. 그건 확실히 유리에게 없는 것이었고, 별로 흉내 내고 싶지 않은 부분이기도 했다.

그렇다면 다시는 그의 앞에서 약한 모습을 보이지 않도록 내가 저 내숭을 없애 주는 수밖에.

"나봄 씨."

유리는 언제 까칠하게 굴었냐는 듯 살갑게 나봄을 불렀다.

"네?"

나봄은 한껏 경직된 표정으로 대답했으나, 그럴수록 유리는 친근한 미소를 지어 보였다.

"방금 예민하게 굴었던 거 정말 미안해요. 우리가 원래 이래요. 싸우고 화해하고, 또 싸우고 또 화해하고."

"그래도 사이는 좋으신 것 같던데……."

"그런가? 뭐, 태오한테는 내가 제일 가까운 사람이긴 하죠. 나봄 씨는 대학 동기인데도 안 친하다고 그랬죠?"

"네? 아, 네."

"걔가 가까워지기 어려운 타입이긴 하지."

지금 나에게 무슨 말을 하고 싶은 걸까.

나봄은 유리의 입에서 나오는 태오 이야기를 들으며 어리둥절해했다. 하지만 차마 티는 내지 못하고 잠자코 있으니, 유리는 그제야 의도가 분명한 말을 꺼내 놓았다.

"태오는 누가 자기 신경 쓰이게 하는 거 싫어해요. 나봄 씨도 일을 하면서 그 부분은 꼭 알아 둬야 할 거야."

"신경 쓰이게 하다니요?"

"나봄 씨는 태오에 대해서 잘 몰라서 그런지, 곧잘 신경 쓰이게 만들잖아. 괜히 잔짜증을 부린다거나, 일부러 걱정하게 만들거나."

"저는 그런 적이……"

없다고 말하려던 순간, 태오의 붉게 부어오른 손목이 떠올랐다.

지난 주말, 차준에게 상처 입고 무턱대고 빨간 불을 향해 달려가던 그녀를 필사적으로 붙잡아 주었던 그의 모습도 새삼 기억이 났다.

의도는 그게 아니었지만 어쩌면 나봄은 태오의 신경을 자꾸 건드렸는지도 모르겠다.

확실히, 그녀는 태오에게 항상 문제를 일으켰던 사람이었다.

그래서 벌렸던 입술을 도로 닫아 두니 유리는 너털웃음과 함께 잠시 멈춰 두었던 뒷말을 이었다.

"조금 더 어른스럽게 굴도록 해요. 나봄 씨 나이에 순진무구한 건 장점이 아니라 단점이니까."

그 얘기는 나봄 태도를 똑바로 하라 눈치를 준 것이었지만 나봄은 조금도 불쾌하게 듣지 않았다.

오히려 지금껏 생각해 본 적도 없었던 깨달음을 얻었을 뿐.

'하긴. 내가 단태오한테만 너무 감정적으로 굴긴 했어. 매번 야생 늑대라도 맞닥뜨린 것처럼 지레 겁먹고 피해 다녔잖아.'

확실히, 그건 잘못된 행동이었다. 태오에게 부정적인 감정을 적나라하게 드러냈던 건 협업에 악영향만 줄 뿐이었다.

유리의 적의 섞인 말을 그대로 인정한 나봄은 반성하는 마음으로 씩씩하게 대답했다.

"조언 감사합니다. 앞으로 조심할게요!"

그리고 결심했다.

오늘 고마웠던 일도 있으니 앞으로는 그에게 조금씩이라도 마음을 열어 보겠다고. 지난 악연으로 물든 색안경은 벗어 버리고 새롭게 그에 대해 알아 가겠다고.

어쩌면 인간적으로 친해질 수 있을지도 모르잖아.

그건 유리의 뜻과는 반대되는 결과였으나 유리는 그걸 까맣게 모른 채 살가운 미소를 퍼뜨렸다.

"고마워요. 걔가 뭐 하나 신경 쓰면 나한테 화풀이해서 그래요. 앞으로 나봄 씨가 잘 행동해 주세요."

"네!"

그렇게 본의 아니게 시작되어 버린 나봄의 서툰 발걸음.

그건 오늘부터 본격적으로 기대를 접어 두기로 결심한 태오로서는 꿈에도 상상하지 못할 변화의 시작이었다.

* * *

[오늘 집에 갈 일 없어. 개수작 부리지 말고 방에나 처박혀 있어.]

오래 생각하고 고민한 끝에 차디찬 문자 한 통을 보냈다. 답신은 별로 받고 싶지 않아서 그대로 휴대폰을 껐다. 어차피 그는 한 번에 알아듣지 못하고 청승을 떨 사람이었다.

"하아……."

그러고 나니 드디어 꽉 막혀 있던 숨통이 트이는 듯했다.

물론 가슴이 새까맣게 타들어 가 버린 기분이지만 그래도 이만한 게 다행이었다. 적어도 불쌍한 그에게 휘말려 마음이 약해지진 않았으니.

가까스로 선우태준과의 문제를 일단락시킨 차준은 휴대폰을 다시 재킷 안에 집어넣었다. 그리고 나서야 편히 나봄을 떠올릴 수 있었다.

예상치 못한 엘리베이터 사고를 겪은 그녀는 빠져나오기가 무섭게 홀로 돌아갔고, 그 모습에선 왠지 모를 거리감이 느껴졌다.

차준은 그걸 가만히 넘길 수가 없다. 겨우 수습해 놓은 관계를 다시 멀게 만들고 싶지 않다.

차준은 더 늦어 버리기 전에 나봄을 찾아가기로 마음먹었다. 리조트의 긴 복도를 가로지르는 그의 표정은 어딘지 모르게 차갑고 어두웠다.

하지만 그녀가 지내는 숙소 앞에 다다라서는 의식적으로라도 입꼬리를 풀어 내었고, 가라앉아 있을 목소리를 가다듬고.

똑똑똑—

그는 나봄의 숙소 문을 두드렸다.

"네, 누구세요!"

머지않아 들려오는 목소리는 분명 그녀의 것이었다.

"나봄아, 나야."

"아…… 본부장님?"

"몸은 괜찮은지 보러 왔어."

다행히 아무 일도 없었던 것처럼 그녀에게 건네진 차준의 목소리는 한없이 부드러웠다.

나봄은 잠시 안에서 분주하게 움직이는가 싶더니 이내 신발장 쪽으로 달려와 잠긴 문을 벌컥 열어 주었다.

"안녕하세요, 본부장님."

"많이 놀란 것 같던데, 진정은 됐어?"

"네, 이젠 괜찮아요. 다친 곳도 없는걸요, 뭐."

편한 옷으로 갈아입은 나봄은 평소처럼 웃는 낯으로 살갑게 대답했다. 그러나 쉽사리 그를 방 안으로 들여보내지는 않았다.

그런 그녀에게서 확실히 다른 무언가를 느낀 차준은 안쪽으로 고갯짓을 하며 조심스레 물었다.

"들어가도 돼?"

"네? 아…… 네, 들어오세요!"

순간 나봄이 보인 찰나의 망설임. 그건 분명 부정적인 신호였다.

차준은 그때부터 그녀의 얼굴을 유심히 관찰하기 시작한다. 나봄은 감정에 솔직한 편이 아니지만, 결코 피어나는 감정을 숨기지는 못할 사람이니.

"커피 한 잔 드릴까요?"

차준이 문을 닫고 그녀의 숙소 안으로 들어서자, 나봄은 주방에서 컵을 꺼내 들며 물었다. 완전한 손님처럼 대하는 그 태도는 그와 거리를 두고 싶다는 것을 뜻했다.

차준은 그럴수록 환하게 웃어 보이며 대답했다.

"아니, 괜찮아. 허유리 파트장님이랑 미나 씨랑 방 같이 쓴다고 했나?"

"네."

"많이 친해졌어?"

"아…… 대화를 나눌 시간이 많이 없었어요. 제가 방으로 돌아오
자마자 뒤풀이 가시는 바람에."

"그럼 불편하겠네. 넌 낯도 많이 가리는 성격이잖아."

"괜찮아요. 앞으로 차차 가까워지면 되죠."

분명 커피는 필요 없다고 했는데도 나봄은 주방 앞에 서서 물을
끓이기 시작했다.

그 모습을 물끄러미 지켜보던 차준은 별말 하지 않고 베란다 쪽
커피 테이블에 자리를 잡았다.

그 뒤로 이어지지 않는 대화는 나봄의 감정이 상했음을 여실히
드러내고 있었다. 그녀는 분명 현재 나의 어떤 점에 대해 불만을 가
지고 있다.

"아깐…… 미안했어."

우선 더 이상 멀어지지 않도록, 그는 짧은 망설임 끝에 사과 한
마디부터 꺼내 놓았다. 순간 잠시 멈칫하는 그녀의 손은 그의 짐작
이 맞았다는 증거였다.

그때부터 차준은 지난 시간들을 곰곰이 곱씹어 보기 시작했다.

언제부터 그녀의 온도가 식었는지. 어느 시점에 그녀의 눈빛이
굳었는지. 내 마음이 그녀를 돌보지 못했던 때는 언제인지.

'그냥 여기 같이 있어 주면 안 돼요?'

'혼자 있기 너무 무서워서⋯⋯.'

머지않아 떠오르는 기억 하나는 엘리베이터 문의 좁은 틈새로 뻗어 나왔던 나봄의 손이었다.

겁먹은 그녀의 애타는 목소리를 듣고 나는 뭐라고 대답했더라.

'괜찮아, 아무 일도 없을 거야.'
'무서워도 조금만 참아. 금방 다녀올게.'

그게 정답이라는 걸 알려 주듯 차준의 심장이 쿵 내려앉았다.

힘없이 떨어졌던 그녀의 손끝은 그가 다시 돌아왔을 때부터는 좀처럼 닿지 않으려 했다.

내가 먼저 놓아 버린 너의 손.

바로 그거였구나. 너의 마음이 나로부터 상처 입었던 순간이.

문제를 깨달았으니 다음에 이어 내야 할 말은 답안지처럼 정해 져 있었다.

그래서 최대한 정돈된 목소리를 꺼내 놓으려던 그때.

"단태오 팀장님이 같이 있어 줘서 그렇게 무섭진 않았어요."

"⋯⋯단태오?"

예상치 못한 이름 하나가 튀어나왔다. 한 번도 그 사람을 편히 언급한 적이 없던 나봄이었기에, 차준의 눈동자가 당혹스러움을 감 추지 못하고 흔들렸다.

"그러니까 너무 걱정하지 않으셔도 돼요. 전 정말 괜찮아요."

뒤따라 흘러나오는 나봄의 말은 진심이 분명했다. 그녀의 눈가에 어린 건 정말로 괜찮아 보이는 미소였으니까.

그 뒤에 자연스럽게 건네져야 할 대답은 '니가 괜찮으니 다행이다'라는 안도의 한 마디였다. 그러나 이상하게도 그의 입술이 마음대로 움직여 주지 않았다.

그녀를 괜찮도록 만들어 준 사람이 자신이 아니라는 사실은 그에게 전혀 다행인 일이 아니었다.

그래서 아무 대꾸도 하지 못하고 있자, 나봄은 특유의 해맑은 목소리로 물었다.

"전 뒤풀이에서 얼굴이라도 비쳐야 할 것 같은데, 본부장님은 안 내려가세요?"

다시 똑바로 바라본 그녀의 얼굴엔 이전의 거리감이 없었다.

그러나 어쩐지 본능적으로 불안했다. 언제나 훤히 드러나 있던 그녀의 미묘한 감정선이 어쩐지 흐려진 것 같아서.

차준은 가라앉은 시선을 나봄에게 고정시켰고, 웃고 싶지 않은 만큼 입꼬리를 들어 올렸다.

그리고 앉아 있던 자리에서 일어나 그녀에게로 한 걸음 한 걸음씩 다가가기 시작했다.

점점 가까워지는 차준의 향기에 나봄의 눈동자가 둥그레졌다.

"싫어, 너랑 놀래."

"네?"

"오늘 밖에선 다른 사람들 때문에 얘기도 제대로 못 했잖아. 그러니까 지금부터는 나랑만 놀아 줘."

"놀아 달라니 어떻게……."

"글쎄, 뭘 하든 난 너만 있으면 될 것 같은데."

천천히 뻗어 나온 차준의 손이 나봄의 따듯한 손을 붙잡았다. 바보처럼 놓쳤었던 만큼 꽉.

그러자 바람 앞에 있는 촛불처럼 일렁이는 그녀의 눈동자는 평소와 같았다.

월식이 찾아온 듯 새까맣던 너의 하늘에 다시 나라는 달이 채워지고 있다.

그제야 얼어붙었던 호흡은 따듯해지고, 굳었던 입꼬리는 힘을 더하지 않아도 휘어 올라갔다.

나는 널 당황시키는 게 좋아. 니가 나한테 반응하는 게 좋아.

톡 건드리면 금방이라도 터져 버릴 것만 같은 너의 마음이 좋아.

그러니까 조금의 공간도 남겨 두지 마. 넌 나로 인해 가슴 벅차해야 해.

"포켓볼 치러 갈래? 지하에 있던데."

"아…… 그, 그거 잘 못 쳐요."

"괜찮아. 내가 가르쳐 주면 되잖아."

차준은 간절히 붙잡은 그녀를 부드럽게 이끌었다. 당황하면서도 순순히 따라와 주는 건 10년 전과 똑같았다.

그걸 확인하고 나서야 차준은 드디어 진심 어린 말을 건넸다.

"오늘 정말 다행이다."

"엘리베이터에서 무사히 나온 거요?"

"응응."

뭐든, 결국엔 전부 다 다행이야. 난 진심으로 그렇게 생각해.

*　　　*　　　*

이상하게 손목이 자꾸 쑤셨다. 어제는 그냥 거슬리는 정도더니 오늘은 푸른 멍 자국까지 생겨 버렸다.

"아…… 거슬리네."

제 손목을 만지작거리던 태오는 사무 책상 서랍 맨 아래 칸을 열었다. 하도 자잘한 부상이 잦아서 준비해 둔 구급상자가 그를 반겼다.

하지만 막상 꺼내려고 보니 파스를 찾아 붙이는 일도 귀찮게 느껴졌다.

붙여놔 봤자 뗄 때 아프기만 하지, 별 효과도 없는 것 같더라.

태오는 짧은 고민 끝에 열었던 서랍을 다시 닫아 두었다. 그러고 선 아직 확인하지 못한 자료들을 본격적으로 훑어보려 하는데.

"와아, 드디어 서울 도착이네!"

대형 버스 엔진 소리와 함께 김 대리의 목소리가 들려왔다. 워크숍에 갔던 팀원들이 이제야 회사로 도착한 모양이었다.

"나봄 씨 수고 많았어요! 같이 와 줘서 고마워요!"

"아닙니다! 김 대리님! 덕분에 정말 즐거웠어요!"

머지않아 들려오는 그녀의 음성은 태오의 신경을 앗아 갔다.

어제 홀로 쓸쓸하게 발걸음을 돌린 뒤로 계속 걱정했는데, 다행히 그녀는 엘리베이터에서 무사히 나와 별 탈 없었나 보다.

태오는 곧바로 마중 나가기 위해 자리에서 일어났지만, 의식적으로 모든 동작을 멈춰 버렸다.

오늘은 그녀를 마음에서 떠나보내야겠다고 결심한 지 겨우 이틀째.

아직 그녀에 대해 냉정해지지 못했으니, 한동안 마음이 시키는 것에 반대로 행동할 생각이었다.

보고 싶으면 고개를 돌리고, 다가가고 싶으면 멈추고.

"나봄아, 집에 데려다줄게. 내 차에 타."

"아니에요, 본부장님! 힘드실 텐데 저 혼자……"

"내가 데려다주고 싶어서 그래. 짐도 무겁잖아."

"아…… 그럼 잠시만 기다려 주세요."

끼어들고 싶은 마음이 폭발하면 폭발할수록, 제삼자처럼 멀찍이 떨어져서 모든 신경을 꺼 버리고.

"……대패질이나 해야지."

평화롭던 마음이 단번에 복잡해진 태오는 머리를 써야 하는 서류 작업 대신, 몸을 써야 하는 단순 작업부터 착수하기로 했다.

썩어 문드러지고 있는 고민들을 잊는 데는 역시 기계처럼 나무나 다듬는 것이 최고였다.

곧바로 자리에서 일어난 태오는 입고 왔던 깨끗한 티셔츠부터 벗었다. 그러고는 긴 캐비닛 앞으로 걸어가 낡은 작업복을 꺼내 들었다.

땀 냄새가 밴 남색 점프 슈트의 냄새가 안정감을 되찾아 주는 듯했다.

역시 평생 일이나 하다가 죽어야 할 팔자인가.

태오는 점프 슈트에 긴 다리를 집어넣고, 옷을 골반까지 끌어 올렸다. 그러다 안에 민소매 티라도 입어야 할 것 같아, 세탁해 둔 게 있는지 캐비닛 안을 뒤지고 있던 그때.

끼이이익―

갑작스럽게 사무실 문이 열리는 소리가 났다.

헐벗은 상반신을 미처 가리기도 전에 불쑥 고개를 내미는 건, 그의 앞에 결코 나타나지 말았어야 할 사람이었다.

"저기, 단태오……."

"아, 깜짝이야."

한 번 시야에 들어오면 온 신경을 앗아 가 버리는 탓에, 그저 피하고만 싶었던 한나봄.

예상치 못했던 그녀의 등장에 태오의 눈동자가 휘둥그레졌다. 만만찮게 커다란 눈동자로 그를 바라보고 있는 나봄은 누가 일시 정지 버튼이라도 누른 것처럼 굳어 있었다.

태오는 당황감을 숨기지 못하고 한동안 얼어붙어 있다가 뒤늦게 그녀의 시선을 의식하기 시작했다.

이제 보니 미묘하게 어긋났다 싶은 그 시선의 종착지는 아몬드 색 피부와 올록볼록한 잔근육이 적나라하게 드러난 맨가슴. 중학교 이후로는 엄마에게도 보여 준 적 없던 철벽남 단태오의 은밀한 속살.

꿀꺽, 마른침을 삼켜 넘긴 태오의 얼굴이 삽시간에 새빨개졌다.

하지만 너무 놀란 나머지, 머릿속이 새하얘진 나봄은 쉽사리 눈을 돌리지 못했고.

"지, 지금 어딜 보냐!"

결국 태오의 언성은 다시 무섭도록 높아져 버리고 말았다.

"꺄악! 미안해!"

친밀하고 좋은 사이로 거듭나기 위해 파스와 비타민 음료까지 사 들고 왔거늘.

새로운 스타트부터 정말 최악이었다.

*　　*　　*

쾅—!

하고 닫혔던 문이 스르륵 열렸다.

"이제 들어와도 돼."

아직 얼굴의 열이 가라앉지 않은 태오는 나봄의 눈을 애써 피하며 말했다. 방금 전 사태를 수습하지도 못하고 쫓겨나야 했던 나봄은 주눅 든 목소리로 사과부터 했다.

"미안, 사무실에 있는지 몰랐어. 미소 씨가 아직 출근 안 했을 거라고 해서서."

"나 없는 사무실엔 왜 들어왔는데."

"아! 전해 줄 게 있거든!"

그 말과 함께 나봄은 메고 있던 작은 크로스백을 뒤적거렸다.

얼굴의 홍조를 감추는 데에만 온 신경을 쏟아붓고 있던 태오는 그때까지만 해도 나봄을 외면하고 있다가, 이내 그녀가 작은 봉투

하나를 꺼내 내밀자 은근슬쩍 눈길을 주었다.

"뭐야, 이건."

"물파스랑 비타민 음료. 약국에서 타 왔어."

"물파스는 왜."

"손목…… 아플 것 같아서."

나봄은 그 말을 하며 그의 손목을 흘끔 바라보았다.

어제까지만 해도 그저 붉게 부어오르기만 한 상태였는데, 오늘은 결국 짙은 멍이 들어 있다.

나봄의 시선을 느낀 태오는 서둘러 반쯤 걷어붙였던 작업복 소매를 끌어 내렸다. 그러고는 특유의 까칠한 목소리로 대답했다.

"손목 너 때문에 다친 거 아니야."

"어제 엘리베이터 안으로 무리하게 집어넣어서 그렇게 된 거잖아. 위치가 딱 거긴데, 뭐."

"원래 다쳤었다고. 며칠 전에…… 그 뭐냐, 서랍장 문에 찧어서."

비록 엘리베이터 사고가 있기 전에 태오의 손목이 어땠는지는 기억나지 않지만, 나봄은 단번에 그가 거짓말을 하고 있다는 걸 알아챘다.

애먼 곳으로 피하는 눈동자와 쓸데없이 구긴 미간은 그가 마음에도 없는 말을 할 때 드러나는 행동이었다.

이젠 제법 그에 대해 파악하게 된 나봄은 굳이 거짓말을 눈치챘단 사실을 티내지 않았다.

그저 괜스레 다친 팔목만 만지작거리는 그의 다른 쪽 손을 억지로 펼쳐, 오늘 아침 눈뜨자마자 달려가서 사 온 감사의 선물을 살포시 들려 줄 뿐.

"원래 다쳤었던 거면 더 큰일이지. 문틈 사이에 끼어서 더 악화됐을 거 아냐."

"필요 없다니까……."

"물파스는 통증 가라앉을 때까지는 챙겨 바르고, 비타민 음료는 그냥 너 피곤할 때 마셔."

"……."

"아, 그리고 이왕이면 시간 내서 병원도 가 봐. 넌 손목도 많이 쓰잖아."

원래 이렇게 무미건조하게 말하는 타입은 아닌데.

나봄은 태오의 앞에만 서면 어쩐지 말투가 딱딱해졌다. 처음엔 그냥 그가 불편해서 그런 줄 알았는데, 친해지고 싶은 지금도 이러는 걸 보면 단태오한테 옮은 게 틀림없었다.

그래도 마지막엔 입꼬리를 들어 올려 편안한 미소를 지어 주며 최대한 진심을 담아 부드러운 목소리로 말했다.

"어제는 정말 고마웠어. 너 아니었으면 그 안에서 기절이라도 했을 거야."

그의 마음을 또 간지럽게 만드는 말.

하지만 이런 감정에 휩쓸리지 않겠다고 다짐했던 태오는 삐딱한 대꾸만 꺼내 놓았다.

"고맙다는 말만 몇 번을 하냐."

"그리고 미안해!"

"뭐?"

"그동안 너한테 너무 불편한 티만 냈었던 것 같아. 넌 해코지한 것도 없는데 괜히 나 혼자 겁먹고⋯⋯."

확실히 미안하다는 말은 한 번도 들어 본 적 없긴 했다.

5년 전, 두 번째 데이트가 시작된 지 단 10분 만에 그녀의 입에서 이별의 말이 나왔던 순간에도.

고맙다는 말도 버거운 와중에, 미안하다는 사과는 더욱 더 그의 머릿속을 혼란스럽게 만들었다. 대체 어떤 표정으로 화답해야 하는지조차 모르겠다.

괜찮아, 라고 말해 버리면 넌 또 나한테 뭘 해도 괜찮은 사람이 되어 버릴 것만 같아서.

그렇다고 해서 어색하게 무시할 수도 없는 노릇이니, 태오는 잘 떨지도 못하는 너스레를 시도해 보기로 했다.

"정 성은이 망극하면 보답을 해 주든가. 말만 고맙고 미안하면 뭐해."

쿵쾅쿵쾅 요동치고 있는 심장에 비해 말투는 제법 자연스러웠다.

이제 그와 단둘이 시간을 보내는 걸 어려워하는 나봄이 멋쩍게 웃어 보이기만 하면, 태오도 괜한 소리 할 시간에 밖에서 기다리는 본부장한테나 가 보라며 그녀를 돌려보낼 참이다.

그러나 잠시 고민하던 나봄은 반짝이는 눈동자를 태오에게로 고정시켰고.

"그래! 내일 저녁에 시간 되니?"

복숭아 빛 입술을 움직여 그가 생각지도 못한 대답을 했다. 덕분에 파르르 떨려 오는 건 펼쳐진 현실을 믿지 못한 태오의 동공이었다.

"내, 내일 저녁에 내가 시간이 되면 어쩔 건데."

"저녁 사 줄게. 그동안 신세 진 거 갚는 의미도 있고, 앞으로 잘해 보자는 의미도 있고."

"너 밥 먹다가 얹힐 일 있냐."

"이젠 불편한 내색 안 할 거니까. 우리가 좋게 끝난 사이는 아니지만 계속 원수처럼 지낼 것도 없잖아."

그건 태오가 도망만 다니는 그녀에게 전부터 계속 하고 싶었던 말이었고, 그녀가 꼭 알아줬으면 했던 말이었다.

그걸 하필 이 타이밍에 꺼내 놓는 한나봄은 이쯤 되면 내 머릿속을 훤히 꿰뚫어 보고 훼방을 놓는 것만 같다.

더 이상 그녀에게 휘둘리고 싶지 않았던 태오는 마음을 단단히 먹기로 했다.

한나봄이라는 여자는 항상 닿고 싶었던 사람이지만 지금의 그에겐 그녀를 향해 손을 뻗을 힘이 남아 있지 않았다.

태오는 늑대처럼 날이 선 눈빛으로 토끼 같은 나봄의 얼굴을 내려다보았고, 짧은 시간 동안 아주 매정한 멘트들을 준비했다.

'난 내일 저녁에 스케줄이 잡혀 있어서, 너랑 한가하게 밥이나 먹고 앉아 있을 여유가 없어.'

'원수질 사이는 아니지만 우리가 마주 보고 저녁 먹을 사이도 아니잖아?'

'괜히 나한테 시간 버리지 말고 저녁 시간은 본부장이랑 보내.'

이제 이 말들을 입 밖으로 꺼내 놓기만 한다면 그녀는 다가오는 걸음을 도로 멈춰 둘 것이다. 어쩌면 이 기적 같은 호의가 무색할 정도로 멀리 물러나 버릴지도 모른다.

소의 힘줄보다도 질긴 짝사랑 청산을 위하여, 그는 해야 할 말을 똑바로 내뱉기로 했다.

"난 내일……."

그래서 아주 비장한 표정으로 첫 마디를 꺼냈으나.

"왜? 시간 안 돼? 다른 날로 잡을까?"

이미 그녀를 만나기 전, 본인이 하고 싶은 일에 딱 반대로만 하겠다고 결심해 버린 태오는.

"난 내일 한가해. 저녁 시간도 괜찮고."

거절하고 싶은 만큼 쉽게 수락했고.

"금요일 저녁은 번화가 쪽 복잡하니까 너희 집 근처에서 먹어도 돼."

밀어내고 싶은 만큼 적극적으로 다가섰고.

"아, 그리고…… 너무 피곤하면 무리하지 말고 연락해. 다른 날로 미루게."

매정하게 굴고 싶은 만큼 부드럽게 녹아 버렸다. 이게 아닌데, 바보같이.

삐딱한 태오의 표정을 보며 분명 거절의 말이 돌아올 거라 생각했던 나봄은 살짝 놀란 표정을 지어 보였다.

그러나 이내 평온한 미소를 머금은 그녀는 가볍게 고개를 끄덕였다.

"그래, 그럼 내일 보자. 식당 예약하고 연락할게."

"내 번호는 있어?"

"저번에 명함 받지 않았나? 그거 보고 저장해 뒀을 텐데, 잠깐만 주소록을⋯⋯."

"준 적 없어. 대학교 때 번호 안 바뀌긴 했는데⋯⋯."

"아⋯⋯."

"기다려. 그냥 내 명함 꺼내 줄게."

세상 처음 만난 사람보다 어색한 대화가 오고 갔다.

이런 주제에 내일 어떻게 단둘이서 저녁을 먹나 싶지만⋯⋯.

"자, 여기 명함."

"고마워. 내 명함도⋯⋯."

"니 번호는 있어."

"그래?"

"원래는 없었는데 저번에 협업 제안서에 있길래⋯⋯ 어쨌든 내일 봐."

"응, 내일 보자!"

너무 걱정하지는 않기로 했다.

한껏 긴장해서 준비했다가 삐긋해서 폭삭 망하는 건 첫 데이트 때 실컷 해 봤으니까.

용건을 끝마친 나봄은 곧바로 태오의 사무실을 빠져나갔다. 창밖으로 보이는 하얀 벤츠는 그녀를 기다리고 있는 게 분명했다.

하지만 오늘만큼은 그녀의 뒷모습을 보는 것이 서럽지 않았다.

이유는 나도 모르겠다. 아무래도 모든 기대를 내려놓은 덕분인가 보다.

*　　*　　*

나봄의 작은 이 층집 앞에 하얀 벤츠가 멈춰 섰다.

사이드브레이크를 걸어 둔 차준은 곧바로 차에서 내려, 나봄이 앉아 있는 조수석 문을 열어 주었다.

"내리시죠, 한나봄 팀장님."

다정한 그의 미소는 햇살 아래서 유독 빛이 났다.

나봄은 그 얼굴을 잠시 넋 놓고 바라보다가 서둘러 가방을 챙겼다.

"되게 빨리 도착했네요."

"지하철보다 훨씬 낫지?"

"그러게요. 하하."

"조심히 내려. 밑에 턱 있다."

차준의 에스코트를 따라 몸을 빼낸 나봄은 집 안으로 들어가기 전, 그를 마주 보고 섰다.

그리고 고개를 꾸벅 숙여 인사했다.

"집까지 데려다주셔서 고마워요. 덕분에 편하게 왔어요."

그녀의 눈가에 어려 있는 해맑은 미소는 언제 봐도 기분이 좋았다. 차준은 그런 나봄을 아쉬움 가득한 눈빛으로 바라보며 말했다.

"점심이라도 같이 먹고 싶은데, 오늘까지 급히 넘겨야 할 서류가 있네."

"괜찮아요. 바쁘시면 가 보셔야죠."

"혹시 내일 저녁 시간 괜찮아?"

그리 묻는 차준은 벌써 머릿속으로 그녀와 함께할 분위기 좋은 레스토랑을 몇 군데 떠올렸다.

지난 데이트 때는 본의 아니게 근사한 식사 한 끼 대접해 주지 못했으니, 이번 기회에 어떻게든 만회해 볼 생각이었다.

하지만 나봄은 난처한 기색이 역력한 목소리로 의외의 대답을 했다.

"내일은 안 될 것 같아요."

"그래?"

"네, 아까 선약을 잡았거든요."

아까라면 버스에서 내린 뒤 잠시 우드레일 퍼니처팩토리 건물 안으로 사라졌을 때를 말하는 것일 텐데.

순간 결코 달갑지 않은 존재 하나가 차준의 뇌리를 스쳐 지나갔다. 어제부터 자꾸 신경을 거슬리는 그 사람은 그의 평온하던 눈동자를 흔들리게 만들었다.

"그 약속……."

혹시 단태오랑 잡아 놓은 거야?

진짜 묻고 싶은 질문은 튀어나오기 직전 가까스로 삼켜 넘겼다. 그녀의 앞에선 불안정한 모습을 내비치지 않고 싶어서였다.

대신 그는 이성적으로 사고했고, 이내 의도가 전혀 드러나지 않는 그럴싸한 뒷말을 생각해 냈다.

"……중요한 건가 보지?"

"단태오 팀장님한테 저녁 사드리기로 했어요. 프로젝트도 같이 진행해야 하는데, 그동안 너무 서먹하게 군 것 같아서……."

"아……."

"앞으로 조금씩이라도 친해져 보려구요."

기어이 궁금증은 풀렸으나 결과는 좋지 않았다.

예상했던 그 남자와 만난다는 그녀는 더 이상 예전의 불편함이 없어 보였다.

어제에 이어 다시 한 번 그 사실을 확인한 차준은 마른침을 삼켜 넘겼다. 그러고는 뒤엉키는 감정과 달리 차분히 정돈된 목소리로 대답했다.

"다행이네. 사이가 너무 안 좋아 보여서 걱정했는데."

그 말에 순한 눈웃음으로 화답하는 나봄은 차준의 불안감을 알 아차리지 못했다.

그건 무척 다행인 일이었다.

그래야 지금 내가 건네려는 고백이 순결함을 되찾을 수 있으니.

"나봄아."

차준은 그녀의 이름을 부르는 것으로 말문을 열었고, 나봄은 대 답 대신 가만히 시선을 마주했다.

아직, 지금은 안 돼. 너의 머릿속은 나로 가득 채워지지 않았어.

그는 그녀의 두 손을 붙잡았다. 어제처럼 힘주어.

그러자 일렁이기 시작하는 그녀의 눈동자는 이제야 온전히 그에 게 집중하고 있다.

지금이 바로 너의 마음을 나로 가득 채워 넣어야 할 때.

차준은 긴 호흡을 들이마셨고.

"우리······."

"······."

"다시 시작할까?"

모든 불안을 잠재울 한 마디와 함께 흘려보냈다.

첫사랑을 잊지 못하고 살던 나봄이 10년 동안 꿈에서만 그려 왔던 질문.

"······네?"

그걸 똑똑히 들어 놓고도 되물을 수밖에 없었던 건 한순간 머릿속을 가득 채워 버리는, 그녀 스스로조차 이해가 되지 않는 낯선 감정들 때문이었다.

우리 다시 만난 지 얼마 되지도 않았는데. 제대로 된 데이트도 해본 적이 없는데. 나는 아직 10년 만에 돌아온 그에 대해 아는 것도 하나 없는데.

인생에서 가장 소중했던 인연을 다시 시작해도 될까? 내가 그를 다시 사랑해도 될까?

그 찰나의 망설임은 차준을 바라보는 눈빛에 적나라하게 드러났다.

나봄이 어떤 대답도 쉽사리 꺼내 놓지 못할 거라는 걸 예감한 차준은 부드러운 목소리로 조심스레 물었다.

"너무 갑작스러웠나?"

"아······."

"지금 바로 대답해 달라는 건 아니야. 천천히 생각해 보고 말해 줘도 돼."

"……."

"오늘은 그냥 너한테 내 마음만 제대로 전했으면 됐어."

손끝으로 전해지는 온기. 그의 입가에 어린 천진난만한 미소. 함께 움직이는 사랑스러운 눈물점.

그녀가 좋아하는 것은 다시 봐도 10년 전과 다를 것 없이 그대로였다. 차준이 그리울 때마다 추억했던 얼굴도, 가끔 꿈에 나와 그녀의 가슴을 두근거리게 만들던 얼굴도 딱 지금 이 순간과 같았다.

하지만 왜 고개가 움직이질 않는 걸까.

그저 내가 한 번만 끄덕여 준다면 그 사람은 꿈이 아닌 현실에서도 내 곁에 머물러 줄 텐데.

왠지 겁이 난다.

그건 현재 심장을 빠르게 두드리고 있는 설렘과 전혀 다른 감정이지만 비슷하게 연결되어 있는 것 같다.

"이제 들어가 봐. 피곤하겠다."

차준은 가만히 얼어붙어 있는 나봄의 손을 내려놓으며 말했다. 얼어붙어 있던 나봄은 그제야 정신을 차렸고, 꾸벅 고개를 숙여 경직된 인사를 건넸다.

"그, 그럼 들어가 보겠습니다."

그러자 차준은 공중에서 손을 흔들흔들거리며 달콤한 미소로 화답했다.

"응응, 잘 들어가."

나봄은 여전히 아이 같은 눈웃음을 짓고 있는 차준을 물끄러미 바라보다가 이내 대문을 열고 집 안에 들어섰다. 그 뒷모습은 사라지는 순간까지도 잔뜩 굳어 있었다.

"하아……."

그걸 바라보던 차준의 입술 새로 흐린 한숨이 샜다.

외면하려고 해도 도저히 외면할 수 없는 그녀와의 거리감.

이건 차준의 온 신경을 앗아 가는 최고의 난제였다.

10년 전의 너는 내 앞에서 좀 더 많은 이야기를 하고, 많은 표정을 지어 보였던 것 같은데, 지금의 너는 뭐랄까.

새어 나오는 감정도 애써 틀어막고 있는 것 같다. 나도 너와 같은 마음이라고 아무리 고백해 봐도 소용없을 만큼.

우리가 다시 연인 사이로 거듭난다면 좀 나아질 수 있으려나.

생각의 흐름이 거기까지 진행되었을 때쯤, 12년 전 그녀로 인해 처음 가슴 두근거렸던 때가 문득 떠올랐다.

누군가에게 관심과 애정을 받는 일이 가장 쉽고 귀찮았던 소년은 금방이라도 울어 버릴 것 같은 눈으로 자신을 훔쳐보는 소녀를 알아차렸고.

괜히 심술을 부리고 싶던 어느 날, 의식적으로 고개를 푹 숙인 채 복도를 스쳐 지나가는 그녀를 붙잡고 짓궂게 물었다.

'너.'

'저, 저요?'

'나 왜 자꾸 쳐다 봐?'

'네?'

'혹시 나 좋아해?'

그러자 순식간에 잘 익은 토마토처럼 새빨개지던 그녀의 얼굴. 위태롭게 흔들리다가 이내 눈물을 쏟아 낼 듯 그렁그렁하게 젖어 버린 눈동자.

예상치 못한 반응은 차준을 당황하게 만들었다.

그래서 붙잡고 있던 여린 어깨를 스르륵 놓아주니, 그녀는 꾸벅 고개를 숙이며 말했다.

'기, 기분 나쁘셨다면 죄송해요…….'

그녀의 눈에서 투명한 물방울이 툭, 하고 맥없이 떨어졌다. 그렇게 노골적으로 전해지는 마음은 차준의 삶에서 처음이었다.

순간 단단하게 굳어 있던 차준의 마음엔 빈틈이 생겨났고, 이내 그의 마음엔 한 번도 느낀 적 없던 감정의 동요가 찾아왔다.

'아니, 사과 받으려는 건 아니고…….'

'……'

'넌…… 이름이 뭐야?'

사람에겐 별 관심도 없던 차준이 왜 그녀의 이름을 물어봤는지 는 스스로도 모르겠다.

'한나봄…….'

　뒤따라 들려오던 작은 목소리가 왜 귀가 아닌 마음으로 파고들었는지도 모르겠다.

　그렇게 알 수 없는 감정을 남겨 두고 곧바로 뒤를 돌아 총총총 달려가 버리던 그녀의 뒷모습은 한동안 차준의 뇌리에 박혀 떠나질 않았다.

　딱 그때부터 나는 널 신경 쓰기 시작했던 것 같다. 나를 훔쳐보는 니가 좋아서 견딜 수가 없었으니까.

　두근, 두근, 두근—

　이젠 서른이 된 차준의 심장이 되새겨진 기억에 다시금 반응했다. 어느새 차준의 입가에 어려 있는 건 진심에서 우러 나온 편안한 미소였다.

　차준은 늘 행복해지고 싶을 때면 그녀와 사랑했던 날들을 떠올렸고, 그건 매번 어지간한 진정제보다 효과가 잘 들었다.

　아마도 다시 사랑받고 있는 것처럼 느껴져서인 것 같다.

　일렁이던 눈동자, 엷게 떨리던 목소리, 뜨겁게 달궈져 있던 숨소리.

　오늘 내비쳐진 반응들은 하나같이 그때와 닮아 있어서, 위태롭게 조여 오던 마음이 한결 느슨하게 풀어지는 기분이다.

04.
계속, 여기 있었다

대형 박물관을 연상케 하는 평창동 저택.

앤티크한 수제 가구와 목재 인테리어가 고급스러움을 더하는 집 안에 서 대표가 들어섰다.

오전 내내 치열한 회의를 마치고 돌아온 그녀는 잔뜩 날이 선 상태였다.

"오셨습니까, 대표님. 오늘 아침 말씀하셨던 대로 에스테틱 관리사를 불러 두었습니다."

가정 관리사의 인사를 가뿐히 무시한 그녀는 드넓은 응접실을 지나 긴 복도로 들어섰다.

또각 또각 또각—

그녀의 발걸음은 규칙적이었지만 흔들리는 눈빛은 몹시도 불안정했다. 이 복도를 걸을 때마다 벌어지는 그녀의 상처 때문이었다.

망가진 지는 벌써 10년째. 그 사실을 받아들인 것도 벌써 5년째.

하지만 받아들였다는 게 아물었다는 뜻은 아니었다. 하지만 심장을 찢어발기는 고통을 내색하는 것조차 지쳐 버려서, 그녀는 이 복도를 걸을 때마다 애꿎은 주먹만 꽉 쥐어 본다.

솟구치는 감정을 그렇게라도 삼켜 보기 위해.

서 대표는 복도 맨 끝 쪽에 위치한 방 앞에 멈춰 섰다.

그러고는 깊은 숨을 들이마셨다. 흔들리던 그녀의 눈빛은 이제 위태로워 보이기까지 했다.

하지만 화려한 액세서리로 꾸며진 손을 들어 똑똑— 방문을 노크했을 때쯤, 서 대표의 얼굴에선 부정적인 감정들이 모두 물러가고 오직 처연한 미소만이 남았다.

그 미소는 차준의 앞에선 단 한 번도 지어 본 적 없던 것이었다. 그에게는 딱히 내비쳐야 할 필요성을 느끼지 못했었기에.

"들어오세요."

머지않아 방 안쪽에서 부드러운 남자의 목소리가 들려왔다. 그 음성은 그녀를 다시 나약해지게 만드는가 싶었지만, 서 대표는 애써 안정을 되찾았다.

끼익—

그녀는 차가운 문고리가 돌려 닫힌 문을 열었고, 잔인하고 끔찍한 상처를 지그시 마주했다.

"오셨어요?"

"……."

"어머니."

먼저 인사를 건네는 그녀의 아들, 선우태준은 망가진 다리가 무색할 정도로 한없이 태연하고 평온하기만 했다.

그럴수록 서 대표는 억장이 무너지는 기분이었으나, 그녀는 비참한 심정을 애써 감춘 채 웃음기 어린 말을 건넸다.

"오늘 하루는 어땠니? 어제 오랫동안 밖에 나가 있어서 감기라도 들었을까 봐 걱정했는데."

"몸은 괜찮아요."

"그래도 주치의를 불러서……."

"정말 괜찮다니까요, 어머니."

온화한 미소를 띤 태준은 대답을 반복하며 서 대표에게로 다가왔다.

끼릭― 끼릭―

가슴을 후벼 파는 휠체어 소리는 여전히도 듣기 힘겨웠다. 하지만 조금도 신경 쓰이는 티를 내지 않고 있으니, 태준은 이내 먹구름 하나 없는 표정으로 그녀에게 물었다.

"어제 차준이가 본가에 안 올 거라는 거…… 혹시 알고 계셨나요?"

"……."

"어머니는 들으셨던 거죠?"

거짓을 말해 봤자, 언젠가는 태준의 귀로 들어갈 진실이었다. 그래서 조용히 고개를 끄덕이자 그의 목소리엔 조금 더 힘이 들어간다.

"그런데 저한테는 왜 말을 안 해 주셨어요?"

"너도 그 애 성격 알잖니. 제 발로는 절대 찾아올 리가 없어."

"그래서 저를 이용하시는 거예요?"

"이용이 아니라 너를 위한 일이었어. 넌 항상 그 애와 예전 관계로 돌아가고 싶어 하니까, 그럴 빌미를 어떻게든 마련해 주고 싶었을 뿐이야."

해명을 하는 서 대표의 눈빛은 제법 절절했다.

그걸 마주한 태준은 깊은 미소를 지어 보였다.

"크게 오해하고 계시는 부분이 있는데, 그건 제 욕심이에요. 소원이 아니라."

"……."

"그러니까 들어주시려고 애쓰실 필요 없어요. 그래서도 안 되구요."

그러나 이어지는 말에는 경고성이 가득 서려 있었다.

태준의 말을 곧이곧대로 따를 수 없었던 서 대표는 그보다 더 강한 어조로 대답했다.

"아니, 선우차준 고집은 회장님 깨어나시기 전까진 반드시 꺾어놔야 해. 그 애가 완벽하게 너의 역할을 해내야 회장님이 널 용서하실 거야."

그리 말하는 서 대표의 눈빛에선 집착이 불러온 독기까지 느껴졌다. 그녀에게 '선우태준'이란 사람은 모든 걸 다 바쳐 구해 내고 싶은 간절한 존재였다.

집안의 반대를 무릅쓰고 오직 사랑만을 위해 한 초혼.

태준은 그 사람이 결혼한 지 2년 만에 암으로 세상을 떠나기 전 마지막으로 남겨 주고 간 선물이었고, 그녀의 힘든 시간을 견딜 수 있게 도와준 유일한 등불이었으니까.

그런 그가 그 사람과 꼭 닮은 성인으로 성장하는 걸 보며 얼마나 기뻤는지.

처음엔 태준을 없는 사람 취급하며 그녀를 억지로 재벌가와 재혼시켰던 서재균 회장도, 티끌 하나 없이 완벽한 태준을 후계자 감으로 인정할 수밖에 없었다.

얻은 거라곤 원치 않았던 생명 하나밖에 없었던 두 번째 결혼 생활을 순순히 청산할 수 있었던 것 역시, 서 회장의 마음을 백 프로 충족시켜 준 태준 덕분이었다.

그러니 너는 내 인생의 구원자. 하나밖에 없는 완벽한 나의 아들.

또다시 널 잃을 순 없어. 그러면 내가 하루도 살지 못하고 미쳐 버릴 거야.

새까맣게 타들어 가는 그녀의 마음도 모르고, 태준이 무겁게 입술을 열었다.

"어머니, 저는 이 집안에서 쫓겨나는 건 두렵지 않습니다. 여기서 사는 게 더 끔찍하거든요."

한 번도 상처받지 않은 사람처럼 지어 보이는 그 미소는 언제 봐도 가슴 아팠다. 서 대표는 그런 태준에게로 가까이 다가섰고, 그의 앞에 무릎을 꿇어앉았다.

"다시 예전으로 돌아갈 수 있어. 회장님이 널 용서해 주신다면 기회는 반드시 너에게로 올 거야."

"……."

"그러니까 포기하지 마. 엄마는 이 손을 놓아 버리는 일, 절대 없을 테니까."

차가운 서 대표의 손끝에 강한 힘이 실렸다.

태준은 한동안 그 손을 물끄러미 내려다보다가, 조심스레 그의 이름을 꺼내 놓는다.

"그때가 되면 차준이는요?"

"……."

"어머니한테 차준이는…… 대체 어떤 존재인 거예요?"

두 개의 질문은 같은 의미였으나, 서 대표는 단 한 마디 대답도 되돌려 주지 않았다.

그래서 더욱 애틋하고 가여운 그 애를 떠올리며, 태준은 지친 목소리를 냈다.

"그 애가 돌아올 자리를 만들어나 주시고 부를 생각을 하세요."

"……."

"저는 차준이한테 쥐덫에 놓인 미끼 같은 존재가 되고 싶지 않아요."

그건 차준조차 알아주지 않는 태준의 진심이었다. 서 대표가 알고 있는 완벽한 태준의 하나뿐인 단점이기도 했고.

너는 마음이 여리고 선한 것까지 그 사람을 닮아서, 쓸데없는 잔정에 너무 휩쓸린다.

그렇게 하염없이 쓸려 가고 쓸려 가다 도착한 곳이 이 집안 구석

자리에 위치한 방 한 칸이라는 사실이 몹시도 가슴 아플 뿐이다.

"내일 병원 가는 거 잊지 마. 난 며칠간 해외 출장이 있어서 같이 가 주진 못할 거야."

"어머니……."

"대신 김 실장이 동행해 줄 거니까 뭐 불편한 거 있으면 그 사람한테 미리 얘기해."

서 대표는 자꾸만 그를 나약하게 만드는 이름을 아예 거론된 적 없던 것처럼 묻어 버리고, 전혀 상관없는 주제를 꺼내 놓았다.

이로써 더 이상의 대화는 무의미하다고 느낀 태준은 다시 입을 닫아 버렸다.

누가 무엇을 포기해야 하느냐로 논쟁하느라 썩을 대로 썩어 버린 관계.

'형? 니가?'

'차준아…….'

'내 이름 부르지 마, 개새끼야.'

문득 그 애가 처음으로 등을 돌렸던 순간이 떠올랐다.

이미 모든 감각을 잃어버린 발끝부터 머리끝까지 옥죄는 듯한 고통이 일었다.

어차피 평생을 짊어지고 가야 할 죗값이라 아프다는 내색도 못 하겠지만. 그래도 걱정이 되는 마음은 어쩔 수 없다.

일 년에 몇 번 보지도 못하는 너는 점점 부서져 가고 있는 것 같아서, 널 생각하면 생각할수록 가슴 한편이 쓰라리다.

*　　*　　*

해가 다 저물어 버린 어두컴컴한 저녁.

비장한 표정의 태오가 삼겹살 반 근을 품에 안고 집 안에 들어섰다.

평소 집에선 냄새가 밸까 봐 요리를 안 하는 그였지만, 오늘은 반드시 프라이팬을 꺼내 들어야 하는 이유가 있었다.

[너 삼겹살 좋아해? 종각 쪽에 내가 제일 자주 가는 돼지
고기집이 있는데 거기 갈래?]

퇴근 직전, 나봄에게서 도착한 첫 번째 메시지.

그걸 본 즉시 태오는 '그래'라는 군더더기 없는 답변을 보냈으나, 사실 머릿속은 답변처럼 깔끔하지 못했다.

'와, 나 내일 진짜 한나봄이랑 단둘이 저녁 먹나 봐.'

라는 기쁨부터 시작해서.

'그런데 나 고기 잘 굽는 편이었던가?'

그 누구도 신경 쓰지 않는 쓸데없는 고민을 거쳐.

'잘 못 구워 버리면 나랑 먹어서 맛없게 느껴지는 줄 알 텐데. 다신 둘이 식사하자는 말 안 꺼내면 어떡하지.'

현실에선 일어나지도 않을 비극을 심각하게 염려하기까지.

하염없이 올라갔다가 순식간에 푹 꺼져 버리는 태오의 감정은 자이로드롭을 방불케 했다.

이러다간 평소 하지도 않을 실수까지 저질러 버릴 기세였다.

자신의 문제가 바로 이 습관적 긴장감 때문이라는 것을 이미 알고 있는 그는 우선 오늘 밤엔 마음부터 가라앉혀 보기로 했다.

그래서 선택한 달밤에 고기 굽는 연습.

시작은 그냥 한번 굽는 솜씨라도 점검해 보자였지만 삼겹살집에서 쓰는 네모난 철판부터 적외선 온도계, 타임워치, 휴대용 가스레인지, 부탄가스까지 사고 나니 스케일이 제법 커져 버렸다.

누가 보면 삼겹살 굽기 세계 대전이라도 출전하는 줄 알겠다.

"이게 혼자 뭔 난리냐……."

태오는 한숨 섞인 혼잣말을 하면서도 가방을 내려놓기가 무섭게 곧장 주방으로 직행했다.

식탁에 신문지를 깔고, 그 위에 새로 산 물건들을 세팅해 놓고. 고기까지 쟁반에 담아 준비해 두자 제법 동네 삼겹살집 분위기가 났다.

이십만 원이 거의 다 되는 돈을 지불할 때는 어이가 없어서 헛웃음이 났는데, 그럴싸한 연습 공간을 마련하고 나니까 불안감은 좀 덜하네.

태오는 본격적으로 연습을 시작하기 위해 식탁 의자를 당겼다.

하지만 제대로 앉기 직전, 무언가 부족하다는 생각이 들었다.

사실 자신의 진짜 문제는 사실 고기를 잘 굽고 말고가 아니라, 나봄의 앞에서 자연스럽게 행동할 수 있느냐 없느냐였다.

"한나봄…… 한나봄이 필요한데."

잠시 고민하던 태오는 제 방으로 성큼성큼 걸어갔다.

머지않아 다시 식탁 앞에 등장한 태오의 손엔, 평소 침대에서 책을 읽을 때 등에 받쳐 놓는 긴 베개가 들려 있었다.

그걸 제 맞은편 의자에 놓아두고, 뭔가 더 부족한 것 같아 그 베개 앞에 수저를 놓아두고.

태오는 최대한 자연스러운 표정으로 인사를 건넸다.

"한나봄, 안녕."

순간 온몸에 개미가 기어오르는 듯한 징그러움 느낌에 태오는 벌써부터 얼굴이 열이 오르는 듯했다.

하지만 애써 목소리를 가다듬은 그는 최대한 부드러운 목소리를 이어 나갔다.

"이제부터 내가 너한테 삼겹살을 구워 줄까 해. 기름 튀니까 얼굴 저리 치워……."

는 안 되고.

"기름 튀니까 얼굴 조심해. 그래, 얼굴 조심해."

연습 안 해 봤으면 큰일 날 뻔했다.

그녀를 걱정해 주는 다정한 말투는 미리 생각해 두지 않는 이상, 자연스럽게 튀어나와 줄 리가 없었다. 혼자 날뛰는 마음이 들킬까 무서워서 사춘기 10대 소년처럼 삐딱한 말만 내뱉곤 했으니까.

나름 괜찮은 인트로를 정한 태오는 본격적인 고기 굽기 연습에 들어가기로 했다.

그 전에 미처 챙겨 오지 못한 집게를 가져오려, 자리에서 반쯤 일어섰는데.

　　'아니, 나 너랑 커피 마시러 온 거 아니야.'

절대 꺼내고 싶지 않은 기억 하나가 머릿속을 스쳐 지나갔다.

　　'그럼 뭐하러 여기 들어왔는데.'
　　'헤어지자는 말…… 하려고.'

5년 전, 카페 한구석에 자리를 잡고 앉자마자 그녀가 꺼내 놓았던 이별의 순간이었다.
　그때 난 딱딱하게 굳은 그녀의 눈동자를 보며 무슨 말을 했더라.

　　'왜, 오늘 약속 있어?'

현실도피.
그래, 나는 현실도피를 했어. 꼴만 사나워지게.
그런 나에게 그녀는 차분한 목소리를 이어 나갔다.

　　'우리 만나기로 했던 거 말이야. 그거 없었던 일로 하고 싶어.'
　　'없었던 일로 하자니.'
　　'조금 더 만나 보고 판단해야 할 문제이긴 하지만, 너랑 나는 너무 안 맞는 것 같아. 내 마음이 누굴 만날 준비가 안 되어 있기

도 하고.'

'……'

'그러니까 아직 제대로 시작도 안 했을 때 정리하는 게 좋을 것 같아.'

아직 제대로 시작도 안 했을 때.

그 말이 난 왜 그리도 화가 나고 억울하던지.

그렇게 이성을 잃어버린 난 그녀를 향해 내 모든 감정을 적나라 하게 내비쳤다.

'한나봄, 넌 원래 인생 그렇게 사냐?'

'……어?'

'준비도 안 되어 있으면서 사람은 왜 만나. 내가 니 기분에 따 라 놀아 줬다가 버려졌다가 하는 장난감인 줄 알아?'

나를 바라보는 그녀의 눈은 그때부터 잔뜩 움츠러들기 시작했지 만, 나는 솟구치는 분노를 스스로 멈추지도 못했다.

'화, 화났다면……'

'미안할 짓하면서 미안하다는 소리 꺼내지도 마. 듣기도 싫으 니까.'

결국.

'다시는······.'

'······.'

'다시는 내 눈앞에 뜨지 마.'

기어이 새어 나와 버린 평생을 두고 후회하게 될 말.

한 번만 더 생각해 봐 달라고 할걸. 그게 안 되면 친구로라도 지내자고 할걸.

그것도 싫으면 그냥 그날만큼은 아무 말 없이 고이고이 보내 줄걸.

내가 생각해도 그날의 나는 니가 돌아올 수 있을 만한 일말의 여지도 남겨 두질 않았었다.

하지만 시간을 되돌린다고 해도 똑같이 그랬을 것이다. 난 점점 젖어 가는 목소리를 듣키고 싶지 않았거든.

그래서 내가 먼저 성질대로 박차고 일어나 버린 그날의 자리.

5년이 지난 지금, 다시 그 순간에 머물러 있는 태오는 일으키려던 몸을 도로 앉혀 두었다. 그러고는 긴 베개가 아닌, 잔뜩 겁먹은 그날의 나봄에게 당시엔 미처 하지 못한 고백을 꺼내 놓았다.

"좋아해."

넌 시작을 하지 않았다고 해도.

"난 널 이미 많이 좋아해."

마지막 순간 그리 말했더라면 우리의 이야기는 지금과 달라질 수 있었을까.

다 늦어 버린 고민을 하며 태오는 기억 속 나봄을 지그시 바라보았다.

"나쁜 가시나."

머지않아 따라 나오는 욕설엔 원망이나 미움이 담겨 있지 않았다. 이젠 지병처럼 달고 사는 미련만 가득할 뿐.

＊　　＊　　＊

서울의 한 대형 병원.

"곧바로 진료를 받으실 수 있도록 조치를 취해 두었습니다. 잠시만 기다려 주시죠."

간호사와 짧은 대화를 하고 온 김 실장이 신경외과 앞에 도착한 태준에게 말했다.

태준은 둥글게 눈꼬리를 휘며 웃어 보였고 그 온화한 분위기와 달리 뼈 있는 한 마디를 내뱉었다.

"전 오늘 딱히 스케줄이 없어서 차례가 될 때까지 기다려도 됐을 텐데요."

"몸에 무리가 가지 않도록 각별히 주의하라는 사장님의 지시가 있었습니다."

"제 몸은 괜찮아요. 다리는 조심한다고 해서 나을 것도 아니구요."

어떻게 반응해야 할지 모를 태준의 말은 김 실장을 당황스럽게 만들었다. 그래서 깊은 한숨을 내쉬며 괜히 고개를 돌리자, 태준은 전동 휠체어를 신경외과 밖으로 움직였다.

"어디 가십니까?"

서 대표로부터 한시도 그에게서 눈을 떼지 말라는 명을 받았던 김 실장은 곧바로 그 뒤를 따르려 했다.

"화장실이요. 설마 따라올 생각은 아니시죠?"

"도움이 필요하면 저한테……."

"김 실장님이 생각하시는 것보다 저 혼자 할 수 있는 일은 많아요. 이런 사사로운 간섭은 안 해 주셨으면 좋겠어요."

태준은 나직한 목소리로 김 실장의 걸음을 저지시켰다. 부드럽지만 강인한 면모는 날개가 꺾인 뒤에도 변치 않고 그대로였다.

결국 서 대표의 지시 사항은 잠시 접어 두기로 한 김 실장은 태준에게서 한 걸음 물러나며 대답했다.

"서둘러 돌아오셔야 합니다. 저는 이곳에서 대기하고 있도록 하겠습니다."

그의 표정은 단조로웠지만 그 안에 어린 불안감까지 숨길 수는 없었다.

태준은 그런 그를 향해 싱긋 미소 지었고 그대로 휠체어를 움직였다. 조용한 공간 안을 메우는 기계음은 집에서 타는 낡은 휠체어의 쇳소리보다 생기 없게 느껴졌다.

하지만 누가 어떤 시선으로 바라보던, 신경외과를 빠져나간 태준은 한결 편안한 숨을 내쉬었다.

이제야 겨우 벗어나게 된 김 실장의 감시.

사실 그는 매번 방문할 때마다 똑같은 말만 반복하는 의사 대신 꼭 만나고 싶은 사람이 있었다.

하지만 보는 사람들의 눈이 많은 본가에서는 외출이 불가능하니, 서 대표 없이 홀로 나왔을 때 작정하고 발걸음 할 생각이었다.

소식조차 잘 들리지 않는 하나뿐인 동생에게로.

병원 화장실을 지나쳐 가장 구석진 곳에 위치한 엘리베이터 앞까지 다다른 태준은 아래로 향하는 버튼을 눌렀다.

그리고 엘리베이터가 도착하기를 기다리며 근처 지하철역을 찾았다. 다행히도 우드레일 본사 건물과 병원은 그리 멀지 떨어져 있지 않았다.

"한…… 30분 정도면 되려나."

시간을 확인한 그의 앞에 마침 엘리베이터가 도착했다.

벌써 사람들이 반절 이상 빽빽이 채워진 내부.

그들은 하나같이 휠체어를 탄 태준에게 '자리도 좁은데 정말 탈 거냐?'는 눈빛을 보내고 있었지만, 태준은 억지스럽게 휠체어를 안으로 들였다.

"죄송합니다. 실례할게요."

눈치가 보이는 건 상관없었다.

다리가 제 기능을 잃은 뒤 한 가지 얻은 게 있다면, 그건 바로 연민과 비난을 전혀 신경 쓰지 않을 수 있는 담담함이었다.

고집스럽게 엘리베이터에 오른 태준은 문이 닫히자 남몰래 안도의 한숨을 내쉬었다.

비록 이렇게 무사히 감시를 빠져나와 너에게 간다 하더라도 만날 수 있을지는 모르겠지만, 일단은 망설임 없이 출발해 볼 생각이다.

우연찮게 열린 새장은 또 언제 닫힐지 모르니.

　　　　　＊　　　＊　　　＊

　　[오늘 본사에 제출할 서류가 있어서 잠깐 다녀와야 할 것
　같아! 어디서 만날래?]

나봄의 문자가 도착했다.

컴퓨터 앞에 앉아 업무 관련 이메일을 확인하고 있던 태오의 눈
이 곧바로 휴대폰으로 향했다.

그는 답신을 보내기 전 머릿속으로 퇴근 때까지 남은 시간과 해
야 할 일을 계산했고, 최대한의 속도를 냈을 때 한 시간 정도 퇴근
을 앞당길 수 있다는 결론에 이르렀다.

좋아. 그럼 본사 앞으로 데리러 가지, 뭐.

　　[6시까지 본사 앞으로 데리러 갈게.]

나봄에게 답장을 보낸 태오는 비장한 표정으로 어깨를 풀었다.
적어도 다섯 시까지 모든 업무를 마치려면 숨 돌릴 시간도 없이 일
을 해야 했다.

하지만 키보드에 막 손을 올려놓았을 때.

똑똑—

태오의 사무실에 노크 소리가 울렸다. 들어오라는 말을 꺼내기도 전에 확 문을 열어젖히고 들어오는 사람은 다름 아닌 허유리 파트장이었다.

"무슨 일이야."

태오는 이메일 화면에 시선을 고정시킨 채 사무적으로 물었다.

그러자 유리는 태오를 마뜩잖은 눈빛으로 흘겨보는가 싶더니 책상 위에 서류 하나를 탁 내려놓았다.

"본사에서 확인해 달라고 한 자료야. 내일 오전까지는 처리해 달래."

"내일 오전까지 줘야 하는 걸 지금 보내?"

"확인이 오래 걸리지는 않을 거라고 했으니까 대충 훑어보기만 해."

안 그래도 바빴던 태오는 짜증 섞인 표정으로 긴 한숨을 내쉬었다. 그러다 이내 용건이 끝났을 텐데도 불구하고 사무실을 나가지 않는 유리에게 눈동자를 옮겼다.

"더 할 말 있어?"

"딱히."

"그런데 왜 나 쳐다보고 있냐."

"넌 나한테 할 말 없나 해서."

유리의 의미심장한 말은 일에만 쏠려 있던 태오의 신경을 앗아 가기에 충분했다. 그는 잠시 지난 일들을 곱씹어 보았지만, 아무리 생각해 봐도 유리에게 하고 싶은 말은 떠오르지 않았다.

"나도 딱히."

그래서 영문을 모르겠다는 표정으로 대답했더니, 유리는 노골적으로 인상을 구겼다. 분위기를 보아하니 그녀는 불만을 토로하려는 모양이다.

"워크숍에서 나한테 있는 성질 없는 성질 부렸던 거 미안하지도 않아?"

"뭐?"

"난 너 걱정돼서 한 마디 해 준 건데, 신경 쓰지 말라는 소리나 지껄이고 말이야."

"아아, 그날."

순간 그저 하얗기만 하던 태오의 머릿속에 마음 쓰이는 일 하나가 떠올랐다.

워크숍에서 감정이 밑바닥까지 가라앉았던 태오는 눈치 없이 나봄에 대한 얘기를 꺼내 놓는 유리에게 있는 대로 성질을 부렸던 것 같다.

유리는 그저 요즘 들어 눈에 띄게 감정 기복이 심해진 그가 걱정되어서 그런 것이었을 텐데도.

"그날 섭섭하게 말했던 건 미안. 내가 너무 몰아붙였다."

태오는 태연한 목소리로 군더더기 없이 깔끔하게 자신의 잘못을 인정했다.

그래도 유리의 날 선 눈빛이 풀리지 않자 그는 백발백중 들어맞는 화해 방법을 쓰기로 했다.

"사과의 의미로 나중에 술 사 줄게."

"정말?"

역시 술이라면 사족을 못 쓰는 유리는 그의 한 마디에 평소의 쿨한 미소를 되찾았다.

　그걸 본 태오는 한시름 마음을 놓았고 다시 이메일에 시선을 고정시키며 한 번 더 약속했다.

　"어. 내가 이런 걸로 거짓말하는 거 봤냐? 나한테 빈정 상한 일은 술로 갚을 테니까, 지금은 나 일 좀 하게 내버려 둬라."

　어찌 보면 뉘우치는 기색이 전혀 없는 뻔뻔한 태도였지만 유리는 충분히 만족스러웠다. 회식 때도 좀처럼 참여하는 법이 없는 그는 일할 때 빼고는 함께 어울릴 기회도 없는 사람이었다.

　그러니 회사 친구가 나밖에 없지. 뭐, 그렇다고 해서 딱히 널 공유하고 싶은 생각은 없지만.

　"나 오늘 칼퇴근 할 거야. 끝나고 분위기 좋은 와인바나 데려가 줘."

　유리는 순순히 사무실 문 쪽으로 몸을 돌리며 말했다.

　일에 몰두하면 그 외 모든 것을 잊어버리는 태오를 잘 알고 있는 이상, 약속은 오늘 바로 지키게 하는 것이 마음 편했다.

　하지만 태오는 그녀 쪽으로 눈길도 두지 않고 단호히 대답했다.

　"오늘은 안 돼."

　"응? 왜?"

　"약속 있어."

　오늘은 직장인들의 파티와 다름없는 정열적인 금요일 밤.

　선약 하나쯤 있는 게 대수로운 일은 아니지만 유리는 본능적으로 신경이 쓰였다.

이제 보니 잔뜩 힘을 준 헤어스타일도 그렇고, 불편해 보일 만큼 차려입은 옷도 그렇고, 유리를 불안하게 만드는 점은 한두 가지가 아니었다.

"나봄 씨 만나?"

그래서 넌지시 꺼내 놓은 질문.

"어."

곧바로 돌아온 대답에는 선의의 거짓말을 해 주는 배려도 없었다. 덕분에 겨우 풀렸던 그녀의 입꼬리는 다시 딱딱하게 굳어 버리고 살짝 기뻐지려 했던 마음엔 다시 거대한 폭풍이 인다.

'조금 더 어른스럽게 굴도록 해요. 나봄 씨 나이에 순진무구한 건 장점이 아니라 단점이니까.'
'조언 감사합니다. 앞으로 조심할게요!'

첫 경고를 줬을 땐 분명 순진한 낯짝으로 고개를 끄덕였던 것 같은데, 벌써 태도를 달리하는 건 나를 엿 먹이려는 의도처럼 느껴진다.

급속도로 살벌해진 유리의 기운은 그녀를 보고 있지 않던 태오에게까지 전해졌다.

"무슨 문제 있어?"

그래서 다시 그녀를 흘깃 바라보며 물으니, 유리는 굳어 있던 표정을 애써 풀어 내고 어깨까지 으쓱이며 대답한다.

"아니, 아무 문제도 없어. 그럼 술은 다음 주 중에 얻어먹어야겠네."

　머지않아 등을 돌려 태오의 사무실을 빠져나가는 유리는 겉보기엔 정말 아무 문제없는 듯했다. 그걸 확인한 태오는 그녀에게 향했던 조금의 신경까지 모두 끌어모아 업무에 집중시켜 놓았다.

　하지만 사무실 문이 닫히고 태오와 완벽하게 분리되고 나자, 유리의 눈빛은 점점 싸늘한 한기가 어리기 시작한다.

　아무런 악의도 느껴지지 않아서 더욱 열이 뻗쳐오르는 그 여자의 행동.

　거기에 바보처럼 동조해 주는 단태오는 답답해서 미쳐 버릴 지경이다.

　한나봄과 선우차준이 심상치 않은 관계라는 건 그들과 가깝지 않은 사람들도 전부 눈치챘는데, 그게 정말 안 보이는 건지. 아니면 자존심이 없는 건지.

　그가 잊지 못한 첫사랑 때문에 마음을 접어 둔 유리지만 그 첫사랑이 한나봄처럼 눈엣가시 같은 타입이라면 양보해 주고 싶지 않았다. 어차피 가질 수 없는 남자라면 빼앗기지 않는 선에서 욕심내 볼 생각이다.

　"단태오……."

　유리는 아무리 손을 뻗어도 닿을 수 없는 그의 이름을 불렀다.

　"……한나봄."

　그리고 그 남자가 바라보는 그녀의 이름을 불렀다.

　머릿속에 차례로 떠오르는 두 사람의 색깔은 보색처럼 절대 어울리지 않았다.

둘이 인연이 있다는 사실 자체가 헛웃음이 나올 만큼.

＊　　　＊　　　＊

어제, 나봄은 하루 종일 선우차준에 대해 생각했다. 그에 대한 고민은 지금까지도 계속 이어지고 있다.

하지만 생각하면 생각할수록 마음은 복잡해지고, 차준의 고백을 어떻게 받아들여야 할지도 전혀 모르겠다.

비록 오늘 업무 때문에 본사에 들려야 하는 나봄이었지만 차준은 만나고 오지 않을 작정이었다.

아직은 혼란스러운 감정이 정리되질 않았고, 또 아직은 그의 마음에 대한 확신이 서질 않았으니까.

"후우……."

본사 앞에 선 나봄은 습관처럼 긴 한숨을 내쉬었다. 한봄 도어락과 비교할 수 없을 정도로 거대하고 압도적인 본사 건물은 항상 그녀를 긴장하게 만들었다.

하지만 한동안은 정식으로 당당하게 출입할 수 있는 몸이니, 발걸음이라도 씩씩하게 내딛어 보려던 그때.

"안녕하세요."

나직하고 부드러운 목소리가 그녀의 바로 뒤편에서부터 들려왔다. 왠지 익숙하게 느껴지는 그 음성이 차준의 것인 줄 알았던 나봄은 눈을 동그랗게 뜬 채 고개를 돌렸다.

"본부장…… 님이 아니시네."

하지만 그녀의 시야에 들어온 얼굴은 전혀 다른 사람이었다.

둥글게 휘어진 눈꼬리, 온화하고 여유로워 보이는 미소가 어딘지 모르게 그와 비슷해 보이긴 하지만 느껴지는 분위기가 확실히 다른.

"여기 근무하세요?"

다리가 불편한지, 전동 휠체어에 앉아 있는 그는 나봄에게 손부터 내밀어 악수를 청했다.

그의 반듯한 얼굴을 멍하니 쳐다보고 있던 나봄은 뒤늦게 그 손을 맞잡아 주며 대답했다.

"아, 근무하는 건 아니고 협업 업체에서 왔어요. 도어락 쪽이요."

"도어락 협업 업체라면, 케이 도어락?"

"아니요, 한봄 도어락이요!"

"그런 업체는 처음 들어 봤는데…… 게스트 출입증은 받으셨나요?"

"네, 그런데 그건 왜……."

나봄에게 이것저것 캐묻던 남자는 그녀의 손을 놓아주고 다시금 입꼬리를 들어 올렸다. 그러고는 다정한 목소리로 그녀에게 부탁하나를 건넸다.

"엘리베이터 앞까지 같이 가요."

"네?"

"최대한 직원들 눈을 피해서 들어갔으면 좋겠어요. 혹시 그 가방으로 얼굴 좀 가려도 될까요?"

그냥 듣기에도 이상한 부탁은 나봄을 당황하게 만들었다. 그래서 어떤 대답도 하지 못하고 있자 그는 그녀를 안심시켜 주기 위한 한 마디를 덧붙였다.

"나도 여기 들어갈 수 있기는 한데, 제가 여기 있는 걸 들키면 안 될 이유가 좀 있어서……."

그 이유가 대체 뭔데요? 라는 질문은 꺼내지 못했다.

"그럼 가방 좀 쓸게요. 고마워요."

멋대로 그녀의 손에 들린 가방을 들고 가 버리는 남자 때문에.

나봄이 난처해하고 있는 사이, 그녀의 가방으로 얼굴을 가린 남자는 무거운 유리문 앞에 이동했다. 그러곤 고갯짓으로 문을 열어 달라는 신호를 보냈다.

아직 상황 파악이 덜 된 나봄은 이러면 안 될 것 같다고 어렴풋이 생각했지만 사람은 원래 당황하면 당황할수록 순순해지는 법이었다.

"머, 먼저 들어가세요."

"고마워요."

그래서 휠체어를 탄 그가 무사히 건물 안으로 들어갈 수 있도록 문을 열어 주고, 넓은 로비를 빠르게 스쳐 지나가는 그를 총총총 뒤따르고 있으니.

"잠시만 출입증 확인이 있겠습니다."

그 수상한 모습을 놓치지 않은 가드가 그들에게로 다가왔다. 얼떨결에 외부인을 숨겨 주고 있는 나봄의 동공이 지진이라도 난 듯 흔들렸다.

"아, 저기……."

"출입증 주시죠."

"가방에 있는데……."

나봄은 남자가 들고 있는 가방을 손가락 끝으로 소심하게 가리켰다. 필사적으로 얼굴을 가린 그를 내내 주시하고 있던 가드는 매서운 목소리로 물었다.

"같이 오신 분은 왜 얼굴을 가리고 있죠?"

"이분이 수줍음이 많아서……."

"여긴 장난치는 곳 아닙니다. 똑바로 설명하세요."

똑바로 설명을 하려고 해도 나봄은 그럴 수 없는 처지였다.

누가 봐도 의심쩍은 이 남자는 불과 몇 분 전 처음 만난 사이였고, 왜 이렇게 얼굴을 가리면서까지 안에 들어가려는지는 그녀조차 알지 못했다.

결국 할 수 있는 건 잔뜩 움츠러든 시선으로 휠체어에 앉은 남자와 가드를 번갈아 쳐다보는 것뿐.

바로 그때.

"근무한 지 얼마 안 됐나 봐요. 보통은 이 휠체어만 봐도 알아보던데."

남자가 살벌한 분위기와는 전혀 어울리지 않는 여유로운 음성으로 말했다.

나봄을 노려보고 있던 가드의 눈동자가 곧바로 그에게 옮겨붙었다.

그 안엔 나봄에게 쏘아 보냈던 것처럼 강한 의구심이 담겨 있었으나, 남자가 얼굴을 가렸던 가방을 내림과 동시에 당황스러움으로 바뀌어 버렸다.

"서, 선우태준 대표님……."

"대표 자리엔 앉은 적도 없어요. 직함은 생략해요."

선우태준?

심상치 않은 남자의 성은 나봄의 머릿속을 좀처럼 떠나가지 않는 그 사람을 떠올리게 만들었다.

"알아보지 못해 죄송합니다. 지금 바로 게이트 열어드리도록 하겠습니다."

단번에 경계심을 허물고 닫혀 있던 게이트를 열어 주는 가드의 태도 역시 그녀의 생각에 신빙성을 더했다.

뜻밖의 전개에 놀란 나봄은 유유히 게이트 안쪽으로 들어가는 그의 뒷모습을 바라보았고.

"이제 괜찮으니까 들어와요."

그의 손짓에 퍼뜩 정신을 되찾았다.

그의 뒤를 따라 게이트를 지나치던 순간, 공손히 고개를 숙여 인사하는 가드는 그녀를 더 큰 혼란에 빠트렸다.

"아, 참고로 제가 여기 왔다는 건 아무에게도 알리지 않아 주셨으면 좋겠어요."

"예?"

"그리고 앞으로 10분 동안은 차준이한테도 비밀이에요. 약속 지켜 줄 수 있죠?"

"그, 그러도록 하겠습니다."

'차준'이란 이름이 그의 입에서 친근하게 불려졌다. 덕분에 그를 바라보는 나봄의 눈빛도 심상치 않아졌다.

하지만 혼란의 장본인인 그는 시종일관 태연한 표정으로 엘리베이터 버튼을 눌렀고 곧바로 내부를 드러내는 엘리베이터 안에 휠체어를 들여 놓았다.

"안 타세요?"

"네? 탑니다!"

나봄이 몸을 싣자마자 그는 다른 누가 탈세라 서둘러 닫힘 버튼을 눌렀다. 그러고는 멋대로 뺏었던 나봄의 가방을 돌려주며 물었다.

"몇 층 가세요?"

"홍보부로 가야 하는데……."

"그럼 16층. 한 가지만 더 부탁드릴게요. 16층 누르는 김에 33층도 눌러 주세요. 보시다시피 손이 안 닿아서."

"아…… 네, 알겠습니다!"

33층이라면 고위 간부들만 머무는 본사의 로얄 층이었다. 나봄은 순순히 엘리베이터 버튼을 눌러 주면서도 점점 더 복잡해지는 머릿속을 정리하지 못했다.

그 모습을 바라보고 있던 그는 실웃음을 흘려보냈고, 막무가내인 행동과 어울리지 않는 다정한 목소리로 물었다.

"한봄 도어락 쪽 사람이라고 했죠? 이름이 어떻게 돼요?"

"한, 한나봄 입니다."

"나봄 씨 덕분에 무사히 도착했네요. 누구의 도움도 받지 않고 혼자 외출하는 건 처음이라서 난관투성이였는데."

눈가에 어린 미소는 그리 나쁜 사람처럼 보이진 않았다. 하지만 지금까지 보인 모습들을 보면 결코 평범한 사람도 아니었다.

그래서 여전히 혼란스러운 눈빛을 거두지 못하고 있자 그는 사람의 마음을 안심시킬 만큼 따뜻한 웃음을 흘려보냈다.

"다시 한번 부탁하지만 날 만났다는 건 아무한테도 말하지 말아 줘요."

"전 그쪽이 누구신지도 모르는데요?"

"그럼 더 잘됐구요. 자, 내릴 준비."

띵—

그가 가볍게 손짓을 하자, 나봄이 내릴 16층 도착을 알리는 벨이 마법처럼 울렸다.

숱한 의문점들을 하나도 해결하지 못한 나봄은 여전히 어안이 벙벙한 표정이었지만, 그가 손을 흔드는 바람에 얼떨결에 몸을 내려 버리고 말았다.

"만나서 반가웠어요, 나봄 씨."

문이 닫히던 순간 새어 나온 그의 마지막 인사.

그 순간 느껴지던 따스함은 확실히 차준과 많이 닮아 있었다.

아니, 어쩌면 그 사람보다 더 그 사람 같을지도 모른다. 부드러운 입술에 어려 있는 차준과 닮은 미소는 원래 그의 것이었다고 해도 믿어 버릴 만큼 잘 어울렸기에.

*　　*　　*

똑똑—

고요한 사무실에 노크 소리가 울렸다. 서류를 확인하고 있던 차준은 고개를 들지 않고 대답했다.

"들어오세요."

그러자 무거운 나무 문이 열리고 사무실 안으로 불쾌한 기계음이 들려온다.

위이이잉—

발소리를 낼 수 없는 그의 기척.

차준의 눈빛이 급속도로 싸늘해졌다.

"차준아, 잘 있었어?"

그는 다정한 인사를 건넸지만 차준은 도저히 화답해 줄 수가 없었다. 서류에서 떨어져 그에게로 향하는 차준의 시선은 당장 꺼지라고 소리치는 듯했다.

태준은 그걸 뻔히 마주 보면서도 입꼬리를 들어 올렸고, 나직한 음성을 흘려보냈다.

"요즘 통 얼굴을 못 봐서……."

"……."

"잘 지내고 있나 보러 왔어. 오늘 혼자 나올 기회가 생겼거든."

태준의 말이 끝났지만 차준은 어떠한 반응도 보이지 않았다. 그래서 더욱 싸늘하게 느껴지는 동생은 오늘도 다가가기엔 여전히 멀고 아득한 존재였다.

하지만 태준은 그를 보지 못한 지난 몇 달간 준비해 왔던 멘트를 꺼내 놓기로 했다. 돌아올 대답이 뻔하다고 해도 그 안에서 느껴지는 감정은 또 다를지 모르니.

"오늘 저녁에 시간 돼?"

"……"

"오랜만에 같이 식사하자. 하고 싶은 얘기가 많아."

그와 관계가 틀어진 후로 지금까지 천 번은 권유했고 만 번은 거절당했을 거다. 느껴지는 분위기를 보니 이번에도 수락은 해 주지 않을 모양이다.

그래도 태준은 일말의 희망을 담은 눈빛으로 차준을 바라보았다.

여전히 얼음장처럼 차가운 한기만 띠고 있는 차준은 길고 깊은 숨을 들이쉬었고, 이내 굳게 다물었던 입술을 열었다.

"아직도 뻔뻔하구나."

"……"

"내가 잘 지내고 있는지, 너만큼은 보러 오면 안 되지."

"차준아……."

"좋은 말로 할 때 내 이름 부르지 마. 당장 꺼져."

매정한 대답을 쏟아 낸 차준은 다시 책상 위로 시선을 끌어 내렸다. 그로써 태준에게는 보이지 않게 된 두 눈동자는 사시나무처럼 떨리고 있었다.

지금 그가 바라는 것은 하나. 내 인생을 무너트린 존재가 일 분 일 초라도 빨리 사라져 버리는 것.

하지만 태준은 전혀 들어줄 생각이 없는지, 오히려 차준의 곁으로 더 가까이 다가왔다. 차준은 입술을 꽉 깨물었고 솟구치는 원망이 드러나지 않도록 악착같이 견뎌 냈다.

"오해를 풀고 싶어. 10년 전, 내 선택은 모든 걸 너한테 떠맡기고 싶어서 그랬던 게 아니야."

"……"

"어떻게든 벗어나고 싶었어. 무책임하게 들릴지는 모르겠지만, 차라리 죽는 게 사는 것보다 나을 거라고 생각했거든."

"……"

"그리고 그 생각은…… 지금도 변하지 않았어. 이젠 죽는 것도 혼자 못하는 몸이 되어 버렸지만."

하나 그가 늘어놓는 변명은 차준의 이성을 무자비하게 갉아먹는다.

결국 저 깊은 심연에서 일렁이던 분노는 밖으로 폭발하고, 감추고 싶었던 감정은 적나라하게 드러나 버린다.

"그럼…… 뒈지지 그랬냐."

"……"

"그랬으면 차라리 덜 원망스러웠을 텐데……"

"차준아……"

"이젠 귀도 멀었어?! 내 이름 부르지 말라고!"

처절하게 터져 버린 차준의 고함은 태준의 죄책감을 짓눌렀다. 온화하던 눈동자에 드리워진 슬픔은 새벽녘의 안개처럼 잔잔하고 짙었다.

그러나 차준은 긴 시간 쌓여 왔던 분노를 멈추지 않고 쏟아 냈다.

"형을 포함해서 모든 집안사람들이 10년 전 그날 형이 옥상에서 떨어진 걸 추락 사고라고 얘기했어! 나한테만!"

"······."

"그래서 모든 걸 다 포기하고 형을 대신하기로 했던 거야! 그땐 이 자리가 형이 이루지 못한 꿈인 줄 알았으니까!"

"······."

"그런데 어떤 것도 돌이킬 수 없게 되어 버리니까 사실은 자살 시도였다고? 넌 그걸 고해성사라고 지껄였던 거야?"

과거를 회상하는 차준의 목소리가 흐려졌다. 계속 그를 바라보고 있던 태준도 말없이 고개를 떨어트렸다.

"모든 짐을 다 떠맡겨 버릴 만큼 힘든 상황이란 건 이해해······ 하지만."

"······."

"형은 그러면 안 되지. 모두가 날 버려도 형은 날 지켜 준다고 했었잖아······."

증오만이 가득해 보였던 차준의 감정은 다시 확인해 보니 애증이었다. 그가 너무 가여워서 모든 걸 다 잃어도 괜찮다고 위로했던 지난날들에 대한 미련이기도 했고.

차준은 버릇처럼 흐려지는 눈가를 정돈하고는 자리에서 일어났다. 제 무릎으로 향해 있던 태준의 눈동자는 단호하게 멀어지는 차준의 뒷모습을 고요히 뒤따랐다.

"꺼져."

한 번 더 꺼내진 진심 어린 명령과 함께 매정하게 열어젖힌 문.

태준은 눈앞에 펼쳐진 복도를 물끄러미 바라보다가 마지막으로 초라한 입술을 열었다.

"내가 정말……."

"사과하지 마."

그러나 한 마디를 제대로 꺼내기도 전에 내뱉어진 차준의 단호한 목소리는 그가 아무 것도 하지 못하게 만들었다.

"나한테 일말의 죄책감이라도 남아 있다면…… 어떻게든 내가 모르게 해."

그 말을 듣는 순간, 차디찬 그의 얼굴이 왜 저리도 안쓰럽고 외로워 보이는지.

그래서 함께 있어 주고 싶었던 태준은 부탁받은 대로 나약한 이 감정을 숨기기로 했다.

모든 걸 잃고 홀로 고군분투하는 그의 원동력은 자신을 향한 거대한 원망이라는 걸, 태준은 그 누구보다 가장 잘 알고 있었으니까.

결국 차준이 열어 놓은 문 밖으로 휠체어를 움직이며 태준은 이제 또 언제 보게 될지 모를 동생의 얼굴을 물끄러미 바라보았다.

예전엔 내 키가 너무 커서 항상 널 내려다보기만 했었는데, 이제는 너의 키가 너무 커서 죽을 때까지 올려다볼 일만 남았다.

언제 이렇게 자라 버렸을까.

내 기억 속에 남아 있는 너의 모습은 영원히 어리고 안쓰럽기만 한데.

"또 올게."

태준은 마지막 인사를 건네며 끝까지 미소를 잃지 않았다. 혹시라도 표정이 어색하게 굳어 버렸다간, 언젠가 차준의 마음이 아물었을 때 편히 돌아오지 못할 것 같아서였다.

차준은 아무 대답도 하지 않았고, 태준의 휠체어가 사무실을 빠져나가자마자 매정히 문을 닫았다.

쾅—!

오늘도 그를 배웅해 주는 건 싸늘한 한기밖에 없었다.

그래도 태준은 남몰래 안도의 한숨을 내쉬었다.

몇 달 동안 도통 보이질 않아 걱정했던 동생은 몇 달 전보다 야윈 것 같긴 해도 아픈 데는 없어 보였으니.

그것만으로도 참 다행이었다.

*　　*　　*

드디어.

아직 현실감각은 없지만 어쨌든 드디어, 나봄과의 저녁 식사 시간이 되었다.

약속했던 6시에 맞춰 우드레일 본사로 차를 가지고 온 태오는 정문 앞에 정차하기가 무섭게 백미러를 들여다보았다.

잘 정돈된 머리카락, 때 하나 묻지 않은 깨끗한 헨리넥 셔츠, 세련미를 더하는 피어싱.

모든 것은 가히 완벽에 가까웠다. 지나치게 긴장한 눈빛만 빼면.

"오늘은 망치면 안 돼, 제발."

태오는 그녀의 앞에선 매번 실수만 일삼는 자신을 타일렀다. 그러고선 나봄이 오기 전에 심호흡으로 떨리는 마음을 다스리려는데.

지이이잉— 지이이잉—

호랑이도 제 말하면 온다고 했던가. 나봄으로부터 전화가 걸려 왔다.

태오는 아직 진정하지도 못한 상태에서 거치대에 있는 휴대폰의 통화 버튼을 눌렀다.

"무슨 일이야."

……라니. 6시까지 내가 데리러 온다고 했으니까 전화했겠지.

—나 본사 앞인데 넌 어디야?

"나도 본사 앞인데."

—혹시 비상등 켜져 있는 까만 차?

"어, 보여?"

—응. 바로 앞에 서 있었네.

바로 앞 어디? 라고 생각하는 순간, 조수석 문이 벌컥 열렸다.

깜짝 놀라 휘둥그레진 태오의 눈동자에 비쳐 들어오는 사람은 개나리색 블라우스가 몹시도 잘 어울리는 나봄이었다.

아직 마음의 준비도 제대로 하지 못했던 태오는 혹시나 떨리는 눈빛을 들켜 버릴까 싶어 정면으로 홱 고개를 돌려 버렸다.

"얼른 타. 여기에 차 오래 못 대니까."

첫 마디가 지나치게 딱딱한 건 태오 스스로가 가장 잘 알았다.

여기 오기 전에 차 안에서 계속 연습했던 첫 마디는 '어서 와'라는 살가운 한 마디였는데, 왜 준비한 대로 안 나오는 건지.

하지만 살가운 태오보다 이렇게 딱딱한 태오의 모습이 훨씬 익숙했던 나봄은 별로 개의치 않는 눈치였다.

조수석에 올라 안전벨트까지 야무지게 맨 그녀는 태오에게 미소 띤 얼굴로 말했다.

"아, 맞다. 내가 말한 돼지고기집 말이야. 검색해 봤더니 없어진 것 같더라구."

"그래?"

"응, 그래서 다른 데를 알아봐야 할 것 같은데 스테이크는 별로야?"

그건 어제 삼겹살 굽는 연습을 한답시고 그가 사 온 장비들을 쓸모없게 만드는 말이었다.

그러나 어차피 부질없는 회상에 빠져 있느라 제대로 고기를 구워 보지도 못했던 태오는 사이드브레이크를 풀며 고개를 끄덕였다.

"뭐든 괜찮아. 너 먹고 싶은 거 먹어."

"휴우, 다행이다. 마음이 급해져서 예약부터 해 놨는데 니가 싫어하면 어쩌나 걱정했어."

오늘 저녁 식사를 정하느라 고민했다는 그녀의 말은 꼭 그와의 만남을 특별하게 신경을 쓴 것처럼 들렸다.

그래서 입꼬리가 올라갈 뻔했지만 태오는 가까스로 기쁨을 숨겼다. 데이트가 아닌 이상, 이 이상 의미를 부여하는 것도 곤란했다.

"장소는 여전히 종각이야?"

"아니, 그 옆! 시청역 근처야. 엄청 고급스러운 레스토랑이니까 기대해도 돼."

"나 많이 먹는데 괜찮겠냐? 오늘 재산 다 탕진하겠네."

"걱정하지 마. 내 카드 한도가 오백만 원인데 그만큼 먹을 건 아니잖아."

시시콜콜하게 이어지는 대화는 태오의 긴장감을 풀어 주었다. 덕분에 새어 나오는 숨소리는 한결 편안해지고, 핸들을 쥔 손은 느슨해진다.

우리가 이렇게 자연스럽게 얘기한 적이 몇 번이나 있었더라. 사귀기까지 했었던 예전엔 단 한 번도 없었는데 생각해 보니 요즘엔 종종 가까워졌다는 느낌을 받았던 것 같아.

"천만 원어치 먹을 건데? 사채 쓸 준비해."

태오는 그래서 기쁘다는 말 대신, 장난스러운 대꾸를 했다.

그러자 나봄의 강아지 같은 눈이 둥글게 휘어졌다.

그건 굳이 바라보지 않아도 사랑스럽기 그지없는 모습이었다.

*   *   *

야경이 아름다운 고급 호텔의 레스토랑.

싱싱한 야채로 가득 찬 시저 샐러드와 나봄이 주문한 티본스테이크, 그리고 태오를 위한 뉴욕스트립이 차례로 테이블 위에 놓여졌다.

마침 잔뜩 굶주려 있던 태오는 먹음직스러운 냄새에 곧바로 포크부터 들었다.

하지만 먼저 고기를 찌르지는 않았다. 휴대폰을 들어 인증샷부터 남기는 나봄을 위해서였다.

"다 찍었어?"

"어? 아, 응! 나 기다리고 있었구나. 그냥 먹어도 되는데."

"돈 내는 사람이 먼저 먹어야지."

말은 그렇게 하지만 태오는 식사를 마치자마자 카운터로 달려가 제 카드를 낼 작정이다.

돈 몇 푼으로 그녀의 환심을 사기 위해서는 아니었다. 5년 전, 그녀와 달랑 2주 사귀었던 그는 나봄에게 해 주고 싶은 게 참 많았지만 그럴 기회가 없었다.

그 와중에 찾아온 오늘 같은 기회는 어찌 보면 태오의 소원 성취나 다름없는 셈.

"음! 진짜 맛있는데?"

제 접시에 놓인 버섯 하나를 입에 쏙 집어넣은 나봄이 감탄사를 내뱉었다. 태오는 그제야 두꺼운 고기를 썰었고 조심스럽게 입 안으로 밀어 넣었다. 각별히 신경 써서 예약했다고 하더니 그녀의 노력이 헛되지 않을 만큼 육질이 굉장했다.

"내가 먹어 본 스테이크 중에 가장 맛있네."

태오의 진심 어린 한 마디에 나봄은 해맑게 웃어 보였다.

"니가 마음에 들어 해서 정말 다행이야."

"왜?"

"원래 대접이라는 게 받는 사람 마음에 들어야 가치 있는 거잖아."

내가 바라는 그런 뜻이 아닌 걸 아는데도 이상하게 가슴이 두근거린다. 이쯤 되면 김칫국 마시는 수준이 망상병 환자 같다.

태오는 동요하는 감정을 들키지 않기 위해 괜히 고개를 숙였다. 나봄은 그런 그를 물끄러미 바라보다가 스테이크를 자르며 개인적인 궁금증을 꺼내 놓았다.

"있잖아, 너 회사 얼마나 다녔지?"

"3년."

"그럼 혹시 선우태준이라는 이름…… 들어 봤어?"

그 질문을 던지는 나봄의 표정은 몹시 조심스러웠다. 오늘 의미심장한 첫 만남을 가진 그 남자가 누구와 연관이 있는지 이미 짐작하고 있어서였다.

그러나 그 이름에 대해선 입사 때 딱 한 번 들었을 뿐인 태오는 제삼자처럼 감흥 없는 목소리로 대답했다.

"본부장 친형이라고 들었어. 서재균 회장 손자이자, 서미란 대표 첫째 아들이고."

"회장?"

"어, 완전 로얄 패밀리."

"그럼 차준 오빠도 회장님 손자야?"

아, 거기까지는 말하지 말걸.

태오는 후회했지만 때는 이미 늦었다. 그래서 고개를 끄덕이니 나봄은 혼란스러운 표정을 지으며 혼잣말을 중얼거렸다.

"차준 오빠한테는 그런 말 들은 적 없는데……."

"선우태준에 대해서?"

"아니, 집안에 대해서."

"본인 잘난 맛에 사는 사람이 그걸 말 안 했을 리가."

"정말이야. 지금 생각해 보면 고등학교 때 얼핏 형에 대해선 얘기했었던 것 같은데, 그 외 다른 가족 얘기는 한 적 없었어."

잠자고 있던 기억을 뒤적여 보자 차준이 그녀에게 했던 말이 생생히 떠오르기 시작했다. 딱 한 번 별생각 없이 가족들에 대해서 물었는데 그때 돌아온 차준의 대답은 굉장히 단순했었다.

'다섯 살 차이 나는 형이 있어.'
'아아, 형이 있었구나.'
'지금은 미국에서 유학 중인데, 이번 방학에 한국 놀러 오면 너한테도 소개시켜 줄게.'

그 얘길 꺼내는 차준의 표정은 전혀 불편한 기색이 없었는데.

그럼 선우태준이라는 사람과는 사이가 좋은 건가.

이런저런 생각을 하고 있는 나봄의 앞에서 태오는 냉수 한 잔을 벌컥벌컥 들이켰다. 그제야 퍼뜩 정신을 차린 나봄은 그의 불편한 기색을 단번에 알아차렸다.

'맞다. 단태오랑 차준 오빠는 거의 앙숙이었지.'

오늘만큼은 그의 기분을 나쁘게 하고 싶지 않았던 나봄은 화제를 돌리기로 마음먹었다. 이왕이면 태오가 흥미로워할 만한 주제로.

그래서 뭐가 있을까 심각하게 고민해 보고 있으니.

"너 본부장이랑 사귀냐."

무심한 표정으로 스테이크를 썰던 태오가 난데없는 질문을 던졌다. 사귀진 않지만 그에게 그러자는 고백을 받았던 나봄은 놀란 눈을 휘둥그레 떴다.

"응?!"

"반응 보니까 사귀네."

"아, 아니야! 안 사귀어!"

나봄은 손까지 휘저으며 태오의 어림짐작을 적극 부인했다. 차준과의 관계를 나봄도 확신할 수 없는 마당에 괜한 오해가 생기는 건 위험했다.

하지만 태오는 확신을 한 표정으로 몹시 신경 쓰이는 한 마디를 내뱉었다.

"표정에 다 드러나는데, 뭐."

내 표정이 지금 어떤데?

심히 난처해진 나봄은 제 얼굴을 매만졌다. 분명 뜨거워지진 않았는데 속눈썹이 자꾸만 파르르 떨리는 걸 보니, 동요하긴 한 모양이었다.

"나, 나 잠시만 화장실 좀……."

당황한 나봄은 표정이라도 정리하고 오기 위해 자리에서 일어섰다.

차준과 태오의 사이가 앙숙이라는 걸 아는 이상, 그에게 더 이상 차준을 신경 쓰는 모습을 보여서는 안 됐다.

친해지고 싶어서 여기까지 불렀는데 이러다가 사이만 더 멀어지게 생겼잖아.

나봄은 뒤통수에 따라붙은 태오의 시선을 느끼며 화장실 안으로 들어섰다.

다행히도 거울에 비친 얼굴에 홍조는 없었다. 아까는 그냥 단태오 앞에서 지어 보인 표정이 어색했던 모양이다.

평소에도 표정 관리를 전혀 못하는 나봄은 거울을 보며 부드럽게 웃는 연습을 했다.

그렇게, 오늘만큼은 정말 저 친구를 기분 나쁘게 해선 안 된다고 스스로에게 단단히 주의를 주고 있던 그때.

"어떡해! 나 드디어 고백해! 지금 막 이벤트 시작할 거야!"

어떤 여자가 통화를 하며 수선스럽게 화장실 안으로 들어섰다. 웃는 연습을 하고 있던 나봄은 서둘러 세면대 앞으로 다가가 손 씻는 척을 했다.

하지만 여자는 나봄 따윈 보이지 않는지 나봄의 옆자리에 서서 앞머리를 정리하며 말했다.

"태호가 좋아할까? 남들이 그러는데 친구에서 연인이 되는 건 거의 불가능에 가깝대. 그래서 일단 기대는 아예 접고 있으려고."

어머, 오늘 고백을 하려는 모양이구나.

수도꼭지를 잠근 나봄은 그녀의 얼굴을 흘끗 바라보았다. 결 좋은 뺨에 어린 자연스러운 홍조는 누가 봐도 사랑에 빠진 여자의 얼굴이었다.

저렇게 아무 걱정 없이 설레기만 할 때가 가장 좋은 건데, 그녀는 그 사실을 알려나.

나봄은 그런 그녀를 보며 저도 모르게 미소를 머금었다. 그리고는 또각또각 구두 소리를 내며 화장실에서 걸어 나왔다.

안에 들어서자 그랜드피아노가 놓인 레스토랑 무대에선 아까 전까지만 해도 없었던 사회자 한 명이 서 있었다.

"안녕하세요. 식사는 맛있게 즐기시고 계신가요? 오늘은 아름다운 밤을 더욱 예쁘게 꾸며 줄 러브레터 한 통을 읽어드리겠습니다."

어머, 아까 화장실에서 엿들었던 이벤트가 이제 시작되려나 봐!

나봄은 제 이벤트도 아닌데 가슴이 두근거리기 시작했다. 호기심 가득한 눈으로 레스토랑을 둘러본 그녀는 어렵지 않게 홀로 앉아 있는 남자 한 명을 발견했다.

평소엔 눈치가 없는 나봄이지만 이번만큼은 이벤트의 주인공이 그 남자라는 것을 확신할 수 있었다.

이 공간에 남자 하나만 덜렁 앉아 있는 테이블은 그와 단태오. 딱 둘뿐이었으니까.

"자, 우선 태호 씨? 태호 씨, 어디 계십니까? 손 들어 주세요!"

편지를 펼친 사회자가 남자의 이름을 불렀다. 나봄은 기대 가득한 눈으로 그 주인공에게 시선을 두었다.

그는 잠시 좌우를 두리번거렸고, 냅킨으로 입가를 닦아 냈다. 그리고 그가 막 손을 들려던 그 순간.

"네."

엄한 곳에서 익숙한 대답 소리가 들려왔다.

모두의 시선을 한 몸에 받으면서도, 당당하게 손을 들고 있는 한 사람.

다름 아닌 단태오였다. 사회자가 들고 있는 러브레터를 흔들리는 눈으로 바라보는 그는 진짜 주인공보다 더욱 놀란 표정이다.

앞뒤 상황을 모두 알고 있는 나봄은 당황한 나머지 그 자리에 얼어붙어 버렸다.

"아, 태호 씨입니까?"

그러자 사회자는 기쁜 미소를 머금은 채 확인 질문을 던졌고, 태오는 조금 더 힘주어 확신에 찬 목소리로 대답했다.

"네, 전데요."

너 아니야. 당장 그 손 내리지 못하겠니?

나봄은 당장 그를 저지하고 싶었지만 당당한 한 마디로 모두의 이목을 사로잡은 태오는 서슴없이 자리에서 일어섰다.

이미 자신이 주인공이라고 단단히 착각해버린 그는 '러브레터'라는 단어에 혼란스러워하는 중이었다.

'설마, 진짜 말도 안 돼. 한나봄이 나한테 러브레터 같은 걸 몰래 준비했을 리가 없어.'

라고 생각은 하면서도 핀트는 이상한 방향으로 흘러가.

'러브레터가 아니라 앞으로 잘해 보자는 의미겠지. 동료로서.'

어떻게든 편지에 대한 당위성을 찾으려 애쓴다. 그래서 사회자의 손짓에 따라 순순히 무대로 이끌려 가는 걸음엔 일말의 망설임도 없다.

그의 낯 뜨거운 오해를 막아보고 싶었던 나봄은 어떻게든 그의 걸음을 멈춰 보려 했다.

"단태……!"

그러나 그의 이름을 다 부르기도 전에 사회자의 질문이 먼저 꺼내겼다.

"와, 모델 뺨치게 훤칠하신 남성분이 나왔네요. 혹시 이 러브레터를 누가 썼는지 짐작 가는 사람이 있습니까?"

그러자 태오는 잠시 망설이나 싶더니 이내.

"있습니다."

레스토랑 내부를 훑어보던 태오의 시선이 애매한 위치에, 애매한 포즈로 서 있는 나봄과 딱 마주쳤다.

때를 잡은 나봄은 그에게 아니라는 손짓을 하려 했으나 태오의 눈동자는 닿기가 무섭게 수줍은 듯 아래로 툭 떨어져 버렸다.

어머나, 난 몰라. 쟤 지금 자기가 주인공이라고 철석같이 믿고 있나 봐.

"어? 저 남자는 뭐야?"

때마침 화장실에서 통화를 마치고 나온 사연의 여주인공이 나봄의 바로 뒤편에서 중얼거렸다. 그 사실을 까맣게 모르는 사회자는 모두가 보는 앞에서 본격적인 인터뷰를 하기 시작했다.

"태호 씨와 그분은 어떤 사이입니까? 얼핏 듣기엔 알고 지낸 지무척 오래됐다고 하던데."

"오래는 됐어요. 무슨 사이라고 불러야 할지는 모르겠지만."

"평소 그분에 대해선 어떻게 생각하고 계셨어요?"

"그냥…… 좋은 사람?"

위화감 없이 일사천리로 진행되는 인터뷰는 나봄을 난처하게 만들었고 진짜 주인공을 화나게 했다.

황당하다는 표정으로 무대를 바라보고 있던 여자는 더는 안 되겠는지 지나가는 웨이터를 붙잡고 따져 물었다.

"저기요. 이벤트 제가 신청했는데, 고백 받아야 할 사람은 저 남자가 아닌데요?"

"네? 그게 무슨 말씀이시죠?"

"지금 올라가 있는 사람은 생판 모르는 남이라구요. 일 처리를 어떻게 하신 거예요?"

"어머! 저희는 태호 씨 불렀을 때 저분이 당당하게 손을 드시길래……."

두 사람의 대화를 듣고 있자니 나봄은 바짝바짝 입술이 마르는 기분이었다.

저 여자의 고백을 이 이상 망쳐 버리면 곤란해질 텐데. 엄한 데 끼어 있는 단태오를 조심스럽게 끌어 내릴 수 있는 방법이 없을까.

"그래, 종이에 써서 알려 주자."

짧은 고민 끝에 나봄은 제 가방이 있는 자리로 서둘러 달려갔다.

그러고는 별로 중요하지 않은 서류 뭉치와 매직을 꺼내 '너 아니니까 내려와'라는 메시지를 큼직하게 적으려는데.

"지금은 비록 수년 지기 친구지만 처음엔 태호 씨가 이분을 짝사랑했다고 하던데, 그게 사실인가요?"

사회자가 이 이벤트에서 가장 핵심적인 질문을 던졌다.

사연의 진짜 주인공인 태호라는 남자에겐 의미가 있을지 몰라도 나봄이 아는 태오와는 전혀 상관없는 내용이었다.

 '나…… 나 그거 아니야.'

'너한테 관심 가졌던 적 한 번도 없어.'

'너랑 만나기 며칠 전에 딱 2주 사귀고 헤어진 사람이 있었어.'

여기에 대해선 저번에 단태오가 다 얘기해 줬으니까.

어쩌면 이번 기회에 잘못 올라갔다는 걸 눈치챌지도 몰라. 곧 이상한 걸 깨닫고 조만간 알아서 내려올 거야.

나봄은 내심 기대를 품으며 매직펜 뚜껑을 열었다.

그 순간.

"그걸…… 어떻게 알았지."

의미심장한 단태오의 되물음이 들렸다. 생각지도 못한 반응에 놀란 나봄의 눈동자가 잠시 종이에서 떨어져 무대 위 태오에게로 옮겨 갔다.

그는 만만찮게 놀란 눈으로 나봄을 내려다보았고 이내 입술을 꽉 깨물었다. 일렁이는 눈빛은 진심을 꺼내 놓기 일보 직전이었다.

그 분위기에 휩쓸린 나봄은 그를 끌어낼 방법만 연구하다 말고 그의 얼굴만 물끄러미 바라보았다.

머지않아 태오의 입술이 다시 열렸다.

"아니라고 거짓말까지 했는데……."

"거짓말은 왜 하신 거죠?"

"……날 더 피할까 봐."

욱신—

왜 갑자기 심장이 조여들었는지 잘 모르겠다.

그동안 알고 있던 단태오의 마음을 본의 아니게 엿보게 된 지금,

나봄은 갑자기 그의 모습이 예전과 다르게 보인다.

평소 알던 매사에 당당하고 거침없고 막 나가던 모습이 아닌.

"내 성격이 워낙 오해를 많이 사서……."

"……."

"내가 조심해야 되거든요. 겁먹지 않게."

소심하고 서툴고 겁이 많고, 그래서 나 혼자 오해했던 시간들이 미안해지는 사람.

"단태오……."

나봄은 늘 찌푸린 미간 속에 감춰져 있던 태오의 본모습을 물끄러미 바라보았다. 태오는 그런 그녀의 시선을 느꼈으면서도 괜히 애먼 곳으로 고개를 돌렸다.

그러고서 이어지는 말은 편지에 대한 감동이었다.

"그런데 그거 러브레터는 아닐걸요."

"그럼 태호 씨 생각엔 이 편지가 무슨 내용일 것 같아요?"

"프로젝트 같이 잘해 보자, 앞으로 잘 부탁한다, 아니면 나 좀 괴롭히지 말아 달라는 내용?"

"과연 그럴까요?"

"확실합니다. 그래도 뭐…… 나한테는 고마운 일이지만."

그걸 가만히 지켜보고 있자니 이대로 저 자리에서 끌어 내리는 건 사람이 할 짓이 아니라는 생각이 들었다.

그에게 러브레터는커녕, 잘 지내보자는 상투적인 내용의 쪽지 한 장 쓰지 않은 그녀는 저렇게까지 대답한 그의 체면을 어떻게든 지켜 주고 싶었다.

이깟 이벤트 따위 나도 신청해 버리면 되잖아. 아무것도 모르고 기대해 버린 저 애한테 수치심을 안겨 줄 순 없어.

들고 있던 매직펜을 탁! 내려놓은 나봄은 서류 뭉치 중 맨 마지막 장을 떼어 냈다.

그리고 직원과 함께 태오를 끌어 내릴 준비를 하고 있는 여자에게 다가갔다.

혼란 가득한 표정의 그녀는 엄한 남자에게 자신의 정성스러운 러브레터가 전해질까 봐 전전긍긍하는 중이었다.

"저 끝에 앉아 있는 저 남자라고 사회자한테 당장……."

"저기요."

"네?"

나봄은 그런 그녀의 어깨에 용감하게 손을 올렸고.

"오해가 있으신 모양인데, 지금은 제 이벤트 차례예요. 아마 그쪽은 다음 차례인가 봐요."

"아……."

오직 단태오만을 위한 뻔뻔한 거짓말을 했다. 그건 평소의 소심한 나봄이라면 상상도 못 할 일이었다.

거기서 한 단계 더 나아가 모두의 이목이 집중된 무대까지 서슴없이 걸어 나간 나봄은 사회자의 러브레터까지 뺏어 들었다.

"그거 말고 이 편지가 제 건데……."

"예?"

"마이크 좀 빌려주세요. 제가 직접 읽을게요."

"한나봄……?"

편지는커녕 백지를 들고 와서 어쩌자는 건지는 그녀 스스로도 몰랐다.

그러나 이왕 던져진 주사위, 갈 수 있는 만큼만 나아가면 그만이었다.

"태오에게……."

텅 빈 종이 위에 적히지도 않은 첫 문장을 꺼내 놓은 나봄은 마음속으로 다음 문장을 적어 내려갔다.

"그동안 내가 바보같이 아무것도 모르고 피해 다니기만 했어."

"……."

"그래서 미안해. 앞으로는 그러지 않을게. 이젠 오해받을까 봐 걱정하지 않아도 돼."

순간 태오의 눈빛이 파르르 떨려 오기 시작했다. 다행히도 그녀의 진심은 급조한 것에 비해 제대로 전해지고 있는 모양이었다.

이제 남은 것은 그에게 정말 전하고 싶은 한 마디뿐.

나봄은 마무리를 하기 위해 들고 있던 종이를 내려놓았다. 그리고 태오의 흔들리는 시선을 똑바로 마주했다.

이윽고 떨어지는 입술은 꽉꽉 잠가 놓았던 태오의 감정들을 터트려 버리기에 충분했다.

"지금 내가 보고 있는 너도 정말 좋은 사람이니까……."

좋은 사람. 나에게는 사랑 고백보다 간절했던 단어.

한참을 돌고 돌아 겨우 그녀의 벽 안에 입성하게 된 태오는 까만 눈동자를 동그랗게 뜬 채 그대로 얼어붙어 버렸다.

그러다 이내 어떤 반응도 보이지 못한 채 고개를 숙였다. 그동안 억눌러 왔던 만큼 거세게 휘몰아치는 설렘은 그를 숨도 쉬지 못하게 만들었다.

태오는 지금 당장 그녀를 와락 안고 싶은 걸 가까스로 참아 내고 고른 호흡을 내쉬려 애쓰는 중이다.

하지만 그럴수록 눈치 없는 심장은 그녀와의 연애가 시작되던 날보다 더욱 격렬하게 요동친다. 입술을 꽉 깨물어 봐도 소용이 없다.

어떡해. 나 니가 너무 좋아서 미칠 것 같아.

*　　*　　*

스테이크가 코로 들어갔는지, 입으로 들어갔는지, 아니면 바닥에 떨궈 버렸는지.

내 표정은 울고 있는지, 웃고 있는지, 아니면 평소처럼 미간을 잔뜩 찡그리고 있는지.

태오는 아무것도 생각할 수가 없었다. 그저 구름 위를 걷는 기분에 사로잡혀 얼굴만 붉히고 있을 뿐.

─목적지에 도착했습니다.

그 와중에 놀라운 사실은 용케 그녀를 차로 데려다줬다는 것이었다. 내비게이션의 안내 음성을 들은 태오는 뒤늦게 정신을 차리고 나봄을 바라보았다.

"와, 차 되게 막혔다. 그치?"

그랬었나. 몰라, 기억 안 나.

"골목길 잘 나갈 수 있겠어? 양 옆에 차들이 주차 되어 있어서 되게 좁은데."

들어왔을 때처럼 천천히 나가면 되겠지. 걱정 마.

"저기, 태오야."

응, 왜.

"혹시…… 오늘 내가 실수한 거 있어?"

"어?"

"계속 아무 말이 없길래."

태오는 나봄의 걱정스러운 물음에 두 눈을 동그랗게 떴다. 대답은 열심히 하고 있었던 것 같은데 아마 입 밖으로 나오진 않은 모양이다.

당황한 태오는 잠시 다른 곳을 보며 이성을 되찾으려 애썼다.

"아아…… 잠깐 딴생각을 하느라."

머지않아 흘러나온 변명은 안 하느니만 못했다. 지금까지 계속 이딴 식으로 굴어서 다 망쳤던 거면서 아직 정신을 못 차렸나 보다.

하지만 그 말을 들은 나봄은 그제야 환히 웃으며 안도의 한숨을 내쉬었다.

"난 또, 내가 기분 나쁘게 한 줄 알고."

"그, 그럴 리가……."

"요즘 바쁘다더니 쉴 때도 일 생각만 하는 구나?"

태오는 그녀의 다정한 물음에 얼떨결에 고개를 끄덕거려 버렸다. 사실 그의 머릿속을 꽉꽉 채워 놓은 건 일이 아닌 한나봄이었으나 그걸 솔직하게 말할 수는 없었다.

"성실한 것도 좋지만 쉬엄쉬엄해. 프로젝트 잘 끝마칠 수 있게 나도 많이 도와줄게."

나봄의 친절함은 까칠한 태오의 시선도 부드럽게 풀어 주었다. 덕분에 한결 안정을 되찾은 그는 뒤늦은 감사 인사를 건넸다.

"오늘 식사 맛있었어. 고맙다."

"그 인사는 내가 너한테 해야지."

"왜?"

"니가 계산했잖아. 나 가방에서 지갑 찾고 있던 사이에."

와, 정신 나간 와중에도 그건 제대로 했네. 장하다, 단태오.

태오는 스스로를 대견해하며 입꼬리를 들어 올렸다. 그 미소는 나봄이 보아 왔던 미소들 중에서도 가장 편안하고 자연스러웠다.

확실히 그는 오늘 기분 나쁜 거 하나 없이 즐거운 저녁을 보냈나 보다.

한결 마음을 놓은 나봄은 서둘러 안전벨트를 끌러 냈다. 그러고는 차 문을 열기 전, 마지막 인사를 건넸다.

"그럼 나 들어가 볼게. 내일 보자."

"내일은 주말인데."

"아, 그렇구나. 그럼 월요일!"

나봄은 멋쩍은 미소만 남겨 두고 차에서 내렸다. 태오는 그 모습을 가만히 지켜보다가 큰 결심을 한 표정으로 그녀를 불렀다.

"한나봄."

"어?"

"나…… 그 편지, 주면 안 되냐."

"무슨 편지?"

"아까 읽어 줬던 거……."

그것은 태오에게는 큰 용기를 낸 부탁이었으나, 나봄에게는 피하고 싶은 시련이었다.

흰 백지를 들고 즉석에서 읊어 낸 말들은 진심이긴 했지만, 뭔 내용이었는지 제대로 기억조차 나지 않았다.

결국 나봄은 그에게 진실을 얘기해 주기 위해 입을 열었다.

"있잖아, 그거……."

하나, 한 마디 꺼내기도 전에 태오의 작은 목소리가 이어졌다.

"누구한테 편지 받아 본 게 처음이라서……."

"……."

"괜찮다면 갖고 싶은데……."

그리 말하는 태오는 수줍을 때마다 구기는 미간조차 평소와 똑같았다.

하지만 뭐에 홀렸는지, 항상 험상궂게만 보였던 그 모습은 이제 소심하고 부끄러움 많은 순수한 아이처럼 비친다.

확실히 맺어지지 못하고 흐려지는 음성이 특히나 마음 찡했던 나봄은 '애초부터 그런 건 없었다'라는 제대로 된 답변을 돌려줄 자신이 없었다.

아마 그 누구도 할 수 없었을 것이다. 인간의 탈이라도 썼다면.

"내, 내 글씨가 엉망이라서! 맞춤법 틀린 것도 있고!"

"아……."

"괜찮다면 월요일 날 다시 써서 줘도 될까?!"

결국 뱉어 버린 거짓말.

시무룩해질 뻔했던 태오의 눈동자에 다시 빛이 들었다. 잠시 얼어붙어 있던 그는 이내 한 번 더 밝은 미소를 입가에 얹는다.

"그래, 그럼."

그래도 괜찮다며 매달리지 않고 순순히 수긍해 준 건 정말 다행인 일이었다.

나봄은 주말 동안 꼭 그럴싸한 편지를 써 주겠다고 다짐하며 한 번 더 마무리 인사를 건넸다.

"이제 진짜 들어갈게."

"어, 밤길 조심해라."

"대문 앞까지 데려다줘 놓고 무슨……."

"혹시 모르잖아. 마당에 도둑놈이라도 숨어 있을지."

그 말은 내뱉어 두고 나니 참 별로였다. 꼭 무슨 일 생기라고 고사 지내는 것도 아니고.

더 이상 오해를 일으키고 싶지 않았던 태오는 평소보다는 마음을 드러내기로 했다.

"그러니까…… 먼저 들어가. 난 너 잘 들어가나 보고 출발할게."

이러다 내 마음을 알아차린 그녀가 다시 날 피하게 될지도 모르는 일이지만, 그때 일은 그때 생각하지 뭐.

어차피 요 며칠 마음을 숨겨 본 결과, 내 가슴만 썩어 문드러질 뿐 나아질 건 아무 것도 없었다.

할 말을 마친 태오의 입술이 닫히자 이번엔 나봄의 입술이 빵긋 열렸다.

"저기, 아까……."

"어."

"아니야, 먼저 갈게."

그러나 이내 도로 닫혀 버렸다. 분명 하고 싶은 얘기가 있었던 것 같은데 그냥 묻어 둘 생각인가 보다.

태오는 추궁할까 하다가 그만두었다. 나봄은 그런 태오를 두고 조수석 문을 닫았고 이내 대문을 열고 마당 안으로 들어섰다.

마지막에 손 인사라도 해 줄 줄 알았는데 애석하게도 그런 건 없었다.

"주말에 뭐하냐고 물어 볼 걸 그랬나……."

나봄의 향기만 남아 있는 차 안에서 태오는 미련 가득한 혼잣말을 내뱉었다.

그러고 있느라 미처 신경 쓰지 못한 기척 없는 나봄의 집 마당.

"그때 했던 얘기…… 진짜 거짓말이었을까."

그 안에선 나봄이 뒤늦게 그의 마음을 의식하는 중이었다.

'그걸…… 어떻게 알았지.'

오늘 뜻하지 않게 엿보게 된 그의 진심은.

'아니라고 거짓말까지 했는데……'

그동안 아니라고 믿어 왔던 만큼 놀랐으나.

'……날 더 피할까 봐.'

그래서 외면해 왔던 시간만큼 뭉클했으니까.

차준 하나만으로도 충분히 복잡한 나봄의 연애사에 단태오가 끼어들었다. 항상 무섭게만 굴었던 그는 요즘 들어 의외의 면을 많이 보여 주고 있어서, 나봄은 그가 어떤 사람인지 더 알고 싶어졌다.

어쩌면 늘 바라봐 왔던 그 사람보다도.

*   *   *

지금껏 누구에게나 사랑받고 살아왔다. 하지만 그 누구도 날 사랑해 주지 않았다.

내 주변엔 항상 많은 사람들이 모여 있었다. 하지만 난 그동안 항상 혼자여서 외로웠다.

행복하게 웃고 있었지만 몹시 불행했고, 모든 걸 다 가졌지만 손에 쥘 수 있는 게 아무 것도 없었다.

내 삶은 모순 그 자체였다. 그래서 나조차도 죽어 가는 나를 위해 손을 쓸 방도가 없었다.

도곡동 타워팰리스.

온기조차 느껴지지 않는 칠흑같이 어두운 공간에서 차준은 그저 가만히 앉아 있었다.

무슨 고민을 하는 건 아니었다. 오히려 그는 어디서부터 풀어야 할지 모를 만큼 복잡해진 머릿속을 깨끗이 비워 버리려 노력하고 있다.

차에 치여 너덜너덜해진 채 숨이 끊어지길 기다리는 사슴.

차준은 꽤 오랫동안 자신이 그런 처지라고 생각해 왔었다. 살아날 희망은 없는데 죽은 건 아니고, 발버둥을 쳐 보기에는 너무 늦었고.

그래서 언제나 비참한 꼴인 그는 집에선 줄곧 이런 식이었다.

화려하게 빛나는 회사에서의 모습과 달리, 집에 틀어박힌 그는 어둠에 섞여 잘 보이지도 않을 정도다.

"하아……."

차준은 고개를 들어 올린 채 긴 한숨을 내쉬었다. 그래도 꽉 막힌 목구멍은 좀처럼 편안해지질 않아서 이번엔 마른침을 삼켜 넘겼다.

그리고 한동안 호흡을 멈추었다. 사람은 숨을 멈추고 있을 때 자신이 살아 있음을 느낀다고 하던데, 이 방법도 지금은 별 소용이 없었다.

결국 입술 새로 참아 둔 숨을 모두 토해 낸 그는 그대로 고개를 떨구었다. 불 꺼진 집안은 너무 어두워서 눈을 뜨고 있는 건지 감고 있는 건지도 분간할 수 없었다.

끼릭— 끼릭—

그래서 지금 귓가를 맴돌고 있는 이 휠체어 소리도 꿈에서 들리는 건지, 진짜로 그가 온 건지 판단이 서질 않는다.

이곳에 그가 들어올 수 없다는 건 알지만 혹시나 정말 그 사람일까 봐 차준은 한 번 떨어트린 시선을 다시 들어 올리지 못하고 있다.

'10년 전, 내 선택은 모든 걸 너한테 떠맡기고 싶어서 그랬던 게 아니야.'

'어떻게든 벗어나고 싶었어.'

'그리고 그 생각은…… 지금도 변하지 않았어. 이젠 죽는 것도 혼자 못하는 몸이 되어 버렸지만.'

오늘 그가 회사에 찾아와 갖은 해명을 늘어놓는 동안, 차준은 애써 귀를 닫고 있었지만 사실 하나도 흘려듣지는 못했다.

그가 하는 말은 전부 마음으로 파고들어서 그때 느꼈던 욱신거리는 고통까지도 지금까지 생생했다.

차라리 우리 사이에 오해가 있었다면 너의 해명이 통했을 텐데. 차라리 니가 건넨 짐이 무거워서 이러는 거라면, 너의 위로 몇 마디에 다시 어깨가 가뿐해졌을 텐데.

미련한 넌 잘못 짚어도 한참 잘못 짚었다.

그때도 지금도 나를 고통으로 몰아넣는 건, 그날 만신창이가 된 너의 모습.

'형…… 형, 괜찮아?'

'차준아…….'

온몸이 다 부서진 채 힘없이 내 이름을 부르던 목소리.

'도와줘…….'

'형…….'

'제발…… 도와줘, 차준아.'

그리고 애절한 부탁.

나의 족쇄가 되어 버린, 내가 동경했던 당신의 모든 것.

집안에서 태어나지 않은 것과 다름없는 취급을 받았던 차준은 자신의 유일한 가족이 되어 준 태준의 부탁을 거절할 수 없었다.

그래서 자신을 외면하는 집안으로 제 발로 걸어가 그동안 주지도 않았던 불편한 관심을 한 몸에 받으며, 태준의 삶을 대신 살아나가기 시작했다.

때로 꼭두각시 노릇이 비참하고 역겨워져도, 눈앞에 있는 가여운 형 때문에 힘든 내색 한 번 할 수가 없었다.

차준이 가고 있는 길은 다름 아닌 그의 유일한 가족, 형을 위한 길이었으니까.

그렇게 자그마치 8년을 살다가, 어느 날 예고도 없이 알게 된 불편한 진실 하나는 그를 끝없는 어둠 속으로 밀어 넣기에 충분했다.

'형, 내일 취임식에 오면 객석 말고 단상 옆에 있어.'
'왜?'
'그야 나한테는 형의 취임식이나 다름없으니까. 형이랑 같이
서고 싶어.'

취임식 전날, 유달리 표정이 좋지 않던 그는.

'저…… 차준아.'
'어.'

'내일이 오기 전에 꼭 해야 할 말이 있어.'

평소보다 심각한 목소리로 말문을 열었고.

'사실…… 스스로 떨어진 거야.'
'스스로 떨어지다니? 뭐가?'
'7년 전 그날…… 사고가 아니라 전부 끝내 버리고 싶어서 떨
어진 거였다고. 죽을 생각으로.'

차준의 7년을 무의미하게 만드는 고백을 했다. 다시 바라본 그에
게선 생기라고는 하나도 찾아볼 수 없었다.
그걸 들은 차준은 어떤 반응도 보이지 못하다가, 한참 뒤 의미도
없는 질문을 꺼내 놓았던 것 같다.

'그럼…… 왜 그때 말하지 않았어?'

그러자 태준은 변명도, 해명도 않고 그저 고개를 떨구며.

'미안.'

그동안 난 대체 무얼 위해서 모든 걸 내버리고 달려왔던 걸까.
이것이 멈춰 버린 머리로 겨우 꺼내 놓은 생각이었다.
머지않아 눈가가 떨려 올 때쯤 차준은 자신의 희생이 형을 위한

것이 아니었다는 사실을 깨달았고, 그 사실에 혼란을 느낄 때쯤 모든 일은 그토록 저주했던 집안의 뜻대로 되어 버렸다고 확신했다.

결국 내가 유일하게 믿고 있었던 형은 그 다정한 손을 내밀어 지옥의 밑바닥과 다름없는 이곳까지 날 인도한 것이다.

소름 끼치도록 태연한 얼굴로.

"하아, 하아, 하아……."

그날의 배신감이 다시 혈관을 타고 흘렀다. 거칠어진 호흡은 쉽게 진정될 것 같지가 않았다.

더 이상 그에 대해 떠올리고 싶지 않았던 차준은 머리를 감싸 쥔 채 머릿속을 비워 내려 애썼다.

하지만 그러면 그럴수록 선명해지는 원망은 스스로 컨트롤하기 힘들었다.

왜 나를 두고 죽을 생각을 했을까. 그럴 거면 지켜 주겠다는 말은 왜 했던 걸까.

저 때문에 제 발로 집 안에 기어들어 온 날 보며 어떤 감정을 느끼고 있었을까.

불쌍했을까. 미안했을까.

……아니면 내가 멍청하게 속아 줘서 다행이라고 생각했을까.

숱하게 떠오르는 그에 대한 의문들은 곧 원망이 되었다. 더 이상 견딜 수 없게 된 차준은 주먹으로 바닥을 쾅! 내리쳤다.

하지만 그래도 역겨움은 사라지질 않아서 그는 필사적으로 진통제와 다름없는 존재를 끄집어냈다.

'저, 정식으로 드리겠습니다! 안녕하세요, 선우차준 본부장님!
저는 한봄 도어락 총괄팀장 한나봄이라고 합니다!'

차가운 그의 세상에서 스며든 따스한 온기.

돌아온 그녀의 얼굴이 떠오르자 이제야 숨통이 트이기 시작했
다. 질식할 것만 같았던 기억은 흐려지고, 그녀가 전해 준 기쁜 감
정들이 텅 빈 마음을 채워 준다.

역시 그녀는 하나도 변하지 않았다. 아직까지 첫사랑의 모습을
그대로 간직하고 있는 그녀를 보면 나도 내 인생 유일하게 행복했
던 그때로 돌아간 것만 같다.

그러니까 지금 내가 가라앉아 있는 이곳에 너라도 있어 줬으면
좋겠어. 내가 숨을 쉴 수 있도록 내 곁에서 예전처럼 날 사랑해 줬
으면 좋겠어.

적나라하게 드러난 차준의 감정은 어차피 내일이면 흔적도 없이
숨겨질 것들이었다.

부서지기 전의 모습을 기억하고 있는 그녀에게는 이런 불안정한
이면이 낯설게 느껴질 테니까.

누군가와 과거로 돌아가기 위해선 나도 과거에 머물러 있는 듯
보여야 한다.

그래서 기대고 싶은 만큼 홀로 일어서야 하는 나는…….

역시 모순 그 자체인 인간이다. 썩어 가는 삶을 어디서부터 손봐
야 할지 모를 만큼.

빌린 가방을 돌려주기 위해 찾아왔다가 눌러앉아 노닥거리게 된 소라의 집.

"있잖아. 이건 내 아는 사람 얘긴데……."

"옳지, 이쯤이면 아는 사람 얘기랍시고 연애사 꺼내 놓을 때가 됐지."

나봄이 조심스레 말문을 열자, 소라가 곧바로 코웃음을 치며 답했다. 당황한 나봄은 두 손을 저으며 필사적으로 시치미를 뗐다.

"내 얘기 아니야!"

"거짓말 마. 너 이제 슬슬 차준 선배랑 무슨 일이 생길 때 됐잖아."

소라의 짐작대로 차준과 무슨 일이 있긴 있었으나, 오늘 나봄이 상담하고 싶은 얘기는 그에 관한 것이 아니었다.

하지만 그녀의 관심 대상이 차준이라고 확신한 소라는 콕 집어 질문 세례를 퍼붓기 시작했다.

"널 예전처럼 엄청 예뻐해?"

"아니."

"사랑스러워 죽겠대?"

"아니!"

"그럼 사귀자고 해?"

"아……."

"어머, 사귀자고 했구나!"

하려던 얘기는 이게 아닌데 차준의 고백을 들켜 버렸다.

나봄은 뒤늦게 고개를 저어 보려 했으나 흔들리는 눈빛은 숨긴 다고 숨길 수 있는 게 아니었다.

"언제? 어디서? 어떻게? 그래서 넌 뭐라고 했는데? 이제부터 둘이 사귀는 거야?"

소파에 늘어져 있던 소라는 몸까지 똑바로 일으켜 세우며 매섭게 추궁했다. 하지만 너무 많은 그녀의 질문들은 오히려 나봄을 혼란스럽게 만들었다.

"그만!"

"읍!"

참다못한 나봄은 고함까지 지르며 소라의 입을 막아 버렸다. 그러고는 놀란 눈을 깜빡이는 소라에게 솔직한 대답을 털어놓았다.

"그래, 고백 받았어. 받았는데……."

"…….."

"하아, 잘 모르겠어. 뭐라고 대답해야 할지."

본의 아니게 한탄을 늘어놓은 나봄의 손에 스르륵 힘이 풀렸다. 입의 자유를 되찾은 소라는 그런 나봄이 의외라는 표정이었다.

"차준 선배가 니 첫사랑 아니야?"

"맞아."

"그냥 첫사랑도 아니고 10년 동안 내내 그리워했던 첫사랑이잖아."

"응, 그렇지."

"그런데 왜 거절하려는 거야?"

소라가 흘려보낸 뜻밖의 단어, '거절'.

그건 나봄도 놀라게 만들었다. 그의 고백이 갑작스러워서 곤란하게 느껴지는 건 줄 알았는데 곰곰이 되짚어 보니 지금의 감정은 거절 전의 난처함과 비슷했다.

어느새 본론은 새까맣게 잊어버린 나봄은 흐린 숨을 내쉬었다. 그녀의 얼굴이 드리워진 수심은 오랜 절친인 소라도 본 적 없던 종류였다.

자세를 똑바로 고쳐 앉은 소라는 나봄의 어깨에 손을 얹었다.

"자, 우선 찬찬히 들여다보자. 지금 니가 느끼는 감정이 뭔지."

"……응?"

"넌 항상 다른 사람 눈치 보느라 정작 니 마음을 돌아보질 못하잖아."

그건 나봄을 가장 잘 아는 그녀이기에 가능한 지적이었다.

그제야 어렴풋이 자신의 문제를 깨달은 나봄은 그때부터 선우차준이 아닌 그의 앞에 선 제 모습을 되돌아보기 시작했다.

언제나 그녀의 가슴을 설레게 만드는 그 사람.

하지만 실컷 설레고 난 다음 찾아오는 감정은 불안감, 긴장감, 그리고 이유 모를 공허함이었다.

사랑스러운 눈웃음도, 따듯한 눈빛도, 달콤한 목소리도 모두 나봄을 향한 것이었으나 좀처럼 그녀의 마음을 채워 주지는 못했다.

대체 왜일까. 함께하는 시간이 외로운 이유는. 진짜 그 사람이 다시 돌아왔는데 아직까지 10년 전의 첫사랑을 추억하고 있는 이유는.

"내가 왜 이러는지는 나도 모르겠지만…… 그 사람이 낯설어."

나봄은 아직 정리되지 못한 마음을 소라에게 솔직히 풀어내기 시작했다. 그런 그녀에게 집중하고 있는 소라는 그 어느 때보다 진지한 표정이었다.

"낯설다니? 오랜만에 만나서 어색한 거야?"

"아니, 그런 감정이랑은 좀 달라. 내가 기억하고 있는 차준 오빠는 조금 더 인간미 있었던 것 같은데……."

"……."

"지금의 차준 오빠는 잘 만들어진 예술 작품 같은 느낌이야."

"예술 작품이라……."

소라는 나봄의 말을 심각하게 곱씹었다.

하지만 너무 추상적으로 뱉어진 차준에 대한 심정은 나봄 본인조차 이해하기 어려웠다.

"아아, 내가 무슨 말을 하는 건지 나도 모르겠다……."

그래서 대책 없는 탄식만 늘어놓고 있으니.

"여전히 멋진 남자이긴 하지만 그 모습들이 예전처럼 자연스럽지 않다는 거네."

놀랍게도 소라가 그녀의 마음을 확실히 정리해 주었다. 비로소 제 감정을 정확히 파악한 나봄은 차마 고개도 끄덕이지 못하고 그대로 얼어붙었다.

그 반응으로 정답을 확신한 소라는 한결 여유로워진 목소리로 말을 이었다.

"그런데 한나봄, 잘 생각해 봐. 떨어져 있던 시간이 무려 10년이라고."

"……."

"물론 그동안 너처럼 한결같은 사람도 있겠지. 하지만 대부분의 사람들은 지내 온 세월만큼 변해. 특히 선우차준 선배는 아예 본질 자체가 달라졌을걸?"

"왜?"

"겨우 나이 서른에 회사 본부장 자리까지 따냈잖아. 그게 예전의 여유롭고 자유분방하던 성격으로 가능한 일일 것 같아?"

차분히 건네지는 소라의 말은 구구절절 옳은 소리뿐이었다.

그냥 본부장도 아니고 대기업 이사에 회장님의 손자이기까지 한 그는 확실히 예전과 달라질 수밖에 없는 환경이었다.

그도 그럴 것이 우드레일 회장은 예전부터 엄하고 독하고 거칠기로 소문이 자자했는걸.

"그럼 낯설게 느껴지는 건 감수해야 하는 건가?"

소라의 통찰력을 백 퍼센트 믿게 되어 버린 나봄은 진지하게 조언을 구했다. 하나 소라는 검지 손가락까지 좌우로 흔들며 단호하게 막아섰다.

"아니, 감수할 게 아니라 다시 생각해 봐야 하는 거지."

"뭘 다시 생각해?"

"바뀐 선우차준도 예전처럼 사랑해 줄 수 있는지."

또렷이 흘러나온 소라의 마지막 말은 나봄의 귀가 아닌 마음으로 꽂혀 들어왔다.

지금은 그의 고백을 받아 주느냐 마느냐로 고민할 타이밍이 아니라, 그를 사랑할 수 있느냐 없느냐부터 판단 내려야 할 때.

그래서 마음이 그리도 복잡했나 보다. 그에게 무슨 대답을 돌려 줘야 할지, 이제야 겨우 감이 잡힌다.

"소라야, 넌 정말 좋은 친구야!"

소라 덕에 뜻밖의 해결책을 얻은 나봄은 그녀를 와락 끌어안았다. 소라는 잠시 놀라는 듯했으나 이내 특유의 시원한 미소와 함께 쿨한 대꾸를 날렸다.

"당연하지. 너의 일을 이렇게 내 일처럼 고민해 주는데."

그건 너스레치곤 꽤 들어맞는 말이었다.

이렇게 크고 작은 일이 생길 때마다 함께 고민해 주고 괜찮은 해결책을 내주는 소라는 나봄에게 둘도 없이 고마운 존재였다.

번번이 신세만 지는 소라에게 꼭 보답하고 싶었던 나봄은 큰 결심을 한 표정으로 말했다.

"있잖아, 소라야. 다음 주에 아빠가 1박 2일 지방 출장 가거든? 그때 우리 집 꼭 놀러 와. 내가 널 위한 파티를 열어 줄게."

"진짜?"

"응! 그날 우리 어릴 때처럼 제대로 놀아 보자!"

"좋았어! 그럼 술은 내가 들고 간다!"

큰 문제 하나가 해결되니 이렇게나 삶이 가벼워진다.

이럴 줄 알았으면 진작 건넛집 사는 해결사를 찾아올 걸 그랬어.

*   *   *

"회사 다녀오겠습니다!"

"본사로 출근하냐?"

"아니요! 현장으로 가요!"

"그렇다면 빡세겠구나! 한 팀장, 오늘도 힘내라!"

"네! 아빠도요!"

출근 준비를 끝마친 나봄의 아침은 여느 때보다 활기찼다.

아까 아침밥을 먹으면서 확인한 오늘의 운세가 유달리 좋은 탓도 있었지만, 주말 동안 복잡한 머릿속이 깨끗해진 덕이 가장 컸다.

물론 차준을 만나 준비한 대답을 들려줘야 하는 일이 남아 있긴 하나, 그건 나봄에게 더 이상 어려운 문제가 아니었다.

그저 혼란스럽기만 했던 마음을 드디어 똑바로 들여다보았으니까.

며칠 뒤 본사에 들리게 되면 그 기회에 똑바로 전할 생각이다. 지금의 나는 10년 전의 감정을 따라갈 수 없으니, 모든 걸 처음으로 돌이켜 서로를 알아 가는 것부터 다시 시작해 보자고.

끼익—

현관문을 열고 마당으로 나서니 상쾌한 바람이 나봄을 반겼다. 사뿐사뿐 걸음을 옮긴 그녀는 두 손으로 대문을 힘차게 열어젖혔다.

그와 동시에 시선에 담겨 오는 건 익숙한 골목의 풍경들이었다.

전단지가 덕지덕지 붙어 있는 전단지, 길고양이가 뜯어 놓은 쓰레기봉투, 아스팔트 사이사이로 비죽이 고개를 내민 잡초.

그리고 여기와 어울리지 않는 하얀 벤츠 한 대.

"저 차는……."

그리 생각한 순간, 벤츠의 운전석이 열렸다.

머지않아 모습을 드러낸 사람은 평소의 정장이 아닌 캐주얼한 옷으로 차려입은 선우차준이었다.

"오…… 빠?"

"주말 잘 보냈어?"

"예, 예. 그런데 아침부터 여긴 왜……."

"응, 너 납치하려고."

납치.

라는 파격적인 단어에 놀란 나봄은 동그란 눈동자만 깜빡이고 서 있었다.

차준은 그런 그녀에게로 한 발자국씩 여유로운 걸음을 옮겼고 이내 바로 코앞에 멈춰 섰다. 그러고선 따듯한 온기가 어린 손을 뻗어 그녀의 작은 손을 꼭 붙잡았다.

"가자."

"어딜…… 요?"

"데이트."

그리 말하는 차준의 목소리는 여전히 달콤했다.

하지만 그녀는 순순히 수락할 수가 없었다. 오늘은 우드레일 현장팀과 업무적인 스케줄이 잡혀 있었으니까.

"오늘 우드레일 퍼니처팩토리 가 봐야 해요. 열 시 반에 회의가 있거든요."

나봄은 조곤조곤하게 말하며 그에게 사로잡힌 손을 빼내려 했다. 그러나 그럴수록 손끝에 힘을 더한 차준은 특유의 눈웃음과 함께 대답했다.

"본사에서 더 급한 회의를 해야 한다고 말해 놨어."

"네?"

"그러니까 점심때까지는 나랑 있어 줘. 부탁이야."

늘 장난기 넘치던 차준의 눈빛이 한순간 애절해졌다. 원래 이렇게 무턱대고 조르던 사람인가, 싶긴 했지만 여전히 거부하기는 힘들었다.

고민하던 나봄은 짧은 한숨을 내쉬었고, 이내 결심한 표정으로 말했다.

"알았어요. 그럼. 점심때까지 같이 있어 줄게요."

어차피 그에게 해야 할 말도 있었다. 며칠 더 마음의 준비를 한 뒤에 말할 생각이긴 했으나, 쇠뿔도 단김에 빼랬다고. 그냥 오늘 얘기해야겠다.

차준은 나봄의 복잡한 마음과 상관없는 해맑은 미소를 지어 보였다.

"너랑 꼭 가고 싶은 데가 있어."

"거기가 어딘데요?"

"비밀. 하지만 기대해도 좋아."

그는 나봄을 제 차로 이끌었다. 어딜 가려는 건지는 몰라도 평소보다 들뜬 모습이었다.

나봄은 그런 차준을 따라 조수석에 몸을 실었다. 곧바로 안전벨트를 찾아 매던 순간, 갑자기 지난 금요일의 기억 하나가 떠올랐다.

'나…… 그 편지, 주면 안 되냐.'

'무슨 편지?'

'아까 읽어 줬던 거…….'

'괜찮다면 월요일 날 다시 써서 줘도 될까?!'

아, 편지 써 주기로 했는데. 주말 동안 까맣게 잊고 있었네.

나봄은 오늘 태오를 만나러 가기 전에 뭐라도 써서 전해 줘야겠다고 다짐했다.

때마침 운전석에 오른 차준은 이미 채워진 그녀의 안전벨트를 보곤 아쉬움을 드러냈다.

"그거 내가 채워 주려고 했는데."

"워낙 습관이 되어 놔서……."

"안아 볼 수 있는 기회였는데 아깝다."

애정 어린 멘트를 난데없이 훅 집어넣는 건 여전했다.

나봄은 이럴 때마다 어떤 반응을 보여야 할지, 무슨 대답을 해야 할지 모르겠다.

그래서 늘 그렇듯 눈빛만 일렁이고 있으니 차준은 싱그러운 미소를 띤 채 내비게이션을 만졌다. 목적지 칸에 입력하는 주소는 나봄에게도 많이 익숙한 장소였다.

"오, 차로 10분밖에 안 걸리네."

"해성 고등학교…… 오빠, 지금 우리 학교 가는 거예요?"

"응응, 넌 집 근처라서 종종 가 봤으려나."

"아니요, 저도 안 가 본 지 꽤 됐어요."

사실은 못 갔던 것에 가까웠다. 차준과의 추억이 너무 많이 묻은 그녀의 고등학교는 혼자 찾아가기 너무 쓸쓸한 공간이었다.

그래서 의식적으로 피해 다니던 게 몇 년. 그 뒤로는 아예 존재 자체를 잊고 살았다. 오늘 가게 된다면 적어도 9년 만에 방문일 거다.

"출발합니다."

"아……."

"이제 우리 과거로 돌아가는 거예요, 나봄 씨."

차준이 말했다. 이제부터 우리의 과거로 돌아가는 거라고.

그건 얼마 전의 나봄이라면 그저 마음껏 설레며 기뻐할 일이겠지만 과거의 기억을 떠나 새로운 기억을 쌓아 보기로 한 지금의 그녀에겐 꽤 곤란한 일이었다.

왠지 앞으로 나아가려 했던 걸음이 억지로 멈춰진 것 같아서.

*　　*　　*

1교시 수업이 한창일 고등학교 운동장.

나무 그늘 밑에 놓여 있던 낡은 벤치는 10년 전과 색깔이 달랐다. 하도 낡아서 최근에 한 번 페인트칠을 다시 한 모양이었다. 그래 봤자 부스러진 끄트머리는 여전했지만.

그곳에 나란히 앉아 있는 두 사람은 한동안 말이 없었다. 그저 10년 전처럼 지그시 눈을 감고 살랑거리는 바람을 느끼고 있을 뿐.

"그거 기억나?"

그러다 먼저 입술을 떼어 낸 건 차준이었다.

나봄은 대답 대신 감은 눈꺼풀을 열고 그에게로 고개를 돌렸다. 머지않아 흘러나온 목소리는 지금 불고 있는 바람보다도 부드러웠다.

"나 축구하다가 여기 앉아서 땀 식힐 때…… 저쪽에서 니가 나 훔쳐보고 있는 거 다 구경하고 있었다."

"네?"

"우리가 사귀기 훨씬 전부터, 나도 훔쳐보고 있었어."

"……."

"널."

나봄을 따라 느리게 눈을 뜬 차준이 시선을 틀었다. 덕분에 마주 보게 된 얼굴엔 여유로운 미소가 어려 있었다.

나봄은 그런 그를 물끄러미 바라보다가 다시 정면으로 눈길을 두었다. 자신이 지금 무슨 표정을 짓고 있을지, 그녀 스스로도 모르겠어서였다.

하지만 차준은 계속 그녀를 응시한 채 마저 입술을 떼어 냈다.

"처음엔 참 작다고 생각했어. 그 다음엔 피부가 하얗다고 생각했고……."

"……."

"어느 순간부터는 귀여워 보였었던 것 같아. 가끔은 축구하다가도 막 손 흔들고 싶고 그랬다?"

한 마디 한 마디 이어 내는 차준의 목소리는 어딘지 모르게 조심스러웠다.

그걸 가만히 듣고 있던 나봄은 발끝으로 눈동자를 떨어트렸다. 케케묵은 기억들이 차례로 머릿속에 떠오르긴 하는데 이걸 어떻게 말해야 할지 모르겠다.

분위기에 휩쓸려서 무작정 꺼내 놓기에는 너무 소중한 기억이라 빛이 바랠까 걱정스럽고, 계속 품어 놓고 있기에는 무게만 점점 늘어날 것 같아서 걱정스럽고.

"……그랬었구나."

결국 꺼내진 대답은 걱정한 것에 비해 터무니없이 짧았다. 그래서 다른 얘기라도 덧붙여야 하나 고민하고 있던 그때, 한 번 더 차준의 가라앉은 음성이 흘러나왔다.

"왜 그렇게 신경이 쓰였나 몰라."

"……."

"너무 신경이 쓰여서 어느새 아무것도 못 하겠더라고. 그래서 무턱대고 고백했어."

"……."

"그때 니가 얼마나 놀란 표정을 지었는지, 넌 모를걸."

차준은 말끝에 아이처럼 천진난만한 웃음을 덧붙였다.

나봄은 그를 따라 엷은 미소를 퍼트렸으나 그건 이내 딱딱하게 굳어 버렸다. 예쁜 추억이 전해 주는 설렘보다 그녀가 해야 할 말의 부담감이 더욱 크기 때문이었다.

나봄은 조심스레 숨을 들이마셨고 곧 흐린 목소리로 내뱉었다.

"사실…… 말씀 드릴 게 있어요."

"뭐?"

"오늘 얘기하게 될 줄은 몰랐는데, 그때 사귀자고 했던 거⋯⋯."

"어, 나봄아. 저기 봐!"

그러나 본론이 제대로 꺼내지기도 전에 차준은 그녀의 말을 가로막았다. 별안간 자리에서 벌떡 일어선 그는 손끝으로 어느 운동장 한구석을 가리켰다.

"저기 기억나?"

"네?"

"체육 창고. 열려 있나 가 볼까?"

차준은 마냥 신난 얼굴이었지만 나봄은 당황감을 감출 수가 없었다. 그도 그럴 것이 그가 말하는 체육 창고는 차준과 가장 많이 키스를 나누던 장소였으니까.

"아⋯⋯."

그래서 차마 대답을 못 하고 있자 차준은 배시시 웃으며 그녀의 손을 붙잡아 일으켰다.

그러고는 체육 창고를 향해 달리듯 빠른 걸음을 옮기기 시작했다. 끌어당기는 힘이 세지는 않았으나 나봄은 어쩐지 두 발을 멈출 수가 없었다.

어느덧 도착한 추억의 장소는 벤치와 달리 변한 것 없이 그대로였다.

그들이 입학하기 전부터 휘어져 있던 유리창 창살, 까만 발자국이 선명하게 찍힌 문, 그리고 너무 녹슬어서 금방 부서져 버릴 것 같았던 문고리까지.

지난 세월이 이곳만 스쳐 가지 않은 모양이다. 덕분에 잠자고 있던 그때의 감정은 점점 더 선명해진다.

차준은 망설임 없이 문고리를 붙잡았다.

"나봄아, 매트리스 뒤로 축구공이 들어가 버렸는데…… 니가 꺼내 줄래?"

그러고서 꺼내 놓는 대사는 벌써 10년도 지나 버린 그들만의 암호였다.

그걸 들은 나봄은 잠시 숨까지 멈추고 눈빛을 일렁였다.

'나봄아, 매트리스 뒤로 축구공이 들어가 버렸는데, 니가 꺼내 줄래?'

점심시간이 막 시작되었을 무렵, 일부러 나봄의 반까지 찾아온 차준은 뒷문을 붙잡고 서서 그렇게 말했다.

그러면 나봄은 함께 급식을 받으러 가자던 소라를 마지못해 뿌리치고, 차준을 따라 운동장으로 향했다. 두 발자국쯤 뒤처진 걸음으로.

그가 너무 빨리 앞서가는 건 아니었다. 그저 나봄은 그의 뒷모습을 바라보는 걸 좋아했을 뿐이다.

자박자박 모래알을 밟으며 움직이는 운동화, 바람에 살랑이는 머리카락, 예쁜 곡선으로 뻗어 나온 넓은 어깨.

그와 사랑을 하기 훨씬 전부터 몰래 시선에 담아 왔던 것들.

그렇게 차준의 넓은 등만 바라보고 걷다 보면 어느새 체육 창고

앞이었다.

그는 아직 아무도 나오지 않은 운동장을 빙 둘러보다가 근처엔 둘밖에 없다는 걸 확인하고 나서야 체육 창고 안으로 그녀를 이끌었다.

끼이이익―

녹슨 쇳소리를 내는 문을 조심히 닫고, 교복 재킷을 벗어 이미 흙먼지로 얼룩져 있는 창문을 가려 두고.

'보고 싶었어.'

차준은 나봄의 얼굴을 감싸 쥐며 속삭였다.

그 순간 나봄의 심장은 이미 터질 것처럼 뛰고 있어서 어떤 대답도 들려주지 못했다.

하지만 차준은 미처 내뱉지 못한 진심까지 전부 들었는지, 예쁜 미소를 입가에 띠었다.

그러고는 그녀에게로 천천히 마른 장밋빛 입술을 끌어 내렸다. 보기에도 탐스러웠던 그 입술은 사이로 새어 나오는 숨마저도 달콤했다.

나봄은 다가오는 그를 도저히 제정신으로 볼 수 없을 것 같아서 꾸욱 두 눈을 감았다.

머지않아 이마에 촉촉한 감촉이 느껴지고 그 감촉은 선을 그리듯 코끝으로 미끄러져 내려오고.

'나봄아······.'

그녀의 이름을 부르며 잠시 떨어지나 싶더니 이내 제대로 그녀의
입술을 머금었다.

늘 여유롭던 차준은 그때만큼은 조급하게 굴었다.

그래서 나봄은 그와 몇 번이나 키스를 거듭해도 좀처럼 긴장을
풀지 못했다. 시작할 땐 언제나 어깨를 잔뜩 움츠린 채 그를 받아
주지 않았다.

그럴 때면 차준은 혀끝으로 나봄의 윗입술을 집요하게 괴롭혔
고, 고개를 틀어 아랫입술을 살짝 깨물었다.

덕분에 나봄의 입술에 조금의 틈이 생겨나면 그는 망설임 없이
뜨거운 숨결을 불어 넣었다.

부드럽게 엉키는 혀끝. 서로의 뒷목을 끌어안는 손길. 발칙한 욕
심이 나는 만큼 밀착되는 가슴.

그리고 이따금 입술이 떨어질 때마다 맞닿는 나른한 당신의 눈
빛.

당신과 키스를 나눌 때면 체육 창고의 먼지 냄새마저도 향기로
웠다.

미처 가려지지 않은 유리창 틈새로 스며드는 햇빛은 우리만을
위한 스포트라이트였고, 숨이 드나들 때마다 들려오는 자극적인 소
리는 세상에서 가장 듣기 좋은 음악이었다.

당신으로 인해 눈부시게 아름다웠던 이곳은 그야말로 천국이었
다.

너무 행복해서 가끔 불안했고, 영원히 이 순간에 머무를 수 없다는 사실이 마냥 서럽기만 했던.

"기억나?"

차준이 물었다. 대답을 바라는 것처럼 들리진 않아서 나봄은 가만히 멈춰 있었다.

그러자 차준은 입술 새로 흐린 한숨을 내뱉었고 먹먹한 목소리를 흘려보냈다.

"아주 오래전에 우린 여기 있었어."

"……."

"그리고 지금도, 우린 여기 있어."

철컥―

말을 마친 차준은 붙잡았던 문고리를 돌렸다. 안타깝게도 체육 창고는 열리지 않았다.

하지만 그는 좀처럼 문에서 손을 떼어 내지 못했다.

"계속…… 난 여기에 남아 있었어."

머지않아 꺼내 놓은 말은 자기 스스로에게 거는 주문처럼 느껴졌다.

나봄은 그런 그의 뒷모습을 물끄러미 바라보았다.

그녀가 가장 좋아했던 등은 지나온 시간만큼 성숙해져 있었으나 또 그만큼 낡아 있기도 했다.

꼭 변한 것 하나 없이 그대로지만 그때와 같다고 말할 수는 없는 이 체육 창고처럼.

05.
나 지금 너에게로 달려갈래

똑똑—

낮은 노크 소리가 방 안에 울렸다.

책상 앞에 앉아 추리소설을 읽고 있던 태준은 고개도 들지 않고 대답했다.

"네, 들어오세요."

그 말이 떨어지기가 무섭게 문을 열고 들어서는 사람은 서미란 대표였다. 어차피 이 집에서 그를 찾아올 사람은 그녀밖에 없긴 했지만.

"출장은 잘 다녀오셨나요?"

태준은 언제나처럼 느긋한 목소리로 물었다. 하지만 그를 바라보는 서 대표의 표정은 좋지 않았다.

"어제 병원에서 도망쳤었다고 들었어. 대체 혼자 어디 갔던 거니?"

"혹시라도 김 실장님께 책임을 물으실 생각이라면 관두세요. 제가 멋대로 행동한 거니까."

그 말을 하는 동안에도 태준의 시선은 여전히 책상 위에 머물러 있었다.

그게 답답했던 서 대표는 성난 걸음으로 또각또각 걸어와 책상 위 책을 빼앗아 버렸다. 그제야 느리게 들어 올려지는 태준의 눈은 심각한 상황과 어울리지 않는 미소를 띠고 있었다.

"대답해. 어딜 갔다 왔던 건지."

서 대표는 애써 울화를 참아 낸 목소리로 명령했다.

그러자 긴 한숨부터 흘려보낸 태준은 이내 마지못해 입을 열었다.

"회사에 다녀왔어요."

"뭐?"

"차준이는 여전히 잘 지내고 있더라구요."

그건 그녀가 어렴풋이 짐작하고 있던 대답이었다. 그래서 더욱 심란해진 서 대표는 미간까지 좁힌 채 말했다.

"그 애한테는 너 혼자서 가지 말라고 했잖아."

"……."

"너만 보면 모진 말을 퍼부어 대는 철없는 놈이야. 다시 우울증이라도 도지면 어떡하려고 그러니."

서 대표의 걱정에 태준은 옅은 웃음을 흘려보냈다. 그러고는 또렷한 음성으로 되물었다.

"어머니와 같이 가면…… 뭐가 달라지나요?"

"아니, 달라질 건 없겠지. 하지만 난 너처럼 그 애가 난리치는 걸 가만히 보고만 있진 않아."

"……."

"니가 상처받기 전에, 내가 멈춰 줄 수 있어."

내가 상처받기 전에 멈춰 준다는 그 말이 녀석을 더욱 분노하게 만든다는 걸, 그녀는 과연 알고 있을까.

모르지는 않을 거라고 확신한다. 심리전엔 누구보다 강한 그녀 이니까.

하지만 그래서 되도록이면 차준을 혼자 만날 생각이었던 태준은 아무 말도 하지 않았다. 그는 차준의 분노를 상대하고 싶은 게 아니라 전부 다 후련하게 폭발시킬 때까지 받아 주고 싶었다.

그 마음까지도 모두 읽어 낸 서 대표는 그를 동정 가득한 눈으로 내려다보았다.

"넌 생각이 깊고 순수한 그 사람을 닮았어."

이윽고 꺼내지는 이야기는 사는 동안 내내 들어왔던 아버지에 관한 것이었다.

태어나기 전 돌아가신 아버지는 태준에게도 소중한 존재이긴 했으나, 그 얘기가 꺼내지는 건 끔찍이도 싫었다. 그리움으로 감춰 놓은 그녀의 칼끝이 누굴 겨누고 있는지 정확히 알고 있어서였다.

"그 얘기는 그만두세요."

태준은 듣고 싶지 않은 뒷말이 이어지기 전에 멈추려 했다.

그러나 쉽사리 멈추지 않은 그녀의 입술은.

"하지만 차준이는 흐르는 피부터가 달라. 지 애비를 닮아서 생각도 없고, 정도 없고, 인간미도 전혀 없지. 도무지 사랑해 줄 수가 없는 애야."

이번에도 역시나 차준을 상처 입히는 말을 한다. 차준이 태어난 뒤로 30년 동안 쭉 그래 왔듯이.

'이럴 거면 낳지를 말지 그랬어요! 아니면 뱃속에 있을 때 죽어 버리던가!'

순간 태준의 귓가에 그 애의 울음 섞인 절규가 들려왔다. 욱신거리는 심장의 고통은 지난 세월만큼 흐려지지도 않았다.

태준은 무슨 말을 하려다 말고 입술을 닫았다.

여기서 그 애를 위한 말을 해 봤자 인정 넘치던 아버지를 떠올리고 말 서 대표였다. 그럴수록 차준의 존재는 더욱 더 어둡고 구석진 자리로 밀려나 버리겠지.

"나가 주세요."

"태준아……."

"책은 돌려주시구요."

급격히 온도가 낮아진 태준의 눈빛은 완강한 거부 의사였다.

더 이상 건드렸다가는 무슨 짓을 할지 모르는 그였기에 서 대표는 하고 싶은 많은 말을 남겨 둔 채 자리를 뜨기로 했다.

그녀는 태준의 책을 도로 책상 위에 올려 두었고, 스탠드에 불을

켜 주었다.

"아무리 낮이라도 불은 켜고 읽어야지. 햇빛을 등지고 있잖니."

"……."

"필요한 게 있으면 꼭 나를 불러. 니가 원하는 건 뭐든 다 해 줄게."

억지로 내보내지면서도 다정한 그녀의 눈빛.

이 자리에 차준이 없는 게 천만다행이었다. 그녀는 어린 차준의 곁에 있어 달라는 애원에도 차갑게 등만 보여 왔었으니.

태준은 눈앞에 펼쳐진 책장에 다시 시선을 고정시켰다. 한 문장도 눈에 들어오진 않았지만 멀어지는 그녀의 뒷모습을 보는 것보다는 나았다.

그때 마침, 그녀의 휴대폰이 울렸다. 재킷 안에서 휴대폰을 꺼내 든 서 대표는 사무적인 말투로 전화를 받았다.

"어, 무슨 일이야. 본사 회의? 그런 스케줄 있다는 얘긴 못 들었는데…… 퍼니쳐팩토리에서 확인 전화가 왔다고?"

서 대표는 문손잡이를 붙잡아 돌렸고, 서둘러 복도로 나섰다.

하지만 문을 닫기 직전.

"아아, 선우차준이 수작을 부려 놓은 모양이네."

"……."

"이유야 뻔하지 않겠어? 한나봄 때문이겠지."

동생의 이름과 함께 불린 낯익은 이름.

머지않아 태준의 머릿속에 떠오르는 건 작은 토끼처럼 오밀조밀한 이목구비를 가진 한 여자의 얼굴이었다.

'한봄 도어락 쪽 사람이라고 했죠? 이름이 어떻게 돼요?'

'한, 한나봄 입니다.'

'날 만났던 건 나봄 씨도 비밀로 해 줘요.'

'전 그쪽이 누구신지도 모르는데요?'

'그럼 더 잘됐구요. 자, 내릴 준비.'

그녀와의 첫 만남을 떠올릴 때쯤 방문은 닫혔으나, 서 대표의 목소리는 희미하게 들려왔다.

"……10년 전 첫사랑에 목매달고 있는 꼴도 한심스럽기 그지없어."

차준에게서는 듣지 못한 새로운 사실.

그걸 놓치지 않고 들은 태준의 눈빛이 옅게 흔들렸다.

*　　*　　*

"도착했어."

"……."

"나봄아?"

"네, 네?"

"우드레일 퍼니처팩토리 다 왔다고."

차준의 말에, 멍하니 생각에 잠겨 있던 나봄이 정신을 되찾았다.

막 잠에서 깨어난 것처럼 얼떨떨한 눈으로 차창 밖을 내다보니, 곧바로 시야에 들어오는 건물은 분명 우드레일 퍼니처팩토리.

오는 길에 차가 한 번도 막히지 않은 덕분에 집에서 여기까지 한 시간도 채 걸리지 않았다.

"좀 더 정문 앞으로 가 줄까?"

차준은 다정한 목소리로 나봄에게 물었다. 그러나 나봄은 천천히 고개를 저으며 대답했다.

"아니요, 여기서부턴 혼자 들어가는 게 나을 것 같아요. 괜히 오해라도 사면 안 되잖아요."

별 뜻 없는 말이었으나 차준의 눈빛은 순간 흐려졌다.

그는 입술을 닫고 마른침을 삼켰고, 이내 여린 목소리를 꺼내 놓았다.

"오해 받으면…… 안 되는 거야?"

"네?"

"나쁜 의미가 없는 건 알지만 난 고백에 대한 대답 기다리고 있는 입장이라서……."

"아…….."

"너의 말수가 부쩍 적어진 것까지 계속 신경이 쓰여."

차준의 솔직한 말은 나봄을 난처하게 만들었다.

고백에 대한 대답을 준비하지 못한 건 아니지만 막상 입 밖으로 내뱉으려니 긴장되는 건 어쩔 수 없다.

하지만 그녀보다 더 초조해하는 차준 때문이라도 대답을 미루고 싶지 않았던 나봄은 깊이 숨을 들이마셨다. 그러고는 아까 하려다 막힌 말을 조심스레 꺼내 놓았다.

"다시…… 생각해 봐요, 우리."

"고민할 시간이 더 필요해?"

"아니요, 고민할 시간 말고."

"……."

"얼마 전에 처음 만난 사이처럼, 다시 서로에 대해 알아 가고 다시 마음을 키워 가고, 앞으로의 일에 대해서도 다시 생각해 보고 싶어요."

그 말은 언뜻 거절처럼 들렸다. 하지만 그녀의 눈에 어린 감정은 차준을 밀어내는 것이 아니었다.

굳이 정의를 내려 본다면 뭐랄까.

브레이크.

그녀는 지난 10년의 공백을 채워 나가는 것이 버거워 조금 쉬고 싶은 모양이다.

그런 그녀에게 차준이 하고 싶은 말은 분명히 존재했다.

'난 시작하고 싶지 않아. 그냥 모든 게 완벽했던 그때로 돌아가고 싶어.'

그러나 그녀가 들도록 꺼내 놓지는 않았다.

매달리면 그녀가 절실해 보일 테고 절실함이 엿보이면 불안정한 본모습이 들켜 버릴 테고.

망가진 날 알아채 버린 너는 예전과 같은 눈빛으로 나를 바라봐 주지 않을 거잖아.

난 동정도, 비난도 없는 순수한 너의 사랑이 좋은데.

"하아……."

한동안 대꾸가 없던 차준은 기나긴 한숨을 흘려보냈다. 나봄은 갑작스럽게 가라앉은 그의 분위기를 눈치채곤 그에게로 가만히 시선을 두었다.

겉으로 드러나는 그의 감정은 분명 그녀의 대답을 인정하고 싶지 않은 듯 보였으나.

"그래, 그렇게 하자."

정작 꺼내진 대답은 미련조차 남아 있지 않은 수긍이었다. 뒤따라오는 미소는 여느 때처럼 부드럽고 달콤했다.

"갑자기 분위기를 잡길래 거절당하는 건 줄 알았잖아."

"……."

"거절이 아니라서 정말 다행이야. 하하."

차준은 심각해진 차 안 공기를 띄워 보려는 듯 밝은 목소리로 얘기했다. 그사이 두 번이나 들어간 '거절'이라는 단어는 제법 무게감이 있었다.

생각보다 후련한 느낌은 아니었지만 어쨌든 무사히 제 마음을 전한 나봄은 그를 따라 엷게 웃었다.

"그럼, 이제 전 출근해 보겠습니다."

나봄은 가벼운 인사까지 마치고 안전벨트를 풀었다.

"잠깐."

하지만 짧은 말로 그녀를 가로막은 차준은 잠시 멈춰 놓았던 차에 다시 시동을 걸었다.

머지않아 그의 하얀 벤츠가 들어서는 곳은 우드레일 퍼니처팩토리의 정문 앞이었다.

나봄은 두 눈을 동그랗게 뜬 채 안까지 차를 끌고 와 버린 차준을 바라보았다. 아까 분명 혼자 들어가겠다고 했던 것 같은데 그걸 그새 까먹어 버렸을 리는 없었다.

그래서 놀란 눈만 깜빡이는 나봄에게 차준은 낮은 목소리를 흘려보냈다.

"이제야 제대로 도착."

"……."

"생각해 보니까 어차피 본사에서 회의가 있다고 말해 뒀었는데, 굳이 오해 살 일은 없을 것 같아서."

말을 마친 차준은 제 안전벨트를 풀고 운전석에서 내렸다. 마침 정문에서 담배를 피우고 있던 직원들은 그를 알아보고 서둘러 달려 나왔다.

"앗, 본부장님! 안녕하십니까!"

"워크숍 이후 처음 뵙습니다! 현장엔 어쩐 일로 오셨습니까!"

갑자기 소란스러워진 공간.

그 한복판에서 차준은 조수석 문을 손수 열어 주었다. 파르르 떨리는 나봄의 눈동자가 주변을 살펴보다가 차준에게로 옮겨졌다.

"오빠……?"

"괜찮아, 괜찮아. 편히 내려."

차준은 그리 말했으나 나봄은 이미 난처해질 대로 난처해져 버린 후였다. 차준의 차에서 그녀가 등장하자마자 저들끼리 무슨 말을 수군거리는 직원들 때문이었다.

"본부장님! 오늘도 한나봄 팀장님하고 같이 계시네요! 오오!"

아니나 다를까. 그들 중 가장 넉살 좋은 한 명이 두 사람을 향해 짓궂은 농담을 건넸다.

덕분에 더욱 경직되어 버린 나봄과 달리 차준은 여유로운 미소를 입가에 머금었고 웃음기 어린 음성으로 대꾸했다.

"안녕하세요, 근처에 일이 있어서 겸사겸사 들렀습니다."

"……."

"단태오 팀장님한테 안부 전해 주세요."

왜 난데없이 그 아이의 이름이 튀어나온 걸까.

그 찰나의 순간 나봄은 의문을 품었다. 하지만 미처 드러내지도 못하고 얼어 버렸다.

우드레일 퍼니처팩토리 옥외 휴게실 음료 자판기 앞.

차마 다가오지도, 멀어지지도 못하고 그저 물끄러미 그녀만 바라보고 있는 단태오 때문에.

*　　　*　　　*

"하아……."

태오의 사무실, 나봄은 옅은 한숨을 내쉬었다.

분명 자판기 앞에 서 있던 그는 눈이 마주치자마자 건물 안으로 먼저 들어가 버렸던 것 같은데, 곧바로 따라 들어와 보니 그는 보이질 않았다.

어차피 같은 건물 안에 있겠지만 나봄은 괜히 걱정스러워졌다. 그녀가 차준의 차에서 내리던 순간, 바람 앞 촛불처럼 흔들리던 그의 눈빛 때문이었다.

생각해 보면 그는 이따금 그런 눈빛으로 나봄을 볼 때가 있었다.

5년 만에 본사 회의실에서 마주쳤을 때, 허유리 파트장이 대학교 첫사랑 얘기를 꺼냈을 때, 뜻밖의 건네진 도움에 고맙다는 말을 할 때, 얼마 전 미안한 마음을 담아 저녁 식사를 신청했을 때.

그리고 레스토랑 무대 위에서 본의 아니게 진심을 전해 버렸을 때.

되새겨 보니 꽤 많은 순간이었다. 그때마다 지어 보였던 특유의 표정은 이제 보니 전부 비슷한 감정을 띠고 있었다.

그게 정확히 무엇인지는 아직 잘 모르겠지만.

요즘 들어 단태오라는 사람이 부쩍 궁금해진 나봄은 그의 생각을 들여다보고 싶어졌다. 예전에 들었던 대학교 첫사랑 얘기가 전부 거짓말이었다는 게 무슨 뜻인지도 제대로 물어보고 싶었다.

하지만 지금은 그럴 수 없는 처지였다.

그녀가 체감하고 있는 태오와의 거리는 사적인 질문을 물어볼 만큼 가까운 사이가 아니다. 평소에 전화나 문자로 간단한 안부조차 주고받은 적이 없다.

그래서 슬슬 복잡해지려는 머릿속을 정리하던 도중.

철컥—

사무실 문이 열리고 드디어 단태오가 돌아왔다. 동그란 나봄의 눈동자가 곧바로 그를 향했다.

"와 있었네."

"어? 아…… 응."

"본부장은."

"나 여기 내려 주고 바로 가셨어."

나봄은 태오의 질문에 순순히 대답했지만 그는 별다른 반응이 없었다. 그저 사무실 책상까지 느린 걸음으로 다가와 나봄의 맞은 편에 자리를 잡을 뿐.

나봄은 조심스러운 시선으로 태오의 얼굴을 들여다보았다.

앉자마자 책상 위 파일부터 펼쳐 든 그는 서류에 눈동자를 고정시킨 채 바로 본론으로 직행했다.

"새로운 디자인을 살펴봤는데 확실히 그립감은 나아진 것 같아. 문제는 색상인데, 목재가 화이트 오크로 확정됐으니까 그거 고려해서 결정해 보자."

너무 많은 걸 눌러 담아 놓느라 오히려 딱딱하게 굳어 버린 표정.

나봄의 눈에 비치는 태오는 딱 그랬다. 그래서 회의 내용은 하나도 귀에 들어오지 않고 그에게만 온통 신경이 쏠린다.

"가구는 침대, 협탁, 5단 서랍장, 분리형 장식장까지는 넣기로 했어. 'Lily' 라인은 기본적으로 침실에 맞춰져 있거든."

"……."

"하지만 최근엔 'Lily' 라인에 대한 매스컴 관심사가 높아져서 부엌이나 거실 가구 쪽으로도 확장할 가능성이 있어. 거기까지 염두에 두고 디자인 시안 몇 개 더 가능해?"

"……."

"한나봄?"

드디어, 단태오와 눈이 마주쳤다. 계속 보던 눈동자인데 오늘따라 유독 까맣다고 생각했다.

"내 말 듣고 있어?"

"어, 어?"

"디자인 시안 가능하냐고."

재차 꺼내진 태오의 질문에 정신줄을 다잡은 나봄은 황급히 시선을 책상 위 서류 쪽으로 끌어 내렸다.

하지만 지금 그가 뭘 물어보는 건지 제대로 듣지 못했던 탓에 대답을 할 수는 없었다.

"아, 그게……."

그래서 괜히 종이만 뒤적이며 시간만 끌고 있자, 태오는 낮은 한숨을 쉬었다.

"하아, 집중 좀 해."

기어이 한 소리를 듣고 말았다. 면목이 없는 나봄은 작게 대답했다.

"미안……."

태오는 나봄에게 손을 뻗었고, 그녀가 보고 있는 페이지의 뒷장을 넘겨주었다. 그러고서 덧붙이는 말은 나봄의 심장을 쿵 떨어지게 만들었다.

"본사에 간다는 거짓말로 회의 미룬 것까지는 뭐라고 하지도 않잖아."

그걸…… 어떻게 알았지?

차준이 해 놓은 거짓말을 맥없이 들켜 버린 나봄은 두 눈동자를 동그랗게 떴다.

내가 미룬 건 아닌데. 난 원래 제 시간에 맞춰 여기로 올 생각이었는데.

그런 사사로운 변명을 내뱉기에는 태오의 시선이 너무 금방 그녀에게서 떨어져 버렸다. 다시 제 서류로 고개를 내려 버린 그는 어쩐지 표정이 더 굳어 버린 것 같다.

"일단…… 추가 시안에 대해서는 나중에 다시 얘기하도록 하고."

아아, 그래서 넌 화가 나 보였구나.

"잠금장치는 기존 모델이 워낙 내구성 좋게 나와서 손볼 필요도 없겠지만 한 번 더 확인해 줘."

오늘따라 유달리 날 바라보지 않는 이유도 이제야 알겠어.

돌아가는 상황을 파악한 나봄은 그에게 향해 있던 흔들리는 눈빛을 들고 있는 서류로 내려놓았다. 모르는 글자는 하나도 없었으나 좀처럼 읽히지가 않았다.

"그럼 세부 스케줄 설명해 줄게. 아직은 유동적이니까 변경하고 싶은 일정 있으면 미리 말해."

"응."

"다음 달에 열릴 정기 총회에서 'Lily' 프로젝트 브리핑이 있을 예정이고, 아마 그 전에 창립 기념 파티에서도 간단하게 소개될지 몰라."

"응, 알았어."

"소개가 되든 안 되든 외주 업체 관계자는 참여하는 편이 좋고."

"응……."

대답은 하고 있지만 집중은 못하고, 그를 따라 종잇장을 넘겨 보지만 어딜 말하고 있는지는 들리지 않고.

마냥 혼란스럽기만 한 나봄은 지금 온 신경을 기울여 해명할 타이밍을 살피고 있다.

차라리 평소 하던 대로 열을 올리거나 흥분해서 씩씩거리고 있으면 휩쓸려서 확 얘기해 버릴 수나 있을 텐데.

오늘의 태오는 다른 때와 달리 지독히도 차분하고 사무적이어서 큰일이다.

오해를 풀어 볼 조금의 실마리도 보이질 않아.

*   *   *

한 시간 남짓한 회의가 끝났다.

기쁜 소식은 더 이상 단태오에게 싫은 소리를 듣지 않았다는 것이고 나쁜 소식은 끝끝내 아까 일에 대한 해명을 하지 못했다는 것이었다.

이제부터라도 좋은 사이로 거듭나 보겠다고 결심한 지 얼마나 지났더라.

그동안 쌓인 앙금이 풀어지기는커녕, 점점 더 얽히기만 하는 것 같다. 일에 모든 걸 다 건 사람인데 일 문제로 실망을 시켜 버렸으니 어떻게 만회해야 할지 눈앞이 깜깜하기만 하다.

"오늘 회의 내용은 내가 정리해서 메일로 보내 줄게."

"어? 아니, 괜찮아. 잘 이해했어."

"내 업무라서 그래."

나봄을 사무실 밖까지 배웅하는 태오는 마지막까지 딱딱하기 그지없었다.

나봄은 그런 그에게 작은 고갯짓을 하고는 이내 등을 돌렸다. 천근만근인 발걸음은 떨어지지 않았지만 여기서 더 버텨 봤자 나아질 게 없었다.

탁—

머지않아 들려오는 사무실 문이 닫히는 소리.

그의 눈길이 떨어진 걸 느낀 나봄의 표정이 더욱 어두워졌다.

지금 당장은 아니더라도 어떻게든 빌미를 잡아 사과를 해야 할 텐데…….

좋은 방법이 없을까, 고민하고 있던 그때.

"아."

잊고 있던 무언가가 떠올랐다.

"편지……."

아직 쓰진 않았지만 오늘 꼭 주기로 약속했던 그거. 그걸 써야겠어.

편지 전하는 걸 잊은 척하며 돌아가서 오늘 본의 아니게 거짓말로 일정 꼬이게 만들어 버린 일을 제대로 사과해야겠어.

막막한 상황에 뭐라도 할 수 있는 게 생기자 힘없이 처져 있던 나봄의 어깨가 씩씩해졌다.

서둘러 우드레일 퍼니처팩토리 건물을 빠져나간 나봄은 주위를 두리번거리며 인적이 드문 곳을 찾기 시작했고, 이내 주차장 한구석에 있는 텅 빈 흡연실을 발견했다.

　태오의 사무실 쪽에서도 보이지 않는 그곳은 숨어서 몰래 편지를 쓰기에 딱 좋았다.

　나봄은 흡연실까지 빠른 걸음으로 걸어가 가장 외진 자리에 걸터앉았다.

　그러고선 가방을 뒤적였다. 다행히도 펜과 종이는 넉넉히 들어 있었다.

　종이가 편지지가 아닌 단순한 A4용지라는 게 좀 걸리지만 어차피 그날 무대 위에서 들고 읽어 줬던 것도 A4용지였으니까 괜찮겠지.

　나봄은 벤치를 책상 삼아 글씨를 쓰기 위해 몸을 옆으로 돌렸다.

　짧은 고민 끝에 적은 첫 마디는 겨우.

　　[단태오 팀장에게]

　그리고 한동안 펜을 움직이지 못했다. 누군가에게 편지를 써 보는 게 정말 오랜만이라서 첫 마디를 어떻게 써야 할지도 모르겠다.

　음, 일단 인사부터 해 볼까.

　　[안녕, 알고 지낸 지는 꽤 됐는데 편지를 써 본 적은 없는 것 같네.]

　이건 너무 당연한 얘기잖아. 오래 알고 지냈으면 뭐해. 학교 다닐

땐 친하지도 않았고 졸업 후 5년 동안은 따로 연락한 적도 없었는데.

어색한 인트로에는 반드시 수습이 필요했다. 펜 끝을 입에 문 채 고심하던 나봄은 이내 결심한 듯 다시 글씨를 적기 시작한다.

[그동안 내가 너에 대한 오해를 너무 많이 하고 있었어.
왜인지는 모르겠지만 내 기억 속에 너는 무섭고, 괴팍하고,
또 조금은 안하무인이었거든.]

그에 대한 험담은 지니고 있던 세월만큼 술술 잘도 써졌다.

하지만 그동안의 오해는 이쯤에서 접어 두고 그녀는 최근 들어 서서히 변화하기 시작한 제 마음을 풀어 놓기로 했다.

[그런데 요즘 내가 보고 있는 너는 누구보다 자기 일을
사랑하고, 최선을 다하는 사람 같아. 함께 프로젝트를 한 지
는 오래 되지 않았어도 늘 멋있다고 생각해.]

'멋있다'는 단어를 쓸 때쯤, 나봄은 오늘 몰래 지켜봐 왔던 그의 얼굴을 은밀하게 떠올렸다.

서류를 내려다볼 때마다 돋보이던 긴 속눈썹, 깊은 생각에 잠길 때마다 지그시 깨무는 아랫입술, 가끔 등장하는 영어 단어를 완벽하게 발음하던 혀.

그리고 긴 글을 한 번도 더듬거리지 않고 읽어 주던 낮은 목소리.

잔뜩 주눅이 들어 있던 와중에 참 많은 걸 훔쳐보았다. 그저 떠

올렸을 뿐인데도, 그를 정말 눈앞에 두고 있는 것처럼 모든 기억이 생생하게 살아난다.

덕분에 나봄의 펜에는 한층 속도가 붙었다.

[지금 와서 생각해 보면 왜 더 가까워지지 못했을까 싶어. 학교에서 조금 더 친하게 지냈더라면 너에게 많은 걸 배울 수 있었을 텐데. 난 사람 보는 눈이 없나 봐.]

그래, 난 사람 보는 눈이 없어. 눈치코치도 없고.

어느새 스스로를 탓하고 있는 나봄은 종이 위로 쏟아지는 진심을 막을 생각도 하지 못했다.

[이미 지나가 버린 시간은 돌이킬 수 없지만 앞으로 맞이할 시간은 후회가 남지 않게 잘 보냈으면 좋겠어. 너에 대해 궁금한 것도 많고 더 알아보고 싶은 것도 많아. 가만 보면 넌……]

그렇게 마음이 이끄는 대로 펜 끝을 움직이다가, 툭.

[참 귀여운 구석이 있어.]

자신도 예상하지 못했던 문장이 튀어나오자 나봄은 일순 펜을 멈추었다.

단태오가 귀엽다니. 난 대체 무슨 소릴 하고 있는 거지. 까딱하다가는 만만하게 본다는 오해를 사겠어.

당황한 나봄은 서둘러 그가 싫어할 만한 뒷말을 새까맣게 지웠다. 그러나 까만 선을 따라서 주르륵 흘러나오는 건, 그에게 '귀여움'이라는 수식어가 어울렸던 지난 순간들이었다.

> '한나봄, 남자 친구 있어?'
> '아, 아니. 없는데······.'
> '그럼 나 시켜 줘.'
> '뭐?'
> '대신 이거 너 줄게.'

전혀 짐작하지도 못했던 뜻밖의 고백.

> '데이트라니! 내가 너랑 왜!'
> '왜. 개나 소나 다 하는데 나만 못 하는 이유라도 있어?'
> '······뭐?'
> '난 적어도 내 사람 버리고 어디 가진 않아.'

날 지켜 주려는 건지, 성질만 퍼붓고 있는 건지 모를 서툰 도움의 손길.

> '중학교 2학년 때, 바다로 가족 여행을 갔는데 엄마가 목욕탕

도 못 들어가는 놈이 바닷가는 오죽 무섭겠냐면서 계속 손을 붙들고 있었어.'

'뭐?'

'다 큰 놈이 엄마 손 잡고 다니는 게 너무 쪽팔려서 그 뒤로 물 같은 건 무섭지도 않게 됐어.'

'그래서…… 지금 더 안 좋은 기억을 만들어 주겠다는 거야?'

엘리베이터 안에 갇힌 사람한테 난데없이 자신의 수치스러운 기억을 꺼내 놓던 엉뚱함.

'그걸…… 어떻게 알았지. 아니라고 거짓말까지 했는데…….'

'거짓말은 왜 하신 거죠?'

'……날 더 피할까 봐.'

마지막으로.

'내 성격이 워낙 오해를 많이 사서…….'

'…….'

'내가 조심해야 되거든요. 겁먹지 않게.'

자신이 주인공도 아닌 무대 위에서 어울리지 않는 홍조를 띤 채 쏟아 내던 속마음까지.

그건 다시 떠올려 봐도 귀엽게 비쳐지는 모습들이었다. 그래서 나봄은 방금 전 그 문장을 지웠던 게 살짝 후회가 됐다.

나쁜 뜻도 아닌데 그냥 쓸 걸 그랬나. 어차피 편지를 전해 주면서 쌓인 오해들을 풀 생각이었잖아.

그렇게 다 늦은 고민에 곰곰이 잠겨 있던 그 순간.

"나봄 씨, 거기서 뭐해?"

흡연실 안에서 익숙한 목소리가 들려왔다. 화들짝 놀란 나봄은 인기척이 나는 쪽으로 곧바로 고개를 틀었다.

"유, 유리 씨……."

"나봄 씨가 담배 피우러 온 건 아닐 테고."

"아, 그게……."

"여기서 뭘 쓰고 있는 거야?"

평소의 쿨한 미소를 입가에 띤 유리는 나봄에게 성큼성큼 다가왔다. 그리고는 어렵지 않게 편지의 맨 첫 줄을 눈에 담았다.

"단태오 팀장님…… 에게?"

하필 좋던 마음도 예민해지게 만드는 이름에, 그녀의 눈빛이 일순 차가워졌다.

당황한 나봄은 황급히 편지 내용을 가렸다. 그러고서 꺼내 놓는 이야기는 유리의 기분을 더욱 망쳐 놓았다.

"단 팀장님한테 편지를 쓰고 있었어요."

"걔한테 왜?"

"유리 씨 말을 듣고 생각해 봤는데, 제가 너무 그 앨 신경 쓰게 만든 것 같아서…… 미안하고 고맙다는 말이라도 제대로 전해 보려구요."

'그 애'라는 호칭은 얼핏 듣기에 두 사람 사이가 가까워진 것처럼 보였다.

순간 유리는 참을 수 없는 질투에 휩싸였지만 대놓고 드러낼 수는 없었다. 이제 보니 단태오에게 은근히 여우 짓을 하려는 모양인데, 자칫 성질 나쁘게 굴었다간 어떤 식으로 일러바칠지 모르는 일이었다.

유리는 억지로 입꼬리를 들어 올렸고 인위적으로 밝은 목소리를 내뱉었다.

"어머, 요즘 누가 그런 걸 써. 태오 그렇게 유치한 거 싫어해."

"예? 하지만 태오가 써 달라고 했는데……."

"뭐, 뭐?"

"오늘 꼭 전해 주기로 했어요."

순진한 얼굴로 감히 말대꾸를 내뱉다니. 마음 같아선 확 머리끄덩이를 잡아채 버리고 싶네.

유리는 폭발하려는 분노를 애써 가라앉혔다. 옛말에 참을 인이 세 개면 살인도 면한다 했다.

그런 그녀의 속을 알 리 없는 나봄은 수줍게 웃으며 말을 이어 나갔다.

"그때 조언해 주셔서 고마웠어요."

"조언?"

"유리 씨가 태오 입장을 얘기해 주지 않았더라면 아마 내가 뭘 오해하고 있는지도 몰랐을 거예요."

지금 비꼬는 건가, 싶었지만 동그란 두 눈을 들여다보니 그건 아닌 것 같았다. 하지만 순순히 고개를 끄덕여 주기엔 유리의 의도와 나봄이 해석한 바가 너무도 달랐다.

결국 유리는 나봄의 감사에 대해선 어떤 대답도 내뱉지 못하고 말을 돌렸다.

"아참, 지금 막 태오 회의 들어갔는데."

"아, 그래요?"

"아주 오래 걸릴 것 같아요. 중요한 안건이 다 몰려 있어서."

"그럼 편지는 다음에 전해 줘야겠네요."

유리의 말은 백 퍼센트 거짓말이었다. 방금 전 확인하고 온 바로 태오는 제 사무실 책상에 엎드려 고개를 처박고 죽은 듯 누워 있었 다.

하지만 나봄이 또 다시 태오의 마음을 흔들어 놓길 원치 않았던 유리는 어떻게든 그녀의 편지를 막고 싶었다.

유리는 교묘한 수를 쓰기 전, 사람 좋게 웃어 보였고 그녀에게 친절한 손길을 내밀었다.

"이리 줘요. 회의 끝나는 대로 내가 전해 줄게요."

"아니에요! 다음 기회에……."

"에이, 오늘 주기로 약속했던 거면 오늘 주는 게 낫지. 태오도 기다릴 텐데."

"괜찮아요, 하하."

"왜요? 내가 못 미더워요?"

"아니요! 그런 의미는 아니고!"

"그런 의미 아니면 이리 줘. 오늘 안에 태오한테 제대로 배달할게."

반강제적으로 느껴지는 유리의 호의는 더 이상 거절하기 어려웠다. 흔들리는 동공으로 그녀를 바라보고 있던 나봄은 잠시 쓰다 만 편지를 내려다보았고, 아직 쓰지 못한 제 이름을 가장 밑에 적어 냈다.

　그러고는 가로로 한 번, 세로로 한 번을 접어 유리에게 조심스레 건넸다.

　"그럼…… 잘 부탁드립니다."

　"응, 걱정하지 말라니까."

　"부끄러우니까 내용은 읽지 마세요!"

　"알았어요, 알았어."

　유리는 나봄의 부질없는 부탁에 영혼 없이 대답하며 비웃음을 감췄다.

　저렇게 맹하게 굴어서 세상 어떻게 살려고 그러는지.

　여러모로 모자란 부분이 많은 여자라 도저히 태오를 넘겨줄 수가 없다. 의외로 챙겨 줄 게 많은 단태오에게는 한나봄보다 책임감 있고 강한 여자가 필요하다.

　바로 나처럼.

　유리는 나봄에게서 받은 편지를 손에 쥔 채 흡연실 의자에 앉았다. 그러고선 들고 온 담배를 입에 물며 나봄에게 물었다.

　"나 이제 한 대 필 건데, 나가 보는 게 좋지 않겠어요?"

　"네?"

　"담배 냄새 배잖아."

　"아…… 네."

이제 더 이상 나봄에게 볼일이 없는 유리는 쌀쌀맞기 그지없었다. 그 온도 차는 나봄도 분명히 느낄 수 있을 만큼 폭이 컸다.

그래서 어쩐지 불안해지지만 이미 내어 준 편지를 다시 되가져올 수도 없는 노릇.

"꼭 좀 잘 전해 주세요."

나봄은 꾸벅 허리까지 숙여 인사하며 한 번 더 신신당부를 했다. 담배에 불을 붙인 유리는 고개를 까딱 끄덕이는 걸로 화답했다.

그때까지만 해도 그녀의 눈가엔 평소의 눈웃음이 맺혀 있었지만.

"후우."

가방을 챙긴 나봄이 흡연실 너머로 사라지자 곧바로 흔적 없이 사라져 버린다. 사실은 이때껏 억지로 밝은 표정을 유지하고 있느라 힘들던 찰나였다.

유리는 나봄이 제법 멀어진 걸 확인하고 나서야 흥미 없는 눈길로 그녀의 편지를 펼쳐 보았다.

[단태오 팀장님에게]

글씨체도 유아틱한 게 딱 어리버리한 한나봄스러웠다. 어째 하나부터 열까지 마음에 드는 구석이 없다.

"안녕, 알고 지낸 지는 꽤 됐는데 편지를 써 본 적은 없는 것 같네. 그동안 내가 너에 대한 오해를 너무 많이 하고 있었어……."

유리는 나봄이 진심을 담아 눌러쓴 한 구절 한 구절을 소리 내어 읽었다. 단태오를 동요시키고도 충분히 남을 내용들은 그녀의 미간을 좁혀지게 만들었다.

역시 중간에서 가로채길 잘했다고 생각하며 유리는 마지막 줄까지 정독을 마쳤다.

"가만 보면 넌 참 착한 구석이 있어? 하, 꼴 같지도 않은 게……."

그 끝에 따라오는 건 하찮아 죽겠다는 듯한 헛웃음이었다.

유리는 나봄이 소중히 건넨 편지를 미련 없이 죽죽 찢었고, 담뱃재까지 툭툭 털었다.

그러고는 앉아 있던 벤치에서 일어나, 흡연실 한구석에 있는 쓰레기통 안으로 휙 던져 넣었다.

요즘 단태오는 무슨 바람이 불었는지 담배도 끊어 버렸으니 이곳에 들어올 일은 없을 터였다.

편지를 성공적으로 처리한 유리는 후련한 걸음으로 휴게실을 빠져나갔다.

내가 못 가지면 남도 못 가져.

이건 운명처럼 단태오를 만난 뒤 생겨난 삶의 좌우명 같은 것이었다. 그가 계속 손에 닿을 수 있는 거리에 머물러 있는 한, 앞으로도 바뀌는 일은 없을 것이다.

*　　*　　*

"단 팀장님, 집에 안 가세요?"

우드레일 퍼니처팩토리 직원들이 하나둘 퇴근할 시간.

직원 한 명이 아직까지 불이 켜져 있는 태오의 사무실로 찾아와 물었다.

가만히 책상 앞에 앉아 있던 태오는 느리게 고개를 돌려 대답했다.

"먼저 가세요. 오늘 해야 할 업무를 하나도 못 해서요."

"에이, 오늘 점심 저녁도 굶고 계속 사무실에 계셨으면서. 워커홀릭도 좋지만 몸 생각해 가면서 하세요!"

직원은 태오의 말을 농담처럼 받아들였지만 아무 일도 하지 못했다는 건 정말 사실이었다. 나봄이 돌아간 뒤로는 좀처럼 일이 손에 잡히질 않았으니까.

오늘 아침.

본사에 회의가 있어서 늦는다는 나봄의 소식에, 태오는 혹시 자신이 잊어버린 스케줄이 있나 싶어 확인 전화를 해 봤다.

하지만 돌아온 대답은 프로젝트에 관해서 아무런 일정도 없다는 말이었다.

그렇다면 본사에서 걸려 온 전화는 뭐지, 라고 의아해할 때쯤 차준의 얼굴이 떠올랐고 뒤따라 나봄의 얼굴도 머릿속에 선명히 그려졌다.

지금 두 사람은 같이 있는 걸까.

의심해 보지 않은 것은 아니었다. 그러나 태오는 억지로 고개를 저으며 외면했다. 나에게로 오는 길에 그 사람을 만난 그녀가 결국 그 사람의 손을 잡고 떠났다는 건 차마 인정하기 힘든 진실이었다.

그래서 고집쟁이 아이처럼 눈을 가리고, 귀를 막고 생각을 멈춘 채 너를 기다리고 있었는데.

끼익—

회사 정문 앞에 선 하얀 벤츠는 니가 바라보는 그 남자의 차였고, 열린 조수석 문으로 보이는 건 슬프게도 너였다.

그 순간. 난 왜 주제도 모르고 화가 나던지.

'하아, 집중 좀 해.'

'본사 간다는 거짓말로 회의 미룬 것까지는 뭐라고 하지도 않
잖아.'

오늘 그녀에게 내뱉은 목소리는 하나같이 딱딱했고, 사무적이었다. 자격도 없는 분노를 감추고 싶었지만 표정은 말을 듣지 않았고, 업무 회의만큼은 감정 없이 진행하고 싶었지만 자꾸만 예민해졌다.

'아, 그게……'

'미안……'

결국 이번에도 잔뜩 겁을 먹어 버린 너의 눈빛.

이래서 나는 안 되나 봐, 라고 태오는 생각했다.

내가 상처 입었다고 해서 상대방에게 상처 입힐 권리가 생기는 건 아닌데, 왜 자꾸만 어른스럽게 굴지 못하는지.

겨우 가까워지나 싶었던 거리는 이로써 다시 멀어져 버렸다. 이 와중에도 그녀는 탓하고 싶지 않아서 분을 삭이지 못한 자신만 책망하고 있던 그때.

[담배 냄새 싫어한단다. 금연하자!]

컴퓨터 모니터 맨 밑, 책상에 앉지 않는 이상 보이지 않을 위치에 붙은 작은 포스트잇이 눈에 띄었다.

이제 담배는 거의 생각나지도 않게 되었는데 다 부질없는 노력이 되어 버렸다.

쓰디쓴 실패감에 젖은 태오는 긴 한숨을 내쉬었다. 그러고는 힘없이 손을 뻗어 포스트잇을 떼어 버렸다.

아무리 노력해도 가능성이 보이질 않는 우리의 관계.

더 이상 노력할 기운도 남아 있지 않다. 그동안 혼자 기대하고 혼자 무너지길 너무도 많이 반복했다.

태오는 의미를 잃어버린 포스트잇을 아무렇게나 구겨 놓고, 책상 서랍 맨 마지막 칸을 열었다.

자질구레한 잡동사니를 넣어 두는 그곳 가장 아래쪽에 파묻혀 있는 건 금연을 결심하기 전까지만 해도 줄기차게 피워 대던 담배였다.

태오는 그녀에게 휘둘리지 않겠다는 결심을 또 한 번 다지기 위해 담배를 다시 피우기로 결심했다.

인터넷에서 박스로 주문한 금연 껌도 반품시키든가 해야겠다. 그러고 보니까 금연 첫날 김 대리한테 주었던 지포라이터도 받아 와야겠네.

나 정말 바보 같은 짓 많이 했구나.

몰려오는 한심스러움에 헛웃음을 치며 태오는 사무실을 빠져나갔다. 어느새 모두가 퇴근하고 없는 우드레일 퍼니쳐팩토리엔 쓸쓸한 정적만이 감돌고 있었다.

머지않아 그 공간을 가득 채우는 건 태오의 발소리였다.

터덜터덜―

기운이라곤 하나 없는 그의 걸음은 패잔병이나 다름없었다. 사실 그녀 하나를 두고 벌인 전쟁에서 번번이 참패하고 있으니 패잔병이라고 불러도 할 말은 없지.

정문을 열자 차가운 밤바람이 태오의 피부를 스쳤다.

직원들의 차가 모두 빠져나가 공허한 주차장. 남아 있는 차는 오직 태오의 까만 세단뿐이었다.

"참나, 쟤도 주인 닮아서 혼자네…….."

태오는 쓸쓸한 혼잣말을 중얼거리며 흡연실로 발길을 옮겼다.

아까까지만 해도 들끓어 오르던 오기 섞인 분노는 그래도 많이 가라앉아 현재는 잔잔해진 상태였다.

그래, 이 여세를 몰아 담배 한 대만 딱 피우고 모든 걸 잊어버리는 거야. 그리고 다른 회사 사람들과 별반 다를 거 없이 한나봄을 대하자.

더 이상 상처받지 않으려면…… 그 방법밖에 없어.

태오는 비장한 표정으로 흡연실 안에 들어섰다. 오랜만에 코끝을 스치는 매캐한 냄새는 그의 각오를 더욱 단단해지게 만들었다.

곧바로 담뱃갑 안에서 장초 한 개비를 꺼낸 태오는 입술 사이에 물었고, 그 안에 들어 있을 라이터를 찾았다.

하지만 이미 김 대리한테 넘긴 지포라이터가 그 안에 들어 있을 리는 만무했다. 아까 김 대리한테 라이터 돌려받아야 한다는 생각까지 해 놓고 왜 다른 라이터를 챙겨 오지 않았는지 정말 의문이었다.

얼빠진 사람처럼 구는 스스로에게 화가 난 태오는 잔뜩 미간을 구겼다.

"아, 어째 뭐 하나 제대로 하는 게 없냐!"

그는 있는 대로 성질을 내 보았지만 들어 줄 사람은 오직 자기 자신뿐이었다.

그래서 더욱 답답해지기만 하는 가슴.

"하아……."

긴 한숨을 내쉰 태오는 누가 흡연실에 놓고 갔을지 모를 싸구려 라이터라도 찾아보기 위해 바닥을 샅샅이 살펴보았다.

그러나 눈에 보이는 건 아스팔트를 비집고 올라온 잡초들뿐, 라이터는커녕 성냥개비 하나도 남아 있질 않았다.

다른 때 같았으면 이쯤에서 포기하고 사무실로 돌아갔겠지만 오늘은 반드시 담배를 피워야 할 이유가 있었다.

그래서 포기할 수 없었던 그는 결국 쓰레기통 안이라도 살펴보기로 했다.

매우 구질구질한 짓이지만, 깔끔 떠는 성격인 태오로서는 그만큼 필사적으로 그녀에게서 벗어나고 싶어 한다는 의미이기도 했다.

하지만 라이터를 기대하며 들여다본 쓰레기봉투, 그 안에서 가장 먼저 눈에 띈 찢어진 종이 쪼가리, 거기에 또박또박한 글씨로 적혀 있는 뜻밖의 이름 하나는.

　　[나봄이가]

　세상에서 가장 더러운 곳에서 가장 소중한 이름을 발견해 버린 태오의 눈동자가 엷게 떨려 왔다.

　그는 반쯤 멍한 표정으로 손을 뻗었고 담뱃재가 묻은 종이 쪼가리를 집어 들었다. A4용지의 아랫부분 모서리로 보이는 그 조각은 언뜻 생각하기에 그녀가 써 놓은 편지 같았다.

　그렇지 않고서야 '나봄이가' 라는 말을 맨 아래 적어 둘 리가 없잖아.

　태오는 그 첫 번째 조각을 소중히 바닥에 내려 두고 다시 쓰레기통 안으로 손을 집어넣었다.

　먹다 남긴 샌드위치, 납작해진 우유팩, 너덜너덜해진 전단지들 사이엔 비슷한 종이 쪼가리들이 여럿 섞여 있었다.

　그걸 하나하나 끄집어내던 태오는 속이 답답해졌는지, 결국 커다란 쓰레기통을 들어 안에 있는 내용물들을 와르르 쏟아 버렸다.

　넓게 펼쳐진 쓰레기 더미에서 속속들이 발견되는 찢겨진 편지들.

　그중 단연 눈에 띄는 건 A4용지의 위쪽 모서리였을 조각이었다. 태오는 한동안 그 위에 적힌 글씨를 가만히 내려 보다가 이내 흐린 목소리로 소리 내어 읊었다.

"단태오…… 팀장님에게……."

역시 이거 내 편지 맞구나. 이번에는 내 기대가 틀리지 않았어.

태오는 지난번 꼭 편지를 다시 써 주겠다고 약속했던 나봄을 떠올렸다.

오늘 일로 그때 우리가 보냈던 저녁 시간은 아무 가치도 없다고 생각했는데.

꼭 그렇지만도 않은 모양이다. 니가 이렇게 예쁜 글씨로 나를 위한 편지를 다시 써 준 걸 보면 다행히 너에게도 그 시간이 소중했었나 봐.

태오는 울컥해지는 마음을 가까스로 추스르고 흩어진 편지 조각을 하나하나 모으기 시작했다.

잘게 찢긴 건 아니라서 퍼즐을 다 맞추는 건 어렵지 않았다. 그러나 다 맞춰 놓고 난 후의 편지는 조각나 있을 때보다 험한 꼴이었다.

잔뜩 구겨지고 너덜너덜해진 데다가, 더러운 담뱃재까지 번져 버린 A4용지.

이게 니가 나에게 처음으로 써 준 편지…….

그 앞에 쪼그려 앉은 태오는 한동안 물끄러미 편지를 바라보았다. 서러움이 가득 담긴 눈동자에 읽히는 내용엔 그녀가 그를 어떻게 생각하고 있는지가 솔직하게 담겨 있었다.

그 마음이 고맙게 느껴지면 고맙게 느껴질수록 가슴은 저리듯 아파 왔다.

이걸 쓰면서 너는 내 생각을 하고 있었구나.

'오늘 이걸 갈기갈기 찢으면서도…… 너는 내 생각을 하고 있었 겠지.'

5년 전, 그녀는 사귄 지 2주 만에 그에게 난데없는 이별을 고해 왔다. 아직 아무것도 한 게 없었던 그는 그 당시 작은 실수 하나 저 지르지 않았던 상태였다.

하지만 잘못이 없다는 건 용서 받을 게 없다는 뜻이었고 그건 끊 어진 인연을 도로 이어 볼 여지조차 없다는 뜻이었다.

그래서 그때의 나는 떠나는 너를 붙잡지도 못했지만, 지금의 나 는 달라.

나는 비록 너에게 작은 실수 하나 하지 않았어도, 나만 엉망진창 이 되도록 상처 받았어도.

그냥 모든 걸 내 탓으로 돌리고 너에게 달려갈래.

난 그냥 지금…….

"니가 너무 보고 싶어."

*   *   *

자정에 가까운 늦은 밤.

침대에 누운 지는 꽤 되었지만 나봄은 쉽사리 잠이 들지 못했다. 아무리 기다려도 오지 않는 연락 하나 때문이었다.

분명 유리는 그녀의 편지를 오늘 안에 전해 준다고 했었는데, 왜 그에게서는 받았다 어쨌다 연락이 없는 건지.

아무리 생각해 봐도 답은 둘 중 하나였다.

유리가 까먹고 전해 주지 않았거나. 태오가 읽고도 화를 풀지 못했거나.

나봄의 얼굴에 드리워진 수심이 더욱 더 깊어졌다.

고의였든 고의가 아니었든 업무에 지장을 준 건 분명 그녀의 잘못이었다.

예전부터 제 일에 관해서라면 완벽주의자 기질이 있었던 그는 작은 과제 하나도 목숨 걸고 할 만큼 열정적인 성격인데, 업무적인 문제로 갈등을 빚은 건 정말 프로페셔널하지 못했다.

그러니 그가 엄하게 다그쳤다고 해서 사적인 감정만으로 섭섭하게 생각할 게 아니다.

"다음 회의는 언제더라……."

나봄은 또 다른 사과 기회를 엿보기 위해 휴대폰 캘린더를 확인했다.

다음 미팅 때까지 해야 할 일을 완벽하게 끝마쳐서 나도 프로젝트에 열심히 참여하고 있다는 느낌을 주는 것이 그녀의 계획이었다.

하지만 캘린더에 적어 둔 세부 일정을 확인하기도 전에.

♩ ♪♫ ♩ ♪♫ —

갑작스럽게 터져 나온 벨소리가 나봄을 깜짝 놀라게 했다.

평소 이때쯤 전화를 거는 사람은 이 밤의 끝을 잡고 시시콜콜한 수다나 떨고 싶어 하는 소라였으나, 오늘 휴대폰 액정에 떠오른 이름은 전혀 다른 것이었다.

"단태오……?"

그토록 기다리던 연락이어서 그런가.

나봄의 심장이 별안간 쿵쾅쿵쾅 요동치기 시작했다. 벌떡 상체를 일으킨 그녀는 떨리는 손끝으로 통화 버튼을 눌렀고 당황한 기색이 역력한 목소리를 흘려보냈다.

"여, 여보세요?"

—어…….

"……."

—저기…….

쉽게 이어지지 못하는 태오의 뒷말.

나봄은 숨죽여 그의 음성에 귀를 기울였다. 휴대폰 너머로 들려오는 그의 숨소리는 그녀처럼 옅게 떨리고 있었다.

—자고 있었어?

이윽고 꺼내진 질문은 망설인 시간에 비해 매우 짧았다. 나봄은 혹시 잠겨 있을지 모를 목을 손가락으로 꾹 누른 채 힘주어 대답했다.

"아니! 아직!"

—…….

"너는……?"

그 말은 던져 놓고도 이상하다고 생각했다. 자고 있는 사람이 지금 전화를 걸 리가 없잖아.

아니나 다를까. 태오는 듣고 있으면서도 별다른 대꾸를 하지 않았다.

숨 막히게 어색한 정적을 감당하기 힘들었던 나봄은 다른 얘기를 꺼내려 입술을 열었다.

"오늘 일은……."

하지만 그때.

—지금 잠깐 볼래?

"어?"

—너희 집 앞인데…….

뜻밖의 얘기를 들은 나봄의 눈동자가 휘둥그레진 채 제 방 창문으로 향했다.

침대에서 천천히 몸을 일으킨 그녀는 창가 쪽으로 걸음을 옮겼고, 조심스럽게 커튼을 걷어 냈다.

일렁이는 눈빛으로 내려다본 집 앞 가로등 밑에는 정말 그가 서 있었다. 손에 하얀 종이 한 장을 꼭 쥔 채.

"아……."

나봄의 입술 새로 흐린 신음이 흘러나왔다.

그건 얼핏 곤란해 하는 것처럼 보였는지, 가로등 불 아래 비친 태오의 얼굴에 살짝 기가 죽었다.

또 다른 오해를 사고 싶지 않았던 그녀는 서둘러 뒷말을 이어 냈다.

"지, 지금 나갈게! 잠깐만 기다려!"

—나올 수 있어?

"응! 당연하지!"

나봄은 그리 대답하며 곧바로 창가를 벗어났다.

지금 그녀는 얇은 잠옷 원피스 차림이었지만 그런 건 신경 쓸 정신도 없었다. 빠르게 제 방을 빠져나가는 나봄은 오직 딱딱하던 태오의 목소리가 한결 부드러워진 것에 안도하는 중이다.

"너 이 밤중에 어디 가냐!"

1층으로 내려오자마자 신발장으로 달려가는 나봄에게 막 씻고 나온 한 사장이 물었다.

"잠깐 산책 좀 하고 올게요!"

자세하게 설명할 시간도 없었던 나봄은 거짓말을 했으나, 눈치빠른 한 사장은 곧바로 간파해 냈다.

"애인 만나러 가는구먼."

혼잣말을 중얼거리는 한 사장의 눈빛엔 확신이 가득했다. 잔뜩 들뜬 저 뒷모습은 백 퍼센트야. 아무래도 우리 딸 연애하나 봐.

*　　*　　*

철컹—

뚫어져라 바라보고 있던 녹슨 대문이 드디어 열렸다. 가로등에 기대 서 있던 태오는 그녀의 집 앞으로 몇 발자국 다가섰다.

"아, 안녕."

머지않아 그의 눈앞에 모습을 드러낸 나봄은 다행히도 화가 난 것처럼 보이진 않았다.

편지를 찢어 놓은 상태로 봐서는 보자마자 얼굴에 침이라도 뱉을 줄 알았건만.

그새 풀린 걸까, 아니면 내 성의를 봐서 풀어 주기로 한 걸까. 태오는 여기까지 오는 동안 내내 준비했던 말을 혀끝에 장전했다. 하지만 첫 마디를 꺼내 놓으려던 순간 눈에 탁 걸려 들어온 건 너무 얇은 나봄의 옷차림이었다.

밤공기가 얼마나 차가운데, 감기 걸리려고 작정했나.

"얼어 죽는다, 너."

태오는 대뜸 걱정 섞인 핀잔부터 내뱉었다. 그리고 곧바로 후회했다.

같은 걱정이라도 조금 더 친절하게 표현할 수 있을 텐데, 내 머리엔 서툰 표현을 매끄럽게 교정해 주는 필터가 없나 보다.

하지만 나봄은 태오의 까칠한 말을 듣고도 그저 생긋 웃을 뿐이었다.

지금 눈앞에 있는 단태오는 오늘 낮에 보여 주었던 딱딱한 모습이 아니라 예전의 삐딱하면서도 상냥한 모습이라서, 나봄은 그의 살짝 구겨진 미간마저도 반갑기만 하다.

"니가 갑자기 와서 그렇잖아. 너무 놀라서 달려 그대로 나와 버렸어."

남몰래 불안한 마음을 내려놓은 나봄은 한결 편안해진 표정으로 대답했다.

그러자 태오는 그런 나봄의 얼굴을 가만히 내려다보다가 낮은 목소리를 흘려보냈다.

"편지 잘 읽었어."

"그랬구나."

"응, 안 잊고 써 줘서 고마워."

이 녀석이 고맙다는 이렇게 순수하게 표현할 줄 알던 애였나.

나봄은 어울리지 않게 솔직한 태오의 감사 인사에 살짝 놀랐으나 굳이 티를 내지는 않기로 했다.

새삼 좋게 보이는 건 그동안 나도 모르게 쌓고 있었던 오해가 많다는 뜻이었다. 앞으로 태오를 있는 그대로 바라봐 줄 생각이었던 나봄은 편지에 미처 적지 못한 진심을 마저 꺼내 놓기로 했다.

하나 할 말을 정리하려 잠깐 시선을 틀었을 때, 그의 손에 들린 편지가 시선을 확 사로잡았다.

네모반듯하게 접었던 처음의 모양이 무색할 만큼 갈기갈기 찢었다가 테이프로 붙여 놓은 듯한 그녀의 편지는 너덜너덜한 걸레짝이 되어 있었다.

순간 머릿속이 복잡해진 나봄은 그 편지를 손가락으로 가리켰다.

"그거 왜……."

그거 왜 그 꼴이 났니, 라고 물을 생각이었는데.

태오가 대답을 가로챘다.

"내가 붙였어."

"뭐?"

"쓰레기통에 버려 놓기엔 너무 갖고 싶어서…… 그래도 한 조각도 잃어버린 건 없어."

그의 말을 듣자 잔뜩 혼란스러워진 가운데, 한 사람이 떠올랐다.

오늘 반드시 이 편지를 태오에게 제대로 전해 주겠다고 약속했던 허유리 파트장.

그녀가 저리 만들어 놓은 모양인데 대체 왜……?

점점 커지는 의문도 잠시.

"……내가 미안해."

태오가 말했다. 미안하다고.

그건 나봄이 지금 막 건네려 했던 진심 어린 사과였다. 모든 잘못은 자기 자신에게 있다고 믿고 있던 나봄은 동그란 눈동자를 태오에게 두었다.

태오는 그런 그녀를 마주 보며 마른침을 삼켰고 이내 다시 입술을 열었다.

"업무적인 부분을 가지고 뭐라 한 거면 몰라도, 오늘 나 혼자 화났다고 너한테 그딴 식으로 군 건 너무 애 같은 짓이었어."

응? 업무적인 부분으로 뭐라고 한 거 아니었어?

"사적인 감정을 내세우지 말았어야 했는데……."

사적인 감정이라면 무슨 사적인 감정?

"영문도 모르는 너한테 나 혼자 멋대로 난리쳐서 미안. 매번 당하고 있는 니 생각은 하나도 못 했다."

내가 너한테 매번 뭘 당했다고…… 아니, 그보다 이런 일은 오늘이 처음이었던 거잖아. 난 그렇게 알고 있었는데.

태오의 입술 밖으로 꺼내진 말들은 하나같이 나봄에게 혼란만 줄 뿐이었다.

하지만 그걸 알 리 없는 태오는 처음으로 제 감정이 모두 묻어 나오는 눈빛으로 그녀를 바라보았고.

"무조건, 내가 다 미안해."

두 손을 가슴 앞에 모은 채 한 번 더 힘주어 사과를 건넸다.

아무 잘못이 없는 사람에게서 듣는 미안하다는 말은 진짜 용서를 구할 때보다 더 절박하게 느껴졌다.

무슨 대답을 하기엔 마음이 너무 복잡했던 나봄은 그가 쥐고 있는 너덜너덜한 편지를 바라보았다.

잔뜩 구겨진 종이를 얼마나 애써서 폈던 건지, 자국은 남아 있는데 선명하진 않았다. 갈기갈기 찢긴 부분들은 정말 한 조각도 빼놓지 않고 모아 아주 꼼꼼하게도 붙여 놨다.

"편지…… 다시 써 줄까?"

엉망이 된 편지를 물끄러미 바라보던 나봄은 조심스러운 목소리로 물었다. 처참한 꼴의 편지를 소중히 쥐고 있는 그의 손이 너무 짠해 보여서였다.

그러자 태오는 천천히 고개를 저으며 짧게 대답했다.

"아니, 이거면 돼."

짧게 대답한 그는 편지를 고이 접어 지갑에 넣었고 그녀의 몸을 대문 쪽으로 돌렸다.

"이제 들어가 봐. 감기 걸리면 큰일이다."

다행히 마지막으로 내뱉은 걱정의 말은 아까보단 친절했다. 그래서 마음을 놓은 태오는 그저 편안한 표정이었으나, 나봄의 눈빛은 그 순간부터 사정없이 흔들리기 시작했다.

그녀를 집으로 다시 들여보내기 위해 어깨에 닿은 손이 어쩐지 마음을 간지럽히는 것 같아서.

찬찬히 몸을 돌리자 길게 늘어진 그의 그림자가 눈에 들어왔다.

그건 그저 새까만 어둠처럼 보일 뿐이었으나, 그의 시선이 나를 향해 있다는 건 분명했다.

아무래도 오늘 단태오를 너무 많이 의식했나 보다.

날 기다리고 있던 자리에 그대로 머물러 있는 너를 향해 자꾸만 뒤돌아보고 싶어진다.

우린 분명 작별을 아쉬워할 사이가 아닌데도.

*　　*　　*

"안녕히 주무셨어요."

지난밤, 이유 없이 잠을 설친 나봄이 피곤에 찌든 목소리로 아침 인사를 했다.

어제 널어놓은 빨래를 개고 있던 한 사장은 무심한 목소리로 답했다.

"오냐, 너도 잘 잤냐."

"어제는 통 못 잤어요. 잠이 안 와서."

"그랬겠지. 사랑이 밤새 퐁퐁퐁 솟았을 테니까."

"네?"

갑작스러운 사랑 타령은 나봄이 듣기에 퍽 이상했다. 하지만 아직까지 졸린 상태인 나봄은 말뜻을 깊이 생각하지 않고 화장실로 발걸음을 옮겼다.

그때 한 사장이 뱉은 이야기는 그녀의 두 발을 멈춰 두게 만들었다.

"아빠 금요일부터 일요일까지 지방 출장 가는 거 알지."

"아아, 금요일이었구나."

"그동안 혹시라도 집 안에 남자 친구 불러들일 생각은 말아라. 난 사위 아니면 외간 남자 출입 용납 못 한다."

"남자 친구라니…… 갑자기 무슨 말씀이세요."

"에이, 뭘 숨기고 그래."

숨긴다니. 대체 뭘 의심하고 있는 거야.

나봄은 확실히 이상해진 그를 의아하게 바라보았다.

그 노골적인 시선을 느낀 한 사장은 시치미 떼지 말라는 듯 확신이 어린 목소리로 말했다.

"아빤 다 알아. 너 그때 온 본부장이랑 사귀잖아."

"예?!"

갑작스럽게 튀어나온 억측은 나봄을 졸음을 확 쫓아내 버리기에 충분했다.

그가 말하는 본부장은 현재 그녀의 가장 큰 고민거리라서, 이런 쪽의 오해는 사고 싶지가 않았다.

"아니요! 그런 사이 아니에요!"

나봄은 손까지 휘저으며 강하게 부인했다.

그러나 아직 가시지 않은 한 사장의 눈웃음은 그녀의 말을 믿지 않는 것이 분명했다.

"예전에 집 앞에서 뽀뽀까지 해 놓고서."

"그게 언제 적 일인데……! 어쨌든 진짜 아니니까 넘겨짚지 마세요."

"정말? 맹세해?"

"네! 맹세하고 아니에요!"

"그럼 그 새벽에 본부장이 널 왜 찾아와? 어지간한 얘긴 다음날 전화로 하면 되지."

"네, 네?"

누가 찾아온 건 또 어떻게 아신 거지.

돌발 질문을 받은 나봄의 눈동자가 당황스러움으로 파르르 떨려왔다. 그걸 놓치지 않고 본 한 사장은 더욱 장난기 어린 미소를 퍼트리며 말을 이었다.

"너 산책 간다고 거짓말 치고 집 앞에서 쑥덕쑥덕하던 거 다 들렸어. 환기시킨다고 창문 열어 놓고 있었거든."

"아……."

"아무 사이도 아니면 야밤중에 널 왜 찾아오겠어."

그리 말하는 한 사장은 이미 한밤의 방문객이 차준이라고 확신하는 중이었다.

그도 그럴 것이, 지난밤 신이 난 채 뛰쳐나가던 나봄의 표정은 고등학생 시절에나 보았었던 풋풋한 연애모드였으니까.

하지만 돌아오는 나봄의 대답은 뜻밖이었다.

"아…… 본부장님 아니에요. 다른 친구가 찾아왔어요."

"친구? 너 남자애랑 안 친하잖아."

"대학교 동기 한 명이 우드레일 현장팀에 근무하고 있어요. 친한 사이는 아니지만…… 어쨌든 어제는 급히 전해 줄 게 있다고 잠깐 들른 거예요."

나봄은 되는 대로 둘러댔으나, 그게 거짓말은 아니었다.

어제 단태오는 분명 왜 하는지도 모를 사과를 전해 주러 온 것이었으니.

하지만 한 사장은 그 얘길 듣고서도 두 눈을 게슴츠레 떴다. 나봄이 고등학교 시절 첫사랑이 아닌 다른 누군가에게 그런 표정으로 달려간다는 건 도무지 믿기지 않는 얘기였다.

순간 나봄은 이럴 땐 말을 돌려 버리는 게 상책이라는 생각이 들었다.

"아빠 출장 가시면 소라 부를 거예요. 혼자 집 지키기 무서우니까."

나봄은 단호한 목소리로 말하며 멈춰 두었던 걸음을 다시 옮겼다.

"흐음, 분명 어제 그냥 친구 만나러 가는 표정이 아니었는데……."

등 뒤에서 들려오는 한 사장의 혼잣말엔 아직 의심하는 기색이 역력했다.

하지만 더 이상 휘말리고 싶지 않았던 그녀는 아무 대꾸도 없이 화장실로 들어가 버렸다. 대체 어제 내 얼굴이 어쨌다고 그러는 건지, 도무지 이해가 되질 않았다.

나봄은 화장실 문을 잠그고 선반에 항상 구비되어 있는 머리띠를 했다.

그러자 거울에 적나라하게 비치는 그녀의 맨얼굴.

원래 피부 하나는 자신 있었는데 나이가 드니 슬슬 푸석푸석해 보이기 시작한다. 특히 왼쪽 뺨에 돋아난 뾰루지는 언제 생겼는지도 모르겠다.

"어머, 나 어제 이러고 나간 거야?"

나봄은 지난밤, 비비크림도 덧바르지 않고 쌩얼로 태오에게 뛰쳐나갔던 자신을 뒤늦게 떠올렸다.

이렇게 자유분방한 모습은 보여 준 적이 없는데. 지금껏 화장한 얼굴만 보아 왔던 그라면 실망했을 게 분명했다.

게다가 창피하게도 잠옷 차림이었잖아! 진짜 이상해 보였을 거야!

나봄은 울적해진 표정으로 수도꼭지를 틀었다.

콸콸콸 쏟아지는 수돗물을 지켜보고 있자니, 갑자기 쓸데없는 걱정을 쏟아 내는 제 마음이 의식되기 시작했다.

그러다 겨우 깨달은 사실 하나는 이 모든 걱정들은 하나같이 태오를 의식하고 있다는 것.

"아……."

흐린 신음을 흘려보낸 나봄은 재빨리 고개를 푹 숙여 버렸다. 그리고 양 손에 물을 가득 모아 담고 세수를 하기 시작했다.

이런다고 그에 대한 생각이 씻겨 나가지는 않을 것 같지만 적어도 잠은 쫓을 수 있겠지.

그럼 어제의 기억도 지난 과거들처럼 옅어지게 될 거야.

* * *

"미나 씨! 혹시 단태오 출근했어?"

언제나처럼 바쁜 우드레일 퍼니쳐팩토리의 이른 아침.

유리는 출근하자마자 태오부터 찾았다. 어제 미처 전달하지 못한 업무 보고서 때문이었다.

하지만 직원은 고개를 가로저으며 대답했다.

"아니요, 못 봤는데요. 아직 출근 안 하신 것 같아요."

"그래? 얘가 대체 어쩐 일이래. 지각을 다 하고."

평소 지각조차 하지 않는 태오를 잘 아는 유리는 의아하다는 반응을 보였다.

하나 직원은 별 대수롭지 않다는 듯 가벼운 목소리로 말했다.

"어제 늦게까지 야근하시던데 피곤해서서 늦잠이라도 주무신 건 아닐까요?"

"그런가. 아, 나 외근 나가기 전에 서류 넘겨줘야 하는데."

"그럼 저한테 주세요. 제가 단 팀장님 출근하시면 곧바로 전해드릴게요."

직원은 걱정 가득한 유리에게 친절한 손길을 내밀었다.

그러나 유리는 한 걸음 뒤로 물러나며 호의를 거절했다. 그녀는 오늘 책상 위 놔둔 서류를 빌미로 그에게 전화를 걸어 저녁에 술을 사 달라 졸라 볼 생각이다.

"아니야, 나 쟤 사무실 비밀번호 알아. 책상 위에 놓고 가면 돼."

"역시 오피스 단짝."

"단짝은 무슨. 오늘도 하루도 힘내, 미나 씨!"

유리는 쿨한 미소를 지어 보이며 등을 돌렸다. 그러고는 태오의 사무실 쪽으로 걸음을 떼어 냈다.

그 공간은 직원들이 쉽게 드나들지 못하는 던전과 같은 곳이었으나, 유리는 그럴수록 제집 안방처럼 편히 방문하곤 했다.

왜냐하면 난 그저 그런 회사 동료 사이가 아닌 녀석과 특별하게 가까운 사이니까.

남들보다 가깝게 다가갈 수 있지. 그건 다른 직원들도 충분히 인정하고 있는 부분이야.

어느덧 태오의 사무실 문 앞에 선 유리는 도어락 키패드를 눌렀다. 비밀번호는 그의 생일 네 자리. 예전에 급한 심부름을 부탁받았을 때 알게 된 후로 쭉 그대로였다.

하지만 첫 번째 숫자를 누르기가 무섭게.

벌컥—

사무실 문이 열리고, 칫솔을 손에 든 단태오가 걸어 나왔다. 옷차림이 어제와 똑같은 걸 보니 사무실에서 밤을 지새운 모양이었다.

"단태오! 너 여기서 잤어?"

유리는 놀란 눈을 하고 물었다. 그러자 태오는 뻗칠 대로 뻗친 머리를 쓱쓱 정리하며 성의 없이 대답했다.

"그래. 잤다."

"왜?"

"어차피 집에 가 봤자, 두 시간 만에 다시 나와야 돼서. 그나저나 넌 왜 또 찾아왔어?"

"아아, 전해 줄 서류가 있어서."

유리는 들고 있던 서류를 태오에게 내밀었다. 태오는 그걸 직접 받지 않고 사무실 안쪽으로 고개를 까딱였다.

"책상 위에 놔줘. 나 화장실 가야 돼."

"어, 그래. 그나저나 여기서 쪽잠 자 놓고 일할 수 있겠어? 너무 힘들면 무리하지 말고 반차 내."

"반차 내기엔 일이 너무 밀려서. 끝나고 칼퇴 해야지."

태오의 단호한 대답은 유리로 하여금 오늘 술 사 달라는 얘기를 꺼내지 못하게 만들었다. 그건 무척 섭섭한 일이었으나 그녀는 내색할 수 없었다.

그를 향한 마음은 집착과 비슷하긴 해도 어디까지나 진심이라서, 이 순간 함께하고 싶다는 욕심보다 그의 컨디션에 대한 염려가 우선이었다.

"양치질이나 똑바로 하고 와."

유리는 시원한 미소를 띤 채 태오의 어깨를 툭툭 쳤다. 그러자마자 미련 없이 화장실 쪽으로 사라지는 태오는 꼭 말 잘 듣는 대형견 같았다.

유리는 그런 그를 흐뭇하게 지켜보다가 이내 사무실 안으로 들어섰다. 얼굴이 많이 피곤해 보이니 이따가 외근 나가기 전에 커피라도 사 줘야겠다, 라고 생각하며 책상 앞으로 직행한 그 순간.

"뭐야, 이거……."

태오에게 있어서는 안 될 물건 하나가 발견되었다. 바로 나봄이 전해 달라고 했지만 유리가 갈기갈기 찢어 없애 버렸던 편지였다.

이게 왜 단태오 책상 위에 다 이어 붙여진 채로 놓여 있는지, 이해할 수 없었던 유리는 흔들리는 눈빛으로 편지를 유심히 들여다보았다.

누가 발견하고 찾아 줬나. 아니면 누군가 쓰레기통에 너한테 쓴 편지가 있다고 알려 줬나.

단태오는 그럼 어디서부터 어디까지 아는 거지?

갑자기 복잡해진 머릿속은 쉽사리 진정되질 않았다. 그래서 미간만 잔뜩 좁히고 있으니.

"아, 치약을 안 들고 갔네."

화장실로 떠난 줄 알았던 태오가 곧바로 돌아왔다. 책상 앞에서 나봄의 편지를 들여다보고 있는 유리를 확인한 그는 훠이훠이 비키라는 손짓을 했다.

"왜 남의 편지를 막 읽고 그래. 저리 안 비켜?"

"이거 어디서 났어?"

"바, 받았다. 왜."

"이렇게 너덜너덜하게 찢겼던 걸 다 찾아 붙여서 너한테 줬다고? 대체 누가?"

"남이사 찢겨 있던 걸 받든, 멀쩡한 걸 받아서 다시 찢었다 붙였든 니가 무슨 상관이야."

태오는 혹시나 자신이 어제 했던 구차한 짓이 들켜 버릴까, 괜히 성질을 냈다.

하지만 그 속을 알 리 없는 유리는 제 뜻대로 순순히 굴러가지 않는 상황이 다시 짜증나기 시작했다.

그러나 뒤집어지는 속을 적나라하게 드러낼 순 없지. 이럴 때일

수록 침착하게 머리를 써서 행동해야 해.

"내일 뭐해? 특별한 약속 없지?"

유리는 억지로 밝은 미소를 띤 채 물었다.

"어."

그리 대답하는 태오는 여전히 심드렁했다. 하지만 이내 유리의 입에서 꺼내진 질문은 태오를 당황하게 만들었다.

"나봄 씨 불러서 술이나 같이 먹을까?"

"뭐? 술은 갑자기 왜."

"그냥 뭐, 친목도모도 할 겸, 나한테 빚진 술도 갚을 겸."

밥도 먹을 일 없었던 한나봄이랑 이번엔 같이 술을 마시다니. 그건 꿈에서도 상상해 본 적 없던 일이었다.

그래서 태오는 감히 수락하기가 조심스러웠으나, 그의 대답 따위 애초부터 중요하지도 않았던 유리는 아예 약속을 확정지어 버렸다.

"나봄 씨한테는 내가 전화해서 말해 놓을 테니까 걱정 마."

"아니, 잠깐만……."

"그럼 나 본사로 외근 간다. 회의 중엔 휴대폰 꺼 놓을 거니까 무슨 일 있으면 미나 씨한테 말해."

유리는 뭐라 말하는 태오를 내버려 둔 채 사무실을 빠져나갔다. 태오에게서 떠나는 그녀의 발걸음은 급한 업무라도 밀려 있는 사람처럼 바빴다.

그 모습을 물끄러미 바라보던 태오는 눈동자를 일렁이고 있다가, 이내 혼란스러운 표정으로 옅은 한숨을 내쉬었다.

왠지 평소엔 죽도록 바라도 오지 않던 기회가 요즘 들어 자꾸 굴러 들어오는 것 같은데, 이걸 똑바로 붙잡아도 될지. 너의 그 사람을 무시하고 내가 감히 다가서도 될지.

그녀의 관심을 받지 못하는 게 익숙해져 버린 태오는 아무것도 바라는 것 없이 망령처럼 그녀를 쫓아다닌다. 이젠 외면받는 게 당연해져서 어지간한 반응엔 상처도 받지 않는다.

그건 확실히 그의 짝사랑이 바래지 않도록 지켜 주는 데 큰 몫을 했지만, 마냥 득이 되는 건 아니었다.

이렇게 가끔 기적적으로 그에게도 볕이 들 때면 희망보다는 그동안의 실망감이 더 크게 반응해서, 한 번 뻗어 보고 싶은 손을 스스로 묶어 두게 되어 버리니까.

* * *

우드레일 본사 1층.

오찬 약속을 마친 차준이 로비로 들어섰다. 그를 알아본 사람들은 저마다 공손히 허리를 숙여 인사했다.

"안녕하십니까, 본부장님."

"네, 안녕하세요."

"본부장님! 오랜만에 뵙습니다!"

"그러네요. 오늘 하루도 수고 하세요."

차준은 다가오는 이들 모두에게 다정히 화답했으나, 대화를 친근하게 이어 가지는 않았다. 인간관계에 필요 이상 힘을 쏟지 않는 그의 성향 때문이었다.

타인에게 호감을 사는 건 너무나도 쉽다. 사람들은 원치 않아도 내게 관심을 주고, 도움을 청하지 않아도 호의를 베푼다.

그게 순수한 의도라고 볼 수는 없지만 어차피 타인의 속마음 따위 흥미도 없다.

딱 한 사람, 나봄을 제외하곤.

문득 나봄을 떠올리자 그의 눈빛이 가라앉았다.

'다시…… 생각해 봐요, 우리.'
'얼마 전에 처음 만난 사이처럼, 다시 서로에 대해 알아 가고 다시 마음을 키워 가고, 앞으로의 일에 대해서도 다시 생각해 보고 싶어요.'

그의 간절한 고백을 거둬 내고 시작을 말한 그녀.

사실 차준은 그 뒤로 마음이 혼란스럽다. 애초부터 그들의 인연은 나봄이 먼저 건네준 일방적인 관심과 사랑을 그가 받아 줌으로써 시작되었던 것이었으니까.

하지만 지금의 나봄은 그때처럼 먼저 손을 내밀어 줄 기미를 보이지 않는다.

오히려 적극적으로 다가가도 미지근한 반응만 보이는 모습이 차준을 더 불안하게 만든다.

"후우."

차준은 그녀로 인해 드리워진 먹구름이 표정으로 드러날까 싶어, 짧은 심호흡으로 복잡한 심경을 정리했다.

그리고 엘리베이터가 있는 게이트를 향해 걸음을 옮기고 있는데.

"어머! 선우차준 본부장님!"

누군가가 반가운 목소리로 그를 불렀다. 뒤늦게 아는 척이라도 해 보려는 직원이라고 생각한 차준은 짧은 눈인사만 건네기 위해 살짝 고개를 돌렸다.

하지만 눈이 마주치자마자 다가오는 사람은 얼마 전 워크숍까지 같이 갔던 우드레일 현장팀의 허유리 파트장이었다.

나봄과 간접적인 관련이 있는 그녀를 무성의하게 대할 수 없었던 차준은 친히 걸음을 멈추고 몸을 틀었다.

"여기서 보게 되니 반갑네요. 본사 회의 오셨나요?"

"네, 퍼니처팩토리에서 여기까지 오기 너무 힘들어요. 식사는 하셨어요?"

"점심 약속 끝내고 오는 길이에요."

"아아, 그러시구나."

유리의 호응을 끝으로 한차례 대화가 종료되었다.

이쯤에서 제 갈 길을 가야겠다고 생각한 차준은 마무리 인사를 건네기 위해 손을 내밀었다.

"그럼……."

"맞다! 본부장님! 저 명함 새로 팠어요!"

그때, 무언가 떠올랐다는 듯 유리가 소리쳤다. 잠시 가방을 뒤적이던 그녀의 손에 딸려 나온 건 자그마한 명함 한 장이었다.

"아……."

차준은 악수를 위해 뻗었던 손으로 그녀의 명함을 받았다. 쓸모없는 명함 모으는 데에는 취미가 없건만, 적어도 이 앞에서는 내색하고 싶지 않았다.

"고마워요. 지갑에 잘 넣어 둘게요."

그래서 형식적인 감사를 표하며 정장 재킷 안의 지갑을 꺼내 들자.

"본부장님 명함도 주시겠어요?"

유리가 두 눈을 반짝이며 손바닥을 내밀었다. 지갑을 열던 차준의 손이 일순 멈추었다.

"명함이요?"

"네, 한 장 갖게 되면 영광일 것 같아서요."

"뭐……."

이렇게 거리감 없이 구는 타입은 불편한데. 명함 한 장 건네는 것 정도로는 별문제 없으려나.

"기꺼이 드리죠."

차준은 가볍게 대답하며 지갑을 열었다. 그리고 스스럼없이 빳빳한 명함을 꺼내 들었다.

금박이 박힌 고급스러운 차준의 명함을 본 유리는 두 눈을 반짝였다.

"정말 예쁘네요! 역시 본부장님 명함답습니다."

"뭘요. 그거 다 쓰면 유리 씨 명함에도 금박 넣어드릴게요."

"와아아, 정말요?"

"네, 그러니까 우리 나봄이 여러모로 많이 도와주세요."

나봄을 위한 부탁을 건네는 차준에게선 진심 어린 걱정이 느껴졌다.

안타깝게도 유리는 그녀를 도와줄 생각이 전혀 없었지만 굳이 그걸 티내지는 않기로 했다.

"당연하죠! 안 그래도 나봄 씨랑 친해지려고 노력 중이에요. 낯을 많이 가리는 성격 같아서 조심스럽긴 하지만."

유리는 사람 좋은 얼굴을 하고 차준에게 말했다.

차준은 그런 그녀에게 장난스러운 눈웃음을 지어 보였고 이내 지갑을 도로 재킷 안주머니에 집어넣었다.

"만나서 반가웠어요. 그럼 나중에 봐요."

그러고서 내뱉는 작별 인사는 끝까지 매너 있었다. 특히 선우차준 특유의 여유롭고 젠틀한 태도는 태오가 절대 따라하지 못할 것이었다.

'성질 더러운 녀석보다는 확실히 이런 남자가 벤츠지. 특히 한나봄처럼 소심한 성격이라면 더더욱.'

유리는 멀어지는 차준의 근사한 뒷모습을 보며 자신의 계획에 당위성을 찾았다.

누군가는 이렇게 한나봄을 견제하는 날 악녀라고 칭하겠지만 따지고 보면 그런 부류는 아니라고 생각한다.

나는 질투에 눈이 먼 나쁜 여자가 아니라 그저 어울리지 않는 인연에게 더 맞는 짝을 찾아 주는 일을 좋아할 뿐이니.

*　　*　　*

♩♪♫♩♪♬―

사무실 책상 위에 올려 둔 나봄의 전화가 울렸다.

저장되어 있지 않은 번호였으나 경계심 없는 그녀는 순순히 통화 버튼을 눌렀다.

"여보세요."

—나봄 씨, 나예요.

휴대폰 너머 수신인은 친근한 척 말했지만 나봄은 정체를 알아차리지 못했다.

그래서 쉽게 대답을 하지 못하고 있으니.

—허유리 파트장. 번호 저장 안 했구나?

유리는 결국 제 이름을 직접 밝혔다. 그녀는 분명 나봄이 잘 알고 있는 사람이었으나 나봄의 표정에는 난처함이 어렸다.

"아아, 유리 씨……."

보통은 반갑기만 한 유리가 어쩐지 어색하게 느껴지는 건 지난밤 일 때문이었다.

분명 곱게 접어서 그녀에게 건네줬던 편지는 쓰레기통에 처박혀 있다가 처참한 몰골이 된 채로 태오의 손에 들려 있었으니까.

"어쩐 일로 전화를……."

나봄의 불편한 기색은 흐려지는 말꼬리에 적나라하게 드러났다. 하지만 유리는 전혀 신경 쓰이지 않는다는 듯 특유의 쾌활한 음성으로 말했다.

—내일 뭐해요? 태오랑 다 같이 술이나 마시러 갈래요?

"술이요? 저 술 잘 못하는데……."

—태오도 잘 못 마셔요. 술 취하면 얼마나 감성적으로 변하는지.

저번엔 울기까지 했다니까요.

"아아……."

갑자기 여기서 단태오 얘기는 왜 튀어나오는 걸까.

나봄은 늘 기승전 단태오인 유리가 의아해졌다. 나봄에게 태오는 공통 화젯거리로 꺼낼 만큼 친근한 존재가 아닌데, 그걸 알면서도 왜 자꾸 그의 얘기를 하는 건지.

—그러니까 부담 갖지 말고 와요.

유리는 한 번 더 힘주어 설득했지만 나봄은 여전히 달갑게 느껴지지 않았다.

하지만 언제까지고 피하기만 할 수는 없으니, 나봄은 용기를 내서 아주 자연스럽게 편지 이야기를 꺼내 보기로 했다.

"네, 그럴게요. 그런데 유리 씨. 어제 드렸던 편지는……."

하지만 그녀의 말이 제대로 나오기도 전에.

—아, 맞다. 나봄 씨. 그리고 어제 준 편지 말이야.

"……."

—내가 어디다 떨어트렸는지 도저히 보이질 않아서 못 줬어요. 나봄 씨가 꼭 전해 달라고 부탁했던 편지인데 어쩌지? 정말 너무너무 미안해요.

유리가 먼저 편지 얘기를 꺼내 주었다. 그 끝에 붙은 미안하다는 말은 진심처럼 느껴질 만큼 죄책감이 많이 담겨 있었다.

"아아, 그러셨구나……."

나봄은 천천히 고개를 끄덕이며 조용히 대꾸했다.

어제 찢긴 편지를 보았을 때 느껴졌던 악의는 아직 옅어지지 않

왔으나, 유리가 일부러 그랬다고 생각하는 것보단 잃어버렸다고 알고 있는 편이 더 이해하기 쉬웠다.

어찌 보면 회피일지도 모르지만…… 확실하지 않다면 좋은 쪽으로 넘어가는 게 낫잖아.

"괜찮아요. 떨어진 거 누군가 발견해서 태오한테 잘 전달해 줬나 봐요."

─그래요? 너무 다행이다!

"네, 잘 받았다고…… 메시지가 왔었어요. 아주 간단하게."

나봄은 미안해하는 그녀를 안심시키면서도 거짓말을 했다. 왠지 그래야 할 것 같아서였다.

─거우 메시지 한 통 보냈다고? 그 편지를 받고서?

"태오가 그렇죠, 뭐."

─으이구, 그러니 인간관계 확장이 안 되지. 걔 장례식장도 나 혼자 가게 생겼어.

"하하……."

나봄은 영혼 없는 웃음을 흘리며 통화를 마무리할 멘트를 생각해 냈다. 마주치기는 해야 하지만 같이 부딪히며 일할 사이는 아니니, 적당히 전형적인 격려 인사 정도가 적당할 것 같았다.

"그럼 오늘도 수고하세요!"

나봄은 거리감이 드러나지 않도록 씩씩한 목소리로 말했다. 유리는 '으응!'하는 밝은 추임새로 화답했고.

─우린 내일 보는 거 맞죠? 주종은 소맥 괜찮나?

다소 당황스러운 약속을 잡아 버렸다. 휴대폰을 얼굴에서 떼어

내고 통화 종료 버튼을 누르려던 나봄의 눈동자가 대뜸 휘둥그레
졌다.

"네, 네?"

—아까 그러자고 대답했었잖아!

"아……."

내가 그랬었나. 정말 그렇게 말했던 것 같기도 하고.

어려운 얘기를 꺼내기에 앞서 별 뜻 없이 그런 말을 덧붙였던 게
떠오른 나봄은 하는 수 없이 그녀의 제안을 수락했다.

"네, 그래요. 그럼 내일 봐요."

—사케 괜찮으면 장소는 압구정 로데오! 내가 잘 가는 이자카야
가 있는데 거기서 만나요. 시간은 넉넉잡아 여덟 시 콜?

"여덟 시…… 그때까지는 갈 수 있을 것 같아요."

—좋아! 우리 태오한테 술 사 달라고 그러자! 태오가 나한테 술
사 주기로 약속한 게 있어서!

역시나 마지막은 태오에 관한 이야기였다.

어떤 반응을 보여야 할지 고민스러웠던 나봄은 이번에도 어색한
웃음으로 때워 버렸다.

정말 알면 알수록, 두 사람은 어떤 사이인지 전혀 모르겠다. 그래
서 이들과 함께 있으면 어떻게 행동해야 할지 감이 잡히지 않는다.

〈다음 권에 계속〉